미스터 1

E L 제임스 지음

황소연 옮김

The MISTER

미스터 1

The Royal Borough of Kensington and Chelsea

CHELSEA EMBANKMENT, SW

시공사

daily

〔'deɪli〕

명사

비격식

1. 일요일을 제외하고 매일 발간되는 일간지.

   The trial was reported in all the popular dailies.

   그 재판은 유명한 일간지 여러 군데에 보도되었다.

2. 정기적으로 다른 사람의 집안일을 도우러 고용된 여자.

   My daily comes every day···

   내 가정부는 매일 온다···

프롤로그

싫다. 싫다. 싫다. 컴컴한 건 싫다. 숨 막히는 어둠은 싫다. 비닐봉지는 싫다. 공포가 그녀를 삼키며 폐에서 숨을 짜냈다. 숨을 못 쉬겠어. 숨을 못 쉬겠어. 목 안에서 비릿한 공포감이 왈칵 솟구쳤다. 버텨야 해. 이 길밖엔 없어. 진정해. 침착해. 천천히 숨을 쉬어. 얕게. 그 사람 말대로 하자. 금방 끝날 거야. 이것만 넘기면 자유야. 자유. 자유.

가. 지금이야. 달려. 달려. 가. 그녀는 앞만 보고 달렸다. 뒤돌아보지 않고. 그녀는 늦은 밤에 쇼핑하러 나온 사람 몇몇을 이리저리 피하면서 공포심이 이끄는 대로 앞으로 나아갔다. 행운이 그녀의 편인지 자동문이 스르륵 열렸다. 그녀는 화려한 연말연시 장식 밑을 날아가듯 지나 출입구를 통과해서 주차장으로 들어갔다. 그리고 쉬지 않고 달려 주차

된 차들 사이를 지나 숲속으로 들어갔다. 검은딸기나무 사이로 난 작은 흙길을 따라 필사적으로 내달릴 때 잔가지들이 그녀의 얼굴을 때렸다. 달리고 또 달렸다. 폐가 터질 것 같았다. 가. 가. 가. 멈추지 마.

추워. 추워. 너무 추워. 피로감에 머릿속이 몽롱해졌다. 피곤하고 추웠다. 나무 사이로 휘몰아치는 바람이 그녀의 옷 속을 파고들어 뼛속까지 스며들었다. 그녀는 덤불 밑에 웅크리고 앉아 은신처를 만들어보려고 감각이 없어진 손으로 떨어진 낙엽들을 긁어모았다. 졸려. 자야 했다. 그녀는 차갑고 딱딱한 땅바닥에 누웠다. 너무 피곤해 걱정할 힘도 없었고 너무 피곤해 울 기운도 없었다. 다른 사람들. 그들은 도망쳤을까? 그녀는 눈을 감았다. 그들은 탈출했을까? 도망쳤어야 하는데. 도망쳤어야 하는데… 어쩌다 이렇게 됐을까?

그녀는 정신이 들었다. 신문지와 빈 박스를 뒤집어쓴 채 쓰레기통 사이에 누워 있었다. 몸이 부들부들 떨렸다. 지독히 추웠다. 그래도 움직여야 했다. 주소가 있었다. 그 주소가 있어서 얼마나 다행인지. 그녀는 덜덜 떨리는 손가락으로 쪽지를 펼쳤다. 여기가 그녀가 가야 할 곳이었다. 당장. 당장. 당장.

한 발을 다른 발 앞에 놓았다. 걸었다. 할 수 있는 건 걷는 것뿐이다. 걸었다. 걸었다. 걸어야 해. 중간에 아무 문간에서나 눈을 붙였다. 걷고 또 걸었다. 걸었다. 맥도널드 세면대에서 물을 마셨다. 음식 냄새에 군침이 돌았다.

추웠다. 허기가 그녀의 위장을 할퀴었다. 그래도 그녀는 지도를 따라 걷고 또 걸었다. 그것은 훔친 지도였다. 어느 상점에서 훔친 지도. 불빛들이 반짝거리고 크리스마스 음악이 흐르는 가게에서 그녀는 한 줌 남은 힘을 끌어내 종잇조각을 쥐었다. 며칠 부츠 안에 숨겼던 그 종이는 해지고 찢어져 있었다. 피곤해. 너무 피곤했다. 더러워. 너무 더럽고 너무 춥고 너무 두려웠다. 여기만이 유일한 희망이다. 그녀는 덜덜 떨리는 손을 들어 초인종을 눌렀다.

마그다가 그녀를 기다리고 있었다. 그녀의 어머니가 편지를 보내 이야기를 해두었기 때문이다. 마그다는 양팔을 활짝 벌려 그녀를 안아주었다. 그러고는 얼른 물러섰다. 세상에나. 대체 어떻게 된 거니? 원래는 지난주에 오기로 했잖아!

1

일회성 섹스. 이것의 장점은 한두 가지가 아니다. 책임
질 일도, 기대도, 실망도 없다. 그저 상대의 이름만 기억하
면 된다. 내가 할 일은 그것뿐이다. 마지막 상대가 누구였더
라? 조조? 지니? 조디? 알 게 뭐람. 침대 안에서든 밖에서
든 신음소리를 엄청 내는 이름 모를 하룻밤 상대였다. 지금
나는 누워서 천장에 비쳐 어른거리는 템스 강의 잔잔한 물
결을 바라보고 있다. 잠이 오지 않는다. 너무 심란해 잠이 오
지 않는다.

오늘 밤 상대는 캐럴라인이다. 그녀는 이름 모를 하룻밤
상대가 아니다. 절대. 내가 지금 무슨 생각을 하는 걸까? 나
는 내 분별력에 의문을 제기하는 차분하고 작은 목소리를
잠재우려 눈을 감았다. 또… 베프와 잠자리를 하다니. 그녀
는 내 옆에서 쿨쿨 자고 있다. 1월의 달빛이 그녀의 미끈한

몸을 은빛으로 물들였다. 그녀의 긴 다리는 내 다리와 얽혀 있고 머리는 내 가슴에 얹혀 있다.

낭패다. 큰 낭패. 나는 자괴감을 떨쳐내려 얼굴을 문질렀다. 그 바람에 그녀가 움찔하며 꼼지락거리다가 깨어났다. 매니큐어를 칠한 손톱 하나가 내 윗배로 내려가더니 복근을 쓰다듬다가 배꼽 주위를 맴돌았다. 그녀의 나른한 미소, 그리고 내 음모를 향해 미끄러지는 손가락이 느껴졌다. 나는 그녀의 손을 붙잡아 내 입술로 가져왔다. "오늘 밤 사고라면 이미 제대로 쳤잖아, 캐로?" 나는 거절의 어색함을 무마하려고 손가락 하나하나에 키스했다. 끊임없이 가슴을 쿡쿡 찔러대는 불쾌한 죄책감에 피곤했고 우울했다. 왜 하필 캐럴라인이냔 말이다. 캐럴라인은 나의 절친이자 내 형의 아내다. 형의 전처.

아니지. 형과 이혼한 것은 아니고 사별했지.

슬프고 쓸쓸한 상황에서 하기엔 참 슬프고 쓸쓸한 말이다.

"아, 맥심, 제발. 난 그냥 다 잊고 싶어." 그녀가 속삭이더니 내 가슴에 키스했다. 따뜻하고 축축한 느낌이었다. 그리고 얼굴에서 머리카락을 쓸어 넘기고는 긴 속눈썹 사이로 나를 올려다보았다. 그녀의 눈이 욕구와 슬픔으로 반짝거렸다.

나는 두 손으로 그녀의 사랑스러운 얼굴을 감싸쥐고 고개를 저었다. "우리 이러면 안 돼."

"싫어." 그녀는 손가락을 내 입술에 대고 내 입을 막아버렸다. "제발. 난 해야겠어."

나는 끙 앓는 소리를 냈다. 내 지옥행은 결정되었다.

"제발." 그녀가 애원했다.

제길, 지옥이 바로 여기로구나.

나 역시 마음이 아팠다. 형이 그리웠다. 게다가 캐럴라인은 형과의 연결 고리였다. 나는 입술로 그녀의 입술을 찾으며 그녀를 똑바로 눕혔다.

잠에서 깼다. 방 안이 겨울 햇빛으로 가득해서 실눈을 떴다. 돌아누워보니 다행히 캐럴라인은 가고 없었다. 그녀는 앙금 같은 후회와 베개 위에 쪽지를 남겨두었다.

오늘 저녁에 우리 아빠하고 아빠의 암퇘지랑 저녁 먹을래?

꼭 와.

그들도 슬퍼하고 있어.

사랑해. 키스.

망할.

거북하다. 눈을 감았다. 그나마 침대에 혼자 있어서 다행이었다. 간밤에 사고는 쳤지만 장례식 이틀 뒤에 런던으로 돌아온 것은 정말 잘한 일이다.

어쩌다 일이 이 지경이 됐을까? 자기 전에 한잔해, 하고 그녀가 말했을 때, 슬픔이 가득한 그녀의 크고 파란 눈을 들여다본 순간, 나는 그녀가 무엇을 원하는지 알아챘다. 그녀는 키트가 사고로 별안간 세상을 뜬 날 밤 지었던 그 표정을 짓고 있었다. 도저히 거부할 수 없는 그 표정. 그녀와 침대 위의 춤은 여러 번 춘 적 있지만, 그날 밤 나는 운명에 굴복해 형의 아내와 잠자리를 하고 말았다.

그런데 또 그 짓을 하다니. 키트를 땅에 묻은 지 이틀 만에.

나는 천장을 향해 인상을 썼다. 나란 놈은 변명할 가치도 없는 한심한 인간쓰레기다. 캐럴라인도 나와 다를 바가 없겠지. 그래도 캐럴라인은 변명할 여지나 있지. 남편을 잃은 슬픔과 막막한 앞날, 절친인 나와의 조합. 지푸라기라도 잡고 싶을 때 나 말고 누구에게 손을 내밀 수 있었을까? 나는 슬퍼하는 과부를 과도하게 위로해준 것뿐이다.

나는 찌푸린 얼굴로 그녀의 쪽지를 뭉쳐 마룻바닥에 던져버렸다. 종이 뭉치가 쭉 미끄러지다가 옷가지가 수북이 쌓인 소파 밑으로 들어가 멈추었다. 위에서 아른아른 유영하는 강물의 그림자, 빛과 어둠이 거슬렸다. 나는 그것들을 내쫓으려 눈을 감았다.

키트는 좋은 남자였다.

키트. 사랑하는 키트. 모두가 좋아했던 형. 캐럴라인마저도. 그녀가 마지막에 선택한 것은 키트였으니까. 망가진 몸으로 쓸쓸히 영안실 흰 천에 덮여 누워 있던 키트의 모습이 뜬금없이 떠올랐다. 목구멍 안의 종양 같은 그 기억을 쫓아내려 나는 숨을 크게 들이마셨다. 키트는 캐럴라인이나 나—게으름뱅이 동생—와 어울리기엔 너무 가치 있는 인간이었다. 이런 대접을 받을 사람이 아니다. 이렇게… 뒤통수를 맞아선 안 된다.

망할.

이러면 안 되는데.

캐럴라인과 나는 서로에게 걸맞은 인간들이다. 그녀는 나의 가려운 데를 긁어주고 나는 그녀의 가려운 데를 긁어준다. 우리는 둘 다 성적 결정권이 있는 성인, 다시 말해 자유로운 성인이다. 그녀도 그걸 좋아하고 나도 그걸 좋아하는데다, 아침 시간을 쪼개 열정적이고 매력적인 여자와 섹스하는 것은 내 주특기이자 즐겨하는 여가 활동이다. 또한 내게 할 일과 그것을 함께할 상대를 제공한다. 섹스는 건강을 유지시켜주고 격정적인 노동을 통해 여자에 대해 알아야 할 모든 것을 알려준다. 어떻게 해야 여자가 땀을 흘리는지, 여자가 절정에 오를 때 소리를 지르는지 우는지.

캐럴라인은 운다.

캐럴라인은 얼마 전 남편을 잃었다.

젠장.

나는 지난 몇 년간 내 삶의 유일한 등대였던 형을 잃었다.

젠장.

눈을 감자 죽은 키트의 창백한 얼굴이 또 보였다. 형의 죽음은 내 안에 거대한 공백을 남겼다.

무엇으로도 대신할 수 없는 상실감을.

왜 형은 그 춥고 궂은 밤에 오토바이를 탔을까? 도저히 영문을 모르겠다. 키트는 건전한 사람이다. 아니, 그랬었다. 믿음직한 사람, 신뢰의 대명사였다. 우리 둘을 놓고 보자면, 가문의 영광을 가져오고 집안의 명성을 드높이며 책임감 있게 행동한 것은 키트였다. 형은 런던 금융가에서 일하면서 우리 집안의 큰 사업체도 운영했다. 성급하게 결정하지도 않았고 미치광이처럼 운전하지도 않았다. 현명한 형 노릇을 했다. 항상 전진할 뿐 후퇴하는 법이 없었다. 나 같은 난봉꾼이 아니었다. 나는 동전의 다른 면처럼 키트와는 정반대였다. 집안에서 내놓은 자식으로 살아가는 것이 내 특기였다. 아무도 내게 무얼 기대하지 않았고 나도 그들이 기대를 버리게끔 만들었다.

나는 일어나 앉았다. 아침 햇살이 거침없이 쏟아지는데도 기분이 처졌다. 지하 체육관으로 가야겠다. 몸매를 유지하는 데는 달리기와 섹스, 펜싱이면 족하다.

댄스 음악이 귀청을 꽝꽝 울려대고 땀방울이 등을 타고 흘러내릴 때 나는 공기를 폐 안으로 한껏 빨아들였다. 몸을 극한으로 밀어붙이자 발이 러닝머신 위를 쾅쾅 두드리며 머릿속을 깨끗이 비워냈다. 달리기를 하면 대개는 정신이 맑아지고 감각이 살아나서 만족스럽다. 그것이 폐와 팔다리가 터질 듯한 고통일지라도. 하지만 개 같은 1주일을 보내고 나니 오늘은 아무것도 느끼고 싶지 않다. 지금 원하는 건 힘을 쓰고 인내할 때 필요한 신체의 고통뿐이다. 상실의 고통이 아니라.

달려. 숨 쉬어. 달려. 숨 쉬어.

키트 생각은 하지 마. 캐럴라인 생각도 하지 마.

달려. 달려. 달려.

기계의 속도를 늦추고 열을 식히면서 8킬로미터 달리기를 마무리하는 동안 어지러운 생각들이 돌아왔다. 오랜만에 해야 할 일들이 산더미였다. 키트가 일을 당하기 전에는 간밤의 여파에서 벗어나 다음 밤의 유흥을 준비하는 것이 나의 일과였다. 그것이 전부였다. 그것이 내 삶이었다. 껍데기뿐인 내 삶에 눈곱만큼도 신경 쓰지 않았다. 내가 얼마나 쓸모없는 인간인지는 뼈저리게 알고 있다. 스물한 살 이후 빵빵한 신탁 자금을 마음대로 할 수 있었기 때문에 일다운 일은 해본 적이 없었다. 이것도 형과 달랐다. 형은 열심히 일했다. 형이 스스로 선택한 것은 아니었지만.

그러나 오늘은 다를 것이다. 내가 키트의 유언장 집행인이라니, 농담 같다. 하필 나를 고르다니 마지막까지 웃기고 싶었던 모양이다. 형이 가족 납골당에 묻힌 이상, 유언장은 낭독되고… 집행되어야 한다.

키트는 후계자를 남기지 않고 죽었다.

러닝머신이 멈추었을 때 진저리가 났다. 그것이 의미하는 바는 생각하고 싶지 않다. 아직 마음의 준비가 되어 있지 않다.

나는 아이폰을 집어 들고 수건을 목에 걸친 채 계단을 올라 6층의 내 아파트로 돌아왔다.

옷을 벗어 침실에 버려두고 욕실로 들어갔다. 샤워기 아래에서 머리를 감으면서 캐럴라인을 어떻게 대해야 할지 고심했다. 우리는 어린 시절 같이 학교를 다닐 때부터 알고 지낸 사이다. 죽이 척척 맞아 자연스럽게 서로에게 끌린 데다 부모가 이혼한 열세 살짜리 기숙학교 학생이라는 공통점도 있었다. 그녀는 신입생인 나를 받아들여 챙겨주었다. 우리는 찰떡처럼 붙어 지냈다. 나에게 그녀는 첫사랑이자 첫 섹스… 실패한 첫 섹스다. 언제까지나. 세월이 흘러 그녀는 내가 아닌 내 형을 선택했다. 그럼에도 우리는 좋은 친구로 남았고 서로의 인생에 관여하지 않았다. 키트가 죽기 전까지는.

젠장. 이쯤에서 멈춰야 한다. 복잡한 것은 딱 질색이다. 면도를 하는데 침통한 초록빛 눈이 나를 이글이글 노려보았다. 캐럴라인과의 사이를 망치지 마. 그녀는 몇 안 되는 네 친구 중 하나잖아. 그녀에게 말해. 이성적으로 이야기하라고. 우리 둘이 함께할 수 없다는 건 그녀도 알아. 나는 마음을 단단히 먹으며 거울 속의 나에게 고개를 끄덕이고는 남은 거품을 닦아냈다. 수건을 바닥에 떨구고 드레스룸으로 들어갔다. 선반 위에 단정히 놓인 블랙진을 꺼내 들었다. 다행히 새로 다림질한 흰 셔츠와 드라이클리닝한 검은색 재킷이 옷걸이에 걸려 있었다. 오늘은 집안의 변호사와 점심을 먹기로 했다. 부츠를 신고 나서 바깥의 추위로부터 나를 지켜줄 외투를 집어 들었다.

젠장, 오늘 월요일이군.

그럼 오늘 오전에 폴란드 가정부 크리스티나가 느지막이 올 것이다. 나는 지갑을 꺼내 복도 콘솔 탁자 위에 약간의 현금을 놓아둔 뒤 경보 장치를 켜고는 현관문을 나섰다. 문밖에서 문을 잠근 다음 엘리베이터를 놔두고 계단으로 내려갔다.

첼시 임뱅크먼트(런던 템스 강변을 따라 이어지는 거리와 주택가-옮긴이)로 나갔을 때 청명하고 쌀쌀한 공기가 다가왔다. 얼어붙은 내 입김이 깨끗한 공기를 더럽혔다. 나는 칙칙한 잿빛 템스 강 너머 반대쪽 강변에 있는 평화의 탑을 바라보았다. 약간의 평화. 그것이 내가 원하는 것이었지만 먼 훗날에나 가능할 것이다. 점심을 먹으면서 궁금했던 것들을 알게 되면 좋으련만. 나는 한 팔을 들어 택시를 불러 타고 운전사에게 메이페어(런던 하이드 파크 동쪽의 고급 주택가-옮긴이)로 가자고 했다.

웅장한 조지 왕조풍의 브룩 스트리트에 자리한 법무법인 '파벨, 마몬트 앤 호프만'은 1775년부터 우리 집안의 법률 자문을 맡아왔다. "어른 노릇 좀 해보자." 나는 화려하게 장식한 나무 문을 밀어 열면서 중얼거렸다.

"안녕하세요, 선생님." 젊은 접수직원이 활짝 웃었다. 올리브빛 피부에 홍조가 퍼져 나갔다. 절제된 스타일의 예쁜 여자였다. 평상시 같으면 어김없이 5분 정도 대화를 나누고 전화번호를 땄겠지만 여기는 그럴 자리가 아니다.

"라자 씨와 약속이 있어요."

"성함이?"

"맥심 트리벨런."

그녀의 눈이 컴퓨터 화면을 훑었다. 그녀가 고개를 젓고는 얼굴을 찌푸렸다. "일단 자리에 앉으세요." 그녀는 갈색 가죽 소파 두 개를 가리켰다. 패널을 댄 복도에 체스터필드 소파가 두 개 놓여 있었다. 나는 소파에 앉아 오늘자 〈파이낸셜 타임스〉를 집어 들었다. 직원이 급히 전화통화를 하는 동안 나는 신문 1면을 읽었지만 내용이 머리에 들어오지 않았다. 눈을 들었을 때 라자가 나를 맞이하러 다가왔다. 그는 한 손을 내민 채 쪽문을 지나 성큼성큼 걸어왔다.

나는 일어섰다.

"트리비딕 경, 삼가 위로의 말씀을 드립니다." 악수를 나눌 때 라자가 말했다.

"그냥 트리비딕으로 불러주세요." 내가 대답했다. "난 아직도 형의 작위가 익숙하지 않아요."

내 작위다… 이제는.

"그렇겠지요." 라자가 고개를 숙여 정중히 경의를 표했는데 나는 그것이 거슬렸다. "가실까요? 파트너 전용 식당에서 같이 점심 드시죠. 저희 와인 저장고는 런던 최고라 자부합니다."

나는 메이페어에 위치한 내 클럽에서 춤추는 불꽃을 멍하니 바라보았다.

트리비딕 백작.

나다. 이제는.

상상도 못 한 일이다. 재앙이다.

어릴 때는 형의 작위와 위치가 그저 부러웠다. 키트는 태어날 때부터 집안의 총아였다. 특히 어머니에게는. 형은 천덕꾸러기가 아니라 후계자였다. 태어나면서부터 포스트웨인 자작으로 불리다가 스무 살 때 아버지의 갑작스런 죽음으로 트리비딕 백작이 되었다. 하지만 내 경우엔 스물여덟 살에 날벼락처럼 백작이 되었다. 그동안 백작의 작위와 그것이 수반하는 모든 것을 탐낸 적도 있었지만 막상 작위를 물려받고 보니 형의 영역을 침범한 기분이 들었다.

넌 어젯밤 형수이자 백작 부인이랑 잔 거야. 그건 단순한 침범이 아니지.

나는 마시고 있던 글렌로시스를 한 모금 삼키고는 잔을 치켜들었다. "유령을 위해 건배." 그 얄궂은 상황에 피식 웃음이 났다. 글렌로시스는 아버지가 좋아하던 위스키다. 형도 좋아했고. 이 1992년산 빈티지 위스키는 이제 내 것이 되었다.

정확히 언제였는지는 기억나지 않지만 어느 시점에 나는 키트 형과 형의 후계 지위를 인정하고 받아들였다. 아마도 십대 시절이 끝날 무렵이었을 것이다. 형은 작위를 소유했고 여자도 차지했다. 나는 그걸 인정할 수밖에 없었다. 그런데 그 모든 것이 내 것이 되었다. 모든 것이.

형의 아내마저도. 최소한 어젯밤엔.

아이러니하게도 키트는 유언장에 캐럴라인에 대한 조항은 전혀 남기지 않았다.

전혀.

그녀가 두려워했던 일이 실제로 일어난 것이다.

형은 어쩜 그리 무심할 수 있을까? 넉 달 전 유언장을 새로 작성했지만, 캐럴라인에 대한 조항은 넣지 않았다. 아무리 둘이 결혼 생활을 한 지 2년밖에 안 됐다고 해도…

형은 대체 무슨 생각이었을까?

물론 그녀가 자초한 면도 있다. 그렇다고 누가 그녀를 탓할 수 있을까?

나는 얼굴을 문질렀다.

이제 어떡하지?

전화기가 부르르 진동했다.

지금 어디야?

캐럴라인의 문자였다.

나는 전화기를 꺼버리고 술을 한 잔 더 주문했다. 오늘 밤엔 그녀를 보고 싶지 않았다. 다른 사람 안에서 나 자신을 잊고 싶었다. 새로운 사람. 아무런 관련이 없는 사람. 약도 조금 당겼다. 나는 휴대폰을 집어 틴더를 열었다.

"맥심, 아파트가 참 멋져요." 여자가 평화의 탑 불빛에 은은히 빛나는 탁한 템스 강물을 바라보았다. 나는 그녀의 재킷을 받아 소파 등받이에 걸쳤다.

"한잔할래요? 아님 더 강한 걸로?" 내가 제안했다. 어차피 거실에 오래 있지 않을 거니까. 그녀가 윤기 나는 검은 머리카락을 어깨 뒤로 넘겼다. 검게 화장한 그녀의 녹갈색 눈이 내게 머물렀다.

그녀가 립스틱을 바른 입술을 핥고 눈썹을 추켜올리더니 물었다. "더 강한 거?" 유혹하는 말투였다. "무슨 술인데요?"

아… 이 여자가 말귀를 못 알아먹네. 그럼 코카인은 아웃. 하지만 여자가 내 앞에 있었다. 내가 더 가까이 다가가자 그녀는 고개를 젖혀 나를 올려다봐야 했다. 나는 일부러 그녀를 만지지 않았다.

"사실 난 목 안 말라, 헤더." 내가 목소리를 낮게 깔았다. 여자의 이름이 기억나 다행이었다. 그녀가 침을 꼴깍 삼키더니 입술을 살짝 벌렸다.

"나도 안 말라." 그녀가 속삭였다. 그녀의 도발적인 미소가 눈으로 번졌다.

"뭐 하고 싶어?" 그녀의 시선이 내 입술로 움직였다. 그것은 초대장이었다. 나는 그녀의 의중을 맞게 해석했는지 가늠하느라 잠시 머뭇거리다가 몸을 숙여 그녀에게 키스했다. 짧은 접촉이었다. 입술과 입술이 닿는. 입술만 닿는.

"내가 뭘 원하는지 알면서." 그녀가 손을 올려 내 머리카락을 쓸다가 그녀의 따뜻하고 열띤 입으로 나를 다시 끌어당겼다. 그녀는 브랜디 맛이 났다. 희미한 담배 냄새도. 그 바람에 다른 생각이 났다. 클럽에서 그녀가 담배를 피운 기억은 없는데. 나는 그녀를 확 끌어당겨 내 몸에 붙이고는 한 손으로 그녀의 허리를 감고 다른 손은 굴곡진 몸매를 더듬었다. 그녀의 가는 허리와 크고 단단한 가슴이 내 몸을 압박하며 유혹했다. 느낌만큼 실제로도 맛이 좋을지 궁금했다. 내 손이 그녀의 엉덩이로 미끄러져 내려갈 때 나는 키스의 강도를 높이며 그녀의 열렬한 입을 탐색했다.

"뭘 원하는데?" 나는 그녀의 입술에 대고 속삭였다.

"당신." 그녀가 거친 호흡으로 다급하게 내뱉었다. 한껏 달아올라서. 그녀는 내 셔츠의 단추를 풀기 시작했고 나는 가만히 있었다. 그녀가 셔츠를 내 어깨에서 벗겨 바닥에 떨어뜨렸다.

여기서 그녀를 가질까? 아니면 침대에서? 아무래도 편한 게 좋겠지. 나는 그녀의 손을 잡았다. "가자." 나는 그녀를 살짝 이끌었고, 그녀는 나를 따라 거실을 나와 복도를 지나서 침실로 들어왔다.

방은 예상대로 단정했다.

기특해, 우리 크리스티나.

나는 벽 스위치를 올려 침대 등을 켜고 나서 그녀를 침대로 데려갔다. "돌아봐."

헤더가 시키는 대로 발꿈치를 약간 들고 돌았다. "멈춰." 나는 그녀의 어깨를 움켜잡고 그녀를 내게 바짝 붙인 다음 그녀의 눈을 보려고 그녀의 고개를 나를 향해 올렸다. 그녀의 눈이 내 입술에 꽂혀 있었다. 그녀가 나를 올려다보았다. 환하고 맑고 또렷한 눈이었다. 취하지 않은. 나는 그녀의 목에 코를 박고 혀로 그녀의 보드랍고 향기로운 피부를 맛보았다. "누울 시간이야." 나는 그녀의 빨간 미니 드레스 지퍼를 내리고 어깨를 벗긴 뒤 빨간 브래지어에 감싸인 젖가슴의 윗부분이 드러나는 순간 잠시 멈추었다가 엄지손가락으로 브래지어의 레이스 표면을 쓰다듬었다. 그녀는 신음을 내고 등을 활처럼 젖혀 젖가슴을 내 손으로 밀어붙였다.

그래, 이거야.

내 두 엄지손가락이 섬세한 부위 안쪽으로 들어가 단단해진 젖꼭지 주변을 맴돌 때 그녀는 손을 뒤로 돌려 내 청바지의 단추를 찾아 더듬거렸다. "밤새도 돼. 시간은 많아." 나는 중얼거리고는 그녀를 놓아주고 물러섰다. 그러자 드레스가 그녀의 몸에서 스르륵 미끄러져 내려 그녀의 발치에 떨어졌다.

빨간 티팬티가 그녀의 맵시 좋은 뒤태를 드러냈다.

"돌아서. 당신 보고 싶어."

헤더는 머리카락을 어깨 뒤로 넘기면서 돌아서서 내게 긴 속눈썹 아래로 뜨거운 눈길을 던졌다. 대단히 멋진 젖가슴이었다.

나는 미소를 지었다. 그녀도 미소를 지었다.

이거 재밌겠는걸.

그녀가 손을 내밀어 내 청바지의 허리춤을 움켜쥐고 확 끌어당겼다. 그녀의 멋들어진 가슴이 내 가슴을 다시 압박했다. "키스해." 그녀가 으르렁거렸다. 낮고 강압적인 목소리였다. 그녀가 혀로 자신의 윗니를 쭉 훑었다. 내 몸이 반응해 사타구니가 점점 부풀었다.

"기꺼이 분부대로 하지요, 마님."

나는 그녀의 머리를 감싸쥐었다. 내 손가락이 그녀의 실크 같은 머리카락 속을 파고들었다. 이번에는 더 거칠게 키스하자 그녀가 반응했다. 그녀의 두 손이 내 머리카락을 움켜쥘 때 우리의 혀가 뒤엉켰다. 그녀가 멈추더니 음란하게 반짝거리는 눈으로 나를 올려다보았다. 그제야 좀 성에 찬다는 눈빛이었다. 그녀의 입술이 다시 게걸스럽게 내 입술에 부딪쳤다.

후, 하고 싶어 죽겠나본데.

민첩한 손가락이 내 청바지의 윗단추를 찾아냈다. 그녀가 바지를 끌어내렸다. 나는 웃으면서 그녀의 두 손을 움켜쥐고 그녀를 부드럽게 밀었고, 우리는 같이 침대로 쓰러졌다.

헤더. 이 여자의 이름은 헤더다. 내 옆에서 금세 곯아떨어졌다. 침대 옆 탁자에 놓인 시계를 보니 새벽 5시 15분이다. 섹스 상대로 쓸 만한 여자다. 그건 분명한데 이젠 그만 가줬으면 좋겠다. 쌕쌕거리는 그녀의 숨소리를 얼마나 더 듣고 있어야 할까? 그녀의 아파트로 갔어야 했다. 그랬다면 내가 나오면 그만인데. 하지만 내 집이 더 가까운 데다 우리 둘 다 마음이 앞서는 바람에 그러지 못했다. 천장을 올려다보며 어제저녁의 일을 하나하나 돌이켰다. 그녀에 대해 알게 된 것들을 떠올렸다. 그녀는 방송국에서—그녀의 말을 빌자면 "방송계"에서—일한다. 그리고 오전 근무라니까 곧 가겠지? 그리고 퍼트니에 산다. 섹시하다. 그리고 적극적이다. 그래, 정말 적극적이다. 행위를 할 땐 앞으로 하는 걸 좋아하고 사정할 땐 조용하다. 사정한 남자를 입으로 다시 세우는 재주가 신통하다. 그 기억을 떠올리니 내 물건이 꿈틀거렸다. 여자를 깨워서 한 번 더 할까. 그녀의 검은 머리가 베개 위 사방으로 퍼져 있다. 잠이 든 그녀의 얼굴은 평온하다. 그녀의 평온함에 와락 질투심이 인다. 불편한 마음을 억누르는데 문득 궁금했다. 이 여자를 더 잘 알게 되면 마음이 편해질까?

아, 돌겠네. 그만 좀 가줬으면.

넌 관계 맺는 데 문제가 있어. 캐럴라인의 성가신 목소리가 머릿속에 울려 퍼졌다.

캐럴라인. 제기랄.

캐럴라인의 문자 메시지 세 통과 부재중 전화가 계속 내 신경을 긁어댔다. 내 청바지는 구겨져 바닥에 널브러져 있다. 나는 바지 뒷주머니에서 휴대폰을 꺼냈다. 옆에서 자는 여자를 확인하면서—여자는 꿈쩍도 안 했다—캐럴라인의 메시지를 읽었다.

지금 어디야?

전화해!

나 삐쳤어.

대체 왜 이러는 거지?

잘 알잖아. 나란 놈을 알 만큼 알잖아. 이불 속에서 이는 짜릿함도 그녀에 대한 내 마음을 바꾸지는 못한다. 나는 그녀를 사랑한다… 내 방식대로. 그렇지만 친구로서, 좋은 친구로서 사랑할 뿐이다.

나는 인상을 썼다. 그녀의 연락을 씹은 꼴이 됐다. 하고 싶지도 않았지만. 무슨 말을 해야 할지도 모르겠고.

겁쟁이. 내 양심이 중얼거렸다. 이 상황을 바로잡아야 한다. 머리 위에서 은은한 템스 강물이 까딱까딱 요리조리 제멋대로 아른거렸다. 신경에 거슬렸다. 그것이 내가 잃어버린 것을 일깨웠다.

자유.

새로 생긴 것도 일깨웠다.

책임.

제기랄.

죄책감이 나를 짓눌렀다. 사뭇 생소하고 불편한 감정이다. 키트는 내게 모든 걸 물려주었다. 전부 다. 게다가 캐럴라인은 형의 재산을 한 푼도 받지 못한다. 내 형의 아내였는데. 그리고 우리는 섹스를 했다. 당연히 죄책감을 느끼고 있다. 틀림없이 그녀도 마찬가지일 것이다. 그래서 나를 깨우지 않고 한밤중에 인사 한마디 없이 가버렸던 것이다. 내 옆의 이 여자도 그래주면 오죽 좋을까.

나는 재빨리 캐로에게 문자를 보냈다.

> 오늘 바빴어. 별일 없지?

새벽 5시다. 캐럴라인은 잠들어 있을 것이다. 나는 무사하다. 그녀는 나중에 오늘 중으로 처리하면 된다… 내일이나.

헤더가 꿈틀거리다가 실눈을 떴다.

"안녕." 그녀가 희미한 미소를 지었다. 나는 미소로 응답했지만 그녀의 미소는 사그라들었다. "나 가야 해." 그녀가 말했다.

"간다고?" 내 가슴이 희망으로 부풀었다. "안 가도 돼." 말은 그렇게 했지만 물론 빈말이었다.

"가야 해. 출근해야 하는데 빨간 드레스가 사무실에서 너무 튈 것 같아서." 그녀는 일어나 앉아 실크 누빔 이불을 쥐고 굴곡진 몸을 가렸다. "어젠… 좋았어, 맥심. 내가 번호를 남기면 전화해줄래? 틴더 메시지보다 전화로 연락하고 싶어."

"그러지." 나는 천연덕스럽게 거짓말을 했다. 그리고 그녀의 얼굴을 내 얼굴 쪽으로 끌어당겨 부드럽게 키스했다. 그녀가 수줍게 미소를 지었다. 그러고는 몸에 이불을 두르고 일어서서 바닥에 떨어진 옷을 줍기 시작했다.

"택시 불러줄까?" 내가 물었다.

"우버 쓰면 돼."

"내가 할게."

"그래, 고마워. 나 퍼트니로 갈 거야."

그녀는 내게 주소를 말해주었다. 나는 일어나서 바닥의 청바지를 주워 입고는 그녀에게 혼자 있을 시간을 주려고 휴대폰을 집어 들고 침실을 나왔다. 어떤 여자들은 같이 자고 난 아침에 이상하게 수줍음을 타고 조용하게 행동한다. 음탕하고 저돌적이던 간밤의 요부는 간데없다.

나는 차를 부르고 나서 건너편 템스 강을 바라보며 그녀를 기다렸다. 마침내 그녀가 나타나 내게 쪽지를 건넸다. "내 번호야."

"고마워." 나는 쪽지를 청바지 뒷주머니에 넣었다. "5분 후에 차 올 거야."

그녀는 섹스 후의 수줍음을 발산하며 어색하게 서 있었다. 침묵이 우리 사이에 가로놓였고, 그녀는 나만 빼고 방을 둘러보았다.

"멋진 아파트네. 널찍하고." 그녀가 말했다. 우리는 잡담에 의지해 어색함을 만회하려 애썼다. 그녀가 내 기타와 피아노를 발견했다. "악기 연주해?" 그녀는 소형 그랜드 피아노 쪽으로 건너갔다.

"응."

"어쩐지 손을 능숙하게 쓰더라." 그녀가 말했다. 그러고는 괜한 말을 했다고 생각했는지 얼굴을 찌푸렸다. 그녀의 뺨이 예쁘게 분홍빛으로 물들었다.

"너도 연주해?" 나는 그녀의 말을 못 들은 척 물었다.

"아니. 2학년 때 리코더 불어본 게 다야." 내가 내 손을 언급한 말에 반응하지 않자 안심이 됐는지 그녀의 얼굴이 부드럽게 풀렸다. "저건 뭐야?" 그녀는 방 한쪽 구석에 있는 책상 위 오디오와 아이맥을 가리켰다.

"나 DJ야."

"그래?"

"응. 한 달에 두세 번 혹스튼 클럽에서."

"그래서 음반이 많구나." 그녀는 벽 선반에 꽂힌 음반들을 훑어보았다.

나는 고개를 끄덕였다.

"사진도 찍어?" 그녀는 거실의 큰 캔버스 위에 걸린 흑백 풍경 사진들을 가리켰다.

"응. 가끔 카메라 반대편에 서기도 하고."

그녀가 어리둥절한 표정을 지었다.

"모델로. 주로 편집상 필요할 때."

"아, 그렇구나. 다양한 면이 많은 남자네." 그녀는 조금 더 자신감이 붙어 활짝 웃었다. 자신감을 가질 만도 했다. 여신처럼 아름다웠다.

"내가 좀 다재다능하지." 내가 자조적인 미소를 지으며 대꾸하자 그녀의 환한 미소가 사라졌다. 그녀가 헷갈린다는 듯 인상을 썼다.

"그게 잘못된 건가?" 그녀가 물었다.

잘못됐냐고? 이 여자가 지금 무슨 소리를 하는 거야? "아니. 전혀." 내 휴대폰이 진동했다. 그녀의 차가 도착했음을 알리는 문자 메시지였다. "전화할게." 나는 그렇게 말하면서 그녀의 재킷을 집어 들어 그녀가 입도록 펼쳐주었다.

"안 할 거면서. 하지만 걱정 마. 이래서 틴더가 있는 거니까. 즐거웠어."

"나도." 나는 그녀의 말을 반박할 마음은 없었다.

나는 그녀를 따라 현관문으로 나갔다. "아래층까지 같이 가줄까?"

"아니. 됐어. 어린애도 아닌데, 뭐. 안녕, 맥심. 알게 되어서 즐거웠어."

"동감이야… 헤더."

"참 잘했어요." 그녀가 환히 웃었다. 내가 자기 이름을 기억하고 있어서 좋은 모양이다. 그녀가 미소를 지으니 나도 미소를 지을 수밖에. "이제 좀 낫네." 그녀가 말했다. "원하는 걸 찾길 바랄게." 그녀는 고개를 들어 내 뺨에 담백하게 입을 맞추었다. 그러고는 돌아서서 불안정한 하이힐 걸음새로 엘리베이터를 향해 걸어갔다. 나는 떠나는 형체를 향해 인상을 쓴 채 빨간 드레스 아래에서 움직이는 근사한 엉덩이를 바라보았다.

원하는 걸 찾길 바란다고? 대체 무슨 소리야?

이번 건 끝났어. 방금 널 가졌으니까. 내일은 다른 누군가가 되겠지. 뭐가 더 필요하지?

왠지 그녀의 말이 신경에 거슬렸지만 털어버린 뒤 침대로 돌아갔다. 여자가 가고 없으니 안심이 됐다. 청바지를 벗고 이불 속으로 들어갈 때 그녀의 도발적인 발언이 머릿속에서 메아리쳤다.

원하는 걸 찾길 바랄게.

대체 무슨 생뚱맞은 개소리야?

얼마 전 나는 콘월의 방대한 영지와 옥스퍼드셔의 영지, 노섬벌랜드의 영지, 런던의 작은 땅을 물려받았다. 그 대가는?

키트의 창백하고 뻣뻣한 얼굴이 눈앞에 아른거렸다.

젠장.

이제 수많은 사람들이 내게 의지하게 되었다. 너무 많은 사람들, 지나치게 많은 사람들이. 소작농들, 영지 내 노동자들, 저택 네 곳에서 일하는 일꾼들, 메이페어의 개발업자들…

망할.

키트. 이 개자식. 그렇게 죽어버리면 다냐, 개자식아.

나는 눈을 감고 차오르는 눈물을 눌렀다. 헤더가 헤어질 때 한 말이 머릿속에 메아리쳤다. 나는 그 말을 생각하며 잠에 빠져들었다.

2

알레시아는 차가운 손가락을 녹여보려고 마이클의 낡은 점퍼 주머니 안쪽으로 손을 오므렸다. 그리고 스카프 속으로 몸을 옹송그린 채 차가운 겨울 이슬비를 맞으며 첼시 임뱅크먼트에 위치한 아파트 건물을 향해 나아갔다. 오늘은 수요일이고 크리스티나 없이 혼자 일을 나온 두 번째 날이다. 그녀는 피아노가 있는 큰 아파트로 가는 중이었다.

굳은 날씨였지만 그녀는 성취감을 느꼈다. 평소의 두려움을 이기고 번잡한 전철을 타고 여기까지 왔기 때문이다. 런던이 어떤 곳인지 어렴풋이 알 것 같았다. 여기는 사람이 너무 많고 소음도 너무 많고 차들도 너무 많았다. 하지만 최악은 아무도 다른 사람에게 말을 걸지 않는다는 점이었다. 그녀를 떠민 사람들은 "실례합니다"라고 말하거나 "비켜주세요" 하는 말만 했다. 모두들 공짜 신문 뒤로 숨거나 헤드폰으로 음악을 듣거나 휴대폰 혹은 전자책을 들여다보면서 눈이 마주치는 것을 피했다.

오늘 아침 알레시아는 용케 앉을 자리를 발견했지만 옆에 앉은 여자가 휴대폰에 대고 실패로 끝난 간밤의 데이트 이야기를 가는 내내 떠들어댔다. 알레시아는 영어 실력을 키우기 위해 그 여자를 무시하고 무료 신문을 읽어보았지만 징징거리는 옆자리 여자의 시끄러운 목소리가 아니라 헤드폰으로 음악이나 듣고 싶었다. 그녀는 신문을 다 읽고 나서 눈을 감고 상상에 빠져들었다. 곳곳에 눈에 덮인 장엄한 산들, 백리향 향기가 감돌고 꿀벌들이 윙윙대는 초원들. 고향이 그리웠다. 그 평화와 고요함이 그리웠다. 어머니도 그립고 피아노도 그리웠다.

즐겨 치던 연습곡이 떠오르자 주머니 속의 손가락이 움직였다. 머릿속에서 크고 또렷한 피아노 선율이 들려오면서 타오르는 색깔들이 보였다. 피아노를 친 지 얼마나 되었더라? 아파트에서 그녀를 기다리는 피아노를 생각하니 가슴이 설렜다.

그녀는 오래된 건물의 출입구를 지나 엘리베이터로 향했다. 고조되는 흥분을 간신히 억누르며 꼭대기층으로 올라갔다. 월요일과 수요일, 금요일에는 비록 몇 시간이지만 이 멋진 집을 소유할 수 있다. 크고 널찍한 방들과 짙은색 마룻바닥, 소형 그랜드 피아노까지. 그녀는 잠긴 문을 열었다. 경보 장치를 해제하려는데 이상하게도 경고음이 나지 않았다.

아마도 장치가 고장이 났거나 애초에 켜지지 않은 모양이었다. 아니면 혹시… 안 돼. 집주인이 집에 있구나 하는 생각에 가슴이 철렁했다. 그녀는 귀를 바짝 세우고 생명체의 흔적을 탐색하면서 흑백 풍경 사진들이 걸린 널찍한 복도에 섰다. 아무 소리도 들리지 않았다.

Mirë(됐어).

아니지. '됐어.' 영어로. 영어로 생각해. 여기 누가 살든 그 사람은 일하러 나갔고 경보 장치 켜는 걸 잊은 게 분명했다. 집주인 남자를 만난 적은 없지만 좋은 직업을 가졌을 거라는 생각이 들었다. 집이 이렇게 대궐 같으니 말이다. 아니면 이런 집을 어떻게 감당하겠어? 그녀는 한숨을 쉬었다. 부자인 건 분명한데 못 말리는 게으름뱅이인 것도 분명했다. 두 번 크리스티나와 같이 온 것을 포함해 오늘까지 이 집에 세 번 왔는데 올 때마다 아파트가 난장판이어서 몇 시간 동안 쓸고 닦고 청소해야 했다.

복도 끝 채광창으로 잿빛의 낮이 스며들고 있었다. 알레시아는 전등 스위치를 올렸다. 머리 위의 크리스털 샹들리에가 반짝 살아나 복도를 은은히 밝혔다. 그녀는 스카프를 벗어서 현관문 옆 옷장 안에 점퍼와 같이 걸었다. 그러고는 가져온 비닐 쇼핑백 안에서 마그다가 준 낡은 운동화를 꺼낸 다음 젖은 부츠와 양말을 벗었다. 뽀송한 운동화를 신으면 언 발이 따뜻해질 테니 이제 안심이었다. 입고 있는 저지 상의와 티셔츠는 추위를 막기에 역부족이었다. 그녀는 온기를 끌어내려고 양팔을 힘차게 문지르며 주방을 지나 세탁실로 들어갔다. 탁자 위에 가져온 쇼핑백을 올려놓고는 그 안에서 몸에 잘 맞지 않는 나일론 작업복을 꺼냈다. 크리스티나에게 물려받은 옷이었다. 그녀는 작업복을 걸치고 나서 파란색 머릿수건을 둘러 땋아내린 굵은 머리카락을 고정했다. 개수대 아래 수납장에서 청소용 작은 가방을 꺼낸 뒤 세탁기 위에서 세탁 바구니를 집어 들고 그의 침실로 향했다. 서둘러 아파트 청소를 끝내면 가기 전에 피아노를 칠 짬이 잠깐이라도 날 것이다.

그녀는 방문을 열었지만 문간에서 얼어붙었다.

그가 있었다.

그 남자야!

그가 엎드려 곤히 잠들어 있었다. 큰 침대에 나체로 널브러져서. 그녀는 충격을 받기도 하고 매료되기도 해서 마룻바닥에 발이 붙어버린 것처럼 가만히 쳐다보기만 했다. 그는 이불을 몸에 감은 채 쭉 뻗고 침대에 누워 있었지만 알몸이었다… 완전한 나체. 얼굴은 그녀를 향해 있었지만 헝클어진 갈색 머리카락에 뒤덮여 있었다. 한 팔은 베개 밑에서 머리를 받치고 있었고 다른 손은 그녀를 향해 쭉 뻗어 있었다. 어깨는 넓은 데다 선이 뚜렷했고, 이두박근에 새겨진 섬세한 문신은 이불에 반쯤 가려져 있었다. 등판은 햇볕에 탄 연한 구릿빛이었는데 옆선이 점차 좁아져 오목한 고랑들을 거쳐 색이 연한 탄탄한 엉덩이로 이어졌다.

엉덩이.

다 벗었어!

Lakuriq(나체야)!

Zot(맙소사)!

근육질의 긴 다리는 뭉친 회색 이불과 은빛 실크 침대보 속으로 사라졌지만 발은 매트리스 가장자리 바깥으로 불거져 있었다. 그가 움직거렸다. 등 근육이 꿈틀거리고 눈꺼풀이 열리더니 초점이 없는 연초록색 눈동자가 나타났다. 알레시아는 숨이 턱 막혔다. 저 남자가 자기를 깨웠다고 화를 낼 게 분명했다. 서로 눈이 마주쳤지만 그는 자세를 바꿔 고개를 반대로 돌려버렸다. 그리고 편히 누워 다시 잠이 들었다. 그녀는 안심의 한숨을 내쉬었다.

Shyqyr Zotit(신이시여, 감사합니다)!

그녀는 부끄러워 빨개진 얼굴로 살금살금 침실을 빠져나온 다음 긴 복도를 후다닥 지나 거실로 들어가서 청소 도구를 바닥에 내려놓고 그가 흘린 옷가지들을 줍기 시작했다.

저 사람이 여기 있네? 어째서 아직까지 침대에 있는 거지? 이 시간에?

출근 늦었을 텐데.

그녀는 피아노를 쳐다보았다. 뒤통수를 맞은 기분이었다. 오늘은 피아노를 치기로 했는데. 월요일에 용기가 안 나 기회를 놓치고 나니 피아노가 너무 치고 싶었다. 오늘 처음 쳐보려고 했는데! 성난 그녀의 손가락이 곡조를 따라 움직일

41

때 바흐의 전주곡 C단조의 선율이 머릿속에서 메아리치면서 다홍색과 노란색, 주황색 빛깔들이 터져 나왔다. 곡이 절정에 이르렀다가 하강해 끝날 때 그녀는 바닥에 떨어진 티셔츠를 빨래 바구니에 던져 넣었다.

저 사람은 왜 여기 있는 거야?

하지만 실망하는 것은 옳지 않다는 생각이 들었다. 여기는 그의 집이었다. 그래도 실망한 덕분에 그에 대한 생각이 달아났다. 벌거벗은 남자를 본 것은 오늘이 처음이었다. 선명한 초록빛 눈의 벌거벗은 남자⋯ 그의 눈 색깔은 여름날 드린 강(유고슬라비아 남부에서 서북쪽으로 흘러 알바니아 북부를 지나 아드리아 해로 흘러드는 강—옮긴이)의 잔잔하고 깊은 물빛을 닮았다. 그녀는 얼굴을 찌푸렸다. 고향 생각은 하고 싶지 않았다. 그녀를 똑바로 쳐다보던 그의 눈. 그가 깨지 않아 얼마나 다행인지. 그녀는 빨래 바구니를 들고 방문이 반쯤 열린 침실을 까치발로 살금살금 지나다가 그가 아직 잠들었는지 보려고 걸음을 멈추었다. 욕실에서 샤워하는 소리가 들렸다.

일어났구나!

그녀는 그대로 내뺄까 잠시 생각하다가 그러지 않기로 했다. 일자리가 필요했다. 그냥 가버리면 해고당할지도 몰랐다.

그녀는 조심스레 방문을 열고 욕실에서 들려오는 소리를 들어보았다. 음이 안 맞게 흥얼거리는 목소리였다. 그녀는 두근거리는 가슴으로 침실 안으로 뛰어들어가 바닥 여기저기에 널브러진 옷가지를 주워 재빨리 안전한 세탁실로 돌아왔다. 가슴이 왜 이렇게 뛰는지.

그녀는 심호흡을 하며 마음을 가라앉혔다. 뜻밖에 자고 있는 그를 발견해서 놀란 것뿐이다. 그래. 그것뿐이야. 그게 다야. 벌거벗은 그를 본 것과는 아무 상관 없는 거야. 잘생긴 얼굴, 오똑한 콧날, 도톰한 입술, 넓은 어깨… 근육질의 팔과는 아무 상관 없는 거야… 아무것도 아냐. 충격을 받아서 그래. 아파트의 주인을 만날 줄은 꿈에도 몰랐지. 더군다나 그런 민망한 모습으로 있을 줄은.

그래. 잘생긴 남자이긴 해.

모든 면에서. 머리카락도, 손도, 다리도, 엉덩이도…

정말 잘생겼어. 나를 똑바로 쳐다보던 그 청명한 초록빛 눈이라니.

암울한 기억이 불쑥 떠올랐다. 고향에서의 기억.

분노로 번뜩이던 연청색 눈, 그녀에게 쏟아지던 분노.

안 돼. 그 남자 생각하지 마!

그녀는 두 손으로 얼굴을 감싸고 이마를 문질렀다.

안 돼. 안 돼. 안 돼.

그녀는 달아났고 지금은 여기 있다. 런던에 있다. 안전하다. 그 남자를 만날 일은 두 번 다시 없을 것이다.

그녀는 크리스티나에게 배운 대로 무릎을 구부리고 빨래 바구니에서 더러운 옷가지를 꺼내 세탁기 안에 넣었다. 그리고 블랙진의 주머니를 뒤져 동전 몇 개와 낯익은 콘돔을 꺼냈다. 그의 바지에서는 어김없이 콘돔이 나왔다. 그녀는 뒷주머니에서 전화번호가 적힌 쪽지를 발견했다. 헤더라는 이름이 적혀 있었다. 그녀는 그것을 동전이랑 콘돔과 같이 자신의 주머니에 넣은 뒤 세탁기 안에 세제를 넣고 나서 기계를 작동시켰다.

그녀는 건조기에서 옷을 꺼내고 다림질할 준비를 했다. 오늘은 다림질부터 해서 그가 나갈 때까지 세탁실에 숨어 있을 생각이었다.

저 사람이 안 나가면 어쩌지?

근데 왜 저 사람을 피해 다녀야 해? 그는 고용주였다. 오히려 인사를 해야 하지 않을까. 이제까지 모든 고용주를 만났고 아무런 문제도 없었다. 그녀를 따라다니면서 시시콜콜 청소법을 지적하는 킹스버리 부인을 빼고는. 그녀는 한숨을 쉬었다. 이제까지 그녀를 고용한 사람은 모두 여자들이었는데 이 집은 남자였다. 그녀는 남자를 경계했다.

"안녕, 크리스티나!" 그가 소리쳤다. 생각에 잠겨 셔츠를 다리던 그녀는 그 소리에 화들짝 놀랐다. 현관문이 탁 하고 닫히는 둔탁한 소리가 난 뒤 집 안이 조용해졌다. 그가 나간 것이다. 이제 혼자였다. 그녀는 마음이 놓여 다리미대에 몸을 기댔다.

크리스티나? 내가 크리스티나 후임으로 온 걸 모르나? 그녀는 마그다의 친구 애거사가 주선해 이 집에 오게 되었다.

일하는 사람이 바뀐 걸 애거사가 이야기해주지 않은 걸까? 알레시아는 오늘 저녁에 그것을 알아보기로 했다. 그녀는 다른 셔츠를 다려 옷걸이에 걸고 나서 복도의 콘솔 탁자를 확인하러 갔다. 그가 오늘 일당을 남겨두었다. 그렇다면 다시 돌아오지 않겠지?

별안간 희망찬 하루가 그녀 앞에 펼쳐졌다. 그녀는 새로운 목적을 가지고 세탁실로 돌아와 그의 셔츠며 갓 다림질한 옷 뭉치를 집어 그의 침실로 향했다. 큰 침실은 이 아파트에서 유일하게 흰색 없이 회색 벽과 짙은색 나무로만 꾸며진 방이었다. 목재 침대는 그녀가 이제까지 본 침대 중 가장 컸고, 침대 위에 큰 금박 거울이 걸려 있었다. 침대 맞은편 벽에는 여자들을 찍은 커다란 흑백 사진 두 점이 걸려 있었는데 카메라 쪽으로 등을 돌린 여자들의 나신이었다. 알레시아는 사진을 등지고 돌아서서 방 안을 훑어보았다. 방안이 완전 난장판이었다. 그녀는 옷방에 재빨리 셔츠를 걸고 나서—여기 옷방은 그녀의 침실보다 더 컸다—갠 옷들을 선반 위에 올려두었다. 옷방 안도 어지러웠다. 지난주 크리스티나와 함께 일을 시작한 이후 내내 그랬던 것처럼. 크리스티나는 어지러운 옷방은 신경 쓰지 않았다. 알레시아는 어질러진 옷가지들을 개어 치우고 싶었지만 엄두가 나지 않았다. 지금은 시간이 없었다. 피아노를 치려면.

그녀는 침실로 나가서 커튼을 열고 바닥에서 천장까지 이어진 창문으로 템스 강을 바라보았다. 비는 그쳤지만 우중

충한 날이었다. 거리도 강물도 공원의 나무도 온통 연한 잿빛이었다. 그녀의 고향과는 너무나 달랐다.

그만. 이제 고향은 이곳이다. 그녀는 마음속에서 밀물처럼 밀려드는 슬픔을 떨쳐내고 그의 주머니 안에 있던 물건들을 침대 옆 탁자 위에 올려두었다. 그러고는 침실을 청소하고 정리하기 시작했다.

쓰레기통만 비우면 침실에서 할 일은 끝이었다. 쓰고 버린 콘돔을 쳐다보지 않으려 노력하면서 내용물을 검은 쓰레기봉투 안에 비웠다. 이 일은 처음에도 충격이었는데 여전히 충격이었다. 어쩜 이런 걸 이렇게 많이 쓰는 남자가 다 있지?

윽!

알레시아는 아파트의 다른 곳들을 돌아다니면서 청소하고 먼지를 닦고 광을 냈지만 출입이 금지된 방에는 들어가지 않았다. 문득 저 닫힌 방 안에 무엇이 있을까 궁금했지만 감히 열어보지는 않았다. 크리스티나가 그 방은 출입 금지라고 딱 잘라 말했으니까.

그녀는 바닥 걸레질을 마쳤다. 30분 정도 짬이 났다. 그녀는 청소 도구를 세탁실 안에 놓고 세탁한 옷들을 건조기 안으로 옮겼다. 작업복을 벗고 나서 둘렀던 파란 머릿수건도 풀어 청바지 뒷주머니 안에 쑤셔넣었다.

그녀는 쓰레기가 가득한 검은 봉투를 가져다가 현관문 옆에 놓아두었다. 아파트를 나갈 때 가져가서 아파트 건물 옆 골목 안의 정해진 큰 쓰레기통에 버릴 생각이었다. 그녀는 혹시 몰라 현관문을 열고 복도 이쪽저쪽을 살폈다. 그가 돌아오는 기미는 없었다. 해도 되겠어. 저번에 처음으로 혼자 이 집을 청소할 때는 감히 용기가 나지 않았다. 그가 돌아올까 두려워서. 하지만 오늘은 그가 인사까지 하면서 집을 나간 이상 위험을 감수할 생각이었다.

그녀는 종종걸음으로 복도를 지나 거실로 들어가서 피아노 앞에 앉았다. 잠시 멈추고 이 순간을 즐겼다. 위에 걸린 웅장한 샹들리에 불빛에 피아노가 검고 매끄러운 자태를 뽐냈다. 그녀의 손가락이 리라 모양의 금빛 로고와 그 밑의 글자들을 쓰다듬었다.

스타인웨이 앤 선스

피아노 악보대 위에 연필 하나와 반쯤 완성한 곡이 있었다. 크리스티나와 같이 아파트에 처음 왔을 때부터 있던 것들이었다. 악보를 한 장 한 장 넘길 때마다 곡조가 그녀의 머릿속에 울려 퍼졌다. 쓸쓸하고 우수에 가득찬 슬픈 조곡으로, 창백한 파란색과 회색의 색조를 띤 미완성곡이었다. 그녀는 그 심오하고 사색적인 곡을 오늘 아침에 본 게으르지만 잘생긴 나체의 남자와 연결시켜보았다. 어쩌면 그는 작곡가인지도 모르겠다. 그녀는 넓은 방 맞은편 구석의 고풍스런 책상을 훑어보았다. 책상 위에 컴퓨터 한 대, 신시사이저 한 대, 사운드 믹서로 보이는 기기 두 대가 흩어져 있었다. 물론 그것들은 작곡가가 구비할 만한 것들이었다. 그리고 벽에는 오래된 음반들이 꽂혀 있었는데 먼지가 쌓여 있어 그녀의 손길이 필요했다. 그는 열렬한 음반 수집가가 분명했다.

그녀는 그 생각들을 떨쳐내고 건반들을 내려다보았다. 마지막으로 연주한 지 얼마나 됐더라? 몇 주? 몇 달? 별안간 날카로운 설움이 일어나 목이 메고 눈에 눈물이 고였다.

안 돼. 여기서는 안 돼. 여기서 무너져서는 안 된다. 두통과 향수병을 물리치느라 피아노를 움켜쥐었을 때, 마지막으로 연주한 지 한 달도 더 되었다는 생각이 들었다. 그날 이후로 너무나 많은 일들이 일어났다.

그녀는 진저리를 치고는 심호흡을 하며 평온한 감정을 끌어냈다. 그러고는 손가락을 펴서 건반을 두드렸다.

하양. 검정.

그 단순한 접촉이 그녀를 달래주었다. 이 소중한 순간을 만끽하며 음악에 빠져들고 싶었다. 그녀는 건반을 톡톡 눌러 E단조 화음을 연주했다. 맑고 강한 소리, 대담하고 파릇한 초록빛, 미스터의 눈 색깔. 알레시아의 가슴은 희망으로 가득찼다. 스타인웨이 피아노는 조율이 완벽했다. 그녀는 몸 풀기 곡으로 치는 〈뻐꾸기(Le Coucou)〉를 시작했다. 건반은 순순히 매끄럽게 흐르듯 움직였다. 그녀의 손가락이 비바체로 건반 위를 날아다니는 동안 지난 몇 주간의 스트레스와 두려움, 슬픔은 점차 누그러지다 완전히 침묵했고 그녀는 음악의 색깔들 속으로 빠져들었다.

트리벨런 가문은 런던에 저택을 여러 채 소유하고 있는데, 내 아파트에서 부지런히 걸어서 갈 수 있는 체인 워크에도 한 채 있다. 1771년 로버트 애덤이 지은 '트리벨런 하우스'는 아버지가 돌아가신 뒤 키트가 쭉 살던 집이다. 내게는 어린 시절의 추억이 가득한 곳인데—행복한 추억도 있고 덜 행복한 추억도 있지만—이제 내 마음대로 처분이 가능한 내 것이 되었다. 내게 상속되었으니까. 나는 또다시 맞닥뜨린 이 현실이 새삼스러워 고개를 젓고는 혹독한 추위에 대비해 외투 깃을 올려 세웠다. 밖의 날씨만 추운 게 아니라 내 마음도 추웠다.

대체 이 집을 어떻게 해야 할까?

캐럴라인을 안 만난 지 이틀째다. 내게 단단히 화가 났겠지만 조만간 그녀와 마주해야 할 것이다. 나는 현관 계단에 서서 열쇠를 쓸지 말지 고민했다. 이 집에 들어갈 땐 늘 열쇠를 사용했지만 오늘은 그렇게 안으로 들어가자니 무단으로 침입하는 기분이 들었다.

나는 숨을 깊게 들이마시고 나서 문을 두 번 두드렸다. 몇 분 뒤 현관문이 열렸다. 내가 태어나기 전부터 우리 집안의 집사였던 블레이크가 문을 열었다.

"트리비딕 경." 그가 대머리가 되어가는 머리를 정중히 숙이고 열린 문을 잡아주면서 말했다.

"꼭 이렇게 격식을 차려야 돼요, 블레이크?" 나는 현관 복도로 성큼 들어서면서 물었다. 블레이크는 묵묵히 내 외투를 받아들었다. "블레이크 부인은 잘 지내시죠?"

"잘 있습니다, 미로드(영국에서 귀족 남자를 높여 부르는 경칭-옮긴이). 최근의 불상사로 몹시 슬퍼하고 계시지만요."

"우리 모두 그렇죠. 캐럴라인은 집에 있나요?"

"네, 미로드. 아마 백작 부인은 응접실에 계실 겁니다."

"고마워요. 내가 올라가볼게요."

"그러시죠. 커피 내올까요?"

"네, 주세요. 아, 참, 블레이크, 지난주에도 말했지만 경칭은 빼는 게 좋겠어요."

블레이크는 멈칫하다가 고개를 끄덕였다. "그러죠, 백작님. 고맙습니다, 백작님."

한숨이 나올 것 같다. 예전에는 맥심 트리벨런 영식(令息)이니 뭐니 하면서 나를 '맥심 도련님'으로 부르더니만. '미로드'는 아버지와 뒤를 이은 형에게만 붙던 호칭이었다. 새 작위에 익숙해지려면 시간이 꽤나 걸릴 것 같다.

나는 넓은 계단을 뛰어 올라가 층계참에서 응접실로 들어갔다. 빵빵한 소파와 대대로 내려온 앤 여왕 시대의 우아한 가구들 외에는 텅 빈 공간이었다. 응접실은 온실로 이어졌는데 온실에서는 템스 강과 카도간 부두, 앨버트 다리까지 모두 보여 전망이 좋았다. 캐럴라인이 거기 팔걸이의자에 캐시미어 숄을 감고 앉아 창밖을 내다보고 있었다. 손에 작고 파란 손수건을 들고.

"안녕." 나는 성큼성큼 들어가면서 말했다. 캐럴라인은 눈물에 젖은 얼굴을 내게로 돌렸다. 눈이 빨갛고 퉁퉁 부어 있었다.

젠장.

"대체 어딜 갔었어?" 그녀가 딱딱거렸다.

"캐로." 나는 그녀를 달래기에 돌입했다.

"캐로라고 부르지도 마, 재수 없는 인간아." 그녀는 쏘아붙이면서 주먹을 쥐고 일어섰다.

빌어먹을. 단단히 화가 나셨군.

"내가 뭘 어쨌다고 이래?"

"네가 무슨 짓을 했는지 알잖아. 내 전화는 왜 안 받아? 이틀 동안이나!"

"생각할 것도 많았고 바빴어."

"네가? 바빠? 맥심, 약에 취해 해롱거리고 떡치는 거 말고 바쁜 게 뭔지도 모르면서."

나는 식겁했다가 그 이미지가 떠올라 웃음을 터뜨렸다.

캐럴라인이 조금 누그러졌다. "날 웃겨서 어물쩍 넘기려 들지 마." 그녀가 입술을 비쭉 내밀었다.

"넌 어쩜 그렇게 말을 잘하냐." 나는 양팔을 벌렸고 그녀가 내 품으로 들어왔다.

"왜 전화 안 했어?" 그녀는 나를 껴안으면서 물었다. 화가 풀린 모양이다.

"이것저것 파악해야 할 게 많아서." 나는 그녀를 안고 소곤거렸다. "생각할 시간이 필요했어."

"혼자?"

나는 대답하지 않았다. 거짓말하고 싶지 않았다. 월요일 밤에는 음… 헤더랑 같이 있었고, 어젯밤엔… 그 여자 이름이 뭐더라? 그래, 던.

캐럴라인은 훌쩍거리면서 내 품에서 벗어났다. "나도 생각 많이 했어. 난 널 잘 알아, 맥심. 이번엔 어떤 여자였어?"

나는 내 물건을 감싼 헤더의 입술이 떠올라 어깨를 으쓱거렸다.

캐럴라인이 한숨을 쉬었다. "걸레 같은 놈." 그녀는 평소의 혐오감을 드러내며 말했다.

아니라고는 말 못 하겠네.

다른 사람은 몰라도 캐럴라인은 내가 밤에 어떻게 노는지 훤히 꿰고 있었다. 그리고 툭하면 갖가지 희한한 욕설로 나를 묘사하면서 난잡한 놈이라고 비난을 퍼부었다.

그러면서 나랑 잘만 잠자리를 하지.

"그놈의 계집질에 빠져서는 나 혼자 아빠하고 암퇘지랑 저녁 먹게 팽개쳐두고. 너무하잖아." 그녀가 원망했다. "나 어젯밤에 외로웠단 말이야."

"미안해." 나는 달리 할 말이 없어서 그렇게 대답했다.

"변호사 만나봤어?" 그녀는 화제를 바꾸면서 나를 똑바로 바라보았다.

나는 고개를 끄덕였다. 그것 때문에 그녀를 더 피한 것이다.

"어머, 어떡해." 그녀가 징징거렸다. "그래서 얼굴이 그렇게 어둡구나. 나 아무것도 못 받는구나, 그치?" 그녀의 눈이 두려움과 슬픔으로 커졌다.

나는 두 손을 그녀의 어깨에 얹고 부드러운 목소리로 다 털어놓았다. "전부 내게 상속되었어."

캐럴라인이 울음을 터뜨리고는 입을 막았다. 눈에 눈물이 차올랐다. "그 망할 인간." 그녀가 중얼거렸다.

"걱정 마. 어떡할지 같이 고민해보자." 나는 그녀를 다시 끌어안았다.

"나 그이를 사랑했었어." 그녀가 어린애처럼 작고 조용한 목소리로 말했다.

"알아. 우리 둘 다 그랬지." 캐럴라인은 키트의 작위와 재산도 사랑했었다.

"나 쫓아내지 않을 거지?"

나는 그녀의 손에서 손수건을 집어서 그녀의 양쪽 눈가를 닦아주었다. "당연히 아니지. 넌 죽은 내 형의 아내고 내 절친인데."

"그것뿐이야?" 그녀가 내게 눈물로 얼룩진 씁쓸한 미소를 지었다. 나는 대답하지 않고 그녀의 이마에 입을 맞추었다.

"커피 가져왔습니다." 블레이크가 입구에서 온실로 들어오며 말했다.

나는 얼른 두 팔을 내리고 캐럴라인에게서 떨어졌다. 블레이크가 무표정한 얼굴로 쟁반을 들고 들어왔는데 쟁반에 컵과 우유, 은제 커피포트, 그리고 내가 좋아하는 비스킷인 초콜릿 다이제스티브가 담겨 있었다.

"고마워요. 블레이크." 나는 목덜미가 점차 뜨거워지는 것을 무시하며 대꾸했다.

당당하게 굴어.

블레이크는 쟁반을 소파 옆 탁자 위에 놓았다. "더 시키실 일 없습니까?"

"당장은. 고마워요." 내 말투는 평소보다 더 날카로웠다.

블레이크가 방을 나갔고 캐럴라인이 커피를 따랐다. 나는 블레이크가 나가자 안도감이 들면서 어깨에서 힘이 풀렸다. 어머니의 목소리가 머릿속에 울려 퍼졌다. 아랫사람들 앞에서는 조심하거라.

나는 아직 캐럴라인의 젖은 손수건을 쥐고 있었다. 그것을 바라보다가 간밤에 꾼 꿈의 일부가 기억나 인상을 썼다. 어젯밤이 아니라 오늘 아침이었나? 젊은 여자? 천사? 성모마리아인지 여승인지 모를 여인이 푸른 옷을 입고 내 침실 문간에 서서 자는 나를 바라보는 꿈이었다.

대체 무슨 꿈일까?

나는 종교가 없다.

"왜 그래?" 캐럴라인이 물었다.

나는 고개를 저었다. "아무것도." 나는 중얼거리면서 그녀가 건넨 커피 잔을 받고 나서 그녀에게 손수건을 돌려주었다.

"저기, 나 임신한 것 같아." 그녀가 말했다.

뭐? 나는 기겁했다.

"키트의 아이. 너 말고. 넌 철저하게 조심하잖아."

그렇지, 참. 발밑의 땅이 빙빙 도는 것 같다.

키트의 후계자!

아니, 여기서 일이 더 복잡해진다고?

"그렇게 된다면, 어떻게든 정리해야지." 그렇게 대답하는데 이 모든 책임이 키트의 아이에게 넘어가겠구나 싶어 안도감이 들면서도 압도적인 상실감이 밀려왔다.

백작의 직위는 내 것이다. 지금으로서는.

제길. 여기서 더 뒤죽박죽이 된단 말이야?

3

사무실로 향하는 택시 뒷좌석에서 휴대폰이 진동했다. 조였다.

"친구야." 조가 말했다. "어떻게 지내냐?" 그의 목소리는 진지했다. 키트가 죽은 후로 어떻게 마음을 추스르고 있느냐는 뜻이다. 조는 장례식 때 보고 한 번도 만나지 않았다.

"그럭저럭."

"한판 어때?"

"하고 싶긴 한데 못 해. 하루 종일 회의가 있어."

"백작 노동?"

나는 웃음을 터뜨렸다. "응. 백작 노동."

"그럼 주말에나 가능하겠네? 내 펜싱 칼 녹슬겠어."

"그러니까. 그러자. 한잔해도 좋고."

"그래, 톰도 시간이 나는지 알아볼게."

"좋아. 고마워, 조."

"고맙긴, 인마."

나는 전화를 끊었다. 조는 내 펜싱 연습 상대이자 절친이다. 이제 나는 사무실에 가서 염병할 몇 가지 일을 처리해야한다. 기분 전환 삼아.

키트. 이게 다 형 때문이야.

음악 소리가 룰루스 안을 광광 울려대고, 베이스가 내 가슴을 쿵쿵 파고든다. 그래, 이거야. 소음은 불필요한 대화를 줄여준다. 나는 인파를 뚫고 바를 향해 나아갔다. 술 생각이 간절했다. 따뜻하고 저돌적인 몸뚱이도.

지루한 회의를 하느라 마지막 날의 낮 전부와 저녁의 절반을 다 써버렸다. 트리비딕 가문의 투자 포트폴리오와 자선 신탁 중 상당 부분을 관리하는 펀드 매니저 둘, 콘월과 옥스퍼드셔와 노섬벌랜드의 영지 관리인들, 런던의 부동산을 관리하는 에이전시, 거기에다 메이페어 저택 세 채의 개조를 맡은 개발업자까지 만났다. 키트의 총괄 이사였고 오른팔 역할을 했던 올리버 맥밀런이 나랑 같이 모든 회의에 참석했다. 올리버와 키트는 이튼 시절부터 친구로 지낸 사이로 우리 아버지가 돌아가셔서 키트가 귀족의 의무를 다하느라 대학을 중퇴하기 전까지 런던정경대학을 같이 다녔다.

왜소한 몸집에 산발한 금발머리인 올리버는 무얼 놓치는 법이 없는 오묘한 빛깔의 눈을 가졌다. 내가 좋아할 만한 인

간은 아니다. 냉철하고 야망이 많지만 대차대조표를 읽을
줄 알고 트리비딕 백작 밑에서 일하는 수많은 고용인들을
다룰 줄 안다.

키트가 어떻게 이 모든 걸 요리하면서 런던 금융가에서
펀드 매니저 일까지 했는지 난 도무지 모르겠다. 하지만 뭔
들 못 했겠어, 그 똑똑하고 잘난 인간이.

유머까지 장착했었지.

형이 그립다.

나는 그레이 구스와 토닉을 주문했다. 아마도 형은 맥밀
런의 조력 덕분에 해냈을지도 모른다. 과연 올리버가 형에
게 그랬듯이 나한테도 의리를 지킬지 의문이다. 아니면 내
가 새로이 짊어진 일들을 익히는 동안 어리바리한 나를 이
용해먹는 건 아닐까. 그건 모를 일이다. 하지만 나는 그를 믿
지 않는다. 그를 상대할 때는 각별히 신경 써서 신중을 기하
고 있다.

지난 이틀 동안 좋았던 일이 있긴 있었는데 내 에이전트
가 내게 전화해서 다음 주에 일이 있다고 말했을 때였다. 그
영감태기에게 말로가 뻔한 모델 일은 더 이상 하지 않겠다
고 선언할 때 얼마나 짜릿하던지.

나중에 후회하지는 않겠지?

글쎄. 모델 일은 머리에 쥐가 나도록 지루한 작업이긴 해
도 옥스퍼드에서 쫓겨났을 때 나를 침대에서 일으켜주고 몸
매를 유지하게 하는 명분이 되었다. 섹시하고 날씬한 여자

들을 만나는 기회도 제공했고.

나는 술을 한 모금 홀짝인 뒤 클럽 안을 둘러보았다. 원하는 것이 포착됐다. 섹시하고 저돌적인 여자. 날씬한 몸매.

그래, 오늘은 '불타는 목요일'이니까.

그녀의 요란한 웃음소리가 내 주의를 끌었고, 우리는 눈이 마주쳤다. 그녀의 시선에 담긴 긍정적이고 도전적인 신호에 내 아랫도리가 기대감으로 꿈틀했다. 예쁜 녹갈색 눈에 치렁치렁하고 매끄러운 갈색 머리의 그녀는 독한 술을 마시고 있었다. 게다가, 가죽 미니 드레스와 허벅지까지 올라오는 스틸레토 힐 부츠가 선정적으로 느껴졌다.

그래. 저 여자면 되겠어.

함께 내 아파트로 들어온 것은 새벽 2시였다. 내가 그녀의 외투를 받아들자마자 그녀가 돌아서서 두 팔로 내 목을 감고 속삭였다. "침대로 가요, 도련님." 그러고는 내게 키스했다. 거칠게. 예고 따윈 없었다. 나는 그녀의 외투를 들고 있었기 때문에 같이 넘어지지 않으려면 벽에 기댈 수밖에 없었다. 그녀의 기습에 얼떨떨해졌다. 그녀는 생각보다 훨씬 더 흥분한 상태였고 립스틱과 예거마이스터(여러 가지 허브와 과일, 뿌리 등의 재료를 넣어 만든 술-옮긴이) 맛이 났다. 흥미로운 조합이다. 나는 그녀의 머리카락을 움켜쥐고 살짝 당겨 내 입술에서 그녀를 떼어냈다.

"좋은 건 아껴야지, 자기." 내가 그녀의 입술에 대고 소곤거렸다. "우선 자기 외투 좀 걸고."

"내 외투는 개나 줘." 그녀는 그렇게 말하더니 다시 내게 키스했다. 혀로.

그냥 합체하는 게 나으려나.

"이런 속도라면 침대까지 가지도 못하겠어." 나는 그녀의 어깨에 두 손을 얹고 살짝 그녀를 밀어냈다.

"그럼 집 구경 좀 할게. 모델 겸 사진작가 겸 DJ 씨." 그녀가 짓궂게 말했다. 저돌적인 태도와는 사뭇 다른 나긋한 아일랜드 말씨였다. 그녀를 따라 복도를 지나 거실로 들어갈 때 그녀가 침대에서도 이렇게 솔직할지 궁금했다. 그녀의 스틸레토 힐이 마룻바닥에 또각또각 부딪쳤다.

"연기도 해? 그나저나 전망 참 좋다." 그녀는 템스 강을 굽어보는 통창 밖을 바라보며 말했다. "멋진 피아노네." 그녀는 그렇게 덧붙이고 나서 내게 돌아섰다. 눈이 흥분으로 반짝였다. "저기서 섹스한 적 있어?"

말이 아주 거침없구만.

"최근엔 없어." 나는 그녀의 외투를 소파에 걸쳤다. "오늘은 내키지 않아. 침대로 가는 게 낫겠어." 그녀는 내게 요즘 딱히 하는 일이 없냐고 했지만 나는 그녀의 막말은 무시했다. 내게 운영해야 할 왕국이 있다는 걸 모르고 한 말이었으니까. 그녀가 미소를 지었다. 입술에 립스틱이 번진 것으로 보아 내 입술도 보나마나였다. 그건 별로라 손가락으로 입술을 문질렀다. 그녀가 내게 몸을 기울이더니 내 재킷의 옷

깃을 홱 당겨 나를 앞으로 끌어냈다.

"알았으니까, 도련님, 이제 실력 발휘 좀 해봐요." 그녀는 두 손을 내 가슴에 대고는 손톱으로 재킷 끝까지 내 흉골을 긁었다.

젠장! 이건 아프잖아. 그녀의 손톱은 손톱이 아니라 새빨간 갈고리 발톱이나 다름없었다. 립스틱 색깔도 똑같이 빨갰다. 그녀는 내 재킷을 어깨에서 밀어 바닥에 떨어뜨리고는 셔츠 단추를 풀기 시작했다. 여자가 슬슬 분위기를 탔다. 급히 내 셔츠를 찢어발기지 않아 다행이었다. 아끼는 셔츠라! 그녀가 셔츠를 벗겨내고 발치에 떨어지게 두고는 손톱을 내 어깨에 박았다. 일부러.

"아으!" 나는 고통스런 신음을 내뱉었다.

"문신 멋지다." 그녀는 그렇게 말하면서 손을 내 어깨에서 팔로 내려 내 청바지의 허리춤으로 향했다. 내 배에 일자로 손톱자국이 쭉 났다.

후! 꽤나 공격적인 여자다.

나는 그녀의 손을 붙잡아 그녀를 내 품으로 끌어당긴 뒤 그녀에게 거칠게 키스했다. "침대로 가자." 그녀의 귀에 속삭이고는 대답할 틈을 주지 않고 그녀의 손을 잡고 앞장서서 그녀를 침대로 데려갔다. 그녀가 나를 침대 쪽으로 밀더니 또다시 손톱으로 내 배를 긁으며 내 청바지 윗단추를 찾았다.

이런 씨! 거친 여자 같으니.

나는 움찔하고는 그녀의 두 손을 앞으로 단단히 움켜쥐었다. 그녀의 손톱을 피하기 위해서였다.

거칠게 놀고 싶구나? 나도 질 수 없지.

"착하게 굴어." 내가 경고했다. "그리고 너 먼저해!" 나는 그녀를 놓아주고 그녀를 감상하려고 조금 밀어냈다. "옷 벗어. 당장." 내가 명령했다.

그녀가 머리카락을 어깨 뒤로 휙 넘기더니 두 손을 양 허리에 얹었다. 입꼬리가 짓궂게 씩 올라갔다.

"어서." 내가 재촉했다.

레티시아의 눈빛이 탁해졌다. 그녀가 동작을 멈췄다. "해 달라고 말해." 그녀가 속삭였다.

나는 큭큭 웃었다. "해줘."

그녀가 깔깔거렸다. "그 상류층 억양, 마음에 들어."

"그렇게 태어난 걸 어쩌라고, 자기야. 부츠는 계속 신고 있어." 내가 말했다.

그녀는 나를 따라 큭큭 웃고는 손을 등 뒤로 돌려 딱 붙는 가죽 드레스의 지퍼를 내렸다. 그리고 엉덩이를 이리저리 움직거려 드레스를 벗었다. 드레스가 긴 부츠 아래로 흘러내렸다. 나는 미소를 지었다. 그녀는 환상적이었다. 날씬한 몸매, 작고 단단한 가슴, 통이 넓은 검은색 팬티와 그에 어울리는 브래지어, 허벅지까지 오는 부츠. 그녀는 드레스에서 두 발을 빼고 나서 유혹적인 손짓과 섹시한 미소를 장착하고 나를 향해 뽐내는 걸음걸이로 다가와 내 손을 잡았다. 그녀가 엄청난 힘으로 나를 떠미는 바람에 나는 퀼트 이불 위로 쓰러졌다.

"벗어." 그녀가 명령하고 나서 내 바지를 가리켰다. 두 다리를 넓게 벌린 채 나를 굽어보면서.

"네가 해." 내가 입 모양으로 말했다.

그녀는 더는 재촉하지 않고 침대로 기어 올라와 양다리를 벌리고 내 위에 올라타 내 사타구니를 짓눌렀다. 그리고 손톱으로 내 복부를 긁으면서 바지 앞섶으로 내려갔다.

아윽!

이런 씨! 이 여자 위험해!

나는 벌떡 일어나 앉아 그녀를 움켜잡아 휙 뒤집은 다음 그녀 위에 올라타고 그녀의 두 팔을 머리 위로 올려 찍어 눌렀다. 그녀는 내 밑에서 나를 떨어뜨리려 용을 썼다.

"뭐야!" 그녀가 항의하며 나를 노려보았다.

"넌 절제가 필요해. 위험인물이야." 나는 부드럽게 말하며 그녀의 반응을 살폈다.

상황이 어디로 튈지 모르겠어.

그녀의 눈이 동그래졌는데 두려움 때문인지 흥분 때문인지 알 수 없었다.

"당신은?" 그녀가 속삭였다.

"위험하냐고? 내가? 아니. 너에 비하면 전혀." 나는 그녀를 놓아주고 침대 옆 수납장으로 손을 뻗어 서랍에서 긴 실크 끈과 가죽 수갑을 꺼냈다. "이거 한번 해볼까?" 나는 두 도구를 들고 물었다. "선택해."

욕정과 불안으로 확장된 그녀의 동공이 나를 올려다보았다.

"해치지 않아." 나는 그녀를 안심시켰다. 고통을 주는 건 내 취향이 아니다. "네가 너무 나가지 않게 하려는 거야." 하지만 사실은 이 여자가 날 해칠까 두려웠다.

그녀의 입꼬리가 씩 올라가면서 짓궂고 유혹적인 미소가 나타났다. "실크로 할게." 그녀가 말했다.

나는 미소 띤 얼굴로 수갑을 바닥에 던져버렸다. 자기 방어의 형태로 우세를 점하겠다 이거로군. "멈춤 단어를 골라."

"첼시."

"잘 골랐어."

나는 실크 끈을 그녀의 왼쪽 손목에 묶은 뒤 끈을 침대 머리판의 갈빗살 사이에 꿰고 나서 그녀의 오른손을 붙잡아 끈의 끝을 재빨리 오른 손목에 묶었다. 손톱을 무장해제당하고 양팔을 펼친 그녀의 모습은 환상적이었다.

"또 버릇없이 굴면 눈도 가릴 거야." 내가 중얼거렸다.

그녀가 꿈틀거렸다. "내 엉덩이 때려줄래?" 그녀의 목소리는 속삭임보다 작았다.

"얌전히 굴면."

아, 진짜 재밌겠다.

그녀는 빠르고 요란하게 절정에 올랐다. 소리소리 지르면서 실크 끈을 팽팽히 잡아당겼다.

나는 그녀의 허벅지 사이에 앉아 있었고, 내 입은 미끌거리고 축축했다. 나는 그녀를 뒤집고 나서 엉덩이를 찰싹 때렸다.

"잠깐 그대로 있어." 나는 콘돔을 꼈다.

"어서 해!"

제길, 요구가 참 많은 여자네!

"분부대로 하죠." 나는 으르렁거리며 그녀 안으로 밀고 들어갔다.

나는 잠든 그녀의 가슴이 오르내리는 것을 바라보다가 늘 그랬듯 방금 섹스한 여자에 대해 아는 것들을 하나하나 곱씹는 의식을 시작했다. 두 번 했음. 레티시아. 인권 변호사. 성적으로 저돌적임. 나보다 나이 많음. 묶이는 걸 좋아함. 아주 좋아함. 하지만 내 경험상 직선적이고 확신에 찬 여성은 대개 그러함. 잘 물고 오르가슴을 느끼면 비명을 지름. 자기주장이 확실함. 즐거웠다… 피곤하고.

나는 화들짝 놀라 잠에서 깼다. 꿈속에서 나는 뭔가 아른거리는 것을 찾고 있었다. 뭔가가 나타났다가 사라지기를 반복했다. 파랗고 가녀린 것이었다. 언뜻 그것을 본 순간 나는 넓고 깊은 심연 속으로 떨어졌다. 진저리가 났다.

대체 뭐였지?

창백한 겨울 해가 창문으로 고개를 디밀면서 템스 강물의 그림자가 천장에서 춤을 추었다. 뭐가 나를 깨운 걸까?

레티시아.

와, 정말 짐승 같은 여자다. 그녀는 내 옆에 잠들어 있지 않았고 샤워하는 소리도 들리지 않았다. 간 모양이다. 나는 아파트에서 무슨 소리가 들리는지 귀를 세웠다.

고요하군. 웃음이 절로 났다. 어색하게 잡담을 나누지 않아도 된다. 마냥 좋다. 문득 어머니랑 여동생과 같이 점심을 먹기로 한 약속이 기억났다. 나는 앓는 소리를 내뱉으며 이불을 머리 위로 덮어썼다. 두 사람은 분명 유언장 이야기를 꺼낼 것이다.

망할.

키트가 평소 '전 백작 부인'으로 불렀던 어머니는 정말 만만치 않은 여성이다. 대체 왜 어머니는 뉴욕으로 돌아가지 않는지 모르겠다. 어머니의 삶은 여기가 아니라 거기에 뿌리를 두고 있는데.

뭔가 딸그락 하고 아파트 바닥에 떨어졌다. 나는 일어나 앉았다.

젠장. 레티시아가 아직 있구나.

그것은 대화를 의미했다. 나는 마지못해 침대에서 일어나

가장 가까이 있는 청바지를 주워 입고 그녀가 밤만큼이나 환한 대낮에도 과연 야성적인지 알아보러 갔다.

나는 맨발로 복도를 지났다. 응접실도 주방도 텅 비어 있었다.

뭐가 어떻게 된 거야?

나는 주방 입구를 향해 돌아서다가 동작을 멈추었다. 레티시아인 줄 알았는데 한 가녀린 아가씨가 복도에 서서 나를 쳐다보고 있었다. 크고 짙은 눈망울은 놀란 사슴을 연상시켰지만 연파란색 작업복에 닳아빠진 싸구려 청바지, 낡은 운동화, 파란색 머릿수건으로 머리카락을 가린 차림이었다.

여자는 아무 말도 하지 않았다.

"안녕. 근데 누구지?" 내가 물었다.

4

Zot(맙소사)! 그 남자야. 화가 났어.

그의 이글거리는 초록빛 눈과 마주치는 순간 알레시아는 그대로 얼어붙었다. 큰 키에 날씬한 몸, 반나체의 그가 그녀를 굽어보았다. 그의 흐트러진 밤색 머리카락이 복도 샹들리에 불빛에 금빛으로 반짝거렸다. 그녀의 기억처럼 그의 어깨는 넓었지만 위팔의 문신은 의외로 훨씬 복잡해서 알아볼 수 있는 것은 날개뿐이었다. 가슴의 털은 숱이 적어지며 옅은 빛깔의 복부로 나아가다가 배꼽 밑에서 다시 늘어나며 청바지 속으로 계속 이어졌다. 딱 붙는 블랙진은 무릎 부위가 찢어져 있었다. 그의 선이 또렷하고 도톰한 입술, 봄의 빛깔을 닮은 눈, 면도하지 않은 잘생긴 얼굴에 그녀는 고개를 돌렸다. 입안이 바짝 말랐다. 긴장한 탓일까. 아니면… 아니면… 그의 외모 때문일까.

정말 매력적인 남자야!

너무 매력적이야.

게다가 그는 반나체였다! 하지만 왜 저리 화가 난 거지? 내가 그를 깨운 걸까?

안 돼! 그가 있으니 오늘 피아노 치기는 다 틀렸다.

그녀는 당황해 시선을 바닥으로 떨어뜨리고는 할 말을 궁리하면서 빗자루가 쓰러지지 않게 손잡이를 움켜쥐었다.

내 집 복도에 서 있는 이 수줍은 존재는 누굴까? 영문을 모르겠다. 전에 본 적 있는 여자인가? 기억 속의 어떤 이미지가 폴라로이드 사진처럼 점차 선명해지면서 침대 옆을 서성이는 푸른 옷의 천사로 변해갔다. 하지만 그것은 며칠 전의 일이다. 그게 이 여자였다고? 지금 그녀는 복도 바닥에 발이 붙은 것처럼 우두커니 서 있다. 창백해진 천진한 얼굴로, 눈은 아래로 내리깔고서. 빗자루가 없으면 날아갈 듯이 빗자루를 움켜쥔 손에 점점 힘을 주는 바람에 손가락 관절은 갈수록 창백해졌다. 머리카락을 싸맨 수건은 지나치게 커 보였고, 구닥다리 나일론 작업복은 그녀의 작은 체구 위에서 흐물거렸다. 정말 뜬금없이 나타난 여자였다.

"누구?" 나는 다시 물었지만 그녀가 놀랠까봐 조금 더 부드러운 어조로 물었다.

커다란 눈, 고운 에스프레소 빛깔의 눈망울과 그것을 둘러싼 길디긴 속눈썹이 나를 휙 올려다보고는 다시 아래로 내려갔다.

후!

속을 알 수 없는 검은 눈과 딱 한 번 마주쳤을 뿐인데 마음이… 흔들렸다. 그녀는 나보다 적어도 머리 하나는 작았다. 내가 188센티미터니까 한 165센티미터쯤 되려나. 이목구비는 섬세했다. 높은 광대뼈, 끝이 살짝 들린 코, 맑고 하얀 피부, 창백한 입술. 며칠간의 일광욕과 푸짐한 건강식이 필요해 보였다.

청소를 하고 있던 모양이다. 하지만 왜 이 여자가? 원래 오던 가정부 할머니 후임인가? "크리스티나는 어딨지?" 내가 물었다. 계속되는 그녀의 침묵에 슬슬 짜증이 났다. 어쩌면 이 여자는 크리스티나의 딸이거나 손녀일지도.

그녀는 이마를 찌푸린 채 여전히 바닥만 내려다보았다. 하얀 치아로 윗입술을 씹어대고 나와 눈이 마주치는 걸 피하면서.

나를 보라고. 나는 속으로 그녀에게 명령했다. 손을 내밀어 그녀의 턱을 들어 올리고 싶었다. 그녀가 내 마음을 읽기라도 한 것처럼 고개를 들었다. 그녀의 눈이 내 눈과 마주쳤고, 그녀의 혀가 불쑥 나타나 초조하게 윗입술을 핥았다. 내 몸이 뜨겁고 묵직한 느낌으로 긴장한 순간 욕망이 철퇴처럼 나를 가격했다.

돌겠네, 정말!

욕망이 솟구친 뒤 곧장 화가 치미는 바람에 나는 눈살을 찌푸렸다. 나란 놈은 대체 왜 이럴까? 어째서 알지도 못하는 여자에게 이리 흔들리는 걸까? 성가셨다. 멋진 아치형 눈썹 밑에 자리한 그녀의 눈이 더욱 커졌다. 그녀는 한 걸음 물러나면서 빗자루를 만지작거리다가 바닥에 떨어뜨렸다. 빗자루가 바닥에 딸그락거리며 쓰러졌다. 그녀는 자연스럽고 우아한 동작으로 몸을 굽혀 빗자루를 줍고는 다시 서서 빗자루 손잡이에 눈을 고정하더니 뺨을 서서히 붉히면서 뭔가 알아들을 수 없는 말을 중얼거렸다.

맙소사! 내가 가엾은 여자를 괴롭히고 있나?

그럴 생각은 없었다.

나 자신에게 화가 난 것이다. 그녀가 아니라.

아니면 다른 이유가 있거나. "내 말을 이해 못 했나보네." 나는 혼잣말을 하듯 중얼거리고는 한 손으로 머리카락을 쓸어 넘기면서 몸을 통제했다. 크리스티나가 구사한 영어는 고작 "예" 아니면 "아니요" 정도여서 평소에 하는 청소 작업이 아닌 다른 일을 시키려면 손짓 발짓을 동원하곤 했었다. 이 여자도 폴란드 사람일지도 모른다.

"저는 청소부예요, 미스터." 그녀가 눈을 여전히 내리깔고 나지막이 말했다. 매끄럽고 윤이 나는 뺨 위로 속눈썹이 부채처럼 펼쳐져 있었다.

"크리스티나는 어디 있지?"

"폴란드로 돌아갔어요."

"언제?"

"지난주에요."

이런 뉴스를 내가 모르고 있었다니. 크리스티나를 좋아했었는데. 그녀는 3년 동안 내 집을 치워준 데다 내 더러운 비밀을 모조리 아는 사람이다. 그런데 작별 인사조차 못 하다니.

어쩌면 잠깐 간 건지도 모른다. "다시 돌아오나?" 내가 물었다. 여자는 이마에 또렷한 주름을 만들어냈을 뿐 아무 말도 하지 않았다. 그녀의 시선이 내 맨발로 옮겨갔다. 무슨 이유에서인지 내 자의식이 고개를 들었다. 갈수록 강해지는 머쓱한 느낌에 나는 두 손을 옆구리에 얹은 채 뒤로 물러났다. "여기 온 지 얼마나 됐지?"

그녀는 모기만 한 목소리로 숨을 몰아쉬며 대답했다. "잉글랜드요?"

"나 보고 말해요." 내가 부탁했다. 이 여자는 왜 이렇게 사람을 못 쳐다보지?

빗자루를 무기로 휘두를 것처럼 그녀는 가느다란 손가락으로 또다시 빗자루를 꽉 움켜쥐었다가 침을 꼴깍 삼키고 나서 고개를 들고는 커다랗고 촉촉한 갈색 눈으로 나를 바라보았다. 풍요롭다 못해 나를 압도하는 눈. 입안이 마르고 내 몸이 다시 깨어났다.

젠장!

"잉글랜드에 온 지 3주 됐어요." 이번에는 더 또렷하고 더 당찬 목소리였다. 알 수 없는 악센트를 구사했고, 말을 할 때 방어하듯 작은 턱을 나를 향해 내밀었다. 이제 입술은 장밋빛이 돌았는데, 아랫입술이 윗입술보다 도톰했다. 그녀가 윗입술을 다시 핥았다.

망할!

아랫도리가 다시 일어섰다. 나는 한 걸음 더 그녀에게서 물러섰다. "3주?" 나는 그녀에 대한 내 반응이 당황스러워 웅얼거렸다.

이게 대체 무슨 일이지?

이 여잔 대체 뭘까?

환장하게 이국적인 여자잖아. 그 작고 나직한 목소리가 머릿속에 울려 퍼졌다.

그래. 나일론 작업복을 걸친 여자치곤 섹시하다.

집중해. 그녀는 아직 내 질문에 대답하지 않았다. "아니. 내 아파트에 온 지 얼마나 됐냐고 물었어."

이 여자 어디 출신일까? 나는 기억을 더듬었다. 크리스티나는 블레이크 부인이 아는 인맥을 통해 구해준 사람이었다. 그런데 크리스티나의 후임에 대해서는 아무 말도 안 해주다니.

"영어 할 줄 알아?" 나는 물으며 그녀에게 말을 시켰다. "이름이 뭐야?"

그녀는 인상을 쓰면서 나를 모자란 놈 보듯 쳐다보았다. "네. 영어 할 줄 알아요. 내 이름은 알레시아 데마치예요. 오늘 아침에는 10시부터 이 아파트에 있었어요."

와하. 영어를 정말 하긴 하네.

"그렇군. 그래. 처음 만나는군, 알레시아 데마치. 내 이름은…"

뭐라고 해야 하지? 트리비딕? 트리벨런?

"맥심이야."

그녀는 내게 고개를 끄덕였다. 문득 그녀가 다리를 굽혀 절이라도 하려나 싶었지만 그녀는 빗자루를 움켜쥐고 가만히 서서 열띤 눈길로 나를 발가벗기듯 뜯어보았다.

별안간 복도의 벽이 좁혀들어와 내 숨통을 조이는 것만 같았다. 이 낯선 여자와 그녀의 꿰뚫어보는 듯한 시선으로부터 달아나고 싶었다.

"저기, 만나서 반가워, 알레시아. 그럼 하던 청소 마저 해." 그러고는 뒤늦게 생각이 나 덧붙였다. "그리고 내 침대 시트 좀 갈아줘." 나는 침실 쪽을 대충 가리켰다. "시트 어디에 두는지 알지, 응?"

그녀는 다시 고개를 끄덕였지만 여전히 움직이지 않았다.

"난 운동하러 갈 거야." 나는 중얼거렸다. 왜 그녀에게 그걸 설명하는지 알 수 없었다.

그가 복도를 따라 성큼성큼 걸어 침실을 향해 가자 알레시아는 빗자루에 몸을 기대고 안도의 한숨을 쉬었다. 그녀는 그의 울룩불룩한 등 근육을 바라보았다. 그의 등은 두 개의 등골 선으로 곧장 이어졌고 바로 아래에는 청바지 허릿단이 있었다. 그쪽으로 자꾸 눈길이 갔다. 일어나 있으니 누워 있을 때보다 더 눈길을 끄는 남자였다. 그가 자신의 방으로 사라지자 그녀는 눈을 감고 한숨 돌렸다.

그는 그녀에게 가라는 말은 하지 않았지만 마그다의 친구 애거사에게 전화해 다른 청소부를 보내라 요구할지도 몰랐다. 그녀를 성가셔 하면서 발끈하더니 갈수록 더 화를 내는 듯했으니까.

왜?

알레시아는 얼굴을 찌푸린 채 솟구치는 공포감을 억누르면서 거실 안의 피아노를 흘끔거렸다.

안 돼. 그래서는 안 돼. 여기 계속 오게 해달라고, 필요하다면 그에게 애원이라도 할 생각이었다. 그만두고 싶지 않았다. 그만둘 수 없었다. 그녀에게 피아노는 유일한 탈출구였다. 유일한 행복이었다.

게다가 여기에는 미스터가 있다. 그의 잘빠진 복부와 맨발, 강렬한 눈은 그녀의 상상력을 자극했다. 그의 얼굴은 천사 같았고, 몸은… 그게…. 그녀는 얼굴을 붉혔다. 그런 것들은 생각해서는 안 된다.

이 남자 너무 잘생겼어.

안 돼. 그만. 집중해.

그녀는 먼지 한 점 없는 마룻바닥을 미친 듯이 쓸었다. 그가 다른 사람을 구하지 않게 하려면 최고의 청소부가 되어야 한다. 그녀는 마음을 단단히 먹고 쓸고 닦고 광을 내려고 거실로 들어갔다.

10분 뒤 그녀는 L자 모양인 소파 위 검은색 쿠션들을 팡팡 두드리다가 현관문이 탁 닫히는 소리를 들었다.

됐다. 그 남자 나갔어.

그녀는 침대 시트를 벗기려고 그의 침실로 곧장 들어갔다. 방은 평소처럼 어질러져 있었지만—옷가지며 이상한 물건들이 바닥에 흩어지고 커튼은 반쯤 열려 있고, 이불은 뭉쳐 있었다—그녀는 옷가지를 모두 줍고 침대 시트를 재빨리 벗겼다. 실크 리본 끈이 왜 침대 머리판에 묶여 있는지 궁금했지만 그것을 풀어 침대 옆 탁자 위 수갑 옆에 올려놓았다. 그러고는 깨끗한 흰 시트를 침대 위에 던지면서 이것들이 뭐에 쓰는 물건들일까 생각했다. 도무지 알 길이 없었지만 감히 추측할 엄두도 나지 않았다. 그녀는 침대 정리를 마무리한 뒤 욕실을 청소하러 들어갔다.

정신없이 달렸다. 인생 최고 속도로. 기록을 경신하며 러닝머신 위에서 8킬로미터를 달렸는데도 새 청소부와 나눈 대화가 여전히 머릿속에서 재생되었다.

등신. 등신. 등신.

몸을 숙여 양손을 무릎 위에 얹고 숨을 골랐다. 나는 지금 그 빌어먹을 청소부로부터 달아나는 중이다. 그녀의 커다란 갈색 눈망울로부터 도망치고 있다. 그녀가 자기를 어떻게 부르든 그녀는 청소부일 뿐인데.

아니. 나는 그녀에 대한 나의 반응으로부터 도망치는 중이다.

그 눈은 오늘 하루 내내 나를 따라다닐 기세다. 나는 똑바로 서서 눈썹에 맺힌 땀방울을 닦아냈다. 불현듯 머릿수건을 쓴 채 내 앞에 엎드린 그녀의 모습이 눈앞에 떠올랐다.

내 몸이 단단해졌다.

또다시.

그 여자를 생각하기만 해도 이렇게 된다.

망할.

나는 수건으로 얼굴의 땀을 거칠게 닦고 나서 웨이트 트레이닝을 하기로 했다. 그래. 그러면 그녀를 머릿속에서 쫓아낼 수 있을 것이다. 더 무거운 덤벨 두 개를 가져다가 늘 하는 운동을 하기 시작했다.

역시나, 웨이트 트레이닝을 하니 생각이 더 많아졌다. 솔직히, 그녀에게 왜 이런 반응을 하게 되는지 나도 의아했다. 내게서 이런 반응을 끌어낸 사람은 기억에 없다.

스트레스 때문일 것이다.

그래. 그것이 가장 합리적인 설명이겠지. 나는 키트의 죽음을 슬퍼하면서 그 뒤처리를 하는 중이니까.

키트, 나한테 이 모든 책임을 떠넘기고 떠나다니 형은 정말 개새끼야.

버겁다. 버거워서 환장할 것 같다.

나는 운동에 집중하고 이두박근이 수축하는 횟수를 세면

서 키트와 그녀에 대한 생각을 모두 떨쳐냈다.

두 시간 뒤면 어머니와 점심을 먹어야 한다.

젠장.

알레시아는 세탁실에서 젖은 옷가지를 건조기에 넣다가 현관문이 다시 닫히는 소리를 들었다.

안 돼! 그 남자가 돌아왔어.

그녀는 아파트에서 가장 작은 방에 숨어 있는 걸 다행으로 여기면서 다리미대를 차리고 준비해둔 옷을 몇 벌 다렸다. 그가 여기까지 들어오는 일은 없을 것이다. 다섯 번째 셔츠를 다렸을 때 문이 닫히는 소리가 들렸다. 다시 혼자가 되었다. 저번에 그는 크리스티나인 줄 알고 그녀에게 큰 소리로 인사를 했었는데 이번에는 그러지 않았다. 그것이 마음에 걸리긴 했지만 곧 그 생각은 털어버리고 최대한 빨리 다림질을 끝냈다.

그녀는 그가 침실을 어지럽혔는지 확인하러 침실로 들어갔다. 아니나 다를까 그의 운동복들이 바닥에 떨어져 있었다. 그녀는 조심스럽게 옷들을 하나씩 주웠다. 하나같이 땀으로 축축했지만 이상하게도 그를 만나기 전만큼 역겹지가 않았다. 그녀는 그것들을 세탁 바구니에 넣고 욕실을 살폈다. 그가 쓴 상큼한 비누 냄새가 욕실에 감돌았다. 눈을 감고 향기를 들이마시자 키 큰 상록수들이 생각났다. 쿠커스(알바니아 북동부에 위치한 산악 마을-옮긴이)의 상록수에 둘러싸인 부모님의 집. 그녀는 고향에 대한 그리움을 접어두고 그 향기를 음미했다. 이제 그녀의 집은 런던이었다.

세면대를 닦고 나서 일을 마치니 30분 정도 여유가 있었다. 그녀는 곧장 거실로 가서 피아노 앞에 앉았다. 그녀의 손가락이 건반을 어루만지자 바흐의 C#장조 전주곡이 아파트를 채웠다. 형형색색의 선율이 방 구석구석으로 퍼져 나가며 그녀의 상심한 영혼을 달래주었다.

나는 알드위치에 있는, 어머니가 가장 좋아하는 식당으로 들어갔다. 약속 시간보다 일찍 왔지만 내 알 바 아니었다. 술 생각이 간절했다. 새 가정부와 맞닥뜨린 일도 잊고 싶었고 무엇보다 어머니와 대면하려면 술로 무장해야 했다.

"맥심!" 돌아서니 내가 세상에서 가장 아끼는 여자가 있었다. 한 살 터울의 내 여동생 매리언이 로비 안으로 들어섰다. 매리언 쪽으로 돌아선 순간 나와 똑같은 빛깔의 눈이 환해졌다. 매리언이 양팔을 내 목에 감았다. 그녀는 나보다 불과 몇 센티미터 정도 작았기 때문에 그녀의 빨간 머리카락이 날아와 내 얼굴을 쳤다.

"안녕, 엠에이, 보고 싶었어." 나는 그녀를 끌어안으며 말했다.

"맥시." 그녀가 목멘 소리로 울먹였다.

젠장. 여기서는 안 돼.

나는 동생을 더 꽉 끌어안고 울지 않게 다독였다. 놀랍게도 나 역시 격렬한 감정이 솟구쳐 목이 뜨거웠다. 내가 놓아주었을 때 매리언은 빨개진 눈으로 훌쩍거렸다. 동생답지 않았다. 어머니를 닮아 웬만하면 감정을 무자비하게 다스리는 애인데. "큰오빠가 죽었다는 게 아직도 믿기지 않아." 매리언이 휴지를 쥐고 말했다.

"알아, 나도 그래. 앉아서 한잔하자." 나는 그녀의 팔꿈치를 잡았다. 우리는 여직원을 따라 나무 패널로 장식된 큰 식당 안으로 들어갔다. 놋쇠 램프와 암녹색 가죽 의자, 보송한 흰 리넨 식탁보, 반짝거리는 크리스털 유리잔 등 고풍스러운 분위기가 돌았다. 경영자들이 대화하는 소리, 고급 도자기에 나이프와 포크, 숟가락이 부딪치는 딸그락 소리가 실내에 가득했다. 나는 우리를 테이블로 안내하는 여직원의 딱 붙는 펜슬 스커트 속 잘빠진 엉덩이와 그녀의 뾰족한 하이힐이 반질한 타일 바닥에 또각또각 부딪치는 소리에 집중했다. 나는 매리언의 의자를 빼주었고, 우리는 자리에 앉았다.

"블러디메리 둘." 여직원이 우리 둘에게 메뉴판을 하나씩 건넬 때 내가 말했다. 그녀는 수줍은 눈길을 내게 던졌지만 나는 반응하지 않았다. 멋진 엉덩이와 귀여운 미소를 가진 여자였지만 그럴 기분이 아니었다. 머릿속이 온통 아까 마주친 가정부와 그 열띤 진갈색 눈동자의 기억으로 가득했다. 내가 찌푸린 얼굴로 그 생각을 몰아낸 뒤 여동생에게 주의를 돌릴 때 여직원은 실망해 풀이 죽어서 물러갔다.

"콘월에서 언제 돌아온 거야?" 내가 물었다.

"어제."

"우리 전 백작 부인은 좀 어때?"

"맥심! 엄마가 그 말 싫어하는 거 알면서 그래."

나는 동생에게 과장된 한숨을 내쉬었다. "알았어. 우리 모친은 좀 어떠셔?"

매리언은 잠시 나를 쏘아보다가 울상을 지었다.

젠장.

"미안." 나는 잘못을 깨닫고 중얼거렸다.

"엄마는 엄청 충격을 받았으면서도 거의 티를 안 내. 오빠도 엄마가 어떤 사람인지 알잖아." 매리언의 눈이 흐려졌다. 속상해 보였다. "뭔가가 있는 것 같은데 엄마가 말을 안 해."

나는 고개를 끄덕였다. 어제오늘 일도 아닌데 새삼스럽게. 어머니는 번쩍이는 갑옷을 차려입고 여간해선 작은 틈도 허용하지 않는 사람이다. 키트의 장례식에서도 눈물을 보이지 않았을 만큼. 하늘이 무너져도 우아함을 잃지 않는 인간의 전형이랄까. 항상 불안정하면서도 품위가 있는. 나도 눈물은 흘리지 않았다. 지독한 숙취에 시달리느라 눈물을 흘릴 겨를이 없었다.

나는 침을 삼키고 화제를 돌렸다. "출근은 언제 해?"

"월요일." 매리언은 슬프게 입을 살짝 뒤틀며 대답했다.

트리벨런 집안의 자식들 중에 공부에 소질을 보인 것은 매리언이다. 매리언은 와이콤 애비 스쿨(잉글랜드의 사립 기숙사 여학교-옮긴이)을 거쳐 옥스퍼드의 코퍼 크리스티에 진학해 의학을 공부했고, 지금은 영국왕립병원에서 흉부외과 수련의로 일한다. 아버지가 심근경색으로 고생하시다가 심장마비로 돌아가신 이후 이 길을 선택했다. 아버지가 돌아가셨을 때 매리언은 열다섯 살이었는데 아버지를 살리고 싶어했다. 아버지의 죽음은 우리들을 각자 다르게 흔들었다. 키트는 대학을 중퇴하고 백작의 지위를 계승해야 했고, 나는 부모와의 애착을 잃었다.

"캐로는 좀 어때?" 그녀가 물었다.

"슬퍼해. 그리고 키트가 유언장에 캐로 앞으로 아무것도 남겨놓지 않아서 열받았지. 멍청한 자식." 내가 투덜거렸다.

"누가 멍청한 자식이라는 거니?" 똑부러지는 미국 동부 연안 억양의 목소리가 물었다. 적갈색 머리, 단정한 차림새, 남색 샤넬 정장과 진주로 치장한 트리비딕 백작 가문의 미망인 로위나가 우리를 굽어보며 서 있었다.

나는 일어섰다. "로위나." 나는 그렇게 말하고는 광대뼈가 도드라진 어머니의 뺨에 가볍게 입을 맞추고 나서 어머니의 의자를 빼주었다.

"상중인 어머니를 그런 말로 맞이해야겠니, 맥심?" 로위나는 얼굴을 찌푸린 채 자리에 앉아 버킨백을 옆 바닥에 내려놓았다. 그리고 테이블 너머로 손을 뻗어 매리언의 손을 꼭 쥐었다. "안녕, 우리 딸, 너 나가는 줄도 몰랐구나."

"바람 쐬러 나갔었어요, 어머니." 매리언이 같이 어머니의

82

손을 꼭 쥐면서 대답했다.

아버지와 이혼한 뒤에도 트리비딕 백작 부인의 지위를 한동안 유지했던 로위나는 거주하고 활동하는 뉴욕과 여성 잡지 《데흐니에 크히》를 발행하는 런던을 오가며 대부분의 시간을 보낸다.

"샤블리 한 잔 줘요." 어머니는 블러디메리 두 잔을 내온 웨이터에게 말하고 나서 우리 둘이 술을 꾸물거리며 마시는 게 못마땅한지 눈썹을 추켜올렸다.

어머니는 여전히 놀랍도록 날씬하고 어이없게 아름답다. 특히 사진 속에서는. 한창 때 이른바 '잘나가는 여자'로 많은 사진작가들의 뮤즈가 되었는데 그 찬미자의 대열에 내 아버지, 제11대 트리비딕 백작도 끼어 있었다. 아버지는 어머니에게 푹 빠졌다. 어머니는 아버지의 작위와 돈에 끌려 결혼했지만 아버지를 버렸고, 아버지는 그 후유증을 극복하지 못하고 이혼한 지 4년 만에 심장이 고장나 세상을 떠났다.

나는 살짝 내리깐 눈으로 어머니를 뜯어보았다. 얼굴이 아기처럼 매끄러웠다. 물론 최근에 받은 박피 시술 덕분이었다. 어머니는 젊음을 유지하는 데 집착해 엄격한 채소 다이어트를 철저히 지켰고 정해진 식단에 어긋나는 것은 와인 한 잔 정도였다. 내 어머니는 누가 봐도 아름다웠지만 눈부시게 아름다운 만큼 기만적이었고, 내 아버지는 그 대가를 치렀다.

"라자를 만났겠구나." 어머니가 내게 말했다.

"네."

"그런데?" 어머니가 근시라 살짝 실눈을 뜨며 나를 응시했다. 허영심이 허락하지 않아 안경은 쓰지 않았다.

"내가 전부 물려받았어요."

"캐럴라인은?"

"아무것도."

"알겠다. 설마 우리가 그 불쌍한 여자를 굶겨 죽이겠니."

"우리요?" 내가 물었다.

로위나가 얼굴을 붉혔다. "너 말이다." 어머니의 목소리가 얼음장 같았다. "네가 그 불쌍한 여자를 굶겨 죽일 리 없지. 게다가 그 아이에겐 신탁 자금도 있어. 걔 부친이 인생의 격랑에서 빠져나가면 한 재산 차지할 거야. 키트가 이것만큼은 현명한 선택을 했구나."

"계모에게 상속권을 박탈당하지 않는다면요." 나는 응수한 뒤 블러디메리를 벌컥벌컥 마셨다.

어머니는 입을 꾹 다물었다가 말했다. "걔한테 일자리라도 알아봐주지 그러니? 메이페어 개발 일이라든가. 걘 인테리어 디자인에 안목이 있어. 기분 전환도 될 테고."

"캐럴라인이 알아서 하게 그냥 두시죠." 나는 화난 티를 내지 않으려 했지만 실패하고 말았다. 어머니는 늘 이렇게 고압적인 태도로 수년 전에 버린 가족들을 상대한다.

"걔가 트리벨런 하우스에 계속 사는 게 넌 좋으니?" 어머니가 내 말투를 무시하고 물었다.

"로위나, 캐로를 노숙자로 만들 순 없잖아요."

"맥시밀리안, 내 호칭은 '어머니'로 해줄 수 없겠니?"

"어머니가 먼저 이런 식으로 나오니까 나도 진지하게 받을 수밖에요."

"맥심." 매리언이 말렸다. 발끈한 눈에 초록빛 불꽃이 번뜩였다. 나는 꾸지람을 들은 아이처럼 입을 꾹 다물고 후회할 말을 하기 전에 메뉴판을 응시했다.

내가 무례하든 말든 로위나는 말을 계속했다. "추도식을 어떻게 할지 세부사항을 결정해야 해. 난 부활절 전에 하면 좋겠다고 생각했는데 어떠니. 아는 작가들 중 한 명에게 키트의 추도 연설을 써달라고 하마. 아니면…" 목소리가 갈라지면서 어머니가 머뭇거리는 바람에 나도 매리언도 놀라 메뉴판에서 고개를 들었다. 어머니의 눈이 촉촉해졌다. 장남을 땅에 묻을 때도 그러지 않더니. 처음으로 어머니가 나이 들어 보였다. 어머니가 이니셜이 새겨진 손수건을 쥐고 입술로 가져가 마음을 가라앉혔다.

이 등신.

기분이 더러웠다. 어머니는 장남을… 가장 아끼던 자식을 잃었다.

"아니면요?" 내가 물었다.

"너나 매리언이 쓰든가." 어머니는 평소답지 않게 소곤거리며 애원하는 눈빛으로 우리 둘을 쳐다보았다.

"그럴게요." 매리언이 말했다. "제가 할게요."

"아니. 내가 해야 맞지. 장례식 때 쓴 추도문을 보충하면 될 거예요. 이제 점심 주문할까요?" 내가 화제를 바꾸고 싶어 물었다. 어머니가 평소와 다르게 감정을 드러내는 것을 보니 마음이 편치 않았다.

로위나가 샐러드를 깨작거리는 동안 매리언은 나이프와 포크로 접시의 오믈렛을 해치웠다.

"캐럴라인이 임신한 것 같대요." 내가 안심 스테이크를 다시 입안에 한가득 넣고 말했다.

로위나가 고개를 획 들고 실눈을 떴다.

"예전에 캐로가 둘이 아기를 가지려 노력하는 중이라고 했었어." 매리언이 거들었다.

"만약 그게 사실이라면 내가 손자를 얻을 유일한 기회로구나. 이 가문은 백작 작위 계승자를 확보하는 거고." 로위나는 우리 둘에게 비난의 시선을 던졌다.

"우리 어머니 할머니 되겠네." 나는 어머니의 다른 말은 싹 무시하고 무심하게 대꾸했다. "뉴욕에 있는 어머니의 귀염둥이 애인이 좋아하려나?"

로위나는 젊은 남자를 밝히는 것으로 유명했다. 특히 자기 막내아들보다 어린 남자. 어머니가 나를 노려보았지만 나는 스테이크를 한 입 더 먹고 그 시선을 견디면서 할 말이 있으면 해보라는 식으로 도발했다. 이상하게 난생처음으로 어머니보다 우위에 선 기분이 들었다. 참신했다. 청소년기의 대부분을 어머니에게 인정받으려 분투하며 보내다가 실패한 나로서는.

매리언이 내게 인상을 썼다. 나는 어깨를 으쓱거리고는 맛 좋은 스테이크를 한 조각 더 잘라서 입안에 쏙 넣었다.

"너도 매리언도 결혼해 정착할 기미는 없고, 하느님은 유산이 네 아버지의 형제에게 넘어가는 걸 금하셨잖니. 캐머런은 명분이 없어." 로위나는 나의 건방진 태도를 무시하기로 작정하고 투덜거렸다. 그 순간 알레시아 데마치와 마주친 기억이 느닷없이 떠올라 나는 얼굴을 찌푸렸다. 매리언을 쳐다보니 동생도 인상을 구기고 아직 먹지 않은 음식을 응시하고 있었다.

뭐지?

"휘슬러에서 스키 탈 때 만났다는 그 청년은 어떻게 됐니?" 로위나가 매리언에게 물었다.

해 질 무렵 아파트로 돌아왔다. 지친 데다 술기운이 조금 돌았다. 어머니는 상속 재산의 현황에 대해 취조하듯 꼬치꼬치 캐물었다. 런던에 소유한 건물과 임대한 부동산, 리모델링 중인 메이페어의 아파트. 트리비딕 투자 포트폴리오의 현재 가치까지도. 어머니와는 빌어먹을, 상관없는 문제라고 한마디하고 싶었지만 어머니의 구체적인 질문에 하나하나 대답할 수 있게 된 것이 신선하기도 했다. 매리언도 대단하게 여기는 눈치였다. 올리버 맥밀런에게 간단히 보고받은 것이 한몫했다.

먼지 하나 없는 텅 빈 아파트의 커다란 텔레비전 앞 소파
에 털썩 주저앉자마자 종일 그랬듯 내 생각은 오늘 아침 짙
은 눈망울의 가정부와 나누었던 대화로 또다시 흘러갔다.

그녀는 지금 어디 있을까?

영국에는 얼마나 머물까?

밋밋한 작업복을 벗으면 어떤 모습일까?

머리카락은 어떤 빛깔일까? 눈썹처럼 짙은색?

나이는 몇 살일까? 어려 보이던데. 너무 어릴지도.

너무 어리다니 무엇을 하기에?

나는 앉은 자리에서 불편하게 꿈지럭거리다가 텔레비전
채널을 휙휙 넘겼다. 얼마나 가겠어, 그녀에게 대한 이런 반
응. 설마 여승처럼 보이는 여자한테. 여승이 내 취향인지도
모르지. 그 어이없는 생각에 피식 웃음이 났다. 휴대폰이 진
동했다. 캐럴라인의 문자였다.

점심 어땠어?

피곤했지. 우리 전 백작 부인 성격이 어디 가겠냐.

네가 결혼하면 나도 전 백작 부인 되겠구나!
:(

왜 이런 말을 하지? 난 누구랑 결혼할 생각 따위 없는데.
그게… 지금 당장은. 길고 장황한 어머니의 손주 타령이 되
살아나 나는 고개를 절레절레 저었다. 아이들이라니. 싫어.
그냥 싫어. 아직은.

당분간 그런 걱정은 접어둬.

그래.
지금 뭐 해?

집에서 티비 봐.

괜찮은 거지?
내가 그리 갈까?

머리로든 몸으로든 더 이상 캐럴라인과 복잡하게 얽히는
건 질색이다. 그럴 필요도 없고.

혼자가 아니라서.

착한 거짓말.

계집질은 여전하네. 알았어. 메롱.

넌 나를 너무 잘 알아.

잘 자, 캐로.

휴대폰을 바라보며 그녀의 답장을 기다렸지만 휴대폰은 잠잠했다. 텔레비전을 볼까 했지만 딱히 볼 만한 게 없어 텔레비전을 꺼버렸다.

나는 안절부절못하다가 책상 앞에 앉아 아이맥의 메일함을 열었다. 올리버한테 영지와 관련된 자질구레한 문제로 이메일 몇 통이 와 있었는데 금요일 저녁이라 쳐다보기도 싫었다. 월요일까지 기다리든지 말든지. 시간을 확인해보니 세상에, 겨우 8시였다. 외출하기에 너무 이른 시간인 데다 사람이 우글우글한 클럽은 별로였다. 일단 지금은.

답답한 기분이 들었지만 아파트를 나가기도 싫어서 피아노로 가서 앞에 앉았다. 몇 주 전에 시작한 곡은 악보대 위에 그대로 방치돼 있었다. 음표를 따라가니 멜로디가 머릿속에서 흘러나왔다. 어느새 손가락이 건반을 누르며 곡을 연주했다. 푸른 옷의 젊은 여자와 나를 꿰뚫어보는 검디검은 그녀의 눈동자가 불쑥 눈앞에 나타났다. 새로운 선율이 돌풍처럼 모습을 드러냈다. 나는 작곡이 막혔던 곳을 돌파해 즉흥 연주를 해나갔다.

괜찮은데!

오랜만에 흥이 오른 상태로 연주를 멈추고는 주머니 안에서 휴대폰을 꺼내 음성 메모 앱을 켰다. 녹음 버튼을 누른 뒤 다시 연주를 시작했다. 선율이 방 안 곳곳에 울려 퍼졌다. 감성적이고 구슬펐다. 그것이 나를 자극하고 북돋웠다.

'저는 청소부예요, 미스터.'

'네. 영어 할 줄 알아요. 내 이름은 알레시아 데마치예요.'

알레시아.

손목시계를 보았을 땐 자정이 넘은 시각이었다. 머리 위로 두 팔을 쭉 뻗은 채 눈앞의 메모를 검토했다. 완벽해. 한 작품 완성. 성취감이 솟구쳤다. 이런 시간을 가진 게 얼마 만의 일이지? 그저 새 가정부를 만난 것뿐인데. 나는 고개를 젓고 나서 혼자 일찍 잠자리에 들었다.

5

알레시아는 조마조마한 마음으로 피아노가 있는 아파트의 잠긴 문을 열었다. 경보 장치가 꺼진 불안한 침묵과 마주친 순간 가슴이 철렁 내려앉았다. 집이 고요하다는 것은 그 묘한 초록빛 눈의 미스터가 집에 있다는 뜻이었다. 침대에 벌거벗고 누운 그를 본 이후 그는 툭하면 그녀의 꿈을 침범했다. 주말에는 조용한 시간을 보내게 되면 어김없이 그 남자 생각이 났다. 이유는 알 수 없었다. 복도에서 그녀를 굽어보며 그녀에게 던졌던 짧지만 꿰뚫는 듯한 그의 시선 때문일까. 아니면 그가 잘생기고 키가 큰 데다 날씬하기 때문일까. 그 등골 선과 그 아래 근육질의 탄탄한 엉덩이⋯

그만!

생각이 자꾸만 막무가내로 날뛰었다.

그녀는 조용히 젖은 부츠와 양말을 벗고 나서 맨발로 복도를 통과해 주방을 지났다. 식탁 위에 맥주병과 음식 포장 용기가 널려 있었지만 알레시아는 종종걸음으로 은신처인 세탁실로 들어갔다. 떠날 때쯤 바짝 마르기를 바라며 부츠와 양말을 라디에이터 위에 나란히 올려두었다.

그녀는 젖은 모자와 장갑을 벗어 보일러 옆 고리에 걸고 나서 마그다가 준 점퍼를 벗었다. 그것을 같은 고리에 걸었을 때 물이 타일 바닥으로 뚝뚝 떨어지는 바람에 얼굴을 찌푸렸다. 청바지는 거센 장대비를 맞아 완전히 젖어 있었다. 그녀는 덜덜 떨면서 청바지를 벗고 나서 겨우 작업복을 입었다. 그나마 비닐백은 젖지 않아 다행이었다. 청바지를 벗었지만 작업복 밑단이 무릎 아래로 떨어져 그리 야하지는 않았다. 그녀는 주방 쪽을 내다보고 아무도 없는 것을 확인했다. 그는 아직 잠을 자고 있는 것 같았다. 그래서 그녀는 젖은 청바지를 건조기에 넣고 작동 스위치를 켰다. 집에 갈 때쯤엔 바짝 말라 있기를 기대하면서. 추위에 시달려 빨갛게 된 발이 간질거렸다. 깨끗한 수건 더미에서 하나를 집어 양발을 열심히 문지르자 발가락에 감각이 돌아왔다. 발이 따뜻해져서 가져온 운동화를 신었다.

"알레시아?"

Zot(맙소사)!

미스터가 깨어 있다! 뭘 원하는 거지?

그녀는 차가운 손가락을 재빨리 놀려 쇼핑백에서 머릿수건을 꺼냈다. 땋아내린 머리카락이 완전히 젖었음을 알면서도 머릿수건을 두르고 나서 숨을 크게 들이마신 뒤 세탁실을 나갔다. 그가 주방에 서 있었다. 그녀는 한기가 느껴져 두 팔로 몸을 감쌌다.

"안녕." 그가 말하고는 미소를 지었다.

알레시아는 그를 쳐다보았다. 아찔한 미소가 번져나가며 그의 얼굴과 에메랄드 빛깔의 눈이 환히 빛났다. 그녀는 그의 멋진 모습에 눈이 부셔 고개를 돌렸다. 얼굴이 점점 달아올라 창피하기도 했다.

하지만 그 덕에 몸에 조금 온기가 돌았다.

저번에 보았을 때 그는 이렇지 않았다. 그땐 그리 무뚝뚝하더니 무슨 바람이 불어 기분이 이렇게 변한 걸까?

"알레시아?" 그가 다시 말했다.

"네, 미스터." 그녀는 계속 눈을 내리깐 채 대답했다. 그래도 오늘은 옷을 입고 있구나.

"그냥 인사나 할까 하고."

그녀는 그를 훔쳐보았지만 그가 무엇을 원하는지 가늠이 안 됐다. 그는 아까만큼 환히 웃지도 않았고 이맛살을 찌푸리고 있었다.

"안녕하세요." 그녀는 이것이 그가 듣고 싶은 말인지 확실하지 않았지만 그렇게 말했다.

그는 고개를 끄덕이고 나서 발을 한 짝씩 들었다가 놓으며 미적거렸다. 그렇게 뭔가 할 말이 있는 듯 굴더니 그대로 돌아서서 주방을 나갔다.

이런 머저리! '안녕'이 뭐냐, '안녕'이. 주말 내내 그 여자 생각만 해놓고 고작 한다는 말이 '그냥 인사나 할까 하고'냐?

난 왜 이 모양이지?

침실로 돌아가는데 복도 바닥에 줄줄이 찍힌 물에 젖은 발자국이 눈에 띄었다.

맨발로 빗속을 걸어온 거야? 설마!

방 안은 침침했고 템스 강 너머의 풍경은 칙칙하고 활력이 없었다. 밖에 장대비가 쏟아졌다. 이른 아침에 나를 잠에서 깨운 것은 창문을 두드리는 빗소리였다. 젠장. 날씨가 이렇게 궂은데 그녀는 내내 걸어온 모양이다. 그녀가 어디에 사는지, 여기 오는 데 얼마나 걸리는지 다시 궁금해졌다. 사실 이런 것들이 궁금해 아까 말을 걸고 싶었는데 분위기만 어색하게 만들고 말았다.

내가 싫은 거야, 아님 남자가 싫은 거야?

그런 생각을 하니 기분이 상했다. 아무래도 내가 불편한 모양이다. 지난주에 나는 그녀에게 쫓기듯 아파트를 나왔다. 그녀를 피해 도망쳤다고 생각하니 혼란스러웠다. 두 번 다시 그런 일은 없어야 할 것이다.

그녀는 내게 자극제였다. 덕분에 주말 내내 음악에 흠뻑 취할 수 있었다. 새로이 떠안은 달갑지 않은 책임에서 벗어나 기분전환이 되었고 슬픔에서도 풀려날 수 있었다. 나 스스로 슬픔을 분출할 탈출구를 찾은 것일 수도 있었지만⋯

모르겠다. 세 곡을 완성했고, 두 곡에 대한 아이디어도 얻었다. 그 중 하나에는 가사를 붙이고 싶었다. 걸려오는 전화도 이메일도 모두 무시했다. 누구도 예외는 아니었다. 난생처음 혼자 있는 것이 위안이 되었다. 그것은 계시였다. 내가 이렇게 생산적이 될 수 있다는 걸 누가 알았을까? 도무지 알 수 없는 점은 단지 몇 마디 나누었을 뿐인데 어째서 그녀에게 이렇게 흔들리느냐는 것이다. 도무지 이해가 가지 않았지만 너무 깊게 생각하고 싶지 않았다.

나는 침대 옆 탁자에서 전화기를 집고 나서 침대 쪽을 내려다보았다. 침대 꼴이 엉망이었다.

게을러터진 인간.

나는 허둥지둥 침대를 정리하고 소파에 쌓인 옷 뭉치 중에서 후드가 달린 검은색 운동복 상의를 집어 티셔츠 위에 덧입었다. 날이 쌀쌀했다. 그녀도 맨발일 테니 추울 것이다. 나는 복도에서 걸음을 멈추고 보일러 온도를 몇 도 올렸다. 그녀가 추워하면 안 되니까.

그녀가 빈 빨래 바구니며 청소액과 옷가지가 가득한 가방을 들고 주방에서 나와서 고개를 숙인 채 나를 지나 침대로 향했다. 나는 벙벙한 작업복 차림의 형체가 사라지는 것을 바라보았다. 길고 창백한 다리, 살짝살짝 흔들리는 작은 엉덩이는… 설마 저 나일론 옷 속으로 비치는 밝은 분홍색인가? 머릿수건 밑으로 구불구불 내려와 등을 지나서 분홍색 속옷 선 바로 위에 늘어진 풍성한 갈색의 땋은 머리가 이리저리 옆으로 흔들거렸다. 눈길을 돌려야 하는데 그녀의 속옷이 눈길을 잡고 놓아주지 않았다. 그것은 그녀의 엉덩이를 감싸면서 허리선까지 이어졌다. 여자가 저렇게 너부죽한 속옷을 입은 것은 처음 보았다. 내 몸이 열세 살 사내아이처럼 꿈틀거렸다.

망할! 나는 나 자신이 변태처럼 느껴져 속으로 앓는 소리를 내고는 그녀를 따라가고 싶은 충동을 억눌렀다. 올리버의 이메일을 처리하려고 거실로 가서 컴퓨터 앞에 앉았다. 내 욕망과 내 가정부 알레시아 데마치는 저편으로 밀어버렸다.

알레시아는 정리가 된 침대를 보고 깜짝 놀랐다. 지금까지 이 아파트에 올 때마다 그의 침실은 늘 어질러져 있었기 때문이다. 소파 위에는 옷가지가 뭉쳐 있었지만 그래도 단정한 편이었다. 그녀는 커튼을 완전히 젖힌 뒤 강을 내다보았다. "템스." 그녀는 그 단어를 소리 내어 중얼거렸다. 목소리가 조금 떨렸다.

반대편 강둑의 헐벗은 나무처럼 잿빛이 도는 흐린 날이었다… 드린 강과는 달랐다. 그녀의 고향과는 달랐다. 여기는 도시이고 북적였다. 너무 북적였다. 고향에 있을 때는 사방이 풍요로운 전원과 눈에 덮인 산들이었다. 그녀는 애달픈 고향 생각을 떨쳐냈다. 그녀는 여기 일하러 왔다는 것을 상기했다. 이 일을 하고 싶었다. 피아노가 보너스로 따라오니까. 그가 오늘 종일 집에 있을지 궁금했다. 그럴지도 모른다고 생각하니 실망스러웠다. 그가 집에 있으면 그녀는 좋아하는 곡을 칠 수 없었다.

하지만 그를 볼 수 있다는 것은 긍정적인 면이었다.

그녀의 꿈을 지배하는 남자.

이 남자 생각을 멈춰야 했다. 당장. 그녀는 무거운 마음으로 옷방 안에 흩어진 옷들 중 몇 가지는 걸고 세탁이 필요한 것들은 빨래 바구니 안에 넣었다.

상록수와 샌들우드의 향기가 그의 욕실에 감돌았다. 상큼하고 남성적인 냄새. 그녀는 잠시 숨을 깊게 들이마시고 예전에 그랬듯 그 향기를 음미했다. 그의 매혹적인 눈이 눈앞에 떠올랐다… 납작한 배도. 그녀는 욕실 거울에 세정제를 뿌리고 나서 열심히 문질렀다.

그만! 그만! 그만!

그는 그녀의 고용주였고 그녀에게 관심을 가질 턱이 없었다. 그녀는 고작 청소부에 불과했다.

이제 쓰레기통만 비우면 침실 청소는 끝이었다. 그녀는 빈 쓰레기통을 보고 두 눈을 믿을 수가 없었다. 쓰고 버린 콘돔도 없었다. 그녀는 쓰레기통을 침대 탁자 옆에 도로 놓았다. 설명할 수 없는 이유로 빈 쓰레기통에 피식 웃음이 났다.

그녀는 빨랫거리와 청소 도구를 주워 들고 벽에 걸린 흑백 사진 두 점을 잠시 바라보았다. 두 점 모두 누드였다. 하나는 어떤 여자가 무릎을 꿇고 있는 사진이었다. 피부가 창백하고 투명했고, 발바닥과 엉덩이와 등의 우아한 곡선이 모두 보였다. 여자는 금발머리를 잡아 들어 올리고 있었는데 머리카락 몇 가닥이 목에 붙어 있었다. 아름다운 모델이었다. 적어도 그 각도에서는. 두 번째 것은 클로즈업 사진이었다. 머리카락을 옆으로 쓸어 넘긴 여자의 목선과 척추뼈에서 엉덩이로 이어지는 활 모양의 곡선이 보였다. 검은 피부가 빛의 손길에 은은히 빛났다. 환상적인 여자였다. 알레시아는 한숨을 쉬었다. 이 사진들을 보니 그가 어떤 여자들을 좋아하는지 알 것 같았다. 그는 사진작가일까. 내 사진도 찍어주려나. 그녀는 꿈같은 생각에 고개를 젓고는 포장 용기며 빈 맥주병 등 어질러진 것들을 치우고 설거지를 하러 주방으로 들어갔다.

조의 편지와 이메일에 답장하는 것은 나중으로 미뤄두었다. 아직은 마주할 엄두가 안 난다. 대체 키트는 영농 보조금이니 축산업이니 수천 에이커의 땅을 경작하고 가축을 방목하는 데 따르는 잡다한 일들을 어떻게 이해한 걸까? 대학에서 예술과 음악이 아니라 농업 경영이나 경영학을 공부했으면 좋았을걸 하는 후회마저 잠시 들었다.

아버지가 죽었을 때 키트는 런던정경대학을 다니고 있었다. 늘 순종적인 아들이었던 형은 다니던 대학을 그만두고 농업과 영지 관리를 배우기 위해 콘월 영지(영국 왕실의 사유지-옮긴이)에 있는 대학에 입학했다. 관리해야 할 3천 에이커의 땅이 생기고 나니 그때 형이 현명한 결정을 했다는 생각이 들었다. 키트는 언제나 이성적이었다. 한겨울에 오토바이를 타고 트리비딕 영지의 추운 도로를 내달릴 때는 그렇지 않았지만. 영안실에 누운 형의 부서진 몸이 떠올라 나는 두 손으로 머리를 감쌌다.

왜, 키트, 왜 그랬어? 벌써 수천 번째 묻는 질문이다.

내 마음을 대변하듯 유리벽 저편의 날씨가 점점 나빠졌다. 나는 밖을 내다보려 일어서서 그쪽으로 건너갔다. 템스강 위에 반대 방향으로 나아가는 배 두 척이 보였다. 한 척은 동쪽으로 가는 경찰선이었고, 다른 한 척은 카도간 부두로 향하는 수상 버스였다. 나는 그 풍경에 얼굴을 찌푸렸다. 부둣가 코앞에 살면서도 수상 버스를 한 번도 탄 적이 없다니. 어릴 때 어머니가 나와 매리언을 저기 데려가주길 바랐지만 그런 일은 일어나지 않았다. 어머니는 언제나 바빴다. 언제나. 유모들이 여럿 있었지만 그들에게 우리를 저기 데려가라고 시킨 적도 없었다. 이것도 내가 로위나에게 가진 불만 중 하나였다. 물론 그때 키트는 우리 곁에 없었다. 이미 기숙학교를 다니고 있었으니까.

나는 고개를 절레절레 흔들면서 피아노 주변을 서성이다가 주말 내내 작업한 악보를 보았다. 악보가 눈에 띄자 기분이 한결 나아졌다. 컴퓨터 작업을 잠시 쉴 겸 연주를 하기 위해 피아노 앞에 앉았다.

알레시아는 청소하러 다니는 세 집 가운데 이 집 주방을 가장 좋아했다. 벽과 아래 찬장, 조리대가 연파란색 유리로 되어 있어 닦기에 편했다. 매끄럽고 깔끔한 느낌이 부모님의 투박한 시골집 주방과는 전혀 달랐다. 그녀는 미스터가 뭔가를 구운 건 아닌지 오븐 안을 확인했지만 안은 깨끗했다. 전혀 사용한 적 없는 게 아닐까 생각될 정도였다.

알레시아가 마지막 접시를 닦고 있을 때 음악이 들려왔다. 그녀는 동작을 멈추었다. 아는 멜로디였다. 피아노 위에서 여러 번 보았던 악보의 선율이었지만 그녀가 읽었을 때보다 더 발전된 상태였다. 감미롭고 구슬픈 선율이 애절한 푸른빛과 잿빛을 띤 채 그녀를 감쌌다.

이런 건 눈으로 봐줘야 한다.

그녀는 접시를 조리대 위에 살그머니 내려놓은 뒤 주방을 살금살금 빠져나가 거실로 향했다. 안을 들여다보니 피아노 앞에 앉은 그가 보였다. 그는 눈을 감고 음악을 느끼고 있었다. 얼굴로 음표 하나하나를 표현하는 것 같았다. 그런 그를—주름진 이마, 옆으로 기울어진 고개, 살짝 벌어진 입술—지켜보니 숨을 멎을 것만 같았다.

그녀는 도취되었다.

그에게.

그 음악에.

그는 재능이 있었다.

열망과 슬픔이 가득한 슬픈 곡이었다. 선율이 연파란색과

101

회색으로 그녀의 머릿속에 울려 퍼졌다. 저렇게 잘생긴 남
자는 본 적이 없었다. 심지어 그 남자보다 더… 안 돼!

나를 바라보던 차가운 연파란색 눈. 화가 난 눈.

안 돼. 그 짐승 같은 남자 생각은 그만해!

그녀는 기억을 떨쳐냈다. 너무 고통스러웠다. 그녀가 미
스터에 집중한 동안 애달픈 멜로디는 끝이 났다. 알레시아
는 그에게 들킬까봐 까치발로 주방으로 돌아왔다. 일은 안
하고 훔쳐보다가 들켜서 그를 다시 화나게 만들고 싶지 않
았다.

조리대 청소를 마무리할 때 머릿속으로 그가 작곡한 곡을
재생했다. 이제 청소가 남은 곳은 거실뿐이었는데 거기에는
그가 있었다.

그녀는 용기를 끌어모아 광택제와 마른 천을 집어 들고
그를 마주할 마음의 준비를 했다. 그녀가 거실 입구를 서성
이는 동안 그는 컴퓨터를 보고 있다가 눈을 든 순간 그녀를
발견했다. 그의 얼굴에 기쁘고 놀란 빛이 돌았다.

"괜찮나요, 미스터?" 그녀는 그렇게 묻고 광택제를 거실
방향으로 흔들었다.

"물론. 들어와. 할 일 해, 알레시아. 그리고 내 이름은 맥심
이야."

그녀는 살짝 미소를 짓고는 소파부터 시작했다. 쿠션을
불룩하게 부풀리고 손으로 이런저런 부스러기들을 바닥으
로 쓸었다.

후, 집중이 안 된다…

그녀가 바로 코앞에서 왔다 갔다 하는데 집중이 될 리 없지. 나는 메이페어 맨션 건물의 개조 총비용 수정안을 읽는 척했지만 사실은 내내 그녀를 지켜보았다. 그녀는 대단히 자연스럽고 감각적이며 우아하게 움직였다. 소파 위로 몸을 굽히고, 햇볕에 탄 유연한 두 팔을 뻗고, 손가락이 긴 섬세한 손으로 방석에서 부스러기를 줍고 쓸어냈다. 전율이 나를 덮쳤다. 별안간 온몸이 달콤한 긴장감으로 들뜨면서 방 안에 있는 그녀와 보조를 맞추었다.

이보다 더 가혹한 고문이 있을까? 그녀는 바로 눈앞에 있지만 가질 수 없는 존재였다. 그녀가 소파 위의 검은색 쿠션을 부풀리려 움직일 때 작업복이 앞으로 쏠리면서 엉덩이에 딱 붙는 바람에 분홍색 팬티가 비쳐 보였다.

나는 호흡이 거칠어지고 터지는 신음을 억눌렀다.

나는 더러운 변태 놈이다.

그녀가 소파 정리를 마쳤다. 그녀의 시선이 내 쪽으로 흘러왔다. 나는 손에 든 스프레드시트에 몰두한 척했지만 목 뒤의 털이 곤두서 있었다. 그녀는 광택제를 집어 손에 들고 있던 마른 천에 분사한 뒤 피아노 쪽으로 향했다. 초조한 시선을 내게 한 번 던지더니 천천히 반짝반짝 광을 내기 시작했다. 그녀가 손을 쭉 뻗자 작업복이 뒷무릎 위로 쑥 올라갔다.

후, 하느님!

그녀는 신중하게 규칙적인 속도로 피아노 주변을 돌면서 문질러 광을 냈고, 힘을 쓸수록 호흡이 거칠어졌다. 돌겠네, 정말. 나는 눈을 감고 그녀를 자극해 같은 반응을 끌어내는 상상을 했다.

젠장. 나는 내 몸의 자연스런 반응을 숨기려고 두 다리를 꼬았다. 코미디가 따로 없었다. 저 여자는 빌어먹을 내 피아노를 청소하고 있을 뿐인데.

그녀는 아무런 소리를 내지 않고 건반의 먼지를 닦아냈다. 그녀의 눈길이 다시 내게 날아왔고, 나는 얼른 스프레드시트의 숫자들을 쳐다보았다. 내 시선이 종이 위를 헤엄쳤지만 아무런 뜻도 읽어내지 못했다. 눈을 들어 그녀를 쳐다보니 그녀가 생각에 잠긴 얼굴로 고개를 숙이고 있었다. 악보대 위에 놓인 악보를 읽는 것 같았다. 그녀가 내 곡을 쳐다보고 있었다. 온 신경을 집중한 것처럼 이마를 찌푸리고서.

악보를 읽을 줄 아나?

내 곡을 읽고 있는 거야?

그녀는 눈을 들고 내 시선을 마주했다. 커다래진 눈에는 수줍음이 가득했고, 혀가 입안에서 빠져나와 윗입술을 핥을 때 뺨이 장밋빛으로 물들었다.

미치겠네.

그녀는 시선을 피하면서 피아노 뒤로 몸을 숙였다. 피아노 다리나 의자의 먼지를 닦으려는 것 같았다.

더는 못 참을 것 같았다.

그 순간 휴대폰이 울리는 소리에 나는 깜짝 놀랐다. 올리버.

"안녕." 나는 휴대폰에 대고 말했다. 목소리가 갈라졌다. 방해를 해줘서 이렇게 고맙기는 처음이었다. 거실에서 나가야 했다.

망할, 다시는 그녀에게 쫓겨 나가지 않겠다고 다짐했었는데.

"트리비딕?"

"네. 올리버. 무슨 일이죠?"

"기획안 중에 살펴봐야 할 문제가 생겨서요."

올리버가 메이페어 리모델링 공사의 처마니 내력벽이니 이러쿵저러쿵 떠드는 동안 나는 복도로 슬링슬링 들어갔다.

그가 거실을 나갔을 때 태풍이 머리 위로 지나간 것 같았다. 태풍은 다른 곳으로, 복도로 가버렸다. 알레시아는 안도의 숨을 내쉬며 그가 나간 것에 감사했다. 전화로 이야기를 나누는 그의 목소리가 들렸다. 저음이면서 음악처럼 듣기 좋은 목소리였다. 누군가를 이토록 강렬히 의식하기는 처음이었다.

그에 대한 생각을 멈추고 청소에 집중해야 한다! 그녀는 피아노의 먼지를 다 닦았다. 그녀가 청소를 하는 내내 그가 자신을 지켜보았다는 묘한 느낌을 떨칠 수 없었다.

안 돼. 그럴 리 없잖아.

왜 그가 나를 지켜보겠어?

킹스버리 부인처럼 내가 청소를 잘하는지 확인한 거겠지. 알레시아는 바보 같은 생각을 했구나 싶어 피식 웃음이 나왔다. 이 집에 도착했을 때보단 몸이 훨씬 따뜻했다. 이 열기는 어디서 온 것일까. 방이 따뜻해진 것인지, 몸이 달아오른 것인지 알 수 없었다.

그 사람이 있으니까 따뜻했어.

줄줄이 이어지는 터무니없는 생각이 다시 미소를 끌어냈다. 그가 나갔으니 얼른 달려가 진공청소기를 가져올 기회였다.

미스터는 복도 끄트머리 벽에 기대어 있었는데 긴 다리를 쭉 펴고 계속 발로 톡톡 바닥을 두드렸다. 그는 낮은 목소리로 휴대폰에 대고 이야기를 하다가 그녀가 주방으로 들어가자 그녀를 주시했다. 그녀가 진공청소기를 거실로 가져왔을 때 그는 책상 앞으로 돌아와 있었지만 여전히 통화 중이었다. 그가 그녀를 보고는 일어섰다. "잠깐만, 올리버. 계속해요." 그는 청소기를 돌리라는 뜻으로 거실 쪽으로 손짓을 하면서 거실을 나갔다. 그가 입고 있던 검은색 후드 티를 벗었다. 안에 입은 회색 브이넥 티셔츠가 나타났다. 날개가 달린 검은색 왕관 그림과 LA 1781이라는 글자가 쓰여 있었다. 그녀는 목선 위로 비져나온 가슴털을 보고는 얼굴을 붉혔다. 꾸짖는 어머니의 목소리가 귓전을 맴돌았다. 알레시아! 지금 뭐 하는 거니?

남자 보고 있어요, 엄마.

매력적인 남자예요.

내 피를 뜨겁게 만드는 남자요.

그녀는 화난 어머니의 표정을 상상하고는 미소를 지었다.

아, 엄마, 여기 잉글랜드는 다르다구요. 남자도. 여자도. 다르게 행동한다구요. 다르게 반응해요.

알레시아의 마음은 암울한 곳으로 날아갔다. 그자에게로. 안 돼. 그 남자 생각은 하지 마.

그녀는 이제 안전했다. 여기 런던에 미스터와 함께 있다. 그리고 지금은 일에 집중해야 할 때였다.

진공청소기는 헨리라는 제품이었다. 빨갛고 둥근 몸체에 두 개의 눈알과 웃는 입이 그려져 있는. 그녀는 헨리를 볼 때마다 웃음을 참을 수 없었다. 그녀는 플러그를 벽에 꽂고 깔개와 마룻바닥을 청소기로 밀었다. 15분 뒤 청소가 끝났다.

헨리를 세탁실로 가져갈 때 보니 미스터는 복도에 없었다. 알레시아는 녀석을 늘 보관하는 수납장에 넣고 다정하게 톡톡 두드린 다음 수납장 문을 닫고 주방으로 향했다.

"저기." 미스터가 주방으로 들어오며 말했다. "나 나갈 거야. 돈은 콘솔 탁자에 놔뒀어. 문 잠그고 경보 장치 켤 줄 알지?"

그의 환한 미소가 어찌나 눈부신지 그녀는 고개만 끄덕이고는 바닥을 내려다볼 수밖에 없었다. 하지만 아침 햇살 같은 기쁨이 터져 나왔다. 그가 나가면 피아노를 칠 수 있다.

그는 잠시 주저하다가 커다란 검은색 우산을 내밀었다.

"이거 빌려가도 돼. 밖에 아직도 비가 억수같이 내려."

억수같이?

알레시아는 말문이 막혔다. 그녀는 그의 얼굴을 슬쩍 쳐다보았다. 그의 따뜻한 미소와 너그러운 배려에 가슴이 뛰었다. 그녀는 우산을 받아들었다. "고마워요." 그녀가 나지막이 말했다.

알레시아는 우산을 물끄러미 바라보았다. 나무 손잡이와 금색 이음 고리가 달린 구식 우산이었다. 그렇지 않아도 우산이 꼭 필요했는데. 미스터의 배려에 감동한 그녀는 거실로 들어가 피아노 앞에 앉았다. 우산은 건반 끝에 기대어 두고 험악한 날씨를 기념할 겸 쇼팽의 〈빗방울〉 전주곡을 연주하기 시작했다.

고맙다는 알레시아의 말이 나를 황홀경으로 데려갔다. 터무니없이 큰 만족감이 밀려왔다. 사소한 일이지만 내가 그녀에게 도움이 되었다. 나는 선행이 몸에 밴 사람은 아니다. 내 친절 뒤에는 다른 동기가 도사리고 있을지도 모르지만 지금은 그 동기를 깊이 분석하고 싶지 않다. 짐작대로 내가 얄팍한 개자식임이 까발려질 수도 있으니까. 그래도 배려하고 나니 기분이 좋았다. 생소한 느낌이긴 하지만.

기운이 불끈 나서 엘리베이터를 두고 계단으로 1층까지 내려갔다. 나가기가 망설여졌지만 올리버와 회의가 있었고 메이페어 개발 건으로 여러 도급업자들도 만나야 했다. 나는 내 차림새를 훑어보면서 그들이 정장으로 차려입은 나를 기대하지 않기를 바랐다. 정장은 내 스타일이 아니다.

아니고말고. 그건 키트의 스타일이었다. 옷장 안에 가득했던 새빌 로에서 맞춘 양복들이 그 증거였다.

나는 밖으로 나와서 떨어지는 빗줄기 속을 뛰어가 택시를 불렀다.

❧

"그렇게 하면 되겠군요." 올리버가 말했다. 나는 고개를 끄덕였다. 우리는 개조한 맨션 중 한 곳의 새 석회암 아트리움을 걷다가 우리는 형광색 작업복과 노란색 안전모 차림으로 돌아다니는 인부들 사이를 걸어 판자로 막아놓은 건물 현관 쪽으로 나아갔다. 공중을 날아다니는 먼지에 목이 칼칼했다. 술 생각이 간절했다.

"이쪽 방면에 소질 있군요, 트리비딕. 도급업자가 당신의 제안을 마음에 들어하는 것 같았어요."

"올리버. 맥심이라고 불러요. 이름을 부르라고. 잘도 그랬으면서. 예전에는."

"그랬었죠, 미로드."

"환장하겠구만."

"맥심." 올리버가 씩 웃었다. "모델 하우스를 꾸미려면 인테리어 디자이너를 채용해야 할 것 같아요. 내달 안으로. 키트가 즐겨 고용하던 세 사람의 자료는 보관해두었어요."

키트? 키트는 키트일 뿐. 맥심 마음대로 할 순 없는 건가?

"캐럴라인이 하면 어떨까 싶은데." 내가 말했다.

"네? 백작 부인 말입니까?"

"어머니가 캐로를 추천했어요."

올리버가 발끈했다.

응? 올리버는 왜 캐럴라인에게 반감을 보이는 걸까? 아니면 로위나가 못마땅해서? 어머니가 사람들에게 인심을 잃는 것은 흔한 일이다.

"내가 캐럴라인에게 이야기해보죠. 다른 사람들 명단과 그들 작품도 보내줘요." 내가 대답했다.

올리버는 고개를 끄덕였고 나는 안전모를 벗어 그에게 건넸다.

"내일까지 보낼게요." 그가 말하고는 건물 정면을 가려놓은 임시 울타리의 삐걱대는 나무 문을 밀어 열었다.

비는 그쳤지만 우중충한 날이었다. 나는 외투 깃을 세우고 택시를 기다리면서 클럽으로 갈지 집으로 갈지 고민했다.

나는 소형 그랜드 피아노 주변을 서성이면서 피아노 위로 몸을 쭉 뻗고 반들반들 광을 내던 알레시아를 생각했다. 샹들리에 아래에서 피아노가 미끈하게 윤이 났다.

내가 나일론 작업복과 펑퍼짐한 분홍색 팬티를 입은 여자에게 끌릴 거라고 누가 상상이나 했을까? 나는 그녀에 대해 아무것도 모른다. 그녀가 이제껏 만난 여자들과 전혀 다르다는 것밖에는. 그간 만난 여자들은 대담하고 자신만만하며 자기가 원하는 바를 알고 그것을 요구할 줄 알았다. 그런데 알레시아는 그렇지 않았다. 얌전히 행동했고, 일에 집중하고 싶어했고, 나와 얽히는 걸 꺼렸다… 눈에 띄고 싶지 않은 것처럼. 헷갈리는 여자였다. 우산을 수줍게 받아들던 그녀가 생각나 슬며시 웃음이 났다. 깜짝 놀라면서 고마워하던 그 모습이라니. 어떻게 살아왔기에 사소한 배려에도 고마워 어쩔 줄 모르는 걸까.

나는 피아노 의자에 앉아 나의 첫 작곡을 훑어보았다. 그 곡을 물끄러미 보던 그녀의 얼굴이 기억났다. 혹시 악보를 읽을 줄 아는 걸까. 어쩌면 연주를 하는지도. 내 작품에 대한 그녀의 의견이 궁금해졌다. 하지만 그것은 순전히 내 추측일 뿐이다. 지금 당장 확실한 것은 사타구니에 느껴지는 이 묵직한 통증뿐이다.

망할. 나가서 여자랑 뒹굴란 말이야.

하지만 나는 피아노를 떠나지 않고 한 곡 한 곡 번갈아 연주하고 또 연주했다.

알레시아는 마그다의 집 쪽방 안에 놓인 접이 침대에 누워 있었다. 머릿속이 복잡했다. 할 일이 산더미인데 생각이 초록빛 눈의 미스터에게로 자꾸 흘러갔다. 피아노 앞에 앉은 그가 눈앞에 떠올랐다. 음악을 느끼던 그의 감은 눈, 주름진 이마, 살짝 벌어진 입술. 그녀에게 우산을 건네던 그의 따뜻한 표정. 헝클어진 머리, 다정한 미소를 머금은 도톰한 입술. 키스할 때는 어떤 모양일까.

그녀의 손이 몸 아래로, 가슴 밑으로 내려갔다.

그가 여기에 키스한다면.

그녀는 숨을 들이켜며 그 환상에 뛰어들었고, 그녀의 손은 더 아래로 내려갔다. 그녀는 상상에 빠져들었다. 그의 손이 그녀에게 닿았다.

그녀를 만졌다.

여기.

그녀는 얇은 벽을 의식해 신음을 죽이며 자기 몸을 만지기 시작했다.

그를 생각하자 몸이 흥분했다.

절정을 향해.

더 높이.

그의 얼굴.

그의 등.

그의 긴 다리.

그녀는 절정을 향해 올라갔다.

그의 납작한 배.

그녀는 신음하면서 사정한 뒤 곯아떨어졌다.

그의 꿈을 꾸었다.

나는 잠결에 뒤척였다.

그녀가 문간에 서 있다. 푸른 형체로.
들어온다. 내 옆에 눕는다. 그녀를 갖고 싶다.
하지만 어느새 그녀는 거실에 있다. 피아노에 광을 낸다.
분홍색 팬티 외에 아무것도 안 입고.
나는 그녀를 만지려 손을 뻗지만 그녀는 사라진다.

나는 잠에서 깼다.

망할.
단단해졌다. 고통스럽다.
죽겠네. 자꾸 이러면 곤란한데.
나는 후딱 자위를 했다.
이런 게 얼마 만이지? 여자의 몸이 간절하다. 내일. 꼭 해
야지. 나는 돌아누워 깊은 잠에 빠져들었다.

❦

이튿날 오후 올리버는 내게 각 영지에 대한 회계 보고를
했다. 우리 사무실은 버클리 스퀘어 근처 조지아 왕조풍 건

물 안에 있다. 아버지가 1980년대에 사무실용으로 개조한 건물인데, 소유권은 트리비딕 가문과 위층에 있는 다른 회사 둘이 나눠 가지고 있다.

나는 의논 중인 숫자들에 집중하려 했지만 빠끔 열린 키트의 사무실 문이 눈에 들어왔다. 그것이 자꾸 신경에 거슬렸다. 아직은 저 안에서 일할 엄두가 나지 않았다. 형이 전화 통화를 하고, 내 실없는 농담에 웃고, 위반 사항에 대해 올리버를 나무라는 소리가 들리는 듯했다. 형은 이 세계에서 능수능란했고 자기 영역을 다스렸다.

하지만 형은 내 자유를 질투했다.

네 꼴리는 대로 살든 말든 내 알 바 아냐. 그래도 우리 중 누군가는 일을 해야 하잖아.

그날 나는 응급실 의사와 같이 서서 죽은 키트의 부서진 몸을 내려다보았다.

네, 우리 형 맞아요, 하고 신원을 확인해주었다.

그 여의사는 고맙습니다, 트리비딕 경, 하고 중얼거렸다.

내게 작위를 붙여 부른 것은 그 여자가 처음이었다…

"그럼 이대로 가고, 다음 분기에 다시 검토하면 되겠어요." 올리버의 말이 나를 다시 현실로 끌어냈다. "그래도 당신이 한번 가서 직접 부동산을 둘러봐야 합니다."

"그래야겠죠."

때를 봐서…

지금 내 머릿속에 있는 것은 부동산 세 곳에 대한 대강의

최근 동향뿐이지만, 할아버지와 아버지, 형이 잘 관리한 덕분에 세 곳 모두 흑자를 내고 있다는 사실은 분명했다. 다른 귀족 가문들과 다르게 트리벨런은 돈에 연연하지 않는 편이다.

옥스퍼드셔의 코츠월드에 있는 '앵윈 하우스'는 알짜배기 부동산이다. 이곳은 일반인들에게 개방되어 있고, 널찍한 정원과 아이들을 위한 놀이터, 간이 동물원을 구비하고 있으며, 딸린 넓은 목초지는 일반인들도 즐길 수 있다. 노섬벌랜드의 '티오크'는 귀족으로 자처하는 부유한 미국인들에게 전부 임대되었다. 키트와 올리버는 키트의 사택으로 큰 집을 한 채 구입하면 어떨까 자주 의논하곤 했었는데 나도 같은 생각을 하고 있다. 한편, 콘월에 있는 '트리벨런 홀'은 영국에서 가장 큰 유기농 농장 중 하나다. 제11대 트리비딕 백작이었던 아버지 존은 주위의 냉소를 무릅쓰고 유기농 농장을 개척했다. 최근 들어 키트는 트리비딕 투자 포트폴리오의 다변화와 수익 증대를 위해 그곳 사유지 가장자리에 고급 별장 개발을 기획해 추진했다. 수요는 많았다. 특히 여름철에.

"이제 앞으로 이 부동산들을 어떻게 활용하고 고용인들은 얼마나 필요할지 얘기해보죠."

"네?"

나는 실망했지만 줄줄이 이어지는 올리버의 말을 따라가려 애썼다. 생각이 딴 데로 흘러갔다. 내일은 알레시아가 집에 온다. 이 순간 관심이 가는 고용인은 알레시아뿐이었다.
엉뚱한 이유로. 오늘 아침에 체육관에서 그렇게 운동을 했
는데도 그녀에게 사로잡힌 내 마음은 풀려날 줄을 몰랐다.

마음을 단단히 빼앗겼는데 그 여자에 대해 아는 게 없어.

내 휴대폰이 진동했다. 캐럴라인의 문자였다. 문자를 읽
는데 머리카락이 쭈뼛 서고 울컥했다.

나 임신 아니야. :(

난 키트의 것을 하나도 못 가졌네.

그이의 아이마저도.

젠장! 난데없는 슬픔이 나를 덮쳤다.

"올리버, 오늘은 이 정도로 하죠. 다른 일이 있어서."

"그러죠." 올리버가 대답했다. "그럼 내일?"

"좋아요. 내일 오전 느지막하게 내 아파트로 올래요?"

"그러죠, 미… 맥심."

"됐군. 고마워요."

나는 캐럴라인에게 답장을 보냈다.

내가 그리 갈게.

아냐. 나가고 싶어.

진탕 퍼마시자.

그래. 어디서?

지금 집이야?

아니. 사무실.

그렇구나. 시내에서 만나.

룰루스?

아니. 소호 하우스.
그릭 스트리트.
거긴 아는 사람이 적어.

거기서 봐.

프라이빗 클럽은 사람들로 북적였지만 용케 2층 난롯가
쪽에 자리가 났다. 나는 소호 하우스의 회원이기도 하지만
'5 허트포드 스트리트'의 친밀한 분위기를 더 선호해 캐럴라
인처럼 거기를 내 클럽으로 삼고 있다. 자리를 잡고 나서 얼
마 뒤 캐럴라인이 나타났다. 그녀는 피곤하고 슬프고 야위
어 보였다. 입꼬리는 축 쳐졌고, 눈은 탁한 데다 부어 있었
다. 단발의 금발머리는 윤기를 잃고 부스스했다. 그녀는 청

바지에 스웨터를 입고 있었는데 키트의 스웨터였다. 내가 아는, 활력이 넘치는 캐럴라인이 아니었다. 그녀가 다가올 때 나는 가슴이 아려왔다. 그녀의 얼굴에 나와 같은 슬픔이 각인돼 있었다.

나는 일어섰지만 아무 말도 하지 않다가 내 품에 안기는 그녀를 꼭 안아주었다.

그녀가 훌쩍였다.

"헤이." 나는 그녀의 머리에 대고 속삭였다.

"정말 개 같은 인생이야." 그녀가 웅얼거렸다.

"그러게." 나는 내 말이 위로가 되기를 바라며 말했다. "앉을까? 나를 바라보고 앉으면 아무도 네가 속상한 줄 모를 거야."

"나 그렇게 엉망이야?" 그녀는 상처받은 투로 말했지만 웃음기가 돌았다. 그제야 내가 아는 캐럴라인의 모습이 보였다. 나는 그녀의 이마에 입을 맞추었다.

"그럴 리가, 캐로."

그녀는 꼼지락거려 내 손을 벗어났다. "넌 더 좋아 보인다." 그녀는 투덜댔지만 화난 기색은 없었다. 그녀가 맞은편 벨벳 의자에 앉았다.

"뭐 마실래?"

"소호 뮬."

"잘 골랐어."

나는 손짓으로 웨이터를 불러 주문했다.

"이번 주에 코빼기도 안 보이더라." 캐럴라인이 말했다.

"바빴어."

"혼자?"

"응." 나는 말했다. 거짓말을 안 하니 마음이 편했다.

"무슨 일 있구나, 맥심?"

"무슨 소리야?" 나는 '무슨 소리인지 전혀 모르겠어' 하는 덤덤한 눈초리로 그녀를 보았다.

"누구 만난 거 맞지?" 그녀가 물었다.

귀신이네!

나는 분홍색 팬티 외에 아무것도 입지 않고 피아노 위로 몸을 뻗은 알레시아의 모습이 눈앞에 아른거려 눈을 깜빡거렸다.

"만났구나!" 캐럴라인이 깜짝 놀라며 말했다.

나는 자세를 고쳐 앉은 뒤 고개를 저었다. "아니." 힘주어 부인했다.

캐럴라인이 한쪽 눈썹을 쓱 추켜올렸다. "거짓말."

망할. 펄쩍 뛸 걸 그랬나.

"네가 그걸 어떻게 알아?" 나는 내 개소리를 꿰뚫어보는 캐럴라인의 신통력에 기가 꺾여 물었다.

"그거야 모르지. 하지만 넌 항상 쉽게 무너지니까. 털어놔."

제기랄!

"말하고 말 것도 없어. 주말 내내 혼자 있었다니까."

"많은 의미가 담긴 말이네."

"캐로, 우린 각자의 방식으로 키트의 부재를 감당하고 있어."

"그래서… 숨기는 게 뭐야?"

나는 한숨을 쉬었다. "정말 이런 얘기 하고 싶어?"

"응." 그녀가 말했다. 번뜩이는 심술궂은 눈빛이 본래의 캐럴라인이 멀리 있지 않다는 것을 말해주었다.

"누가 있긴 해. 하지만 그 여자는 내가 존재하는지도 몰라."

"정말?"

"응. 정말. 아무것도 아니야. 그냥 생각만 하다 끝날 일이야."

캐럴라인이 인상을 썼다. "너답지 않아. 넌 절대 휘둘리는 남자가 아니잖아, 네… 먹잇감에게는."

나도 모르게 허탈한 웃음이 터져 나왔다. "그 여자는 내 먹잇감이 아니야… 어느 모로 보나 그건 당치 않아."

심지어 그 여자는 나를 잘 쳐다보지도 않아!

웨이터가 우리 술을 내왔다.

"마지막으로 뭘 먹은 게 언제야?" 내가 물었다.

캐럴라인은 어깨를 으쓱거렸고, 나는 고개를 절레절레 저었다. "너 때문에 블레이크 부인이 속깨나 썩겠구나. 밥 먹자. 여기 메뉴판 좀 줄래요?" 내가 웨이터에게 말하자 웨이터가 고개를 끄덕이고 사라졌다.

나는 잔을 그녀에게 들어 올렸다. "떠나버린 사랑하는 이들을 위해." 나는 화제를 그만 바꾸고 싶었다.

"키트를 위해." 그녀가 중얼거렸다. 우리는 한 남자에 대한 사랑에 묶여 서로를 향해 슬픈 미소를 지었다.

새벽 2시, 우리는 취해서 내 아파트로 왔다. 캐럴라인은 집에 가려 하지 않았다. 집에 가고 싶지 않아. 키트가 없으니 거긴 집 같지가 않은걸.

나는 그녀의 말을 반박할 수 없었다.

우리는 비틀거리며 복도로 들어갔다. 나는 경보 장치에 비밀번호를 입력해 줄기차게 울어대는 경보음을 죽였다.

"약 가진 거 있어?" 캐럴라인이 혀 꼬인 소리로 말했다.

"아니. 오늘은 없어."

"술은 뭐 있어?"

"너 많이 마셨어."

그녀는 내게 심사가 뒤틀린 주정뱅이의 미소를 지었다. "나 돌봐줄 거지?"

"너야 늘 돌봐주잖아, 캐로. 알면서 그래."

"그럼 침대로 데려가줘, 맥심." 그녀가 두 팔을 내 목에 감았다. 그녀의 얼굴에 모호한 기대감이 떠올랐고 풀린 눈은 내 입술을 향했다.

젠장. 나는 그녀의 어깨를 붙잡아 밀어냈다. "안 돼. 하지만 침대에 눕혀줄게."

"무슨 뜻이야?" 캐럴라인이 인상을 썼다.

"너 취했어."

"그래서?"

"캐럴라인. 이러면 안 돼." 나는 그녀의 이마에 입을 맞추었다.

"왜?"

"왜인지 알잖아."

그녀의 얼굴이 울상이 되고 눈에는 눈물이 차올랐다. 그녀가 내 품에서 벗어났다.

나는 한숨이 났다. "그러지 마. 울지 말라고." 나는 그녀를 품 안으로 다시 끌어당겼다. "우리 이러면 안 돼."

네가 언제부터 양심을 내세워 섹스를 마다했냐?

오늘 밤 외출해서 화끈하고 섹시한 여자를 낚으려던 놈이.

"만났다는 사람 때문에 이러는 거야?"

"아니."

맞아.

어쩌면.

모르겠어.

"가자, 내가 침대에 눕혀줄게." 나는 팔을 그녀의 어깨에 두르고 그녀를 잘 쓰지 않는 손님방으로 데려갔다.

한밤중에 침대가 꺼지는 느낌이 들었다. 캐럴라인이 내

침대로 기어들어 내 옆으로 왔다. 나는 파자마 바지를 입어 다행이라 생각하면서 그녀를 끌어안았다.

"맥심." 그녀가 속삭였다. 유혹하는 목소리였다.

"더 자." 나는 웅얼거리며 눈을 감았다.

그녀가 내 형의 아내였기 때문이 아니었다. 그녀는 내 절친이자 나를 가장 잘 아는 여자였다. 따스한 몸이었고, 위안이었다. 게다가 나 역시 슬픔에 젖어 있었지만, 두 번 다시 그녀와 잠자리를 가질 생각은 없었다.

절대. 다시는.

그녀가 머리를 내 가슴에 얹었을 때 나는 그녀의 머리에 입 맞추고는 순식간에 잠이 들었다.

6

알레시아는 설레는 마음을 감추지 못했다. 그녀는 우산을 움켜쥐고 그의 아파트로 들어갔다. 경보 장치가 울리지 않아 기뻤다.

그가 집에 있어!

어젯밤 그녀는 좁은 침대에서 다시 그의 꿈을 꾸었다. 공작석을 닮은 초록빛 눈, 환한 미소, 표정이 풍부한 얼굴. 음악에 취해 연주하는 그의 모습. 그녀는 욕망에 취해 헐떡거리며 잠에서 깼다. 그는 친절하게도 그녀에게 우산을 빌려주었다. 덕분에 그녀는 그날 비에 젖지 않고 돌아갔고 어제도 온종일 비에 젖지 않고 지낼 수 있었다. 런던에 온 이후 마그다가 아닌 누군가가 그녀에게 그런 친절을 베푼 것은 처음이라 그의 배려는 큰 의미로 다가왔다. 그녀는 부츠를 벗고 나서 우산을 복도에 두고 서둘러 주방으로 갔다. 그를 볼 생각에 신이 났다.

그녀는 문간에서 걸음을 멈추었다.

어머, 안 돼!

어느 금발의 여자가 남자 셔츠만 걸친 채 주방에 서서 커피를 내리고 있었다. 그의 셔츠였다. 여자가 고개를 들더니 알레시아에게 정중하고 따뜻한 미소를 지었다. 알레시아는 겨우 힘을 끌어내서 주방을 통과해 세탁실로 향했다. 충격을 받아 고개를 들 수가 없었다.

"좋은 아침." 여자가 말했다. 그녀는 침대에서 막 일어난 것처럼 보였다.

그의 침대에서?

"좋은 아침이에요, 미세스." 알레시아는 그 여자를 지나치며 웅얼거렸다. 그녀는 세탁실에 들어가서 이 충격적인 반전을 받아들이느라 잠시 서 있었다.

크고 파란 눈의 저 여자는 누굴까?

왜 저 여자가 그의 셔츠를 입고 있을까? 바로 지난주에 알레시아가 그를 위해 다림질을 한 셔츠였다.

그가 데려온 여자구나. 그럴 수밖에. 그게 아니면 왜 그의 셔츠를 입고 돌아다니겠어? 그와 가까운 사이임이 분명했다.

가까운 사이.

역시나 그에게는 누군가가 있었다. 아름다운 사람이.

그에 못지않은.

알레시아의 꿈은 산산이 부서져 발밑에 나뒹굴었다. 실망감이 가슴을 옥죄어들자 낯빛이 어두워졌다. 그녀는 한숨을 내쉬고는 모자와 장갑, 점퍼를 벗고 작업복을 걸쳤다.

무얼 기대한 걸까? 그 남자가 내게 관심이 있을 턱이 없잖아. 난 청소부에 불과한걸. 왜 그런 남자가 나를 원하겠어?

오늘 아침까지 생생했던 희망의 불씨가—오랫동안 살아 있던 첫 불씨가—꺼져버렸다. 그녀는 운동화를 신은 뒤 다리미대를 폈다. 설레던 마음은 현실에 직면해 이미 아련한 기억이 되어 있었다. 그녀는 건조기에서 세탁된 빨래를 꺼내 다림질 바구니로 옮겼다. 여기가 그녀의 자리였다. 어차피 어른이 되면 가기로 정해진 길 아니던가. 집안일을 하고 남자를 보살피는 삶.

그래도 멀리서나마 그를 감탄하며 바라볼 수는 있다. 침대에 벌거벗은 채 누워 있는 그를 본 이후 쭉 그랬던 것처럼. 그건 아무도 방해하지 못할 테지.

낙담한 그녀는 한숨을 내쉬며 다리미에 물을 더 채웠다.

알레시아가 문간에 서 있다. 푸른 형체로.

그녀가 천천히 머릿수건을 벗자 그녀의 땋은 머리가 흔들리며 풀려난다.

내게 머리카락을 흔들어봐.

그녀가 미소를 짓는다.

들어와. 내 옆에 누워. 너를 원해.

하지만 그녀는 돌아선다. 그녀는 거실에 있다. 피아노에 광을 내면서. 내가 작곡한 악보를 살펴본다.

그녀는 분홍색 팬티 외에 아무것도 입지 않았다.

나는 그녀를 만지려 손을 뻗지만 그녀는 사라진다.

그녀가 복도에 서 있다. 큰 눈으로. 빗자루를 움켜쥐고.

벌거벗고.

그녀의 다리는 길다. 그 다리가 내 허리를 감아주었으면.

"커피 내려줄게." 캐럴라인이 소곤거렸다.

나는 일어나기가 싫어 끙 소리만 냈다. 내 몸의 일부분도 꿈에서 깨기 싫어했다. 다행히 엎드린 자세라 발기한 놈은 매트리스에 눌려 형수의 눈을 피할 수 있었다.

"집에 먹을 게 없네. 나가서 아침 먹을까? 아니면 블레이크에게 먹을 걸 가져오라고 할까?"

나는 다시 끙 소리를 냈다. 말하자면 내 방식대로 '꺼져, 날 좀 내버려둬'를 표현한 것인데, 캐럴라인은 끈질겼다.

"새 가정부 봤어. 엄청 어리던데. 크리스티나는 어떻게 된 거야?"

젠장! 알레시아가 집에 있다고?

몸을 돌려 누우니 캐럴라인이 침대 가장자리에 걸터앉아 있었다. "꼭 내가 다시 옆에 누워야겠어?" 그녀가 웃는 얼굴로 교태를 부리며 고갯짓으로 베개를 가리켰다.

"아니." 나는 산만하지만 다정한 눈으로 그녀를 바라보았다. "그런 차림으로 커피 만든 거야?"

"응." 그녀가 인상을 썼다. "왜? 내 몸이 마음에 안 들어? 아니면 네 셔츠 입어서 열받은 거야?"

나는 그 말을 웃어넘긴 뒤 손을 내밀어 그녀의 손을 꼭 쥐었다. "누가 네 몸을 마음에 안 들어하겠어, 캐로. 알면서 그래."

알레시아가 오해하겠군…

망할. 그걸 내가 왜 걱정해?

캐럴라인이 입꼬리를 올려 장난스런 미소를 끌어냈다.

"하지만 넌 원하지 않잖아?" 그녀가 갑자기 낮아진 목소리로 말했다. "다른 사람을 만나서 그런 거야?"

"캐로. 그만해. 같은 이야기 반복하지 말자. 우린 안 돼. 게다가 너 그 기간이라며."

"여자가 마술에 걸리든 말든 상관 안 한다며." 그녀가 코웃음을 쳤다.

"맙소사, 그런 소리는 또 언제 한 거지?" 나는 기가 막혀 두 손으로 머리를 감싸고 천장을 바라보았다.

"옛날에."

"쓸데없이 지껄인 점 사과드리죠."

여자들이란! 여자들은 자질구레한 걸 잘도 기억한다.

"그 얘긴 왜 꺼내?" 그녀의 얼굴에서 웃음기가 싹 가시고 슬픔이 다시 번져갔다. 그녀는 창밖을 멍하니 바라보았다. 그녀의 목소리는 나긋하고 담백하면서도 고통스럽게 들렸다. "우린 2년 동안 아이를 가지려 노력했어. 2년 동안이나. 우리 둘 다 아이를 원했는데." 눈물이 그녀의 뺨을 타고 흐르기 시작했다. "이제 그이는 세상을 떠났고 난 모든 걸 잃었어. 내겐 아무것도 없어." 그녀가 두 손으로 얼굴을 가리고 흐느끼기 시작했다.

망할. 난 바보 멍텅구리다. 나는 일어나 앉아 그녀를 끌어안고 그녀가 울도록 두었다. 그리고 침대 옆 탁자에서 휴지를 한 장 뽑았다.

"이거." 내가 그녀에게 휴지를 건네자 그녀는 그것에 삶의 의미가 담긴 양 움켜쥐었다. 나는 슬퍼하는 목소리로 나직하고 다정하게 말했다. "우리 둘 다 슬픔에 젖은 채 이런 짓을 계속할 순 없어. 서로에게 못할 짓이고 키트에게도 그래. 그리고 넌 모든 걸 잃은 게 아니야. 네 돈이 있잖아. 집도 그대로 있고. 필요하면 토지에서 나오는 수입 중 일부를 네 연금으로 지급하도록 해볼게. 로위나가 메이페어 아파트의 인테리어 디자인을 네게 맡기자고 했어." 나는 그녀의 머리에 입을 맞췄다. "언제든 날 활용해도 좋아, 캐로. 기분 전환용이 아니라 네 친구이자 시동생으로서."

캐럴라인은 훌쩍이다가 코를 닦고 나서 고개를 뒤로 젖히더니 애처로운 눈으로 나를 바라보았다. 파란 눈에 눈물이 그렁그렁했다.

"내가 그이를 선택해서 그런 거지, 그치?"

나는 가슴이 무거워졌다. "그 얘긴 그만두자."

"그럼 다른 사람이 생겨서야? 그 여자가 누군데?"

이런 식의 대화는 나누고 싶지 않았다. "나가서 아침 먹자."

나는 초스피드로 샤워하고 옷을 입었다. 빈 커피 잔을 들고 주방으로 들어갔을 때 다행히 캐럴라인은 아직 손님방에 있었다. 알레시아를 볼 생각을 하니 심박수가 치솟았다.

왜 이렇게 초조한 거지? 아님 흥분한 건가?

실망스럽게도 그녀는 주방에 없었다. 부엌방 쪽으로 가보니 그녀가 안에서 내 셔츠를 다리고 있었다. 나는 몰래 그녀를 지켜보았다. 그녀는 저번처럼 길고 자연스러운 동작으로 감각적이고 우아하게 다림질을 했는데 미간을 찌푸린 채 골똘히 생각에 잠겨 있었다. 그녀가 셔츠를 다린 뒤 별안간 고개를 들었다. 나를 발견하는 순간 그녀의 눈이 커다래지고 뺨은 장밋빛으로 환히 물들었다.

아, 사랑스러워.

"좋은 아침." 내가 말했다. "놀라게 할 생각은 없었는데."

그녀는 다리미를 다리미 거치대에 놓고 나서 내가 아니라 다리미를 쳐다보았다. 미간에 아까보다 더 진한 주름이 생겨났다.

뭐지? 왜 나를 쳐다보지 않지?

"형수랑 같이 아침을 먹으러 나가려고." 이걸 왜 설명하고 있지?

하지만 그녀는 속눈썹을 바르르 떨며 눈을 깜빡였다. 이 정보를 요리조리 생각하고 있는 게 분명했다. 나는 얼른 덧붙였다. "손님방의 시트 갈아도 돼." 그녀는 가만히 있다가 내 시선을 피한 채 고개를 끄덕였는데 이로 윗입술을 지분거렸다.

오… 저 이가 내 몸에 닿았으면.

"돈은 평소처럼 놔둘게…"

그녀가 고개를 옆으로 살짝 들더니 풍부하고 아름다운 짙은 눈망울로 나를 흘끔거렸다. 나는 말을 하려다 입이 붙어 버렸다.

"고맙습니다, 미스터." 그녀가 중얼거렸다.

"내 이름은 맥심이야." 나는 그녀의 매혹적인 억양으로 내 이름을 듣고 싶었지만 그녀는 그 촌스러운 작업복 차림으로 서서 내게 뻣뻣한 미소만 지어보였다.

"맥심!" 캐럴라인이 나를 부르며 부엌방으로 들어왔다. 이제 부엌방은 만원이 되었다. "또 보네요." 그녀가 알레시아에게 말했다.

"알레시아, 여기는 내 친구이자 형수… 음… 캐럴라인. 캐럴라인, 여긴 알레시아."

어색한 순간이었다. 두 사람을 인사시키는 게 이렇게 머쓱할 줄이야.

캐럴라인은 내게 어리둥절한 시선을 던졌다. 내가 모른 척하자 그녀는 알레시아에게 다정한 미소를 지었다.

"알레시아, 사랑스런 이름이네. 폴란드 이름인가요?" 캐럴라인이 물었다.

"아뇨, 미세스. 이탈리아 이름이에요."

"어머, 이탈리아 사람이군요."

"아뇨, 알바니아에서 왔어요." 그녀는 한 걸음 물러나서 작업복의 풀린 실오라기를 만지작거리기 시작했다.

알바니아?

알레시아는 그 이야기를 하고 싶지 않은 눈치였지만 나는 너무 궁금해 캐물었다. "고향에서 멀리 왔군. 공부하러 왔나?"

그녀는 고개를 젓고 나서 실오라기를 잡아당겼는데, 더 말하고 싶지 않은 기색이 역력했다. 더 이상 말하지 않을 게 분명했다.

"맥심, 그만 가자." 캐럴라인이 호기심 어린 시선을 거두지 않고 내 팔을 잡아당겼다. "만나서 반가웠어, 알레시아." 그녀가 덧붙였다.

나는 망설였다. "안녕." 말은 그렇게 했지만 그녀 옆을 떠나고 싶지 않았다.

"안녕히 가세요." 알레시아는 조용히 말하고 나서 그가 캐럴라인을 따라 주방에서 나가는 것을 바라보았다.

형수?

현관문이 닫히는 소리가 들렸다.

형수.

Kunata(형수).

그녀는 다림질로 돌아가면서 그 단어를 영어와 알바니아어로 소리 내어 발음했다. 그 소리와 뜻이 미소를 끌어냈다. 하지만 그의 형수가 그의 옷을 입고 여기 있는 것은 아무래도 이상했다. 알레시아는 어깨를 으쓱거렸다. 미국 드라마를 많이 봐서 서구의 남녀 관계는 다르다는 걸 알고 있었다.

그녀는 손님방의 시트를 벗겨냈다. 이 아파트의 다른 곳처럼 모던하고 세련된 흰색 방이었는데 가장 마음에 드는 점은 누군가 이 방을 썼다는 것이었다. 그녀는 마음이 놓여 빙그레 웃는 얼굴로 침대보 수납장에서 하얀 침구를 꺼내 침대에 씌웠다.

캐럴라인과 마주친 이후 알레시아는 내내 한 가지 생각에 사로잡혀 있었다. 미스터의 침실에 들어가자 궁금증이 풀렸다. 그녀는 두 팔로 몸을 감싼 채 호기심을 가지고 쓰레기통으로 다가갔다. 숨을 깊게 들이마시고 쓰레기통 안을 들여다보았다.

웃음이 나왔다.

콘돔이 없어.

알레시아는 돌아다니면서 쓸고 닦고 침대를 정리했다. 출근할 때 느꼈던 작은 기쁨이 돌아와 있었다.

"그 여자 맞지?" 캐럴라인이 물었다.

"뭐가?" 나는 어이없다는 듯 말했다. 우리는 택시를 타고 킹스 로드로 가는 중이었다.

"네 가정부."

젠장.

"내 가정부가 뭐?"

"그 여자 맞잖아?"

"실없는 소리 그만해."

캐럴라인이 팔짱을 꼈다. "아니라는 말은 안 하네."

"굳이 대꾸할 필요를 못 느끼겠다." 나는 김이 서린 택시 창문 너머로 칙칙한 첼시 거리를 내다보았다. 하지만 난감 하게도 목이 서서히 달아오르며 내 마음을 폭로했다.

어쩌다가 들킨 거지?

"네가 고용인을 그렇게 배려하는 건 본 적이 없어."

나는 그녀에게 인상을 썼다. "고용인 이야기가 나왔으니 말인데." 내가 말했다. "크리스티나를 내게 보낸 게 블레이 크 부인 맞지?"

"그랬을 거야. 왜?"

"크리스티나가 작별 인사 한마디 없이 별안간 떠나고 알 바니아 아가씨가 후임으로 와서 나야말로 영문을 모르겠어. 아무도 나한테 말을 안 해줬어."

"맥심, 그 여자가 싫으면 그냥 내보내."

"그런 말은 아니야."

"너 되게 이상해, 그 여자에 대한 네 행동."

"아니야."

"아님 말고, 맥심." 캐럴라인은 입술을 꾹 다물면서 팔짱을 끼더니 김이 서린 차창 밖을 내다보았고, 나는 나대로 생각에 잠겼다.

내가 간절히 원하는 건 알레시아 데마치에 대한 정보였다. 나는 아는 것들을 토대로 추정을 해보았다. 사실 하나, 그녀는 폴란드가 아니라 알바니아 사람이다. 나는 알바니아에 대해 아는 것이 거의 없다. 그녀는 왜 영국에 왔을까? 몇 살일까? 어디에서 살까? 매일 아침 멀리 출근하는 걸까? 혼자 살까?

그녀를 따라 집에 가보면 돼.

스토커!

물어보면 되잖아.

사실 둘, 알레시아는 말하는 걸 좋아하지 않는다. 아니면 나랑 말하기가 싫은 건가? 그 생각에 우울해져서 비가 내리는 거리를 바라보았다. 불만에 찬 십대 아이처럼 부루퉁해서.

나 왜 이 여자에게 절절 매지?

그녀가 말을 잘 안 해서 그런가?

그녀의 배경이 나와 딴판이라서?

그녀가 내 밑에서 일한다는 사실 때문에?

그것이 그녀를 금단의 여자로 만들긴 하지.

망할.

그녀와 잠자리를 하고 싶다. 무슨 말이 더 필요할까. 인정한다. 그것이 내가 원하는 것이고, 아우성치는 내 아랫도리가 증인이다. 그런데 성공할 방법을 모르겠다. 그녀가 나랑 말을 잘 섞지 않는 상황에선 더더욱. 말은커녕 나를 잘 쳐다보지도 않는다.

내가 싫은가?

그런 것 같다. 그냥 내가 별로인 거야.

그녀가 나를 어떻게 생각하는지 모르겠다. 그렇다면 나는 대단히 불리한 입장에 있는 것이다. 분명한 것은, 지금쯤 그녀가 내 물건들을 뒤적거리면서 나에 대해 더 많은 것들을 알게 됐을 거라는 사실이다. 나란 놈을 알게 됐겠지. 나는 인상을 썼다. 그래서 나를 싫어하는 모양이다.

"그 여자 너를 무서워하는 것 같더라." 캐럴라인이 말했다.

"누구?" 나는 누구 얘기인지 다 알면서 물었다.

"알레시아."

"내가 집주인이니까 그렇겠지."

"너 그 여자 이야기만 나오면 과민반응이야. 내 생각에는 그 여자가 겁먹은 건 너한테 반했기 때문이야."

"뭐? 이젠 과대망상이네. 그 여잔 나랑 한 방에 서 있으려하지도 않아."

"혹시나 했는데 역시나." 캐럴라인이 어깨를 으쓱거렸다.

나는 캐럴라인에게 인상을 팍 구겼다.

캐럴라인이 한숨을 쉬었다. "그 여자가 너랑 한 방에 있지 않으려는 건 널 좋아하는데 그걸 들키기 싫어서야."

"캐로, 그 여잔 내 청소부야. 그게 다야." 나는 힘주어 말했다. 캐럴라인을 따돌리려니 힘에 부쳤다. 희망은 조금 생겼지만. 택시가 블루버드 밖에 정차했을 때 캐럴라인이 히죽거렸다. 나는 캐럴라인의 표정을 무시하고 운전사에게 20파운드를 건넸다.

"거스름돈은 됐어요." 나는 그녀와 택시에서 내리면서 운전사에게 말했다.

"팁이 너무 과하잖아." 캐럴라인이 군시렁거렸다. 나는 알레시아 데마치의 생각에 빠져 아무런 말없이 캐럴라인을 위해 카페 문을 잡아주었다.

"그러니까 어머니 말씀은, 나 혼자 힘으로 일어나서 다시 생업의 현장에 뛰어들라는 거네?" 함께 우리 테이블로 걸어가며 캐럴라인이 말했다.

"네가 재능이 뛰어나니까 메이페어 개조 공사 일을 하면 기분 전환이 될 거라는 얘기야."

캐럴라인은 입을 꾹 다물었다가 "시간이 필요해" 하고 말했다. 슬픔에 젖은 눈으로.

"알았어."

"그이를 땅에 묻은 지 고작 2주 됐어." 그녀가 키트의 스웨터를 코로 끌어 올려 냄새를 들이마셨다.

"알아, 알아." 내가 말했다. 형의 냄새가 아직 그 스웨터에

137

남아 있을지 궁금했다.

나도 형이 그리워. 그리고 형이 땅에 묻힌 지 정확히 13일째야. 형이 죽은 지는 22일째고.

나는 목구멍에 치미는 아린 응어리를 삼켰다.

오늘 아침엔 운동을 건너뛰었다는 생각에 나는 계단을 뛰어올라 아파트로 올라갔다. 아침 식사가 생각보다 길어졌다. 올리버가 들이닥칠 시간이었다. 혹시 알레시아가 아직 있지 않을까 하는 기대감도 조금 있었다. 현관문으로 다가가는데 아파트 안에서 음악이 흘러나왔다.

음악? 어떻게 된 일이지?

나는 열쇠를 열쇠구멍에 넣고 조심스레 문을 열었다. 바흐였다. 바흐의 G장조 전주곡. 알레시아가 내 컴퓨터로 음악을 틀어놓았는지도 모른다. 하지만 어떻게? 컴퓨터 비밀번호를 모를 텐데. 혹시 아나? 아니면 그녀의 휴대폰을 내 사운드 시스템과 연결했는지도. 그녀의 해진 점퍼를 고려하면 그녀가 스마트폰을 쓸 것 같지는 않았다. 그녀에게 휴대폰이 있는지도 의문이었다. 음악 소리가 아파트 안에 메아리치며 가장 어두운 구석까지 밝혀주었다.

내 청소부가 클래식을 좋아할 줄 누가 알았겠어?

이것은 알레시아 데마치에 관한 작은 퍼즐 조각이다. 나는 조용히 문을 닫았지만 복도에 들어서자 음악 소리가 사운드 시스템에서 나는 것이 아님이 분명해졌다. 내 피아노 소리였다. 바흐. 콘서트 연주자나 펼쳐 보일 만한 능숙함과 해석으로 물 흐르듯 가볍게 연주하는 소리였다.

알레시아?

나도 내 피아노를 이렇게 노래하게 만든 적이 없었다. 나는 신발을 벗고 살금살금 복도를 지나 거실문 뒤에서 안쪽을 들여다보았다.

그녀가 작업복과 머릿수건 차림으로 피아노 앞에 앉아 몸을 이리저리 기울이며 음악에 흠뻑 취해 있었다. 집중하느라 눈은 감겨 있었고, 그녀의 손은 자유자재로 건반 위를 우아하게 움직였다. 음악 소리가 그녀를 지나쳐 벽과 천장에 울려 퍼졌다. 콘서트 연주에 버금가는 흠 잡을 데 없는 연주였다. 나는 감동해 그녀를 바라보았고, 그녀는 고개를 숙이고 연주를 계속했다.

그녀는 환상적이었다.

모든 면에서.

나는 마법에 걸렸다.

그녀가 전주곡을 마쳤다. 그녀가 고개를 들 것 같아 나는 복도 쪽으로 물러나 벽에 몸을 바짝 붙이고 숨을 죽였다. 하지만 그녀는 한 박자도 쉬지 않고 곧장 푸가로 넘어갔다. 나는 벽에 붙어서 눈을 감은 채 그녀가 악구마다 쏟아내는 감정과 기교에 감탄했다. 음악에 실려 흘러갔다. 그렇게 음악을 듣고 있는데 문득 그녀가 악보를 보지 않고 있다는 생각이 들었다. 외워서 연주하고 있었다.

세상에. 정상급 실력이야.

피아노의 먼지를 닦는 동안 내 악보를 뚫어져라 보던 그녀의 모습이 기억났다. 그때 악보를 읽었던 게 분명했다.

젠장. 이게 기본적인 연주 실력이고, 내 곡을 읽은 게 맞다고?

푸가가 끝났을 때 그녀는 곧바로 다른 곡으로 넘어갔다. 이번에도 바흐였다. C#장조 전주곡 같았다.

이런 연주를 하면서 대체 청소는 왜 하는 거야?

현관 초인종 소리에 피아노 소리가 끊겼다.

젠장.

피아노 의자가 바닥을 긁는 소리가 들렸다. 나는 엿들은 걸 들키고 싶지 않아 양말 바람으로 쏜살같이 복도를 달려가 문을 열었다.

"안녕." 올리버였다.

"들어와요." 나는 조금 헐떡이며 말했다.

"아래층에서 그냥 올라왔어요. 내가 방해한 건 아니죠?" 올리버가 들어오면서 물었다. 그는 걸음을 멈추고 알레시아를 바라보았다. 알레시아는 복도에 서 있었는데, 거실 문간에서 나오는 불빛에 실루엣만 보였다. 내가 그녀에게 뭐라 말을 하려고 입을 여는 순간 그녀가 쪼르르 주방으로 들어가버렸다.

"아뇨. 괜찮아요. 먼저 들어가 있어요. 가정부에게 할 말이 있어서."

올리버는 혼란스러운지 얼굴을 찌푸렸지만 거실로 들어갔다.

나는 숨을 크게 들이마신 뒤 두 손으로 머리카락을 쓸어넘겼다. 잠재워야 했다… 이 감동을.

이게 무슨 일이람?

나는 주방으로 들어갔다. 알레시아가 겁을 먹고 허둥지둥 점퍼를 걸치려 애쓰고 있었다.

"정말 미안해요. 정말 미안해요. 정말 정말 미안해요." 그녀는 나를 처다보지도 못하고 중얼거렸다. 창백한 데다 눈물을 간신히 참고 있는 듯 굳은 얼굴이었다.

젠장.

"괜찮아. 저기, 내가 좀 도와줄게." 나는 상냥하게 말하며 그녀의 점퍼를 들어주었다. 모든 면에서 보이는 것만큼이나 싸구려인 데다 얇고 형편없는 옷이었다. 깃 부위에 '마이클 야나체크'라는 이름이 새겨져 있었다. 남자 친구? 머리카락이 뒷목까지 죄다 곤두서는 것 같았다. 그래서 나랑 말하기 싫어하는 것일지도. 남자 친구가 있다니.

망할. 실망감이 컸다.

나는 그녀가 외투에 팔을 꿰고 걸치도록 도와주었다.

아니면 그냥 내가 싫은 거겠지.

그녀는 점퍼를 바짝 여미더니 내 손에서 멀찍이 떨어져서 작업복을 만지작거리다가 비닐 쇼핑백에 쑤셔넣었다.

"죄송해요, 미스터." 그녀가 다시 말했다. "다시는 그러지 않을게요. 절대로." 그녀의 목소리가 갈라졌다.

"알레시아, 쳐도 돼. 네 피아노 소리 듣기 좋아. 언제든 연주해."

너에게 남자 친구가 있다고 해도.

그녀가 바닥을 내려다보았다. 나는 홀린 듯 앞으로 나아가 그녀의 얼굴을 보려고 손을 내밀어 그녀의 턱을 살짝 돌렸다.

"정말이야." 내가 말했다. "언제든 괜찮아. 연주 정말 잘하더라." 그러고는 나도 모르게 엄지손가락으로 그녀의 도톰한 아랫입술을 쓰다듬었다.

후, 너무 보드라워.

그녀를 만진 것은 실수였다.

내 몸이 즉시 반응했다. 망할.

그녀가 흡 숨을 들이켰다. 눈이 말도 안 되게 커졌다.

나는 손을 내렸다. "미안해." 나도 놀라 중얼거렸다. 내가 이 여자에게 손을 댔다니. 캐럴라인의 말이 생각났다.

'그 여자는 널 좋아하는데 그걸 들키기 싫어해.'

"가야 해요." 알레시아는 그렇게 말하고는 머릿수건도 벗지 않고 나를 빙 돌아 현관문으로 쏜살같이 향했다. 현관문이 닫히는 소리가 들렸을 때 그녀가 놓아둔 부츠가 눈에 띄었다. 나는 부츠를 집어 들고 달려가 현관문을 열었지만 그녀는 벌써 사라지고 없었다. 나는 손에 든 부츠를 돌려보았다. 너무 낡고 밑창이 다 해진 그것을 보자 기분이 언짢았다.

그래서 젖은 발자국이 있었구나.

이런 걸 신고 다니는 걸 보면 그녀는 어지간히 돈이 없는 모양이다. 나는 인상을 쓴 채 그것을 주방으로 다시 가져와서 비상계단으로 통하는 유리문 바깥을 쳐다보았다. 오늘은 날씨가 좋으니 운동화를 신었어도 물에 젖지 않을 것이다.

대체 뭐에 홀렸기에 그녀를 만진 걸까? 실수였다. 나는 엄지손가락과 집게손가락을 함께 문지르면서 그 보드라운 입술의 감촉을 떠올렸다. 끙 소리를 내며 고개를 흔들었다. 내가 그녀와 나 사이의 선을 넘다니, 황당하기도 하고 부끄럽기도 했다. 나는 숨을 크게 들이마시며 거실에 있는 올리버에게 갔다.

"아까 누구였어요?" 올리버가 물었다.

"내 가정부."

"그 여자는 근무자 명부에 없던데요."

"그게 문제가 되나요?"

"물론. 돈은 어떻게 지불하고 있어요? 현금으로?"

무슨 개소리를 하려는 거야?

"응. 현금." 내가 딱딱거렸다.

올리버가 고개를 절레절레 저었다. "당신은 이제 트리비딕 백작이에요. 그 여자에겐 급여로 지불해야 해요."

"왜죠?"

"당신이 누군가에게 현금으로 지급하는 걸 영국 국세청이 못마땅해하니까요. 내 말 들어요. 그들은 우리 회계를 여러

143

모로 주시하고 있어요."

"왜들 그러는지, 원."

"모든 고용인은 회계 처리가 되어야 해요. 직접 고용한 여자예요?"

"아니. 블레이크 부인이."

"그럼 문제없겠네요. 그 여자 정보만 있으면 되겠어요. 영국 출신인가요?"

"아니. 알바니아인이라고 했어요."

"아. 그럼 취업 허가증이 필요해요. 물론 학생이면 없어도 되고."

아, 큰일이다.

"내가 신상정보를 알아볼게요. 이제 나머지 고용인들에 대해 이야기하죠." 내가 말했다.

"좋아요. 트리벨런 하우스에서 일하는 사람들부터 시작해볼까요?"

알레시아는 버스 정류장을 향해 뛰었다. 왜 도망치는지, 누구로부터 도망치는지 알 수 없었다. 어쩌다가 바보같이 들켜버린 걸까? 그는 피아노를 쳐도 괜찮다고 했지만 그의 말을 믿어도 좋을지 알 수 없었다. 어쩌면 마그다의 친구에게 전화해 나를 자르라고 했을지 몰라! 그녀는 가슴이 콩닥거리고 혼란스러워 벤치에 앉아 퀸스타운 로드 역으로 가는 버스를 기다렸다. 첼시 임뱅크먼트를 따라 미친 듯이 뛴 탓인지, 아니면 미스터의 아파트에서 있었던 일 때문인지 심장이 사정없이 뛰었다.

그녀는 손톱으로 아랫입술을 어루만졌다. 눈을 감자 그가 자신을 만졌을 때 느꼈던 달콤한 충격이 되살아났다. 가슴이 다시 두근거렸고 그녀는 숨을 들이켰다.

그 남자가 나를 만졌어.

꿈속에서 그랬던 것처럼.

상상 속에서 그랬던 것처럼.

너무나 부드럽게

다정하게.

이걸 바라던 거 아니었어?

혹시 그 남자가 나를 좋아하는 건 아닐까…

그녀는 다시 숨을 들이켰다.

아니. 그런 일은 상상조차 할 수 없다.

그럴 리 없잖아.

어떻게 그가 나를 좋아하겠어? 난 그냥 그의 집 청소부인데.

하지만 그는 그녀에게 외투 입는 걸 도와주었다. 이제까지 그녀에게 그런 행동을 한 사람은 없었다. 그녀는 발을 내려다보았다.

Zot(맙소사)!

그녀는 부츠를 아파트에 두고 왔다는 걸 깨달았다. 돌아가서 부츠를 가져와야 할까? 가진 신발은 지금 신고 있는 것과 그 부츠뿐이었다. 부츠는 그녀가 고향에서 가져온 몇 안 되는 물건이었다.

돌아갈 순 없었다. 그가 누군가를 만나고 있었다. 피아노를 쳐서 그를 화나게 했을지도 모르는데 또다시 그를 방해하면 그가 더 화를 낼 것이다. 그녀는 멀리서 다가오는 버스를 보고 부츠는 금요일에 가져오기로 했다. 그때까지 잘리지 않는다면.

그녀는 이로 윗입술을 깨물었다. 이 일자리가 필요하다. 해고되면 마그다가 그녀를 거리로 내쫓을지도 모른다.

아냐, 설마 그러겠어.

마그다가 그런 잔인한 짓을 할 리 없었다. 그래도 킹스버리 부인과 구디 부인의 집 일은 아직 남아 있었다. 두 집에는 피아노가 없었지만. 하지만 알레시아에게 필요한 것은 단지 피아노만이 아니었다. 돈이 절실했다. 마그다와 그녀의 아들 마이클은 곧 캐나다로 이민을 떠날 예정이다. 토론토에서 일하고 있는 마그다의 약혼자 로건에게 가려는 것이다. 알레시아는 지낼 곳을 구해야 했다. 마그다는 알레시아에게 쪽방을 빌려주고 1주일에 100파운드를 받았다. 마이클의 컴퓨터로 시세를 알아보니 그것은 집세치고 저렴한 가격이었다. 같은 돈으로 런던에서 숙소를 구하려면 쉽지 않을 것 같았다.

마이클을 생각하자 마음이 훈훈해졌다. 마이클은 알레시아에게 시간도 컴퓨터도 후하게 내주었다. 그녀는 사이버 세상을 그리 많이 알지 못했다. 고향에서 살 때 아버지가 낡은 컴퓨터를 사용하는 것조차 엄격히 제한했기 때문이다. 하지만 마이클은 그렇지 않았다. 그 아이는 소셜미디어광이었다. 페이스북, 인스타그램, 텀블러, 스냅챗 등 모든 걸 좋아했다. 알레시아는 어제 둘이 함께 찍은 셀카가 생각나 슬며시 웃음이 났다. 마이클은 셀카 찍는 걸 좋아했다.

버스가 도착했다. 그녀는 미스터의 손길이 아직도 생생히 느껴져 어질어질한 상태로 버스에 올랐다.

"고용인 전부를 다 훑었어요. 그 가정부는 정보만 알면 급여 명부에 올릴 수 있고요." 올리버가 말했다. 우리는 거실의 작은 식탁에 앉아 있었다. 이제 회의는 그만하고 싶었다.

"제안 하나 할게요." 그가 말했다.

"뭐죠?"

"직접 관할하는 부동산 두 곳은 당신이 철저히 돌아보면서 점검하는 게 좋겠어요. 티오크는 세입자들을 내보낸 후 가능하고."

"올리버, 이 부동산들은 내가 평생 살았던 곳이에요. 뭘 더 점검하라는 겁니까?"

"이제 당신이 대장이니까요, 맥심. 당신이 여기를 관리한다는 것, 그리고 고용인들과 부동산의 유지를 책임지고 있다는 걸 고용인들에게 보여주자는 겁니다."

뭐? 이 문제를 소홀히 여겼다가는 어머니한테 뼈도 못 추릴 것 같았다. 어머니에게 중요한 것은 언제나 백작의 작위와 영지, 혈통, 가문이었다. 그러면서도 어머니 스스로 그걸 버렸으니 아이러니가 아닐 수 없지만. 하지만 떠나기 전 어머니는 우리 집안의 역사와 전통에 대한 열정을 키트에게 전수했다. 형을 철저히 가르쳤다. 형은 자신의 의무가 무엇인지 숙지했고 선량한 남자가 그렇듯 무거운 짐을 짊어졌다.

그것은 매리언도 마찬가지다. 그 애도 집안의 역사를 꿰고 있다.

나는. 그다지.

매리언은 서서히 물들듯 배워나갔다. 호기심이 많은 아이였다.

반면에 나는 언제나 딴 데 정신이 팔렸고 내 세상에 파묻혔다.

"물론 나는 고용인들과 영지에 책임감을 가지고 있어요." 내가 툴툴거렸다.

"그들은 그걸 모릅니다." 올리버가 차분히 말했다. "그리고… 저번에 당신이 거기서 보인 행동은…" 그가 말끝을 흐렸다. 올리버는 키트의 장례식 전날 밤을 말하고 있었다. 그날 밤 나는 트리실런 홀에서 키트의 술 저장고를 상당 부분 축내며 술을 마셔댔다. 화가 나서. 형의 죽음이 내게 무엇을 의미하는지 직감하고 그 책임감이 달갑지 않아서.

그때 나는 충격을 받아서 제정신이 아니었다.

형이 너무 그리워서.

지금도 여전히 그립다.

"그땐 슬픔에 눈이 뒤집혀서." 나는 방어적으로 중얼거렸다. "그건 지금도 마찬가지예요. 내가 원해서 이렇게 된 건 아니니까."

아직은 이 막중한 의무를 짊어질 엄두가 나지 않는다.

어째서 부모님은 이런 상황을 예상하지 않았을까?

어머니는 내가 무언가를 잘할 수 있으리라는 생각을 내게 심어준 적이 없다. 형에게만 집중하고 아래 두 자식은 그저 인내했다. 자신의 방식대로 우리를 사랑한 것이다.

어머니는 키트를 아꼈다.

모두가 키트를 아꼈지. 금발머리에 파란 눈, 똑똑하고 자신만만하며 응석받이로 자란 형.

후계자.

올리버가 두 손을 쳐들어 달래는 제스처를 취했다. "알아요. 알아요. 하지만 만회해야죠."

"몇 주 내로 여행 스케줄을 잡아서 한번 돌아보죠."

"빠를수록 좋아요."

런던을 떠나는 건 내키지 않았다. 겨우 알레시아와 진전을 이루었는데 며칠 동안 그녀를 못 본다고 생각하니… 기운이 빠졌다.

"그럼 언제?" 내가 툴툴거렸다.

"지금보다 더 적기는 없죠."

"농담도 참."

올리버가 고개를 저었다.

망할.

"생각 좀 해보죠." 나는 중얼거렸다. 철부지처럼 입을 쭉 내밀고서.

난 철부지의 대명사야.

내 멋대로 살던 시절은 지나갔다.

또한 올리버에게 화풀이를 해서도 안 된다.

"알았어요. 앞으로 며칠 동안 함께 시간을 보내야 하니 일정을 완전히 비워두죠."

잘났군, 정말.

"알았어요." 내가 투덜거렸다.

"그럼, 내일?"

"뭐, 그러든가. 왕의 행차가 따로 없네." 나는 이를 악물었다.

"맥심, 당신에겐 버거운 일이라는 거 알아요. 하지만 모든 고용인에게 동기를 부여하는 것이 큰 차이를 만들어냅니다. 그들은 당신의 일부분만 알고 있어요." 그가 말을 멈추었다. 그는 말도 많고 탈도 많은 내 명성을 가리키고 있었다. "부동산 관리인들 입장에선 자기 영역에서 당신과 이야기를 나누는 것이 큰 의미가 있을 겁니다. 지난주에 그들과 한 회의는 너무 짧았어요."

"알았어요, 알았어. 알아들었다고. 그렇게 해요. 됐죠?"

내가 생각해도 지금 나는 심통을 부리고 있다. 하지만 정말이지 떠나고 싶지 않을 걸 어쩌라고.

정확히는 알레시아와 떨어지고 싶지 않았다.

내 가정부와 같이 있고 싶었다.

7

춥고 음산한 화요일 오후, 나는 오래된 주석 광산의 굴뚝에 지친 몸을 기대고 바다 쪽을 바라보았다. 하늘은 어두웠고 콘월 지방의 칼바람이 내 몸을 파고들었다. 눈폭풍이 몰려오고 있었다. 아래쪽에서 성난 바다가 일렁이며 절벽을 후려치는 소리가 버려진 건물 안에 메아리쳤다. 차디찬 진눈깨비가 내 얼굴을 때리며 다가오는 눈폭풍을 예고했다.

키트와 매리언과 나는 어릴 때 트리비딕 영지의 가장자리에 있는 이 버려진 주석 광산 안팎에서 놀곤 했었다. 키트와 매리언은 늘 영웅 역할을 했고 나는 늘 악당이었다. 내겐 딱이었지. 그때부터 내 역할은 정해져 있었다. 그때 생각이 나 피식 웃음이 났다.

이 광산은 수 세기 동안 상당한 수익을 내며 트리벨런 집안의 재산을 불려주었으나 1800년대 후반 수익이 줄어들면서 문을 닫았다. 일꾼들은 광산업이 활황인 호주나 남아프리카 같은 곳으로 이민을 떠났다. 나는 손바닥을 펴서 굴뚝의 낡은 석벽에 댔다. 감촉이 차갑고 거칠었다. 하지만 이것은 수 세기 전에도 그랬듯 오늘도 여기 굳건히 서 있다.

트리비딕의 백작들처럼…

출장은 성공적이었다.

내가 직접 두 영지를 방문해야 한다고 고집한 올리버의 주장은 옳았다. 올리버에게 품었던 의구심은 재고해야 할 것 같다. 그는 나를 올바른 방향으로 이끌고 있다. 진심으로 트리비딕 백작 가문의 존속과 영구적 번영을 바라는 것 같다. 이제 고용인들은 내가 자신들을 지지한다는 것과 나로 인한 급격한 변화는 없으리라는 사실을 알게 되었다. 이번에 알게 된 것은 내가 '무너지지만 않으면 고치지 말자'는 주의자라는 것이다. 씁쓸한 미소가 나온다… 어차피 나는 뭔가 다른 것을 시도하기엔 너무 게으른 인간이다. 지금으로선. 하지만 키트의 지휘와 기민한 경영 아래 트리벨런의 유산이 번영을 지속해온 것은 사실이다. 나도 그 기조를 유지하고 싶다.

지난 며칠 동안 모두를 격려하고 사기를 북돋고 그들의 이야기에 귀를 기울이느라 아주 녹초가 되었다. 여기와 옥스퍼드셔의 앵원에서 수많은 사람들을 만났다. 예전에는 만난 적이 없는, 각 영지에서 일하는 사람들이었다. 이 두 영지는 어릴 때부터 꾸준히 방문한 곳이었는데 보이지 않는 곳에서 이렇게 많은 사람들이 일하고 있을 줄은 전혀 몰랐다. 그 많은 사람들을 일일이 만나고 나니 진이 빠졌다. 이야기하고 듣고 안심시키고 미소를 지었다. 진심이 아니어도 웃었다.

바다로 이어지는 오솔길을 바라보자 어린 시절 키트와 같이 아래쪽 해변의 부드러운 모래밭으로 달려가던 일이 기억났다. 승자는 키트였다… 언제나. 하지만 그때는 형이 나보다 네 살이나 많았다.

8월 하순이면 우리 셋은 그릇이며 양동이 같은 용기들을 들고 가서 오솔길을 따라 이어지는 검은딸기나무에서 열매를 따왔다. 그럼 우리 집 요리사 제시는 키트가 좋아하는 검은딸기나무 사과 크럼블을 저녁 식탁에 내놓곤 했었다.

키트. 키트. 키트.

언제나 키트였다.

형은 후계자였다. 후보자가 아니라.

망할.

대체 왜 빙판길을 달린 거야?

왜? 왜? 왜?

지금 형은 트리벨런 집안의 지하묘지 안에 누워 있다. 그 차갑고 딱딱한 석관 아래.

슬픔에 목이 아린다.

키트.

이제 그만.

나는 휘파람을 불어 키트의 사냥개를 불렀다. 아이리시세 터종 젠슨과 힐리가 오솔길을 따라 뛰어놀다가 명령을 듣고 나를 향해 경중경중 뛰어왔다. 녀석들의 이름은 자동차에서 따온 것이다. 키트는 바퀴 넷 달린 차량에, 특히나 빠른 것에 집착했었다. 어렸을 때부터 엔진을 분해했다가 금세 다시 조립하기도 했다.

형은 정말 다재다능한 사람이었다.

개들이 내게 펄쩍 뛰어올랐고, 나는 녀석들의 귀를 긁어 주었다. 녀석들은 트리비딕 영지 내의 트리벨런 홀에서 살 면서 키트의 집사인 대니의 보살핌을 받고 있다. 아니지. 이 제는 내 집사로군. 녀석들을 런던으로 데려갈까 생각해봤 지만 콘월의 시골을 돌아다니며 사냥의 짜릿함을 즐기던 개 두 마리에게 내 아파트는 적합하지 않은 곳이었다. 키트는 이놈들이 총사냥개 노릇을 못하는데도 이놈들을 예뻐했었 다. 사냥도 좋아했었고.

나는 혐오감에 코를 찡그렸다. 사냥은 돈이 되는 사업이 다. 1년 내내 별장 예약이 꽉 찰 정도로. 사냥철이면 은행가 들과 헤지펀드 매니저들은 총구를 엉뚱한 곳으로 돌려 스릴 감을 맛보려 한다. 봄부터 가을까지는 부유한 서퍼와 그들 의 가족이 별장을 빌린다. 서핑이라면 나도 좋아한다. 클레 이 사격도 좋아하고. 하지만 무력한 새들을 죽이는 데는 찬 성하지 않는다. 반면에 아버지도 형도 사냥을 좋아했었다.

나는 아버지에게 총 쏘는 법을 배웠지만 사냥이 영지의 수입을 유지하는 데 도움이 된다는 정도로만 이해하고 있다.

나는 외투 깃을 세우고 두 손을 주머니에 넣고는 발길을 돌려 저택을 향해 올라가기 시작했다. 마음이 무겁기도 하고 들뜨기도 했다. 축축한 풀 속을 터덜터덜 걸었고, 개들이 바짝 따라왔다.

런던으로 돌아가고 싶다.

그녀 곁으로 돌아가고 싶다.

내 생각은 나의 어여쁜 가정부에게 계속 돌아갔다. 그녀의 짙은 눈망울과 아름다운 얼굴, 비범한 음악적 재능에게로.

금요일. 금요일이면 그녀를 만난다. 그녀가 내게 겁먹고 달아나지만 않는다면.

알레시아는 우산을 흔들어 눈송이들을 후드득 털어냈다. 미스터의 아파트로 가는 길에 세찬 눈보라가 몰아치기 시작했다. 지난주에 미스터가 오늘 것까지 포함해 품삯을 남겨둔 것으로 보아 그는 집에 없을 것 같았지만 그래도 혹시나 하는 기대감이 고개를 들었다. 그의 시무룩한 모습이 그리웠다. 그의 미소가 그리웠다. 그를 향한 생각이 끊이지 않고 이어졌다.

알레시아는 숨을 크게 들이마신 뒤 문을 열었다. 적막감과 마주친 순간 그녀는 문을 다시 닫을 뻔했다.

경보 장치 소리가 없어.

그가 집에 있어.

돌아왔구나.

일찍 왔네.

복도에 놓아둔 가죽 더플백도 그가 집에 있음을 알려주었다. 복도에 난 흙 묻은 발자국도 마찬가지였다.

우산이 넘어져 잠든 그를 깨울까 싶어 그녀는 우산을 문간의 우산통에 살그머니 넣었다. 그녀가 월요일 저녁에 빌려간 우산이었다. 그에게 묻지 않고 빌렸지만 그는 개의치 않을 것 같았다. 덕분에 차디찬 비를 맞지 않고 외출했다가 집에 돌아올 수 있었다.

집?

하긴… 현재 그녀의 집은 마그다의 집이다. 쿠커스가 아니라. 고향 생각은 털어버렸다.

그녀는 부츠를 벗어두고 까치발로 복도를 지나서 주방을 통과해 세탁실로 들어갔다. 운동화와 작업복으로 갈아입고 나서 머릿수건을 쓴 뒤 무엇부터 청소할지 결정했다. 그가 금요일부터 내내 집을 비운 터라 모든 것이 깨끗했다. 밀린 빨랫감도 다림질할 옷도 없었고, 옷방도 단정하고 가지런히 정돈된 상태였다. 주방 역시 월요일 오후에 퇴근할 때 그대로 전혀 어질러진 것 없이 정갈했다. 아무것도 건드린 흔적이 없었다. 복도에 걸레질을 해야 했지만 음반들이 꽂힌 선반부터 먼지를 털고 나서 거실 창문을 닦기로 했다. 발코니의 유리벽 너머로 템스 강과 배터시 공원이 내려다보였다. 알레시아는 선반에서 창문 닦는 세정액과 마른 걸레를 집어 들고 거실로 향했다.

그녀는 중간에 걸음을 멈추었다.

미스터가 거기 있었다. L자 모양의 소파 위에 기댄 자세로. 감긴 눈, 헤벌어진 입, 까치집이 된 머리로 곤히 잠들어 있었다. 옷을 그대로 입고. 앞섶이 열려 있었지만 외투까지 입고 있었고, 외투 속으로 스웨터와 청바지가 보였다. 깔개 위에는 더러운 부츠를 신은 발이 떡하니 놓여 있었다. 유리벽을 통과해 휘돌아 들이치는 흰빛 속에서 알레시아는 또렷한 모양새로 현관문까지 이어진 말라붙은 진흙들을 발견했다.

그녀는 넋 놓고 그를 바라보다가 더 가까이 다가가서 들여다보았다. 긴장이 풀린 그의 얼굴은 조금 창백했고, 턱은 돋아난 수염으로 거칠었다. 숨을 쉴 때마다 도톰한 입술이 바르르 떨렸다. 잠이 든 그는 더 어려 보였고 범접할 수 없는 느낌이 덜했다. 용기가 난다면 손을 뻗어 그의 턱에 난 짧은 수염을 만져볼 수 있었다. 부드러울까? 아님 까칠할까? 그녀는 바보 같은 생각에 미소를 지었다. 아무리 유혹이 강해도 내가 그 정도로 용감할 리 없잖아. 그를 깨워 그를 화나게 만들고 싶지 않았다.

마음에 걸리는 게 있다면 그가 불편해 보인다는 점이었다. 그를 깨워서 침대로 가게 만들어야 하나 생각한 순간 그가 움찔했다. 그의 눈꺼풀이 올라가고 몽롱한 그의 눈이 그녀의 눈과 마주쳤다. 알레시아는 숨을 죽였다.

그의 짙은 속눈썹이 졸린 눈동자 위에서 바르르 떨었다. 그가 씩 웃더니 손을 내밀었다. "거기 있었구나." 그가 웅얼거렸다. 그 졸음이 가득한 미소에 그녀는 행동할 용기를 얻었다. 부축해주길 바라나 싶어 그녀는 앞으로 걸어가 그의 손을 잡았다. 별안간 그가 그녀를 소파로 끌어내려 그녀에게 재빨리 키스한 뒤 두 팔로 그녀를 껴안았다. 그녀는 머리를 그의 가슴팍에 대고 그의 위에 엎어졌다. 알아들을 수 없는 말을 지껄이는 것으로 보아 그는 아직 잠든 상태였다. "보고 싶었어." 그가 중얼거렸다. 그의 손이 그녀의 허리를 움켜쥐었다가 엉덩이로 이동해 그녀의 몸을 자신에게 바짝 끌어당겼다.

잠든 거 맞아?

그녀는 그의 위에서 꼼짝하지 않았다. 그녀의 다리는 그의 다리와 엉켜 있었다. 심장은 미친 듯한 리듬으로 뜀박질했고, 한 손은 여전히 창문 세정제와 마른 걸레를 들고 있었다.

"너 냄새 좋다." 그가 모기 소리만 한 목소리로 말하고는 한숨을 푹 내쉬었다. 그의 몸이 그녀 아래에서 늘어지더니 호흡이 숙면의 리듬을 타고 부드러워졌다.

꿈을 꾸고 있어!

Zot(맙소사)! 이제 어떡하지? 그녀는 그대로 그의 위에 뻣뻣하게 누워 있었다. 겁도 나고 매료되기도 했다. 설마…
설마 그가… 문득 오만가지 끔찍한 상상들이 머릿속을 스치
는 바람에 그녀는 불안감을 잠재우려 눈을 감았다. 내가 원
한 게 이런 걸까? 꿈속에서 그토록 갈망했던 것이 바로 이것
일까? 사적인 시간에 은밀히 욕망했던 것이 이것일까? 그녀
는 가만히 그의 숨소리를 들어보았다. 들이쉬고. 내쉬고. 들
이쉬고. 고르고 느렸다. 정말 잠들어 있었다. 그녀는 그에게
기대어 생각을 정리했다. 시간이 똑딱똑딱 흐르면서 긴장이
조금 풀렸다. 그녀는 V자를 그리는 티셔츠와 스웨터의 목선
위로 드러난 그의 가슴털을 쳐다보았다. 자극적이었다. 그
녀는 그의 가슴에 뺨을 대고 눈을 감은 뒤 익숙한 그의 냄새
를 들이마셨다.

포근했다.

그에게서 쿠커스의 샌들우드와 전나무 냄새가 났다. 바람
과 비 냄새, 지친 냄새가 났다.

가여워라.

그는 완전히 곯아떨어졌다.

그녀는 입술을 꼭 다문 채 그의 피부에 살며시 입을 댔다.

심박수가 치솟았다.

나 그에게 키스했어!

그냥 이대로 있고 싶었다. 이 새롭고 짜릿한 경험을 즐기
면서. 하지만 그럴 수는 없다. 그래서는 안 된다는 걸 그녀도
알고 있었다. 그는 꿈을 꾸고 있으니까.

그녀는 눈을 가만 감고 밑에서 오르락내리락하는 그의 가슴을 1분 더 만끽했다. 두 팔로 그를 끌어안고 그 위에 웅크리고 싶은 생각이 간절했다. 하지만 안 될 일이었다. 그녀는 세정액과 마른 걸레를 소파 위에 놓은 뒤 그의 어깨에 손을 대고 살며시 흔들었다.

"저기, 미스터." 그녀가 속삭였다.

"으음." 그가 끙 소리를 냈다.

그녀가 조금 더 세게 밀었다. "저기요. 미스터. 놔주세요."

그가 고개를 들더니 피곤한 눈을 뜨고 어리둥절해했다. 혼란스러운 표정이 경악으로 바뀌었다.

"저기요. 놔주세요." 그녀가 다시 말했다.

그의 손이 떨어지면서 그녀를 놓아주었다. "이런!" 그는 벌떡 일어나 앉아 머쓱한 눈초리로 그녀를 바라보았고, 그 사이 그녀는 그에게서 허둥지둥 떨어졌다. 하지만 그녀가 달아나기 전에 그가 그녀의 손을 붙잡았다.

"알레시아!"

"안 돼요!" 그녀가 소리쳤다.

그가 얼른 그녀를 놓았다.

"정말 미안해." 그가 말했다. "내가… 내가… 그게… 꿈을 꿨나봐." 그는 천천히 일어나서 후회가 가득한 얼굴로 항복하듯 두 손을 치켜들었다. "미안해. 겁주려던 건 아니었어." 그는 손을 올려 머리를 쓸어 넘기고는 정신을 차리려는 듯 얼굴을 문질렀다. 알레시아는 그의 손이 미치지 않는 곳에서 그를 지켜보았다. 그는 긴장하고 피곤해 보였다.

그가 피곤을 떨치려고 고개를 흔들었다. "정말 미안해." 그가 다시 말했다. "밤새 운전을 해서 오늘 새벽 4시에 집에 들어왔어. 신발끈을 풀려고 앉았는데 그대로 잠들었나봐." 두 사람은 그의 부츠와 그가 남겨놓은 말라붙은 진흙덩이들을 쳐다보았다.

"이런. 미안." 그가 부끄러운 듯 어깨를 으쓱거렸다.

그녀의 마음 깊은 곳에서 이 남자에 대한 연민이 피어났다. 피곤에 절어서 자기 아파트를 더럽혔다고 사과를 하네? 이건 옳지 않다. 그는 그녀에게 친절을 베풀었다. 우산을 빌려주고 외투 입는 걸 도와주고 피아노를 치다가 걸렸을 땐 칭찬하는 것도 모자라 얼마든지 연주를 하라고 너그럽게 제안했다.

"앉아요." 그녀는 연민에 이끌려 말했다.

"뭐?"

"앉아요." 그녀가 조금 더 단호하게 말하자 그는 시키는 대로 했다. 그녀는 그의 발치에 쪼그리고 앉아 그의 신발끈을 풀기 시작했다.

"됐어." 그가 말했다. "그러지 않아도 돼." 알레시아는 그의 손을 물리치며 그의 말을 무시하고는 부츠의 끈을 하나씩 풀었다. 그러고는 마땅히 할 일을 했다는 자부심을 느끼며 일어섰다.

"이제 자요." 그녀는 한 손에 그의 부츠를 든 채 그렇게 말하고는 잡고 일어나라고 그에게 다른 손을 내밀었다.

그녀의 눈에서 손으로 이동하는 그의 시선에 주저하는 기색이 역력했다. 그가 멈칫거리다가 그녀의 손을 잡았을 때 그녀는 그를 소파에서 일으켰다. 그리고 그를 살며시 이끌고 복도를 지나 침실로 들어가서 그의 손을 놓고는 침대 이불을 젖힌 뒤 가리켰다. "자요." 그러고는 그의 옆을 지나 문으로 갔다.

"알레시아." 그녀가 방을 나가기 전 그가 그녀를 부르더니 의기소침하고 자신이 없는 모습으로 말했다. "고마워."

그녀는 고개를 끄덕인 뒤 더러운 부츠를 들고 나갔다. 문을 닫았을 때 감정이 북받치는 바람에 문에 기대 서서 손을 목에 대고 울컥한 마음을 다스렸다. 숨을 크게 내쉬니 시원했다. 불과 몇 분 사이에 불확실함과 혼란스러움은 기쁨으로, 의문은 연민과 확신으로 바뀌었다.

그리고 그는 그녀에게 키스했다.

그녀도 그에게 키스했다.

그녀는 손가락으로 입술을 만져보았다. 짧았지만 불쾌한 느낌은 아니었다.

전혀 불쾌하지 않았다.

'보고 싶었어.'

알레시아는 날뛰는 심장을 가라앉히려 다시 심호흡을 했다. 그만 현실로 돌아와야 했다. 아까 그는 잠이 든 상태였다. 꿈을 꾼 것이다. 자기가 무슨 말을 하는지, 무얼 하는지 모르고 있었다. 그녀가 아니었어도, 누구에게라도 그랬을 것이다. 그녀는 실망감을 털어냈다. 나는 그의 청소부야. 내가 눈에 들어올 리 없잖아? 기운이 조금 빠졌지만 평정심을 회복했다. 그녀는 미스터의 가죽 더플백을 주워 들고 그의 부츠를 닦고 빨랫감을 고르러 세탁실로 돌아갔다.

나는 닫힌 침실 문을 바라보았다. 천하의 머저리가 된 기분이었다. 왜 그렇게 얼뜨기처럼 굴었을까? 나 때문에 그녀가 겁을 먹었다.

젠장.

이제 그녀와 잘되기는 다 틀렸다.

꿈에서 그녀가 푸른 형체로—심지어 그 후진 작업복 차림으로—나타나서 환영한 것 뿐인데.

나는 난감해 얼굴을 문질렀다. 어젯밤 11시에 콘월을 떠나 다섯 시간을 내리 운전했으니 지칠 만도 했다. 어리석은 짓이었다. 운전하다가 몇 번이나 졸 뻔했다. 살을 에듯 추운 날씨였지만 졸음을 쫓으려고 차창을 열어놓고 라디오에서 흐르는 노래를 따라 불러야 했다. 정말 웃긴 것은 내가 그녀를 보러 야밤에 차를 몰고 집에 왔다는 점이다. 보기 드문 눈폭풍이 올 거라는 일기예보에 꼼짝없이 콘월에 1주일간 갇힐 판이라 애가 타서… 일찍 집에 돌아온 것이다.

망할.

다 망치고 말았다.

그래도 그녀는 내 발치에 앉아 신발끈을 풀어주고 나를 침대로 데려다주었다. 아이에게 하듯. 잠을 자라고 나를 침대로 데려오다니. 풉, 웃음이 났다. 잠을 자라니!

마지막으로 이런 대접을 받은 게 언제였더라?

내가 기억하는 한 여자가 나를 침대로 데려다주고 그냥 나간 적은 없었다…

내가 그녀를 겁먹게 만들었다.

나는 자괴감에 머리를 흔들며 옷을 벗어 바닥에 떨구었다. 침대로 기어드는 것 외엔 손가락 하나 까딱하기 싫었다. 눈을 감으니 그녀가 내 옷을 다 벗겨주고 내 옆에 누웠으면 싶었다… 그녀가 여기 있었으면. 그녀의 달콤한 체취가 생각나 신음이 절로 나왔다. 장미와 라벤더 향이 도는 건강한 냄새였다. 품은 또 어찌나 포근하던지. 나는 침울하면서도 설레는 마음으로 깊은 잠에 빠져들어 꿈속에서 그녀에게 항복했다.

흠칫 놀라 잠에서 깼다. 이상한 죄책감이 들었다. 침대 옆 탁자 위에서 휴대폰이 웅웅거렸다. 휴대폰을 여기 둔 기억이 없는데. 나는 그것을 집어 들었지만 너무 늦어버렸다. 받지 못한 전화는 캐럴라인이었다. 전화기를 탁자에 다시 올려놓다가 보니 탁자 위에 지갑과 잔돈, 콘돔이 있었다. 나는 얼굴을 찌푸렸다. 그제야 기억이 났다.

아, 그렇지. 알레시아.

내가 그녀를 덮쳤다.

등신.

부끄러움이 밀려와 눈을 질끈 감았다.

돌. 겠. 네.

나는 일어나 앉았다. 아니나 다를까 내 옷은 치워지고 없었다. 그녀가 내 청바지 주머니를 비웠을 것이다. 내 소지품을 뒤적이는 행위가 대단히 친밀한 동작처럼 느껴졌다. 그녀의 손가락이 내 옷과 내 물건에 닿았다니.

그녀의 손가락이 내 몸에 닿았으면.

그런 일은 일어나지 않아, 멍청아. 네가 그 가엾은 여자를 겁먹게 만들었잖아.

그녀는 몇 집이나 청소를 하고 있을까? 얼마나 많은 주머니를 뒤적이고 있을까? 그 생각을 하니 기분이 나빠졌다. 내가 그녀를 완전히 고용하면 어떨까. 그럼 아랫도리의 이 뻐근한 느낌은 가실 날이 없을 것이다… 그걸 해소하려면… 그러려면… 그 고통을 없앨 방법은 단 하나뿐이다.

젠장. 그건 불가능한 일이야.

지금 몇 시일까. 천장에 어른거리는 그림자가 없었다. 창밖을 내다보았지만 흰 벽 외에는 아무것도 보이지 않았다.

눈.

예고된 눈폭풍이 들이닥친 것이다. 시계를 보니 오후 1시 4분이었다. 그녀가 아직 집에 있을 것이다. 나는 침대를 뛰쳐나와 옷방에서 청바지와 긴팔 티셔츠를 꺼내 입었다.

알레시아는 거실에서 창문을 청소하고 있었다. 내가 아파트에 남긴 진흙의 흔적들은 모두 사라지고 없었다.

"안녕." 나는 말을 걸고 나서 그녀가 반응하기를 기다렸다. 심장이 어찌나 쿵쾅거리는지 꼭 열다섯 살로 돌아간 것만 같다.

"안녕. 잘 잤어요?" 그녀가 짧지만 속을 알 수 없는 표정으로 들고 있는 걸레를 뜯어보았다.

"응, 고마워. 아깐 미안했어." 나는 나 자신이 바보 같기도 하고 민망하기도 해서 내가 실수한 소파 쪽을 가리켰다. 그녀는 고개를 끄덕이고 나서 입을 꼭 다물고 살짝 웃는 것으로 대답을 대신했다. 뺨이 사랑스러운 분홍빛으로 물들었다.

그녀 뒤쪽의 창밖을 내다보니 눈발이 휘날렸다. 거센 눈보라에 밖은 온통 하얀 회오리 세상이었다.

"런던에서 이런 눈은 보기 힘들어." 나는 그렇게 말하며 창가로 가서 그녀 옆에 섰다.

지금 날씨 이야기할 때야?

그녀는 내 손이 닿지 않는 곳으로 떨어져서 창밖을 내다보고 있었다. 눈발이 어찌나 거센지 아래쪽 강물이 거의 보이지 않았다.

그녀가 부르르 떨더니 두 팔로 몸을 감쌌다.

"여기서 집이 멀어?" 나는 그녀가 폭설을 뚫고 집에 갈 일이 걱정되어 물었다.

"웨스트 런던이에요."

"보통 집에 어떻게 가지?"

그녀는 두어 번 눈을 깜빡거리면서 내 말을 생각하다가 대답했다. "전철로."

"전철? 어디서 타는데?"

"음… 퀸스타운 로드."

"열차가 운행될지 모르겠군."

나는 구석에 있는 책상으로 건너갔다. 마우스를 움직이자 아이맥이 살아났다. 키트와 캐럴라인, 매리언, 나, 키트의 아이리시세터 두 마리를 찍은 사진이 컴퓨터 화면에 등장하는 순간, 그리움과 슬픔이 거세게 밀려왔다. 나는 고개를 흔들면서 교통 상황에 대한 최신 뉴스를 확인했다. "음… 사우스 웨스턴 트레인스 맞아?"

그녀가 고개를 끄덕였다.

"모든 운행이 연기되었어."

"연? 기?" 그녀의 미간에 주름이 잡혔다.

아, 알아듣지 못하는구나.

"열차가 다니지 않는다는 뜻이야."

"아." 그녀가 다시 인상을 썼다. 그녀가 목소리를 낮춰 '연기'라는 말을 몇 번 반복하는 소리가 들렸다. 그녀의 입술이 단어에 맞춰 움직였다.

"여기 있어도 돼." 나는 그녀의 입술에 시선을 빼앗기지 않으려 애쓰면서 말했다. 그녀가 받아들일 리 없다는 걸 알면서도. 아까는 그런 행동까지 해놓고. 나는 움찔하며 덧붙였다. "네게 손대는 일은 없을 거야."

그렇지만 내 말이 떨어지기 무섭게 그녀가 고개를 절레절레 저은 것은 실망스러웠다.

"아뇨. 가야 해요." 그녀가 두 손으로 걸레를 뒤틀었다.

"그럼 어떻게 집에 가려고?"

그녀가 어깨를 으쓱거렸다. "걸어가야죠."

"말도 안 돼. 저체온증 걸려."

특히 그 부츠랑 외투라 부르기도 민망한 그 옷차림으로는 무리지.

"집에 가야 해요." 그녀는 단호했다.

"그럼 내가 데려다줄게."

뭐? 방금 그 말 내 입에서 나온 거 맞아?

"아니에요." 그녀는 다시 고개를 세차게 흔들며 말했다. 커다래진 눈으로.

"안 된다는 대답을 들으려는 게 아니야. 너의… 음, 고용주로서 지시하는 거지."

그녀의 얼굴이 창백해졌다.

"그럼, 나 옷 갈아입고 올게." 나는 내 발을 내려다보며 말했다. "같이 나가자. 그리고." 나는 피아노를 가리켰다. "연주하고 싶으면 해." 나는 돌아서서 침실로 향했다. 왜 자청해서 그녀를 집에 데려다주려는 건지 생각하면서.

도의상 올바른 일이라서?

그녀와 더 같이 있고 싶으니까.

알레시아는 그가 맨발로 슬렁슬렁 나가는 것을 바라보았다. 말문이 막혔다. 그가 나를 차로 집에 데려다준다고? 그와 단둘이 차 안에 있게 될 텐데.

괜찮을까?

어머니가 알면 뭐라 했을까?

가슴에 팔짱을 낀 채 못마땅한 표정을 지은 어머니의 모습이 떠올랐다.

아버지는?

그녀는 반사적으로 뺨을 감쌌다.

어림없는 일이다. 아버지는 절대 용납하지 않았을 것이다.

그녀의 아버지는 오직 한 남자만 인정했다.

잔인한 남자만.

안 돼. 그 남자 생각은 하지 마.

미스터가 나를 집에 데려다주려 한다. 마그다의 집 주소를 외우고 있어서 다행이었다. 어머니가 손글씨로 휘갈겨 쓴 그 쪽지는 아직도 기억에 생생했다. 당시에 그 쪽지는 그녀의 구명줄이었다. 밖이 춥지만 미스터가 옷을 갈아입는 동안 서둘러 떠나면 그에게 폐를 끼치지 않아도 된다. 하지만 그 먼 거리를 혼자 걸어갈 생각을 하니 막막했다. 이것보다 더 먼 거리도 걸은 적이 있었다. 그때는 훔친 지도를 가지고 6일인가 7일을 걸었다. 다시 진저리가 났다. 기억에서 지우고 싶은 1주일. 그가 피아노를 쳐도 좋다고 했다. 그녀는 열렬한 눈빛으로 스타인웨이 피아노를 쳐다본 뒤 신이 나서 두 손을 맞잡고 세탁실로 달려가서 재빨리 옷을 갈아입었다. 그리고 외투와 스카프, 모자를 집어 들고 얼른 피아노로 돌아왔다.

그녀는 외투를 의자에 놓아두고 피아노 의자에 앉아 숨을 골랐다. 두 손을 건반에 얹고 그 상앗빛 건반의 서늘하고 익숙한 감촉을 즐겼다. 그녀에게 피아노는 터전이었다. 집이었다. 은신처였다. 그녀는 창밖을 한 번 더 보고나서 리스트의 〈에스테 장의 분수〉를 시작했다. 그녀가 좋아하는 곡이었다. 피아노 소리가 휘돌아 떠오르며 피아노를 감싸더니 다채롭고 찬란한 하얀 빛깔로 밖의 눈송이처럼 춤을 추었다. 아버지에 대한 기억도, 집 없이 떠돌았던 엿새도, 못마땅해하는 어머니도 모두 휘도는 얼음 빛깔의 선율 속에 파묻혀 사라졌다.

나는 문간에 기대어 넋 놓고 그녀를 바라보았다. 경이로운 연주였다. 음 하나하나가 해석되어 정확하고 감성적으로 연주되었다. 선율이 물 흐르듯 그녀를 통과했다… 그녀에게서 흘러나왔다. 모든 뉘앙스가 그녀의 아름다운 얼굴과 그녀가 느끼며 풀어내는 곡조 안에서 살아 숨 쉬었다. 내가 모르는 곡이었다.

그녀는 머릿수건을 벗고 있었다. 머릿수건은 종교적인 이유로 쓰나 했는데 그냥 청소를 할 때 쓰는 것 같았다. 머리는 숱이 많고 검은색에 가까웠는데 땋은 머리채에서 풀린 머리카락이 고불거리며 뺨 주변에 늘어져 있었다. 머리카락을 풀어 벌거벗은 어깨 위로 늘어뜨리면 어떤 모습일까? 나는 눈을 감고 꿈속에서 그랬듯 벌거벗은 그녀를 상상하며 음악에 취했다.

평생 질리지 않을 것 같았다. 그녀의 연주는.

나는 눈을 떴다.

그녀를 바라보는 것도. 그녀의 아름다움도. 그녀의 재능도.

이 복잡한 곡을 외워서 연주하다니. 이 여자는 천재다.

혹시 내가 그녀의 연주를 내 상상 속에서 윤색해 과대평가한 게 아닐까 집을 떠나 있는 동안 의심한 적 있었는데 그게 아니었다. 그녀의 테크닉은 흠 잡을 데 없었다.

흠 잡을 데 없는 여자였다.

모든 면에서.

그녀가 고개를 숙이고 눈을 감은 채 연주를 마쳤을 때 나는 박수를 쳤다. "기막힌 연주였어. 어디서 배웠기에 그렇게 잘 치는 거야?"

그녀는 뺨을 붉히며 까만 눈을 떴지만 수줍은 미소가 그녀의 얼굴을 환히 밝혀주었다. 그녀가 어깨를 으쓱거렸다. "집에서요."

"자세한 이야기는 차 안에서 해줘. 준비됐지?"

그녀가 일어섰다. 그 촌스러운 나일론 작업복을 벗은 모습은 처음이었다. 나는 입안이 말랐다. 생각보다 더 날씬했지만 멋지게 굴곡진 몸매가 대단히 여성적이었다. 위에는 초록색 브이넥 스웨터를 입고 있었는데 봉긋한 가슴이 양모 스웨터를 밀어내며 잘록한 허리선을 강조했고, 딱 붙는 청바지는 완만하게 퍼지는 날씬한 엉덩이 선을 드러냈다.

대박.

근사한 여자다.

그녀는 운동화를 얼른 벗어 비닐 쇼핑백에 넣고 닳아빠진 갈색 부츠를 신었다.

"양말은 안 신어?" 내가 물었다.

그녀는 몸을 숙이고 부츠 끈을 묶으면서 고개를 저었지만 뺨이 다시 분홍빛으로 물들었다.

원래 알바니아 사람들은 양말을 안 신나?

나는 창밖을 내다보았다. 그녀를 집에 데려다주게 되어 좋았다. 그녀와 시간을 더 보낼 수 있는 데다 그녀가 어디 사는지도 알 수 있고 그녀의 발이 꽁꽁 어는 것도 막을 수 있었다.

나는 손을 내밀었다. "외투 이리 줘." 내가 말했다. 내가 외투 걸치는 걸 도와주자 그녀는 어색한 미소를 지었다.

이 누더기는 걸쳐봤자 따뜻하지도 않겠어.

그녀가 나를 향해 돌아섰을 때 그녀의 목에 작은 십자가 목걸이가 보였고 스웨터에는 배지가 달려 있었다. 학교 배지?

젠장.

"몇 살이지?" 나는 별안간 충격을 받아 물었다.

"스물셋."

충분해. 됐어.

나는 마음이 놓여 고개를 흔들었다. "이제 갈까?" 내가 물었다.

그녀는 고개를 끄덕이고 나서 비닐백을 들고 나를 따라 아파트를 나왔다.

우리는 엘리베이터를 타고 지하 주차장으로 내려가려고 말없이 엘리베이터를 기다렸다.

엘리베이터에 탔을 때 알레시아는 내게서 최대한 멀리 떨어졌다. 나를 별로 신뢰하지 않는 모양이었다.

오늘 아침 그런 짓을 했으니 놀랍지도 않지.

그런 생각이 들자 우울해졌다. 차분하고 무심한 척 보이려 했지만 온 신경이 그녀에게 쏠렸다. 그녀의 모든 것에. 이 작은 공간에.

어쩌면 내 잘못이 아닐 수도 있다. 그녀가 남자를 싫어하는 것일 수도 있으니까. 그 생각을 하니 더 심란해져서 그 생각은 떨쳐버렸다. 지하 주차장은 작았지만 건물 전체가 우리 집안의 소유였기 때문에 나한테는 두 대의 공간이 주어졌다. 차는 두 대까지 필요 없지만 그냥 두 대를 가지고 있다. 랜드로버 디스커버리와 에프타입 재규어. 나는 키트처럼 자동차광은 아니다. 형은 자동차 수집광이었는데, 이제 형의 귀한 클래식카 군단은 모두 내 차지가 되었다. 나는 편리한 신형 차를 좋아한다. 키트가 수집한 차들을 어떻게 처리해야 할지 막막해서 올리버에게 조언을 구할 생각이다. 그냥 다 팔아버릴까? 키트의 이름으로 박물관에 기증할까?

나는 이런 생각에 잠겨 디스커버리의 리모컨을 눌렀다. 전조등이 깜빡이며 인사를 했고 문이 열렸다. 사륜구동차라면 눈에 갇힌 런던의 거리를 쉽사리 돌파할 수 있을 것이다. 다만 차가 더러운 게 신경이 쓰였다. 콘월에 다녀올 때 뒤집어쓴 진흙과 오염이 아직 그대로였다. 알레시아를 위해 조수석 문을 열어주었을 때 쓰레기투성이인 발밑 공간이 눈에 띄었다. "잠깐만." 나는 그렇게 말하고는 빈 커피컵이며 과자 봉지, 샌드위치 포장지를 주워 좌석 위에 있던 비닐백에 넣어 뒷좌석으로 던져버렸다.

난 왜 이렇게 지저분할까?

평생 유모들과 기숙사 학교, 여러 고용인들이 내 뒤치다꺼리를 해준 부작용이다.

웃음으로 무마될 리 없지만 나는 웃는 얼굴로 알레시아에게 타라고 손짓했다. 어쩐지 그녀는 터지려는 웃음을 참고 있는 듯했다. 지저분한 차가 재미있는 모양이다.

재밌다니 다행이네.

그녀는 자리에 앉고 나서 계기판을 보더니 눈이 휘둥그레졌다.

"주소가 어떻게 돼?" 나는 시동을 걸며 물었다.

"브렌트퍼드. 처치 워크 43번지."

브렌트퍼드! 와. 시골이잖아.

"우편번호는?"

"TW8 8BV."

나는 내비게이션에 주소를 입력한 뒤 주차장을 빠져나갔다. 백미러 콘솔의 버튼을 누르자 주차장 문이 서서히 올라가면서 백색의 혼돈에 휩싸인 바깥 세상이 드러났다. 눈이 족히 10센티미터는 쌓였는데도 그칠 기세가 아니었다.

"와." 내가 중얼거렸다. "이런 건 또 처음 보네." 그러고는 알레시아에게 말했다. "알바니아에도 눈 와?"

"그럼요. 내가 살던 곳에는 눈이 많이 와요."

"거기가 어딘데?" 나는 거리로 들어가서 도로 끝을 향해 나아갔다.

"쿠커스."

들어본 적 없는 곳이다.

"작은 마을이에요. 런던과는 달라요." 알레시아가 설명해 주었다.

경고음이 울렸다. "안전벨트 매."

"오." 그녀가 놀랐다. "내가 살던 곳에서는 이런 거 매지 않아요."

"여긴 법으로 정해져 있으니 벨트 매."

그녀는 가슴 위로 벨트를 당기고 나서 아래를 내려다보고 고리를 찾아 벨트 걸쇠에 걸었다. "됐다." 그녀가 좋아하며 말했다. 이번에는 내가 나오려는 웃음을 참았다. 그녀는 원거리를 이동할 때 자주 자동차를 이용하지는 않는 모양이다.

"집에서 피아노를 배웠다고?" 내가 물었다.

"어머니가 가르쳐주셨어요."

"어머니도 너처럼 연주를 잘하시나?"

알레시아는 고개를 저었다. "아뇨." 그러고는 몸을 떨었다. 추운 건지 아니면 겁이 난 건지 알 수 없었다. 우리는 첼시 임뱅크먼트로 접어들었다. 몰아치는 눈보라 속에서 앨버트 브리지의 불빛이 깜빡였다.

"예쁘다." 다리를 지날 때 그녀가 중얼거렸다.

"예쁘지."

너처럼.

"시간이 오래 걸릴 거야." 내가 덧붙였다. "런던에 눈이 이렇게 오는 경우는 드물거든." 임뱅크먼트를 벗어나자 다행히 거리는 한산한 편이었다. "런던에는 어떻게 오게 된 거야, 알레시아?"

그녀는 커다래진 눈으로 나를 흘끔 보더니 인상을 쓰고 자기 무릎을 내려다보았다.

"일하러?" 내가 물었다.

그녀는 고개를 끄덕였지만 풍선에서 바람이 빠지듯 움츠

러들었다.

젠장. 아차 싶었다. 거리감이 느껴졌다. 한참 멀어진 느낌
이야.

나는 그녀를 안심시키려 말했다. "괜찮아. 그 얘긴 하지 않
아도 돼." 그리고 얼른 덧붙였다. "어떻게 곡들을 전부 달달
외우고 있는지 궁금했을 뿐이야."

그녀가 고개를 들었다. 확실히 이쪽 화제가 더 편안한 모
양이다. 그녀가 관자놀이를 톡톡 두드렸다. "나는 음악을 봐
요. 그림을 보는 것처럼."

"사진 기억력(본 것을 사진을 찍은 것처럼 생생하게 되살릴 수
있는 기억력-옮긴이)이야?"

"사진 기억력? 모르겠어요. 나는 음악이 색깔로 보여요.
그 색깔이 외우는 데 도움이 돼요."

"와아." 들은 적 있는 이야기다. "공감각."

"공…감…가…" 그녀가 제대로 발음을 못하고 말을 멈췄
다.

"공감각."

그녀가 다시 발음했다. 이번에는 꽤 비슷했다. "무슨 뜻이
에요?" 그녀가 물었다.

"음(音)을 색깔로 보는 걸 뜻해."

"네. 그거 맞아요." 그녀가 열렬히 고개를 끄덕였다.

"가능해. 많은 유명 음악가들이 공감각이었어. 다른 것도
색깔로 볼 수 있어?"

그녀가 어리둥절한 표정을 지었다.

"문자? 숫자?"

"아뇨. 그냥 음만."

"와. 정말 대단하다." 나는 그녀에게 미소를 지었다. "저번에 한 말, 진심이었어. 언제든 내 피아노 써도 돼. 난 네 연주 좋아해."

그녀가 내게 황홀한 미소를 짓는 바람에 내 사타구니가 꿈틀댔다. "알았어요." 그녀가 조용히 말했다. "나도 당신 피아노 연주하는 게 좋아요."

"네 연주 듣기 좋아." 나는 그녀에게 활짝 웃었다. 우리는 편안한 침묵 속으로 빠져들었다.

40분 뒤 나는 브렌트퍼드의 어느 막다른 골목으로 차를 몰았다. 우리는 단정한 연립주택 앞에 도착했다. 날이 저문 상태였지만 가로등 불빛에 앞방의 젖혀진 커튼과 안에 있는 젊은 남자의 얼굴이 또렷이 보였다.

남자 친구?

망할. 확인해야 해.

"남자 친구야?" 내가 물었다.

그녀의 대답을 기다리는 동안 심장이 펄떡거리고 귓속이 쿵쿵 울렸다.

그녀가 웃음을 터뜨렸다. 그녀의 나직하고 감미로운 웃음소리에 나도 모르게 빙그레 미소가 나왔다. 그녀의 웃음소리를 들은 것은 이번이 처음인데 다시 듣고 싶어졌다… 몇 번이고.

"아뇨. 마그다의 아들 마이클이에요. 열네 살."

"아하. 근데 키가 크네!"

"그렇죠." 그녀의 얼굴이 환해져서 나는 순간적으로 격한 질투심을 느꼈다. 그녀는 그 아이를 좋아하는 게 분명했다. "여긴 마그다의 집이에요."

"그런 것 같네. 마그다는 친구야?"

"네. 어머니의 친구예요. 두 분은… 그걸 뭐라고 부르죠? 펜팔이에요."

"아직 그런 게 있는 줄은 몰랐네. 두 분이 서로 왕래하시나?"

"아뇨." 그녀가 입술을 꾹 다물고 손톱을 내려다보았다. "집에 데려다줘서 고마워요." 그녀가 대화를 끝냈다.

"나도 즐거웠어, 알레시아. 오늘 아침 일은 미안해. 일부러 덮친 건 아니야."

"덮쳤다구요?"

"음… 덤벼들었다고. 고양이처럼."

그녀가 다시 웃었다. 얼굴이 눈부시게 아름다웠다.

저 웃음소리 실컷 들었으면.

"꿈꿔서 그런 거잖아요." 그녀가 말했다.

네 꿈을 꿨어.

"들어가서 차 한잔 할래요?"

이번에는 내가 웃음이 터졌다. "아니. 그건 아껴둘게. 게다가 난 커피를 좋아해."

그녀는 잠시 인상을 썼다. "커피도 있는데요."

"가봐야 해. 길이 이 모양이라 시간이 좀 걸릴 거야."

"데려다줘서 고마워요."

"금요일에 봐."

"네. 금요일에." 그녀가 내게 눈부신 미소를 지었다. 그 미소에 그녀의 사랑스런 얼굴이 환해졌고, 나는 숨이 멎는 것 같았다.

그녀는 차에서 내려 현관문으로 향했다. 문이 삐걱 열리면서 부드러운 불빛이 눈에 덮인 길 위로 쏟아졌고, 키가 큰 청년이 문간에 나타났다. 마이클. 그의 따가운 눈총을 받으며 나는 차를 출발했다.

웃음이 터졌다.

남자 친구가 아니라 이거지. 나는 디스커버리를 돌리고 나서 음악의 볼륨을 높이고는 빙충이처럼 히죽거리는 얼굴로 런던을 향해 차를 몰았다.

8

"그 남자 누구야?" 마이클이 밖에 있는 자동차를 쏘아보며 물었다. 말투가 딱딱하고 차가웠다. 마이클은 겨우 열네 살이지만 알레시아를 굽어볼 만큼 키가 컸고, 검은 머리는 덥수룩하고 늘어진 팔다리는 가늘었다.

"집주인." 그녀는 빠끔 열린 현관문으로 자동차가 빠져나가는 것을 지켜보다가 문을 닫았다. 자꾸 웃음이 터졌다. 그녀는 다정하고 짧게 마이클을 끌어안았다.

"됐어." 마이클이 꿈지럭거리며 그녀의 포옹을 벗어났다. 얼굴이 붉어지고 갈색의 눈에는 수줍지만 기뻐하는 빛이 반짝였다. 알레시아가 소년에게 활짝 웃자 소년은 수줍게 미소를 지었는데 알레시아에게 푹 빠진 사춘기 소년의 사랑이 엿보였다. 그녀는 애정 표현이 과하지 않도록 그쯤에서 뒤로 물러섰다. 소년의 마음에 상처를 주고 싶지 않았다. 이 소년과 소년의 어머니는 그녀의 은인들이었다.

"마그다 아줌마는 어디 계셔?" 그녀가 물었다.

"부엌에." 소년의 얼굴이 어두워졌고 목소리도 마찬가지였다. "뭔가 잘못됐나봐. 엄마가 담배를 엄청 피워."

"어머, 그렇구나." 알레시아는 불길한 예감으로 가슴이 쿵쿵 뛰었다. 그녀는 외투를 벗어 좁은 복도의 옷걸이에 걸고 부엌으로 들어갔다. 마그다는 담배를 들고 작은 포마이카 탁자 앞에 앉아 있었다. 담배 연기가 그녀 위로 구불구불 피어올라 부연 구름을 만들어냈다. 부엌은 작았지만 평소처럼 정갈했고, 뒤쪽의 라디오에서는 폴란드 말이 흘러나왔다. 마그다는 고개를 들고 알레시아를 보더니 안심을 했다.

"눈을 뚫고 용케 집에 왔네. 걱정했는데. 오늘 하루 잘 보냈니?" 마그다는 그렇게 물었지만 알레시아는 마그다의 딱딱한 미소와 담배를 한 모금 길게 빨아들이는 그녀의 입술에서 긴장감을 감지했다.

"네. 괜찮으세요? 약혼자도 괜찮은 거죠?"

마그다는 알레시아의 어머니보다 몇 살 정도 어렸지만 실제보다 적어도 열 살은 더 어려 보였다. 곱슬거리는 금발머리에 신랄한 재치가 번뜩이는 녹갈색 눈의 그녀는 알레시아를 길바닥에서 구해준 사람이었다. 그녀는 오늘따라 유달리 피곤해 보였다. 얼굴이 창백했고 입술마저 파리했다. 평소에도 담배를 피우긴 했지만 부엌에 담배 냄새가 도는 것을 싫어하더니, 오늘은 부엌에 담배 냄새가 진동하도록 줄담배를 피워댔다.

마그다가 부엌 안으로 연기를 훅 뿜어냈다. "응. 그이는 괜찮아. 그이랑은 상관없는 일이야. 문 닫고 좀 앉아봐." 마그다가 말했다. 알레시아는 등줄기가 서늘해졌다. 집에서 나가라는 소리를 하려는 걸까. 알레시아는 부엌 문을 닫고 나서 플라스틱 의자를 끌어내 앉았다.

"이민국에서 나온 남자들이 오늘 너를 찾아왔어."

아, 안 돼.

알레시아는 하얗게 질렸다. 귓속에서 쿵쿵 심장박동 소리가 들려왔다.

"네가 일하러 나간 뒤에." 마그다가 덧붙였다.

"뭐, 뭐, 뭐라고… 뭐라고 그들에게 말했어요?" 알레시아는 말을 더듬으며 덜덜 떨리는 손을 진정하려 애썼다.

"그들과 이야기한 건 내가 아니야. 옆집 포레스터 씨가 했지. 그들이 우리가 집에 없는 줄 알고 그 사람 집을 두드렸거든. 포레스터 씨 말로는 그 사람들 인상이 별로라서 너를 모른다고 했대. 마이클과 나는 폴란드에 갔다고 했고."

"그 사람들이 그 말을 믿었대요?"

"응. 포레스터 씨가 보기엔. 그들은 그냥 갔어."

"나를 어떻게 찾았을까요?"

"모르겠어." 마그다가 인상을 썼다. "일이 이렇게 될 줄 누가 알았겠니?" 그녀는 담배를 한 모금 더 빨아들였다. "네 어머니에게 편지를 써야겠다."

"안 돼요!" 알레시아는 마그다의 손을 붙잡았다. "제발요."

"네가 무사히 도착했다고 네 어머니에게 편지를 썼지만 그건 거짓말이었잖니."

알레시아는 얼굴을 붉혔다. 마그다는 알레시아가 브렌트 퍼드로 오기까지 겪은 과정은 모르고 있었다. "제발요." 알레시아가 말했다. "어머니가 걱정하실 거예요."

"알레시아, 너 그들에게 잡히면 알바니아로 추방될 거야…" 마그다가 말을 뚝 멈추었다.

"알아요." 알레시아는 중얼거렸다. 진땀이 등줄기를 따라 흘러내리고 두려움에 숨이 턱 막혔다. "돌아갈 순 없어요." 그녀가 거의 소리를 내지 않고 말했다.

"너도 알다시피 2주 뒤에 마이클과 나는 여기를 떠날 거야. 지낼 곳을 구해야 해."

"알아요. 알아요. 어떻게든 되겠죠." 불안감이 알레시아의 가슴을 할퀴었다. 그녀는 매일 밤 침대에 누워 살길을 궁리했다. 지금까지 청소 일을 해서 모은 돈은 300파운드 정도였는데 셋집의 보증금을 내려면 그 돈이 필요했다. 마이클에게 노트북을 빌려 살 집을 찾아볼 생각이었다.

"내가 저녁 차릴게." 마그다는 한숨을 내쉬면서 담배를 비벼 껐다. 연기가 재떨이에서 올라와 방 안에 도는 긴장감과 뒤섞였다.

"저도 거들게요." 알레시아가 대답했다.

그날 밤 알레시아는 침대에 웅크리고 누워 천장을 물끄러미 바라보았다. 손가락으로는 목에 건 황금 십자가를 만지작거렸다. 벗겨지는 낡은 벽지 맞은편으로 가로등 불빛이 얇은 커튼을 뚫고 들어왔다. 겁먹지 않으려 노력했지만 머릿속이 복잡했다. 아까 한 시간 동안 온라인을 뒤진 끝에 큐브리지 역 인근에 마땅한 방 한 칸을 찾아냈다. 마그다는 그곳이 여기서 멀지 않다고 했다. 금요일 저녁에 미스터의 아파트 청소를 끝내고 돌아와 그 방을 보러 갈 예정이었다. 돈이 빠듯하지만 어떻게든 이사를 가야 한다. 특히 이민국이 그녀를 찾아온 상황이라 어쩔 수 없었다. 추방을 당할 수는 없었다. 알바니아로 돌아갈 수는 없었다.

그럴 수는 없었다.

그녀는 불빛을 피해 돌아누운 뒤 온기를 붙잡으려 얇은 이불 속을 파고들었다. 머릿속을 짓누르는 생각들에 사로잡혀버렸다. 생각을 멈추고 싶었다.

알바니아 생각은 그만해.

여기 올 때 생각도 그만해.

다른 여자들 생각도 그만해… 블러리아나 생각도.

눈을 감자마자 소파에서 잠이 든 미스터의 모습이 떠올랐다. 그의 헝클어진 머리, 살짝 벌어진 입술. 그 위에 누워 있던 기억이 났다. 그가 가볍게 키스한 것도. 그녀는 다시 그 위에 누워 있는 상상을 했다. 그의 냄새를 들이마시고, 그의 피부에 입 맞추고, 그녀의 가슴에 맞닿은 그의 심장이 규칙적으로 뛰는 그 느낌을 떠올렸다.

'보고 싶었어.'

신음이 터졌다.

그는 매일 밤 그녀의 생각을 점령했다. 그는 미남이었다. 얼굴만 잘생긴 게 아니라 아름답고 친절했다.

'네 피아노 소리 듣기 좋아.'

그리고 그녀를 집에 데려다주었다. 그럴 필요가 없었는데도.

'여기 있어도 돼.'

그랑 같이 산다면?

그에게 도움을 청하면 어떨까.

안 돼. 자신의 문제는 온전히 자신의 문제일 뿐이었다. 순전히 그녀 탓으로 이리 된 것은 아니지만 스스로 해결해야 할 문제였다. 여기까지도 온 것도 자력으로 헤쳐 나왔기에 가능한 일이었다. 절대 쿠커스로 돌아갈 수 없었다. 그자에게는.

그자가 나를 흔들고 있어. 멈춰. 당장 멈춰.

안 돼. 그 남자 생각하지 마!

그녀는 그 남자 때문에 잉글랜드에 왔다. 그 남자와 최대한 멀리 떨어지기 위해서.

미스터 생각을 해. 미스터만.

그녀의 손이 몸 아래로 내려갔다.

미스터 생각만 해…

그가 나를 뭐라고 불렀더라? 뭐라고 불렀더라?

공감각… 그녀는 그 말을 되뇌고 되뇌고 되뇌었다. 그 동 안 손이 움직이며 그녀를 높이 높이 끌어 올렸다.

༄

이튿날 아침 그녀는 하얀 세상에서 깨어났다. 사방이 너 무나 조용했다. 멀리서 차량이 웅웅대는 소리조차 반짝이 는 눈의 담요에 막혀 한풀 꺾였다. 그녀는 이불을 몸에 감고 침실 창문 밖을 내다보았다. 어릴 적 쿠커스에 눈이 내렸을 때 그랬던 것처럼 기쁨이 밀려왔다. 그러고 보니 오늘은 킹 스버리 부인의 집을 청소하는 날이었다. 좋은 점은 그 집이 브렌트퍼드에서 걸어가도 좋을 만큼 가깝다는 것이고, 나 쁜 점은 그 집에 그녀를 졸졸 따라다니면서 청소 방법을 지 적하는 킹스버리 부인이 있다는 점이었다. 킹스버리 부인이 외로운 할머니라 불평하는 것 같지는 않았다. 툴툴거리기는 해도 킹스버리 부인은 청소가 끝나면 매번 알레시아에게 차 와 비스킷을 대접했다. 두 사람은 같이 앉아서 이야기를 나 누었고, 킹스버리 부인은 어떻게든 알레시아를 오래 붙잡아 두려 했다. 알레시아는 왜 킹스버리 부인이 혼자 사는지 이 해가 가지 않았다. 벽난로 선반 위에서 킹스버리 부인의 가 족사진을 보았기 때문이다. 어째서 가족들은 킹스버리 부인 을 돌보지 않는 걸까? 알레시아의 할아버지가 돌아가셨을 때 할머니는 알레시아의 부모님과 같이 살았는데 말이다…

혹시 킹스버리 부인이 세입자를 구한다면? 자기를 보살펴줄 사람을 찾고 있다면? 물론 그 집에 빈방은 있었다. 게다가 알레시아 역시 외로웠다.

그녀는 마이클의 낡은 스펀지밥 파자마 바지와 아스널 축구팀 셔츠 차림으로 그날 입을 옷을 들고 계단을 쏜살같이 내려가서 부엌을 지나 욕실로 들어갔다.

마그다는 마이클의 옷을 알레시아에게 얼마든지 내주었다. 아들이 너무 빨리 자란다고 자주 투덜거렸지만 알레시아에게는 고마운 일이었다. 그녀가 가지고 있는 옷들은 전부 마이클이 입던 옷이었다. 양말만 빼고. 마이클이 신던 양말은 하나같이 큰 구멍이 뚫려 있어서 누구에게 물려줄 상태가 아니었다. 그래서 그녀의 양말은 원래 가지고 있던 두 켤레뿐이었다.

'양말은 안 신어?'

어제 미스터가 한 말이 기억나 알레시아는 얼굴을 붉혔다. 그때는 차마 입이 떨어지지 않아 그에게 말하지 못했지만 지금은 새 양말을 살 형편이 아니었다. 셋집의 보증금을 저축하는 동안에는.

그녀는 전동 샤워기를 켜고 물이 데워지기를 잠시 기다렸다가 옷을 벗은 뒤 욕조 안으로 들어가서 떨어지는 물줄기 아래에서 최대한 빨리 몸을 씻었다.

나는 손으로 샤워기 옆 벽을 짚고 있다. 따뜻한 물이 폭포처럼 쏟아지는 동안 숨을 헐떡이면서. 샤워 중에 자위나 하는 인생으로 전락하고 말았다… 또다시.

망할. 어쩌다 이런 꼴이 된 걸까?

그냥 밖에 나가서 여자랑 뒹굴면 되잖아?

기다란 속눈썹 사이로 살짝 나를 쳐다보는 풍부한 에스프레소 색깔의 눈망울.

신음이 터졌다.

멈춰야 한다.

그녀는 빌어먹을 내 가정부란 말이다. 밤새 홀로 침대에서 이리저리 뒤척였다. 꿈속에서 그녀의 웃음소리가 내내 울려 퍼졌다. 그녀는 해맑고 행복한 모습으로 나를 위해 피아노를 연주했다. 그 분홍색 팬티 외에 아무것도 걸치지 않고. 길고 풍성한 머리가 그녀의 젖가슴 위로 일렁였다.

후…

오늘 아침 죽도록 운동을 했는데도 내 몸에서 그녀를 몰아내는 데 실패했다.

방법은 하나뿐이다.

그건 불가능한 일이야.

하지만 그녀가 차에서 내릴 때 내게 지은 미소를 생각하니 희망이 생긴다. 게다가 내일이면 그녀를 볼 수 있다. 나는 긍정적인 생각을 하면서 샤워기 물을 끄고 수건을 집었다. 면도를 하면서 휴대폰을 확인했다. 올리버가 메시지를 보냈다. 날씨 때문에 콘월에 갇혀 있다고 했다. 그렇다면 아침에 조문객들에게 감사 이메일을 보내고, 점심은 캐럴라인하고 매리언과 먹고, 저녁에는 친구들과 외출을 하기로 했다.

"드디어 널 소굴에서 끌어냈구나. 이제 '트리비딕 경'이나 '미로드'라 불러주랴?" 조가 파인트 맥주잔을 들어 경의를 표하며 말했다.

"그러게. 나도 네가 '트리비딕'인지 '트리벨런'인지 헷갈려." 톰이 툴툴거렸다.

"두 가지 질문에 한꺼번에 답변하자면." 내가 어깨를 으쓱거리며 대꾸했다. "내 이름은 맥심이다. 알면서 그러냐."

"난 트리비딕이라고 불러줄게… 적응하긴 힘들겠지만. 그게 네 작위니까. 우리 부친은 본인 작위에 엄청 민감하셔!"

"내가 네 아버지가 아닌 걸 빌어먹을 다행인 줄 알아라." 내가 눈썹을 추켜올렸다.

톰이 눈알을 굴렸다.

"이젠 키트가 없으니 예전 같진 않을 거야." 조가 중얼거렸다. 그의 검은 눈망울이 난로 불빛에 반짝이며 심각해졌다.

"그러게, 편히 쉬어, 키트." 톰이 덧붙였다.

조셉 디알로와 토머스 알렉산더는 가장 오래된 내 절친들이다. 내가 이튼에서 쫓겨났을 때 아버지는 나를 비데일스에 보냈다. 나는 거기서 조와 톰, 캐럴라인을 만났다. 우리 사내놈들은 음악에 대한 사랑과 캐럴라인에 대한 욕정으로 단결했다. 우리는 뭉쳐 다녔고, 캐럴라인은… 결국 형을 선택했다.

"편히 쉬어, 키트." 나는 말하고 나서 입속으로 중얼거렸다. "보고 싶다, 개새꺄."

우리 셋은 쿠퍼스 암스의 작은 방에 자리를 잡았다. 쿠퍼스 암스는 내 아파트에서 멀지 않은 데 자리한 따뜻하고 포근한 펍이다.

우리는 이글거리는 난롯불 옆에서 두 번째 맥주잔을 기울였다. 취기가 알딸딸하게 오르기 시작했다.

"어떻게 견디고 있냐?" 조가 어깨에 늘어진 레게 머리를 한쪽으로 넘겼다. 조는 뛰어난 펜싱 선수이지만 촉망받는 남성복 디자이너이기도 하다. 세네갈 출신의 망명자인 그의 아버지는 영국에서 손꼽히는 성공한 헤지펀드 매니저다.

"그럭저럭. 아직 모든 의무를 짊어질 자신은 없지만."

"왜 아니겠냐." 톰이 말했다.

빨간 머리와 호박색 눈의 톰은 군 입대를 가문의 전통으로 여기는 준남작의 셋째 아들이다. 왕실 근위대의 중위로서 아프가니스탄에 두 번 파병됐고 거기서 너무나 많은 전우들이 쓰러지는 것을 목격했다. 그러다가 카불의 사제 폭탄 사고 때 입은 부상으로 2년 전 의병 제대했다. 티타늄은 그의 왼쪽 다리를 잘 떠받치고 있지만 그의 성질머리를 감당하기엔 역부족이다. 조와 나는 톰의 눈에서 튀는 호전적 불꽃을 알아볼 뿐 아니라 화제를 바꾸거나 녀석을 방에서 끌어내야 할 때를 정확히 알고 있다. 그리고 그의 요청을 받아들여 '그 사고'에 대해선 입도 벙긋 하지 않는다.

"추도식은 언제야?" 톰이 물었다.

"점심 먹을 때 캐럴라인이랑 매리언과 의논했어. 부활절 후에 하려고."

"캐럴라인은 좀 어때?"

나는 의자에서 꿈지럭거렸다. "슬퍼하지, 뭐." 그러고는 어깨를 으쓱거린 뒤 덤덤한 눈으로 톰을 쳐다보았다.

톰이 실눈을 뜨고 나를 빤히 바라보았다. 그의 관심이 불편했다. "너 우리한테 말 안 한 거 있지?"

젠장.

사고 후 톰은 공격성만 강해진 게 아니라 성가실 정도로 눈치가 빨라졌다. "털어놔, 트리벨런, 너 이러는 거 반칙이야. 무슨 일 있지?"

"아니. 아무 일 없는데. 헨리에타 잘 지내지?"

"헨리? 잘 있지, 고마워. 용기를 내서 청혼하라고 자꾸 내 옆구리를 찔러대서 탈이지만." 톰이 우울한 표정으로 대답했다.

조와 나는 웃음이 나왔다. "코가 제대로 꿰였구만." 조가 그렇게 말하고는 톰의 등을 탁탁 두드렸다.

우리 셋 중 톰만 장기간의 연애를 하고 있다. 헨리에타는 성자다. 부상 트라우마에 시달리는 톰을 간호한 것도 모자라 놈의 헛소리와 외상후 스트레스 장애, 못된 성질머리까지 다 받아준다. 앞으로 더 고약해질 소지가 다분한 놈인데.

조와 나는 가볍게 노는 편이다. 아니, 그랬었지. 검은 머리의 알레시아 데마치의 환영이 불쑥 내 눈앞에 등장했다.

마지막으로 여자랑 잔 게 언제였지?

기억이 나지 않아 얼굴을 찌푸렸다. 젠장.

"매리언은 어때?" 조의 말에 나는 정신이 들었다.

"괜찮아. 슬퍼하고 있지, 뭐."

"위로가 필요하겠네?"

내가 캐럴라인을 위로한 것처럼?

"이 자식이!" 나는 인상을 구겨 경고를 날렸다.

우리 사이에는 철칙이 있다. 누이들은 건드리지 말 것. 나는 고개를 절레절레 흔들었다. 조셉은 여전히 내 누이에게 적잖은 흑심을 품고 있다. 매리언은 생각보다 고약하고 조는 좋은 놈이지만, 나는 조의 꿈을 부숴버리기로 했다. "매리언이 휘슬러에서 스키를 타다가 어떤 놈을 만났나봐. 시애틀에 사는 남자래. 정신과 의사라나 뭐라나. 곧 둘이 만날 건가봐."

조가 놀란 표정을 지었다. "정말?" 조가 곰곰이 생각하는 눈빛으로 단정한 턱수염을 문질렀다. "그 작자가 여기로 오면 과연 괜찮은 인간인지 우리가 확인해야겠네."

"내달에 올 것 같아. 매리언이 아주 신나 있어."

"너도 이제 백작이 됐으니 후계자와 후보자를 만들 때가 됐구나." 톰이 말했다.

"응, 응. 아직 시간은 충분해."

그게 나였지. 후보자… 키트는 농담 삼아 나를 그렇게 부르곤 했었다.

그러고 보면 작위와 토지에는 반드시 후보자가 필요하다.

"그럼 그렇지. 네가 어디 한 여자에 정착할 놈이냐. 나만큼이나 천하의 난봉꾼인데. 게다가 난 선봉장이 필요해." 조가 히죽 웃는 얼굴로 말했다.

"어이, 트리벨런, 온 런던을 거의 다 따먹고도 모자란 거냐." 톰이 놀렸다. 싫다는 건지 부럽다는 건지 애매했다.

"시끄러워, 톰." 내 말에 우리는 다같이 웃음을 터뜨렸다.

펍의 여주인이 바 위의 종을 울렸다. "문 닫을 시간이에요, 신사분들." 그녀가 외쳤다.

"우리 집으로 갈까?" 내 의견에 톰과 조 둘 다 동의했다. 우리 셋은 맥주를 쭉 들이켰다. "걸어서 가도 괜찮지?" 내가 톰에게 물었다.

"시끄러. 여기까지 걸어온 사람한테."

"그러자는 말로 이해할게."

"4월에는 5킬로미터씩 달리고 있다, 이 재수 없는 놈아."

나는 두 손을 들어 항복을 표시했다. 톰의 신체가 완치되었다는 걸 자꾸 잊는다…

햇볕이 쨍쨍하지만 지독하게 추운 날, 알레시아는 후후 쏟아지는 입김을 앞세우며 첼시 임뱅크먼트를 서둘러 걸어갔다. 보도를 따라 커다란 눈 뭉치들이 아직 딱딱하게 얼어

붙어 있었지만 도로는 매끈했다. 교통 흐름은 평상시로 회복되었고 런던은 다시 활발하게 움직였다. 오늘 아침에는 전철이 연착하는 바람에 조금 늦고 말았다. 하지만 그를 보기 위해서라면 브렌트퍼드에서도 기꺼이 걸어왔을 것이다.

알레시아는 활짝 웃었다. 드디어 세상에서 가장 좋아하는 곳, 미스터의 아파트 현관문에 도착했다. 그녀는 열쇠를 열쇠구멍에 넣고 경보 장치 소리에 대비했지만 다행히 집 안은 고요했다. 그녀는 문을 닫고 나서 냄새에 맞닥뜨렸다. 아파트에 독한 술냄새가 진동했다.

그녀는 뜻밖의 냄새에 코를 찡그리며 부츠를 벗고 맨발로 살금살금 주방으로 들어갔다. 조리대 위에 빈 맥주병이며 기름진 피자 상자가 여기저기 널려 있었다.

그녀는 기겁을 했다. 문이 열린 냉장고 앞에 한 건장하고 매력적인 청년이 오렌지 주스를 곽째 마시고 있었다. 피부가 검고 머리카락은 울퉁불퉁하고 길었는데 사각팬티만 입고 있었다. 알레시아는 그를 보고 입이 딱 벌어졌다. 그가 그녀를 향해 돌아섰다. 그의 얼굴에 환한 미소가 퍼져 나가며 새하얀 치아가 드러났다.

"음, 안녕." 그가 말했다. 그의 검은 눈이 호의를 띠며 커졌다.

이 남자는 누구지?

그녀는 외투를 벗고 나서 비닐 쇼핑백 안에서 청소할 때 입는 작업복과 머릿수건을 꺼냈다. 마지막으로 운동화를 신었다.

알레시아는 세탁실에서 주방을 내다보았다. 미스터가 검은 티셔츠와 찢어진 청바지 차림으로 냉장고 옆에 서서 그 낯선 남자와 오렌지 주스를 나눠 마셨다.

"방금 맨발의 가정부가 나를 보고 식겁했어. 아직 자빠뜨리기 전이냐? 그 여자 죽이더라."

"시끄러, 조. 너를 보고 식겁하지 않는 게 더 이상하지. 옷 좀 입어라, 이 빌어먹을 노출증 환자야."

"죄송하옵니다, 백작 나리." 낯선 남자가 자기 머리를 잡아당기며 고개를 숙였다.

"시끄럽다고 했다." 미스터는 부드럽게 말하고는 오렌지 주스를 한 모금 더 마셨다. "내 욕실 써도 돼."

검은 머리의 남자가 와하하 웃더니 나가려고 돌아선 순간 엿듣고 있던 알레시아를 발견했다. 그가 다시 활짝 웃으며 그녀를 가리키자 미스터가 그녀가 있는 쪽을 쳐다보았다. 미스터의 눈이 반짝였고 얼굴에 미소가 서서히 번졌다. 알레시아는 숨어 있던 곳에서 나갈 수밖에 없었다.

"조, 여긴 알레시아. 알레시아, 조." 그의 목소리에서 경계심이 느껴졌다. 알레시아는 그것이 그녀를 위한 것인지 조를 위한 것인지 알 수 없었다.

"좋은 아침, 알레시아. 헐벗은 거 사과할게요." 조가 연극처럼 그녀에게 절을 했다. 똑바로 섰을 때 그의 검은 눈이 장난기로 번뜩였다. 몸은 미스터처럼 구릿빛에 날씬했고 선명한 복근이 돋보였다.

"좋은 아침이에요." 그녀가 조용히 말했다.

미스터가 눈총을 주는데도 조는 아랑곳하지 않고 알레시아에게 윙크를 하고는 휘파람을 불며 슬렁슬렁 주방을 나갔다.

"미안." 미스터가 에메랄드빛 눈을 그녀에게 돌리며 말했다. "오늘 기분 어때?" 그의 잔잔한 미소가 돌아왔다.

그녀는 가슴이 두근거리고 얼굴이 달아올랐다. 아무리 일상적인 인사라도 그가 안부 인사를 건네면 매번 가슴이 설렜다.

"좋아요. 고마워요."

"무사히 왔네. 전철이 운행되나봐?"

"조금 늦게 왔어요."

"좋은 아침." 새빨간 머리의 남자가 인상을 쓴 채 사각팬티 차림으로 비틀거리며 주방에 들어왔다.

"제발 좀." 미스터가 목소리를 낮추고 웅얼거리자 그 남자가 헝클어진 머리를 긁적였다.

알레시아는 새로 나타난 그의 친구를 쳐다보았다. 키가 큰 미남으로 왼쪽 다리와 옆구리에 철로 교차점 같은 십자형의 검푸른 흉터가 큼직하게 나 있었다.

그는 흉터를 빤히 보는 알레시아의 시선을 감지했다.

"전쟁 때 다쳤어요." 그가 퉁명스럽게 말했다.

"미안해요." 그녀는 시선을 바닥으로 떨구었다. 바닥이 갈라져서 그녀를 삼켜줬으면 싶었다.

"톰, 커피 마실래?" 미스터가 물었다. 그녀에게는 싸늘해진 분위기를 풀려는 것처럼 들렸다.

"좋지. 뭐라도 먹어야지. 지독한 숙취 때문에 안 되겠어."

알레시아는 다림질을 하려고 세탁실로 얼른 들어갔다. 눈에 띄지 않으면 미스터 친구들의 마음을 상하게 할 일도 없을 것이다.

알레시아가 세탁실로 서둘러 들어가는데 땋아내린 머리채가 이리저리 흔들리며 허리선을 쓸었다.

"저 예쁜 여자는 누구야?"

"내 가정부."

톰이 감탄하며 음탕하게 고개를 끄덕거렸다. 알레시아가 톰과 조의 탐색하는 눈을 피해 세탁실로 다시 들어간 게 다행이었다. 친구 놈들의 반응이 불편하게 느껴졌다. 별안간, 느닷없이, 소유욕이 솟구쳤다. 생소한 감정이었다. 친구 녀석들이 그녀에게 추파를 던지는 것이 싫었다. 그녀는 내 것이다. 정확히는 내 고용인이다.

'당신은 이제 트리비딕 백작이에요. 그 여자에겐 급여로 지불해야 해요.'

젠장.

그녀는 내 직원이나 마찬가지다. 조만간 그녀를 고용인 명단에 정식으로 올려야 할 것이다. 올리버나 세무국이 추궁하기 전에.

"크리스티나는 어떻게 된 거야? 그 아줌마 마음에 들었는데." 톰이 얼굴을 문지르며 말했다.

"크리스티나는 폴란드로 돌아갔어. 이제 가서 빌어먹을 옷 좀 입을래? 옆에 있는 숙녀 생각 좀 해라." 내가 툴툴거렸다.

"숙녀?"

톰이 내 시선에 주춤하더니 꼬리를 내렸다. "미안하다, 친구야. 얼른 가서 옷 입을게. 내 커피는 설탕 없이 우유만." 그는 주방을 나가서 손님방으로 돌아갔다. 알레시아가 일하는 날 친구 놈들을 집으로 데려와 재운 것이 후회가 됐다. 다시는 이런 실수를 하지 않기로 했다.

알레시아는 거의 오전 내내 남자들을 피해 다녔다. 그들이 가고 나니 마음이 놓였다. 그들이 있을 때는 금지된 방에 숨을까 하는 생각마저 들었지만 크리스티나의 엄중한 경고가 마음에 걸려 그 방에는 들어가지 않았다.

그녀는 거실의 소파에서 이불을 치우고 손님방의 침대보를 갈았다. 그의 침실이 깔끔한 데다 쓰레기통에 쓰고 버린 콘돔이 없어서 기뻤다. 어쩌면 콘돔을 다른 방식으로 처리하는지도 몰랐다. 그 생각을 하니 우울해져서 얼른 그 생각을 털어버렸다. 그녀는 다림질한 것들을 가져다두고 더러운 옷을 가지러 그의 옷방으로 들어갔다. 이틀 만이었지만 그곳은 다시 난장판이 되어 있었다.

미스터는 거실 컴퓨터 앞에 앉아 뭔가 하는 중이었다. 그가 어떻게 생계를 꾸리는지는 여전히 짐작이 안 갔다. 그녀는 오늘 아침 자신을 본 순간 그의 얼굴에 번지던 미소를 떠올렸다. 그의 눈부신 미소는 전염성이 강했다. 그녀는 바보처럼 헤벌쭉 웃으면서 그의 옷방 바닥에 쌓인 옷가지를 살폈다. 쪼그리고 앉아 그의 셔츠를 집었을 때 반쯤 열린 문을 쳐다보았다. 그녀는 혼자 있다는 생각에 안심하고 셔츠를 얼굴에 대고 눈을 감으며 그의 냄새를 맡았다.

정말 좋다.

"여기 있었구나." 그가 말했다.

알레시아는 기겁을 하고 벌떡 일어나려다 비틀비틀 뒷걸음질을 쳤다. 튼튼한 두 손이 그녀의 팔을 붙잡아 넘어지는 것을 막아주었다.

"진정해." 그가 그녀를 붙잡아주었다. 그녀가 균형을 되찾자 아쉽게도 그가 그녀를 놓았다. 하지만 그의 감촉은 여전히 그녀의 몸 안에서 물결처럼 퍼져 나갔다. "스웨터 찾으러 왔어. 화창한 날이지만 추워서. 넌 안 추워?" 그가 물었다.

그녀는 세차게 고개를 끄덕이면서 거칠어진 호흡을 가다듬었다. 작은 공간에 그와 같이 있으니 오히려 더웠다.

그가 바닥에 떨어진 옷 뭉치를 보고 얼굴을 찌푸렸다. "지저분하다." 그가 부끄러운 표정으로 중얼거렸다. "난 못 말리게 지저분해, 병적으로."

"병…적?"

"병적이라고."

"난 그 말 몰라요."

"아… 음… 행동이 극단적이라는 뜻이야."

"그렇구나." 알레시아는 다시 옷가지를 내려다보고는 고개를 끄덕였다. "병적인 거 맞아요." 그녀가 나무라는 표정을 짓자 그는 웃음을 터뜨렸다.

"고쳐보도록 할게." 그가 말했다.

"아뇨. 아뇨. 내가 할게요." 알레시아가 그에게 손사래를 쳤다.

"안 그래도 돼."

"내 일인걸요."

그가 빙긋 웃더니 손을 내밀었다. 그의 손은 그녀를 지나 선반 위의 두툼한 스웨터로 향했다. 그의 팔이 그녀의 어깨를 스치는 순간 그녀는 얼어붙었다. 심장이 미친 듯 질주했다.

"미안." 그는 나가고 싶지 않다는 듯 마지못해 옷방을 나갔다.

그가 나가자 알레시아는 평정심을 찾았다.

내가 그에게 흔들리는 거 그가 눈치챘을까?

그의 셔츠 냄새를 맡다가 그에게 들키고 말았다. 그녀는 두 손에 얼굴을 묻었다. 나를 멍청이라고 생각할 텐데. 그녀는 굴욕감과 자괴감에 휩싸여 풀썩 주저앉은 뒤 옷가지를 분류했다. 세탁이 필요 없는 것은 개고 더러운 옷은 빨래통에 넣었다.

자꾸 그녀를 만지게 된다. 어떤 핑계를 대서든.

그녀를 내버려둬, 인마.

내 손이 닿으면 그녀는 얼어붙는다. 나는 침울해져서 거실로 터덜터덜 돌아왔다. 그녀는 그냥 나를 좋아하지 않는 것이다.

이런 적 처음이잖아?

그런 것 같다. 이렇게 여자에게 절절 맨 적은 없었다. 내게 여자들은 늘 쉬운 놀이 상대였다. 두둑한 은행 잔고, 첼시의 아파트, 잘생긴 얼굴, 귀족 배경 덕분에 거칠 것이 없었다.

언제나.

지금은 아니지만.

그녀를 식사에 초대해.

그녀는 근사한 식사 자리에 잘 어울릴 것이다.

그녀가 거절한다면?

적어도 그녀의 마음을 알게 되겠지.

나는 거실의 유리벽을 따라 걷다가 멈춰 서서 몇 분 동안 평화의 탑을 바라보며 용기를 끌어모았다.

왜 이렇게 어려운 걸까? 하필 왜 그녀야?

그녀는 아름답다. 재능이 있다.

근데 나한테 관심이 없지.

어쩌면 싱겁게 끝날지도.

나를 거절한 첫 번째 여자의 탄생.

거절할 리 없다. 내게 기회를 줄지도 모른다.

데이트. 신청. 하라고.

나는 숨을 크게 들이마신 뒤 복도로 돌아갔다. 그녀가 암실 밖에 서서 빨래 바구니를 안고 암실 문을 쳐다보고 있었다.

"거긴 암실이야." 그녀에게 다가가며 말했다.

그녀의 사랑스런 갈색 눈이 내 눈과 마주쳤다. 그녀는 그 방이 궁금한 모양이다. 오래전 크리스티나에게 그 방은 청소하지 말라고 당부한 기억이 났다. 나도 그 방에 들어간 지 오래되었다.

"구경시켜줄게." 고맙게도 그녀는 평소와 다르게 꽁무니를 빼지 않았다. "보고 싶어?"

그녀가 고개를 끄덕였다. 내가 그녀의 빨래 바구니를 잡을 때 내 손가락이 그녀의 손가락을 스쳤다. 심장이 갈비뼈를 쿵쿵 때렸다. "이건 내가 들게." 요동치는 가슴을 진정시키느라 무뚝뚝한 말투가 나왔다. 나는 바구니를 뒤쪽 바닥에 내려놓고 문을 열고 나서 전등 스위치를 올린 다음 그녀가 안으로 들어가도록 비켜 섰다.

알레시아는 작은 방 안으로 들어갔다. 방 안에 은은한 붉은 빛이 돌았고, 알 수 없는 화학 약품 냄새와 방치된 방의 퀴퀴한 냄새가 났다. 한쪽 벽을 따라 낮은 캐비닛들이 일렬로 늘어서 있었는데 그 위에 커다란 플라스틱 쟁반들이 놓여 있었다. 캐비닛 위쪽 선반에는 병들이며 종이와 사진 뭉치가 가득했고, 선반 아래에는 집게가 몇 개 매달린 빈 빨랫줄이 걸려 있었다.

"여긴 암실이야." 그가 머리 위의 흐릿한 전등을 켜자 빨간 불빛이 사라졌다

"사진?" 알레시아가 물었다.

그가 고개를 끄덕였다. "취미로 하는 거야. 언젠가는 직업으로 삼을 생각이었어."

"아파트에 있는 사진들… 당신이 찍었어요?"

"응. 전부. 몇 번 의뢰를 받은 적이 있었지만…" 그가 말끝을 흐렸다.

풍경과 누드.

"아버지가 사진작가였어." 그는 뒤쪽에 있는 유리 캐비닛 쪽으로 돌아섰다. 캐비닛 안에 카메라가 가득했다. 그는 캐비닛 문을 열고 카메라를 한 대 꺼냈다. 알레시아는 카메라 앞쪽에 '레이카'라 쓰인 글자를 보았다.

나는 카메라를 눈에 대고 렌즈를 통해 알레시아를 바라보았다. 짙은색 눈망울, 기다란 속눈썹, 불거진 광대뼈, 살짝 벌어진 도톰한 입술. 내 사타구니가 팽팽해졌다.

"너 아름다워." 나는 중얼거리고 셔터를 눌렀다.

알레시아의 입이 더 벌어졌다. 그녀가 고개를 흔들고 나서 두 손으로 얼굴을 가렸지만 미소를 숨기진 못했다. 나는 한 장 더 찍었다.

"정말이야." 내가 말했다. "여기 봐." 나는 그녀가 찍힌 사진을 볼 수 있게 카메라의 뒷면을 내밀었다. 그녀는 디지털 화면에 선명히 포착된 자신의 얼굴을 내려다보고는 나를 올려다보았다. 나는 빠져들었다. 그녀의 마법 같은 짙고 짙은 시선 속으로. 내가 속삭였다. "눈부시게 아름다워." 나는 손을 내밀어 그녀의 턱을 올리고 그녀를 내려다보며 그녀가 언제든 도망칠 수 있게 조금씩 조금씩 다가갔다. 내 입술이 그녀의 입술을 스친 순간 그녀가 숨을 흡 들이켰다. 내가 뒤로 물러나자 그녀가 손가락으로 자기 입술을 매만졌다. 큰 눈이 더 동그래졌다.

"내 느낌도 너랑 같아." 내가 속삭였다. 가슴이 쿵쿵거렸다.

뺨이라도 때리려는 걸까? 도망치려는 걸까?

그녀는 나를 바라보다가 고요한 불빛 아래 천사 같은 모습으로 멈칫멈칫 손을 들어 올려 손가락 끝으로 내 입술을 쓰다듬었다. 나는 얼어붙었다. 눈을 감으니 그녀의 보드라운 감촉이 내 몸을 뒤흔들었다.

숨을 쉴 수가 없었다.

그녀가 겁을 먹고 달아날까 두려웠다.

깃털처럼 가벼운 그녀의 감촉이 내 온몸을 파고들었다.

곳곳을.

젠장.

나는 나도 모르게 그녀를 품으로 끌어당겨 두 팔로 끌어안았다. 그녀가 내 몸에 착 감기면서 그녀의 온기가 내 몸 안으로 스며들었다.

아, 그녀의 감촉.

나는 손가락을 그녀의 머릿수건 밑으로 넣어 그녀의 머리에서 살며시 벗겨냈다. 그리고 뒷목 쪽의 머리카락을 쥐고 살짝 잡아당겨서 그녀의 입술을 내 입술로 가져왔다. "알레시아." 나는 헐떡이며 다시 그녀에게 키스했다. 그녀가 겁을 먹을까봐 부드럽고 천천히. 그녀는 내 품에 가만히 안겨 있다가 두 손을 올려 내 이두박근을 잡으며 눈을 감고 나를 받아들였다.

나는 키스의 강도를 높였다. 내 혀가 그녀의 입술을 어루만지자 그녀가 입을 벌렸다.

젠장.

그녀에게서 따스하고 우아하며 달콤한 유혹의 맛이 났다. 그녀의 혀가 멈칫멈칫 내 혀에 와 닿았다. 매혹적이었다. 내 아랫도리가 일어섰다.

자제해야 했다. 이 여자 안에 들어가고 싶다는 생각뿐이었지만 그녀가 허락할 것 같지 않았다. 나는 몸을 뗐다. "내 이름이 뭐지?" 내가 그녀의 입술에 대고 중얼거렸다.

"미스터." 내 엄지손가락이 그녀의 뺨을 어루만질 때 그녀가 소곤거렸다.

"맥심. 맥심이라고 해."

"맥심." 그녀가 숨을 몰아쉬었다.

"그래, 그렇게." 그녀의 억양에 실려 들려오는 내 이름이 듣기 좋았다.

거봐, 그리 어렵지 않잖아.

갑자기 현관문을 쾅쾅 여러 번 두드리는 소리가 났다.

대체 누구지? 건물 안으로 어떻게 들어온 거야?

나는 주저하며 뒤로 물러섰다. "가지 마." 나는 손가락을 들고 당부했다.

"문 여시오, 트레브…안 씨!" 밖에서 낯선 목소리가 외쳤다. "이민국에서 나왔소!"

"아, 안 돼." 알레시아가 중얼거렸다. 그녀는 두려움에 사로잡혀 휘둥그레진 눈으로 목을 쥐었다.

"걱정하지 마."

문을 두드리는 주먹질에 문이 다시 흔들렸다. "트레브… 안 씨!" 목소리가 더 커졌다.

"내가 알아서 할게." 방해꾼들에게 화가 치밀었다. 나는 알레시아를 암실에 두고 복도를 지났다.

현관문 구멍으로 내다보니 밖에 남자 둘이 있었다. 한 명은 키가 작았고 다른 한 명은 키가 컸는데 둘 다 싸구려 회색 양복과 검은색 점퍼 차림이었다. 어쩐지 공무원 같지가 않았다. 나는 응답을 해야 할지 말아야 할지 잠시 망설였다. 하

지만 이들이 왜 여기 왔는지 알레시아와 무슨 관계가 있는
지 알아내야 했다.

나는 안전 쇠줄을 걸쇠에 걸고 문을 열었다. 한 남자가 안
으로 쳐들어오려 했지만 내 몸이 문을 밀었고 쇠줄도 가로
막았다. 그는 키가 작은 남자였다. 딱 바라진 몸집에 대머리
였고, 교활하고 기민한 눈을 비롯해 온몸에서 적개심을 분
출했다. "그 여자 어딨소, 형씨?" 그가 짖어댔다.

나는 물러섰다.

뭐야, 이 불량배들은?

대머리의 호리호리한 동료는 뒤에 물러서서 잠자코 독기
를 뿜어냈다. 나는 뒷목의 털들이 곤두섰다.

"신분증 좀 보여주시지?" 내 목소리도 그들 못지않게 독기
를 뿜어냈다.

"문 여시오. 이민국에서 나왔소. 당신 아파트에 망명에 실
패한 도망자가 있는 걸 알고 왔소." 체구가 다부진 남자가 격
앙돼 콧구멍을 벌름거리며 다시 말했다. 동유럽 쪽 말씨였
다.

"수색 영장이 있어야 할 텐데. 영장 어디 있지?" 나는 특권
층의 권위와 몇 년 동안 영국에서 가장 좋은 공립학교를 다
닐 때 체득한 권위를 동원해 다그쳤다.

덩치 큰 남자가 잠시 머뭇거렸다. 쥐새끼의 냄새가 났다.

이 개자식들 대체 뭐야?

"영장 어딨냐고!" 내가 호통쳤다.

대머리가 자신 없는 눈초리로 동료를 쳐다보았다.

"그 여자 어딨어!" 키가 크고 호리호리한 남자가 입을 열었다.

"여긴 나말고 아무도 없어. 누굴 찾는 거야?"

"여자…"

"여기 여자가 어딨어?" 내가 으르렁거렸다. "이제 그만 꺼져주시지. 영장을 가져오든가. 아님 경찰을 부르겠어." 나는 뒷주머니에서 휴대폰을 꺼내 그들 앞에 치켜들었다. "긴 말하기 싫어. 여기 여자는 없어. 불법 체류자는 말할 것도 없고." 나는 능숙하게 거짓말을 했다. 이것 역시 영국에서 가장 좋은 공립학교를 다닐 때 체득한 기술이었다. "경찰 부를까?"

두 남자가 한 걸음씩 물러났다.

그때 옆집에 사는 벡스트롬 부인이 사납게 짖어대는 작은 애완용 강아지를 붙잡고 현관문을 열었다.

"안녕, 맥심." 그녀가 나를 불렀다.

벡스트롬 부인, 만세.

"그러죠, 트레브… 트레브 씨." 그는 내 이름을 제대로 발음하지 못했다.

트리비딕 경이다, 등신아!

"영장을 가지고 다시 오죠." 그가 돌아서며 동료에게 휙 고갯짓을 했다. 그들은 벡스트롬 부인을 지나 계단으로 향했다. 벡스트롬 부인이 그들을 노려보다가 내게 미소를 지었다.

"안녕하세요, 부인." 나는 손을 흔들며 인사한 뒤 문을 닫 았다.

그 양아치들은 알레시아가 여기 있는 걸 어떻게 알았을 까? 왜 그녀를 쫓고 있을까? 그녀가 무얼 어쨌기에? '이민 국' 같은 것은 없다. 진작에 '국경 통제국'으로 변경됐으니 까. 나는 심호흡을 하며 불안감을 떨쳐내고 암실로 돌아갔 다. 알레시아는 구석에서 떨고 있을 것이다.

그녀가 없었다.

주방에도 없었다.

그녀의 이름을 부르며 아파트를 뛰어다니는 사이 불안은 어마어마한 공포로 변해갔다. 그녀는 침실에도 거실에도 없 었다. 마지막으로 부엌방을 살폈다. 비상계단 쪽 문이 열려 있었고, 그녀의 외투와 부츠가 사라지고 없었다.

알레시아는 달아나고 없었다.

9

알레시아는 비상계단을 나는 듯 내려갔다. 아드레날린과
공포감이 그녀의 몸에 불을 지피자 심장이 날뛰었다. 계단
의 끝은 건물 옆의 골목과 연결되었는데 거리로 이어지는
대문은 안에서 잠겨 있었다. 하지만 만일을 대비해 그녀는
두 쓰레기통 사이에 몸을 숨겼다. 그곳은 입주민 미스터 맥
심의 쓰레기가 수거되는 구역이었다. 그녀는 벽돌 벽에 몸
을 기대고 공기를 폐부에 끌어들여 가쁜 숨을 골랐다.

그들이 어떻게 나를 찾아냈을까? 어떻게?

그녀는 단테의 목소리를 단번에 알아챘다. 억눌렸던 기억
이 무서운 기세로 되살아났다.

그 어둠.

그 냄새.

그 공포.

그 추위.

그 냄새. 윽. 그 냄새.

그녀는 눈을 깜빡여 차오르는 눈물을 삼켰다. 내가 그들을 그에게 데려온 거야! 그녀는 그들이 얼마나 무자비한지, 무슨 짓까지 할 수 있는지 잘 알고 있었다. 울음이 요란하게 터지는 바람에 그녀는 손으로 입을 틀어막으며 차가운 바닥에 웅크렸다.

그가 다칠 수도 있어.

안 돼.

확인해야 한다. 그가 다쳤다면 이대로 도망쳐서는 안 된다.

생각을 해, 알레시아. 생각을 해.

그녀가 여기 있는 걸 아는 사람은 마그다뿐이었다.

마그다!

안 돼. 그들이 마그다와 마이클을 찾은 걸까?

그들이 마그다와 마이클에게 무슨 짓을 했을까?

마그다.

마이클.

미스터… 맥심.

공포감이 숨통을 조여와 그녀는 짧은 숨을 들이켰다. 기절할 것 같았다. 배 속이 요동치고 신물이 목구멍으로 솟구치는가 싶더니 어느새 엎어져 아침에 먹은 것을 바닥에 토해냈다. 그녀는 양손으로 벽돌 벽을 짚고 위장에 아무것도 남지 않을 때까지 토하고 또 토했다. 구역질을 하느라 기운이 다 빠졌지만 속은 조금 편해졌다. 그녀는 손등으로 입가를 닦으면서 일어섰다. 눈앞이 어질어질했다. 누가 자신의 소리를 들었는지 확인하러 골목 저쪽을 내다보았지만 아무도 없었다.

아, 다행이다.

생각을 해, 알레시아, 생각을 해.

가장 먼저 해야 할 일은 미스터가 무사한지 확인하는 것이다. 그녀는 숨을 깊게 들이마신 뒤 쓰레기통 사이의 은신처에서 나와 비상계단을 다시 올라갔다. 자기 보호 본능이 발동해 조심스럽게 움직였다. 먼저 주위에 아무도 없는지 확인해야 했지만 여기는 그들의 눈에 띌 리가 없었다. 그의 아파트는 6층에 있었기 때문에 5층 계단을 올라갈 때쯤 숨이 가빠졌다. 그녀는 다음 계단을 올라가서 철제 난간 사이로 펜트하우스 안을 들여다보았다. 세탁실 문은 닫혀 있었지만 거실 안이 보였다. 인기척 없이 잠잠한가 싶더니 미스터가 불쑥 거실로 뛰어들어왔다. 그가 책상에서 뭔가를 꺼내는 것 같았다. 그러고는 잠시 있다가 거실 밖으로 다시 뛰쳐나갔다.

그녀의 몸이 철제 난간에 축 늘어졌다. 그는 무사했다.

아, 다행이다.

궁금증이 풀리면서 무겁던 마음이 조금은 편해졌다. 그녀는 비틀비틀 비상계단을 다시 내려갔다. 이제는 마그다와 마이클이 괜찮은지 확인해야 한다.

그녀는 계단을 다 내려와 골목 안에서 부츠로 갈아신은 다음 아파트 건물의 뒤편 출입구 쪽으로 나아갔다. 그 문은 첼시 임뱅크먼트가 아니라 뒷골목으로 통했다. 그녀는 잠시 머뭇거렸다. 단테와 일리가 아직 여기서 나를 기다리는 건 아닐까? 그렇다고 해도 정문 쪽에 있겠지? 심장이 미친 듯이 질주했다. 그녀는 뒷문을 열고 나서 거리 쪽을 내다보았다. 움직이는 건 도로 끝 쪽으로 달려가는 진초록빛 스포츠카 한 대뿐이고 단테와 그의 부하 일리는 보이지 않았다. 그녀는 가방에서 모직 모자를 꺼내어 눌러쓰고 머리카락을 모자 안으로 넣은 다음 버스 정류장을 향해 출발했다.

그녀는 뛰고 싶은 충동과 싸우며 거리를 성큼성큼 걸어갔다. 뛰면 쓸데없이 주의를 끌 게 분명했다. 고개를 푹 숙이고 두 손은 주머니에 넣은 채 한 걸음 내딜 때마다 마그다와 마이클을 지켜달라고 할머니의 신에게 기도했다. 모국어와 영어를 번갈아 써서 기도를 하고 또 했다.

Ruaji, Zot(지켜주소서, 신이여).

Ruaji, Zot(지켜주소서, 신이여).

하느님, 그들을 지켜주소서.

나는 최면에 걸린 듯 복도에 우두커니 서 있었다. 그렇게 영원 같은 시간이 흐르는 동안 두려움이 온몸을 휘감았고 귓속에서는 쿵쿵 맥박이 고동쳤다.

그녀는 어디 갔을까?

대체 무슨 일에 휘말린 거야?

어떡하지?

그녀 혼자 그 작자들을 어떻게 상대한단 말이야?

돌겠네. 그녀를 찾아야 해.

갈 만한 데가 어딜까?

집.

브렌트퍼드.

그래.

나는 복도를 지나 거실로 달려가서 책상에서 차 열쇠를 낚아챈 뒤 중간에 외투를 집어 들고 현관문으로 달려갔다.

토할 것 같았다. 속이 울렁거렸다.

그 남자들은 '이민국' 직원일 리 만무했다.

주차장에 내려가서 리모컨을 눌렀다. 디스커버리 문이 열릴 줄 알았는데 웬걸, 삐빅 하고 재규어가 깨어났다.

젠장. 나는 얼른 잘못 가져온 키를 들어 올렸다.

망했다.

위층으로 다시 올라가 맞는 키를 가져올 시간이 없었다. 나는 에프타입 재규어에 올라타 시동을 걸었다. 엔진이 부르릉 살아났고 나는 차를 주차장에서 빼내기 시작했다. 주차장 문이 천천히 닫혔다. 나는 거리에 면한 왼쪽 출구로 빠져나가 길 끝으로 달린 뒤 왼쪽으로 다시 틀어 첼시 임뱅크먼트로 향했다. 하지만 달리는 건 거기까지였다. 금요일 오

후인 데다 러시아워가 시작되는 시간이라 교통의 흐름이 느
렸다. 도로가 붐비는 만큼 불안은 커지고 복장은 터졌다. 불
량배들과 있었던 일을 곱씹으면서 알레시아의 사정을 설명
할 만한 단서를 찾았다. 그들은 동유럽인의 말씨를 썼다. 그
리고 거칠어 보였다. 알레시아는 달아났다. 그들을 알고 있
거나, 그들이 정말 '이민국' 직원인 줄 알았다는 것인데, 그
렇다면 그녀는 영국에 불법으로 체류하고 있다는 뜻이다.
이것은 그리 놀랄 일은 아니었다. 런던에 무얼 하러 왔냐는
이야기가 나올 때마다 그녀는 입을 꾹 다물곤 했으니까.

아, 알레시아. 대체 무슨 생각인 거야?

지금 어디 있어?

나는 그녀가 브렌트퍼드로 돌아갔기를 바라면서 그곳으
로 향했다.

알레시아는 열차에 앉아 목에 건 작은 황금 십자가를 초
조하게 만지작거렸다. 그것은 사랑하는 할머니의 유품이
자 자신이 가진 할머니의 유일한 물건이었고 소중한 보물이
었다. 스트레스를 받을 때 그녀는 그것에서 위안을 얻었다.
어머니와 아버지는 그렇지 않았지만 할머니는 신앙이 있었
다… 그녀는 그것을 만지작거리며 기도문을 되풀이했다.

그들을 지켜주소서.

그들을 지켜주소서.

불안감이 걷잡을 수 없이 밀려왔다. 그들이 그녀를 찾아

냈다. 어떻게? 마그다는 또 어떻게 알아냈을까? 마그다와 마이클이 괜찮은지 확인해야 했다. 평소에는 전철을 타는 것이 마냥 좋았는데 오늘은 유달리 굼뜨게 느껴졌다. 열차가 퍼트니에 도착했을 때 알레시아는 브렌트퍼드에 도착하려면 아직도 20분은 더 가야 한다는 생각이 들었다.

제발 빨리 가라.

그녀의 생각은 미스터 맥심에게 흘러갔다. 적어도 그는 안전했다.

가슴이 콩닥거렸다.

맥심.

그가 내게 키스했어.

두 번.

두 번이나!

그리고 다정한 말들을 속삭였다.

'너 아름다워.'

'눈부시게 아름다워.'

그리고 그녀에게 키스했다!

'내 느낌도 너랑 같아.'

만약 상황이 달랐다면 얼마나 황홀했을까. 그녀는 손가락으로 입술을 어루만졌다. 달콤하면서도 씁쓸한 기분이었다. 마침내 꿈은 이루어졌지만 곧장 산산조각 나버렸다. 단테 때문에. 또다시.

미스터를 끌어들여서는 안 된다. 아니지, 맥심이다. 그의 이름은 맥심이다.

그녀가 끔찍한 위험을 그의 집으로 끌어들인 것이다. 그를 지켜줘야 했다.

Zot(맙소사)! 이를 어떡하지.

이러다 일자리를 잃고 말 것이다.

골치 아픈 일에 휘말리고 단테 같은 범죄자에게 위협을 당하는 걸 좋아할 사람은 없다.

어떡하지?

무작정 마그다의 집으로 돌아가서는 안 된다. 거기서 단테에게 잡히면 민폐일 것이다.

그래서는 안 된다.

그리고 자신의 몸은 자기 스스로 지켜야 한다.

그녀는 숨통을 조이는 두려움에 진저리를 치고는 괴로운 마음을 달래보려고 두 팔로 몸을 감쌌다. 막연히 품었던 희망과 꿈이 모두 물거품이 되고 말았다. 좀처럼 없는 자기 연민이 밀려왔다. 그녀는 마음을 달래고 두려움을 잠재우려고 몸을 앞뒤로 흔들었다.

전철은 왜 이렇게 느릿느릿 가는 거야?

열차가 반스 역으로 들어갔고 문이 열렸다.

"제발. 제발 서둘러." 알레시아가 중얼거렸다. 손가락이 다시 한 번 황금 십자가를 찾았다.

나는 차를 몰고 A4 고속도로를 달렸다. 차들 속을 이리저리 빠져나가는 동안 생각이 알레시아에서 그 남자들로, 다시 키트에게로 옮겨갔다.

키트? 형이라면 어떻게 할래?

형이라면 알 것이다. 형은 뭐든 항상 알아서 척척 해냈다.

함께 보낸 크리스마스 휴가가 기억났다. 당시 키트는 활력이 넘쳤다. 매리언과 나는 하바나의 재즈 페스티벌에서 형과 캐럴라인을 만났고, 이틀 뒤 다 같이 비행기를 타고 세인트 빈센트로 내려간 다음 배를 타고 베퀴아로 들어가서 거기 별장에서 크리스마스 휴가를 보냈다. 이후 매리언은 친구들과 스키를 타고 새해 전야를 보내러 휘슬러로 떠났고, 캐럴라인과 키트와 나는 호그마니(한 해의 마지막 날부터 새해 당일까지 열리는 스코틀랜드의 축제-옮긴이)를 보러 영국으로 돌아왔다.

우리는 신나는 주말을 보냈다.

그리고 새해 이틀째 되던 날 키트는 죽었다.

자살을 한 걸지도 모르지.

어쩌면. 그랬을지도.

아무에게도 말하지 않았지만 그런 의심을 했었지.

젠장, 키트. 등신아.

A4가 M4로 바뀌었다. 브렌트퍼드 지역을 굽어보는 고층 빌딩들과 앞쪽에서 다가오는 신호판이 보였다. 나는 시속 80킬로미터로 고속도로를 벗어나 램프웨이로 빠져나갔다. 속도를 늦추었지만 운 좋게도 교차로의 신호등이 파란불이

라 그대로 통과했다. 이번 주 초반에 그녀를 집에 데려다주길 잘했지 뭔가. 덕분에 그녀가 사는 곳을 알게 됐으니까.

6분 뒤 나는 그녀의 집 앞에 차를 세우고 차에서 뛰어내려 짧은 진입로를 뛰어올라갔다. 풀밭에 눈 뭉치며 눈사람의 서글픈 잔해가 남아 있었다. 집 안 어딘가에서 초인종 소리가 났지만 응대하는 사람은 없었다. 집에 아무도 없었다.

망할.

대체 어디 있는 거야?

불안감이 엄습했다. 갈 만한 데가 어디일까?

그렇지! 그녀는 전철을 타고 여기 올 것이다.

처치 워크로 접어들 때 전철역 표지판을 본 기억이 났다. 나는 길을 뛰어내려가서 오른쪽으로 돌아 큰길로 나갔다. 전철역은 왼쪽으로 200미터도 떨어져 있지 않았다.

그나마 가까워서 정말 다행이다.

역 계단을 달려 내려갈 때 저 멀리 플랫폼에 정차한 열차 한 대가 보였지만 그 열차는 런던 쪽 방향으로 나아가고 있었다. 나는 걸음을 멈추고 정신을 가다듬었다. 플랫폼은 두 개뿐이었는데, 내가 서 있는 플랫폼은 런던을 빠져나가는 열차가 서는 곳이다. 이제 할 수 있는 것은 기다리는 일뿐이었다. 머리 위에 걸린 전광판이 다음 열차의 도착 시간이 15시 07분임을 알렸다. 손목시계를 확인하니 15시 03분이었다.

나는 역사 지붕을 떠받치는 하얀 철제 기둥에 기대어 기다렸다. 열차를 기다리는 사람들이 몇 명 더 있었다. 대부분 나처럼 궂은 날씨를 피할 곳을 찾고 있었다. 버려진 과자 봉지 하나가 돌연 불어온 칼바람에 떠밀려 플랫폼 저편으로 쭉 밀리더니 선로를 가로질러 날아갔다. 하지만 그것은 내 시선을 오래 붙잡지 못했다. 나는 몇 초 간격으로 텅 빈 선로를 홀끔거리며 런던 쪽에서 열차가 들어오기를 목이 빠지게 기다렸다.

제발. 제발. 나는 전철이 어서 오기를 간절히 기도했다.

드디어 열차가 코너를 돌아 모습을 드러내더니 천천히— 아주 느려터지게—역사 안으로 들어와서 멈췄다. 나는 똑바로 일어섰다. 문이 열렸을 때 불안해서 속이 다 울렁거렸다. 몇 사람이 열차에서 내렸다.

열두 사람.

하지만 알레시아는 없었다.

돌아버리겠네.

열차가 역사를 떠날 때 나는 다시 전광판을 확인했다. 다음 열차는 15분 뒤였다.

그렇게 오래 걸리지는 않구나.

제기랄, 무슨 영원처럼 느껴지네!

젠장.

허겁지겁 아파트를 나올 때 외투를 잊지 않고 가져와 천만다행이다. 얼어 죽을 지경이다. 나는 손을 오므려 입김을 호호 불고 발을 동동 구르고 외투 깃을 세웠다. 그리고 두 손

을 주머니 속에 찔러넣고 플랫폼을 이리저리 서성이며 기다
렸다.

휴대폰이 진동했다. 혹시 알레시아일까 하는 어이없는 기
대감이 들었지만 물론 그녀에게 전화번호가 있을 리 없었
다. 캐럴라인이었다. 무슨 용건이건 기다리라지. 나는 전화
를 받지 않았다.

힘겨운 15분이 지나고 15시 22분에 런던 워털루 역에서
출발한 열차가 코너를 돌아 모습을 드러냈고, 천천히 역으
로 다가와 1분 동안 꾸물거린 끝에 겨우 멈춰 섰다.

시간이 멈춰 섰다.

문이 열리고 알레시아가 가장 먼저 전철에서 내렸다.

후, 살았다.

안도감에 다리가 후들거렸지만 그녀의 모습에 내 마음은
평온을 찾았다.

알레시아는 그를 보자마자 깜짝 놀라 걸음을 멈추었다.
다른 승객들이 열차에서 내려 지나갔지만 알레시아와 맥심
은 서로를 바라보며 상대에게 빠져들었다. 압착문이 닫히며
열차가 서서히 역을 빠져나갔고, 역사 안에는 두 사람만 남
았다.

"안녕." 그가 침묵을 깨며 그녀에게 다가갔다. "작별 인사
도 없이 갔더군."

그녀의 얼굴이 울상이 되었다. 차오른 눈물이 그녀의 뺨

을 타고 흘러내렸다.

그녀의 고통이 내 몸을 관통했다. "이런 이런." 나는 그렇게 말하며 두 팔을 벌렸다. 그녀가 두 손에 얼굴을 파묻고 울기 시작했고, 나는 어찌할 바를 몰라 그녀를 내 품으로 끌어안았다. "내가 있잖아. 내가 있잖아." 나는 그녀의 초록빛 모직 모자에 대고 속삭였다. 그녀가 훌쩍훌쩍 흐느꼈다. 나는 그녀의 턱을 들고 이마에 다정하게 입을 맞추었다. "정말이야. 너한텐 내가 있어."

알레시아의 눈이 커다래졌다. 그녀가 몸을 떼고는 놀란 얼굴로 중얼거렸다. "마그다?"

"가자." 나는 그녀의 손을 잡았다. 우리는 서둘러 철제 계단을 올라가 밖의 도로로 나갔다. 내 손에 잡힌 그녀의 손이 차가웠다. 그녀를 안전한 곳으로 데려가고 싶다는 생각 외엔 아무 생각도 나지 않았다. 하지만 그보다 먼저 어떤 상황인지, 그녀가 어떤 곤경에 처한 것인지 알아야 했다. 그녀가 마음을 열고 내게 말해주기를 바랐다.

우리는 아무 말 없이 빠른 걸음으로 도로를 건너 처치 워크 43번가로 돌아갔다. 알레시아는 현관문 앞에 서서 주머니에서 열쇠를 꺼내 잠긴 문을 열었다. 우리는 안으로 들어갔다.

현관 복도는 원래 좁은 데다 구석에 짐이 든 상자 두 개가 쌓여 있어 더 비좁았다. 알레시아는 모자와 점퍼를 벗었고,

나는 그녀의 손에서 그것들을 받아 벽의 옷걸이에 걸었다.

"마그다." 내가 외투를 벗어 그녀의 외투 옆에 거는 동안 그녀가 층계를 오르면서 외쳤지만 아무런 대답도 없었다. 집 안은 비어 있었다. 나는 그녀를 따라 좁은 주방으로 들어 갔다.

하, 여긴 꼭 신발 상자만 하네!

나는 단정하지만 1980년대풍 구식 주방의 문간에 서서 알레시아가 주전자에 물을 받는 것을 지켜보았다. 그녀는 딱 붙는 청바지와 초록색 스웨터 차림이었는데 저번에 입었던 그 옷들이었다.

"커피?" 그녀가 물었다.

"좋지."

"우유랑 설탕 넣어요?"

나는 고개를 저었다. "아니, 됐어." 나는 인스턴트 커피를 싫어했고 그나마 블랙 정도는 마실 수 있었지만 지금은 그런 걸 따질 때가 아니었다.

"앉아요." 그녀가 작고 하얀 탁자를 가리키며 말했다. 나는 시키는 대로 앉아서 기다리며 마실 것을 준비하는 그녀를 쳐다보았다. 재촉할 생각은 없었다.

그녀는 자기가 마실 차―설탕과 우유를 넣은 진한 차―를 만들고 나서 '브렌트퍼드 FC'라는 글씨와 팀 로고가 박힌 머그컵을 내게 건넸다. 그리고 맞은편에 앉아 아스널의 방패 문양이 또렷이 새겨진 머그잔의 내용물을 내려다보았다.

어색한 침묵이 우리 사이에 내려앉았다.

나는 더 이상 참지 못하고 입을 열었다. "무슨 일인지 나한테 말해줄 수 있겠어? 아니면 나 혼자 추측해야 하나?"

그녀는 대답하지 않았지만 이로 윗입술을 깨물었다. 평소라면 황홀해 정신이 아득해졌겠지만 괴로워 입술을 깨무는 그녀를 보니 정신이 또렷해졌다.

"나 좀 봐."

그녀의 커다란 갈색 눈이 내 눈과 마주쳤다.

"말해봐. 돕고 싶어."

두려운지 그녀의 눈이 커다래졌다. 그녀가 고개를 저었다.

나는 한숨을 쉬었다. "좋아. 그럼 스무고개 하자."

그녀가 어리둥절한 표정을 지었다.

"질문에 예, 아니요로 대답하는 거야."

그녀가 인상을 쓰고 목에 매달린 작은 황금 십자가를 움켜쥐었다.

"망명에 실패해 도망 중인 거야?"

알레시아가 나를 물끄러미 보다가 짧게 고개를 저었다.

"좋아. 그럼 여기 합법적으로 있는 건가?"

하얗게 질린 그녀의 얼굴이 대답을 대신했다. "합법은 아닌 거네?"

그녀가 멈칫거리다가 다시 고개를 저었다.

"말하는 법을 잊어버린 거야?" 그녀가 내 농담을 알아주면 좋으런만.

그녀의 얼굴이 밝아지며 슬쩍 웃음기가 돌았다. "아뇨." 그녀가 얼굴을 조금 붉혔다.

"훨씬 낫네."

그녀가 차를 한 모금 홀짝였다.

"나한테 말해봐. 제발."

"경찰한테 말할 건가요?" 그녀가 물었다.

"아니. 당연히 아니지. 그걸 걱정한 거야?"

그녀가 고개를 끄덕였다.

"알레시아, 말 안 할게. 내 말 믿어."

그녀는 팔꿈치를 탁자에 대고 양손을 맞잡더니 턱을 손 위에 얹었다. 상충하는 감정들이 그녀의 얼굴을 스칠 때 침묵이 퍼져나가 방을 가득 채웠다. 나는 입을 꾹 다물고 그녀가 말해주기를 묵묵히 간청했다. 마침내 그녀의 짙은 눈망울이 내 눈과 마주쳤다. 결단한 눈빛이었다. 그녀는 자세를 바르게 세우고 양손을 무릎에 놓았다. "당신 아파트로 찾아온 남자, 그 남자의 이름은 단테예요." 그녀의 목소리에 고통이 가득했다. "나하고 다른 여자들을 알바니아에서 잉글랜드로 데려온 남자예요." 그녀는 머그잔에 든 차를 내려다보았다.

나는 가슴이 철렁했다. 등줄기를 따라 머릿가죽까지 소름이 돋았다. 그녀가 무슨 말을 하려는지 알 것 같았다. "우린 여기 일하러 오는 줄 알았어요. 더 나은 삶을 찾아서 온 거죠. 어떤 여자들에게 쿠커스는 살기가 힘든 곳이에요. 그 남자들을 따라 여기로 왔는데… 속았던 거예요." 그녀의 나긋한 목소리가 멈추었다. 나는 역겨움과 분노가 솟구치는 바람에 눈을 감아야 했다. 이보다 더 나쁠 수 있을까.

"인신매매?" 나는 그렇게 말하고 그녀의 반응을 살폈다.

그녀는 한 번 고개를 끄덕이고 나서 눈을 질끈 감았다. "성매매." 그녀의 말은 들릴 듯 말 듯했지만 목소리에 수치심과 공포감이 어려 있었다.

나는 생전 느껴본 적 없는 격분에 휩싸였다. 주먹을 꽉 쥐고 겨우 분노를 제어했다.

알레시아는 하얗게 질렸다.

모든 것들이 맞아떨어졌다.

그녀의 과묵함.

그녀의 두려움.

나에 대한 두려움.

남자들에 대한 두려움.

망할. 망할. 망할.

"어떻게 도망쳤어?" 나는 간신히 차분한 목소리를 냈다.

열쇠가 현관문에 꽂히는 소리에 우리 둘 다 흠칫 놀랐다. 알레시아는 화들짝 놀라 벌떡 일어섰고, 나도 의자를 바닥에 넘어뜨리며 벌떡 일어섰다.

"여기 있어." 나는 퉁명스럽게 말한 뒤 부엌문을 당겨 열었다.

사십대의 금발 여인이 복도에 서 있었다. 그녀는 나를 보고 깜짝 놀라 숨을 들이켰다.

"마그다!" 알레시아가 외쳤다. 그녀는 나를 지나쳐 달려가 마그다를 끌어안았다.

"알레시아!" 마그다도 알레시아를 껴안았다. "여기 있었네. 나는… 나는… 미안해. 미안해." 마그다는 괴로운 목소리로 지껄이며 울기 시작했다. "그 사람들이 또 왔었어. 그 남자들."

알레시아가 마그다의 어깨를 붙잡았다. "말해봐요. 무슨 일이 있었는지."

"이 사람은 누구야?" 마그다가 눈물로 얼룩진 얼굴을 내게 돌리며 의심하는 투로 물었다.

"이분은… 미스터 맥심이에요. 내가 청소하는 아파트 주인."

"그들이 이분 아파트를 찾아갔단 말이야?"

"네."

마그다가 침을 꼴깍 삼키더니 두 손을 입가에 댔다. "미안해서 어째." 그녀가 중얼거렸다.

"차 한잔 하시면서 무슨 일인지 설명 좀 해주시죠." 나는 마그다에게 정중히 말했다.

우리 셋은 식탁에 앉아 있었다. 마그다가 생소한 브랜드의 담배를 뻐끔거렸다. 그녀는 내게도 한 대 권했지만 나는 사양했다. 마지막으로 담배를 피웠을 때 그것이 계기가 되어 우여곡절 끝에 학교에서 퇴학을 당했다. 당시 나는 열세 살이었는데 동네의 어떤 여자애와 이튿의 운동장에서 담배를 피우다 걸렸다.

"그 작자들 이민국에서 나온 것 같지 않아. 그리고 마이클과 네 사진을 가지고 있었어." 마그다가 알레시아에게 말했다.

"네? 어떻게?" 내가 물었다.

"가능하죠. 페이스북에서 찾았겠죠."

"안 돼!" 알레시아는 외치고 나서 겁에 질린 채 두 손으로 입을 막고는 나를 쳐다보았다. "마이클이 나랑 셀카를 찍었어요."

"셀카?" 내가 물었다.

"네. 페이스북용으로." 알레시아가 찌푸린 얼굴로 말했다. 나는 웃음이 났지만 얼른 그 표정을 감추었다.

마그다가 말을 이었다. "마이클이 어느 학교에 다니는지 안다고 했어. 마이클에 대한 걸 모두 알고 있다고. 페이스북에 마이클의 개인 정보가 전부 있다면서." 그녀는 담배를 한 모금 길게 빨아들였다. 손을 덜덜 떨면서.

"그들이 마이클을 협박했어요?" 알레시아의 얼굴이 납빛이 되었다.

마그다가 고개를 끄덕였다. "나도 어쩔 수 없었어. 너무 무서워서. 미안해." 그녀의 목소리는 속삭임에 가까웠다. "너에게 연락할 방법이 있어야 말이지. 그래서 그들에게 네가 일하는 곳의 주소를 주었어."

아, 이제야 퍼즐이 맞춰지는군.

"그 작자들 너한테 뭘 원하는 거야, 알레시아?"

알레시아가 내게 애절한 눈빛을 은밀히 던졌다. 마그다는 알레시아가 런던으로 오게 된 자세한 내막은 모르는 모양이다. 나는 손으로 머리카락을 쓸어 넘겼다.

어쩌지? 이건 내 예상을 훨씬 뛰어넘은 것이다…

"경찰에 신고는 했어요?" 내가 물었다.

마그다와 알레시아가 동시에 말했다. "경찰은 안 돼요." 그들은 단호했다.

"확실해요?" 알레시아의 반응은 알겠는데 마그다는 모호했다. 그녀도 불법 체류자일 수 있었다.

"경찰은 안 돼요." 마그다가 주먹으로 탁자를 쾅 내려치는 바람에 알레시아와 나는 깜짝 놀랐다.

"알았어요." 나는 그녀를 달래려고 손바닥을 치켜들었다. 경찰을 믿지 못하는 사람들은 처음이었다.

알레시아가 브렌트퍼드에서 지낼 수 없다는 것은 이제 분명해졌다. 마그다와 마이클의 집에도 머물 수 없었다. 내 집 문간에 나타난 그 불량배들은 폭력적인 성향이 다분했다. "이 집에 셋만 살고 있는 겁니까?" 내가 물었다.

두 사람이 고개를 끄덕였다.

"지금 아드님은 어디 있어요?"

"친구 집에요. 걘 안전해요. 집에 오기 전에 아들과 통화했어요."

"알레시아가 여기 있는 건 알레시아에게나 당신에게나 안전하지 않아요. 이 작자들 위험한 자들이에요."

알레시아가 고개를 끄덕였다. "엄청 위험해요." 그녀가 중얼거렸다.

마그다의 얼굴이 하얗게 질렸다. "내 일은 어떡하지. 우리 아들도 학교에 가야 하는데. 2주 뒤면 여길 떠날 테지만…"

"마그다, 안 돼요!" 알레시아가 마그다의 입을 막으려 했다.

"캐나다로…" 마그다가 알레시아의 저지를 무시하고 말을 이었다.

"캐나다요?" 나는 알레시아를 보았다가 다시 마그다에게 눈길을 돌렸다.

"네. 마이클이랑 이민 가요. 나 결혼한답니다. 약혼자가 토론토에 살면서 일하고 있어요." 그녀가 애정이 어린 미소를 슬쩍 비쳤다. 나는 그녀에게 축하 인사를 하고 나서 알레시아에게 주의를 돌렸다.

"앞으로 어떡할 셈이야?"

알레시아가 어떻게든 되겠죠 하는 식으로 어깨를 으쓱거렸다. "지낼 곳을 마련해야죠. Zot(맙소사)! 오늘 저녁에 집을 보러 가기로 했는데." 그녀는 주방의 시계를 흘끔 보았다. "지금이네!" 그녀가 놀라 벌떡 일어섰다.

"그건 좋은 생각이 아닌 것 같은데." 내가 끼어들었다. "솔직히 지금은 그런 걸 걱정할 때가 아니야." 이 나라에 불법으로 체류하는 중이면서 어떻게 지낼 곳을 찾겠다는 거지?

그녀가 다시 앉았다.

"그 남자들이 언제 다시 올지 몰라. 널 손쉽게 거리로 끌어낼 거라고." 나는 소름이 돋았다. 그들이 그녀를 노리고 있다.

사악한 개자식들.

어떡해야 할까?

생각해. 생각해.

다 같이 체인 워크에 있는 트리벨런 하우스에 몸을 숨기면 어떨까. 하지만 캐럴라인이 질문을 해댈 텐데 그것은 달갑지 않았다. 대답하기엔 너무 복잡했다. 알레시아에게 내 아파트로 같이 가자고 할 수도 있지만 거긴 이미 그들에게 노출되었다. 다른 집 중 하나로 간다면? 매리언의 집? 안 돼. 아니면 그녀를 콘월로 데려갈 수도 있다. 거기라면 아무도 우리를 찾지 못할 것이다.

이런저런 궁리를 하는데 문득 깨달은 것이 있었다. 나는 그녀가 내 눈앞에서 사라지는 게 싫었다.

한순간도.

그 생각이 나를 강타했다.

"나랑 같이 가." 내가 그녀에게 말했다.

"네?" 알레시아가 외쳤다. "하지만…"

"지낼 곳은 내가 마련해줄게. 그건 걱정하지 마." 내가 마음껏 쓸 수 있는 집은 널렸어. "넌 여기서 안전하지 못해. 나랑 같이 가자."

"어머."

나는 마그다에게 고개를 돌렸다. "마그다, 경찰이 개입하는 걸 당신이 원하지 않으니 내 생각엔 세 가지 길이 있어요. 내가 근방의 호텔을 마련해주죠. 아니면 시내에 집을 한 채 구해줄 수도 있어요. 아니면 내가 당신과 당신 아들에게 근접 경호원을 몇 명 붙여줄 수 있으니 여기서 지내도 좋구요."

"호텔은 갈 형편이 안 되는데요." 마그다가 말끝을 흐리다가 나를 향해 입을 딱 벌렸다.

"돈 걱정은 말아요." 내가 대답했다.

나는 머릿속으로 계산을 해보았다. 비용이야 얼마 들지 않을 것이다. 알레시아만 안전하다면.

한 푼도 안 아깝지.

톰이 할인을 해줄 것이다. 어쨌거나 그 녀석은 내 친구니까.

마그다가 나를 빤히 쳐다보았다. "왜 이러는 거죠?" 그녀가 당황해서 물었다. 나는 헛기침을 하면서 내가 왜 이러는지 생각해보았다.

이것이 올바른 일이라서?

아니. 난 그리 이타적인 인간이 아니야.

알레시아와 단둘이 있고 싶어서? 그래. 그게 진짜 이유지.

하지만 그간 그녀가 겪은 일을 생각해볼 때 그녀는 나와 단 둘이 있으려 하지 않을 것이다. 아닌가?

나는 그 생각에 마음이 불편해져서 머리카락을 쓸어 넘겼다. 내 동기를 너무 자세히 분석하고 싶지는 않았다. "알레시아는 귀한 직원이니까요." 내가 대답했다.

그래. 그럴듯하군.

마그다는 의심하는 눈초리로 나를 바라보았다.

"나랑 같이 가겠어?" 나는 마그다의 의심스런 표정을 무시하고 알레시아에게 물었다. "그럼 넌 안전할 거야."

알레시아는 난감했다. 그의 눈은 침착했고 진지했다. 그는 자신에게 탈출구를 제안하고 있었다. 그녀는 이 남자에 대해 아는 게 거의 없었다. 하지만 그는 그녀가 무사한지 확인하러 첼시에서 여기까지 와서 전철역에서 기다렸다. 그리고 그녀가 울음을 터뜨렸을 때 안아주었다. 이 세상에서 그녀를 위해 그렇게 마음을 쓸 사람은 할머니와 어머니뿐인 줄 알았는데. 마그다를 빼면 잉글랜드에서 자신에게 그런 친절을 베푼 사람은 아무도 없었다. 이것은 관대한 제안이었다. 너무 관대했다. 단테와 일리는 그녀의 문제이지 그의 문제가 아니었다. 그를 이 골치 아픈 일에 끌어들이고 싶지 않았다. 그에게 폐를 끼치고 싶지 않았다. 게다가 그녀는 잉글랜드에 불법으로 체류하고 있었다. 여권도 없이. 단테가 그녀의 여권과 소지품을 모두 가지고 있었기 때문에 발목이 잡힌 처지였다.

마그다는 곧 여기를 떠나 토론토로 갈 것이다.

미스터 맥심이 대답을 기다렸다.

그는 도움의 대가로 무얼 원하는 걸까?

알레시아는 그에 대해 아는 것이 거의 없었다. 심지어 그가 무엇으로 생계를 꾸리는지도. 그녀가 아는 거라고는 그가 영위하는 삶이 그녀와는 전혀 다르다는 것뿐이었다.

"너의 안전을 지키려는 것뿐이야. 아무 조건 없이." 그가 말했다.

조건?

"너한테 아무것도 바라지 않아." 그녀의 마음을 읽기라도 한 듯 그가 해명했다.

아무 조건 없이.

그녀는 그가 좋았다. 좋아하는 것 이상이었다. 그녀는 그에게 사랑의 감정을 느꼈지만 일시적인 열정이라 생각하고 있었다. 하지만 그녀가 어떻게 잉글랜드에 오게 됐는지 털어놓은 사람은 맥심뿐이었다.

"알레시아, 대답해줘." 그가 재차 물었다. 표정은 초조했고 커다랗게 뜬 눈은 진솔하고 정직했다. 걱정하는 눈빛이었다. 이 남자 믿어도 될까?

모든 남자가 다 괴물은 아니잖아?

"좋아요." 그녀는 마음이 바뀌기 전에 얼른 말했다.

"그래." 그가 안심하는 목소리로 말했다.

"뭐라고?" 마그다가 놀라서 알레시아를 쳐다보며 나무랐다. "너 이 남자 얼마나 아니?"

"알레시아는 나랑 있으면 안전할 겁니다." 내가 말했다. "내가 잘 보살필 테니까."

"가고 싶어요, 마그다." 알레시아가 말했다.

마그다가 담뱃불을 다시 붙였다.

"달리 방법이 있어요?" 미스터 맥심이 마그다에게 말했다. 마그다는 당황한 시선을 알레시아한테서 그에게로 옮겼다.

"그 남자들이 무슨 용건인지 아직 나한테 말 안 했잖니, 알레시아." 마그다가 말했다. 그동안 알레시아는 마그다에게 잉글랜드로 오게 된 경위를 얼버무리며 정확히 알려준 적이 없었다. 그럴 수밖에 없었다. 어머니와 마그다는 친구 사이였다. 마그다가 어머니에게 무슨 일이 있었는지 이메일로 알려주는 건 원치 않았다. 어머니가 충격을 받을 것은 불을 보듯 뻔했다.

알레시아는 고개를 저었다. "말 못 해요. 제발요." 그녀가 부탁했다.

마그다가 발끈했다. "네 어머니는 어떡하고?" 그러고는 담배를 빨아들였다.

"어머니가 알아서는 안 돼요."

"난 모르겠다."

"부탁이에요." 알레시아가 간청했다.

마그다는 체념하는 듯 한숨을 폭 내쉬더니 맥심을 향했다. "난 내 집을 떠나기 싫어요." 그녀가 말했다.

"좋습니다. 근접 경호를 해드리죠." 그가 일어섰다. 키가 크고 날씬한 데다 못 믿을 정도로 잘생긴 남자였다. 그는 청바지 주머니에서 아이폰을 꺼냈다. "전화를 할 데가 있어서요." 두 여자가 지켜보는 가운데 그는 주방을 나가 문을 닫았다.

톰 알렉산더는 의병 제대를 한 뒤 런던 중심부에 보안 회사를 세웠다. 그가 상대하는 고객은 고위층 인사나 거물이었는데 이제 나도 그의 고객이 되었다.

"무슨 일인데 그래, 트리벨런?"

"나도 몰라, 톰. 내가 아는 건 브렌트퍼드에 사는 어떤 여자랑 그녀의 아들을 매일 24시간 경호할 보안요원들이 필요하다는 거야."

"브렌트퍼드? 오늘 저녁부터?"

"응."

"내가 도움을 줄 수 있다니 천만다행인 줄 알아라."

"알아, 톰. 알아."

"내가 직접 내려가서 최고 요원을 보낼게. 딘 해밀턴. 너도 만난 적 있을 거야. 나랑 같이 아프가니스탄에서 근무했어."

"응. 기억나."

"한 시간 뒤에 봐."

알레시아는 마그다 아들의 점퍼를 입은 채 비닐 쇼핑백을 두 개 들고 복도에 서 있었다.

"그게 전부야?" 나는 황당한 마음을 드러내고 말했다.

가진 게 이것뿐이라니 말도 안 돼.

알레시아는 얼굴이 해쓱해져서 눈을 내리깔았다.

나는 얼굴을 찌푸렸다.

이 여자는 가진 게 아무것도 없군.

내가 제안했다. "그건 내가 들게. 이제 가자." 그녀는 내 눈을 똑바로 쳐다보지도 못하고 내게 쇼핑백들을 건넸다. 쇼핑백은 가볍기 그지없었다.

"어디로 가요?" 마그다가 물었다.

"웨스트 카운티에 집을 한 채 가지고 있어요. 거기서 며칠 지내면서 해결책을 찾아봐야겠어요."

"알레시아를 다시 만날 수 있을까요?"

"그럼 좋겠지만." 그 개새끼들이 활보하는 한 알레시아가 여기로 다시 돌아오게 할 순 없지.

마그다가 알레시아에게 고개를 돌렸다. "잘 가, 착한 아가씨."

알레시아는 마그다를 껴안고 매달렸다. "고마웠어요." 그녀가 말했다. 눈물방울이 그녀의 얼굴을 타고 흘러내렸다. "아줌마가 나를 살렸어요."

"그런 소리 마, 아가씨." 마그다가 중얼거렸다. "네 엄마를 생각해서 그보다 더한 일도 했을 거야. 알잖니." 마그다는 포옹을 풀고 손으로 알레시아를 붙잡았다. "넌 참 강하고 용감해. 네 엄마가 자랑스러워하실 거야." 그러고는 알레시아의 얼굴을 감싸쥐고 뺨에 입을 맞추었다.

"마이클에게 작별 인사 좀 전해주세요." 알레시아의 목소리는 상냥했지만 긴장한 데다 슬픔이 가득했다. 보고 있으니 가슴이 아려왔다.

이러는 거 잘하는 짓일까?

"우리 둘 다 네가 그리울 거야. 나중에 캐나다로 와서 내 신랑도 만나봐, 응?"

알레시아는 고개를 끄덕였지만 목이 메어 말은 할 수 없었다. 그녀는 눈물을 훔치면서 현관문을 나섰다. 나는 그녀의 전 재산을 들고 그녀를 따라갔다.

바깥의 진입로에 딘 해밀턴이 길 쪽을 살피고 있었다. 큰 키에 넓은 어깨, 짧게 친 검은 머리의 그는 고급 회색 양복을 차려입었음에도 위협적인 인상은 숨기지 못했다. 톰처럼 전직 군인이라 경계하는 태세가 몸에 배어 있었다. 아침에는 다른 보디가드가 그와 교대할 예정이었다. 마그다와 마이클은 캐나다로 떠날 때까지 톰의 직원들에게 24시간 경호를 받게 될 것이다.

나는 해밀턴과 악수하려고 걸음을 멈추었다.

"여긴 저희에게 맡기세요, 트리비딕 경." 그가 말했다. 그는 가로등 불빛에 번뜩이는 검은 눈으로 거리를 훑으며 무엇 하나 놓치지 않았다.

"고마워요." 내가 대답했다. 작위가 붙은 호칭으로 불리면 아직도 허를 찔리는 기분이 든다. "여기 내 번호 받아요. 필요하면 연락해요."

"그러죠." 해밀턴은 내게 품위 있게 고개를 끄덕였다. 나는 알레시아를 쫓아갔다. 내가 팔로 그녀를 감싸자 그녀가 얼굴을 피했다. 아직도 울고 있는 걸 들키고 싶지 않은 모양이었다.

이러는 거 잘하는 짓일까?

나는 문간에 서 있는 마그다와 해밀턴에게 손을 획 흔들고 나서 알레시아를 재규어로 데려갔다. 잠금 장치를 풀고 그녀를 위해 조수석 문을 열어주었다. 그녀는 긴장한 얼굴로 주저했다. "이젠 내가 있잖아." 상냥한 내 말투가 그녀를 안심시켰다. "넌 안전해."

알레시아가 두 팔을 내 목에 감더니 나를 세게 끌어안는 바람에 나는 완전히 어안이 벙벙해졌다. "고마워요." 그녀가 속삭였다. 내가 뭐라 반응하기 전에 그녀는 나를 풀어주고 차에 올라탔다. 나는 울컥한 마음을 진정하고 그녀의 쇼핑 백 두 개를 트렁크에 넣고 나서 그녀의 옆자리에 올라탔다.

"모험을 떠나볼까." 내가 분위기를 띄우려 말했지만 알레시아는 슬픔이 그렁그렁한 눈으로 나를 물끄러미 바라보았다.

나는 침을 삼켰다.

나는 올바른 일을 하고 있다.

물론.

그렇고말고.

하지만 그 이유까지 옳다고 할 수 있을까.

나는 숨을 내쉬고 시동을 걸었다. 엔진이 포효하며 살아
났다.

10

나는 재규어를 왼쪽으로 돌려 A4로 들어간 뒤 3차선 고속
도로를 따라 속도를 높였다. 알레시아는 두 팔로 몸을 감싼
채 조수석에 몸을 웅크렸지만 안전벨트를 매야 한다는 걸
잊지는 않았다. 그녀는 차창 밖으로 지나가는 상업 건물과
자동차 전시장들을 바라보았지만 가끔씩 소맷부리로 얼굴
을 닦는 걸 보니 아직도 울고 있는 것 같았다.

왜 여자들은 저렇게 조용히 울까?

"잠깐 멈추고 휴지 좀 사 올까?" 내가 물었다. "미안하지만
차 안에 휴지가 없어."

그녀는 고개를 저었지만 나를 쳐다보지는 않았다.

울컥할 만도 했다. 휴, 힘든 하루였다. 나도 오늘 일어난
일 때문에 적잖이 놀랐는데 그녀는 오죽 힘들었을까. 그녀
에게 생각을 정리할 시간을 줄 겸 더 늦기 전에 서둘러 몇 군

데 전화를 하기로 했다.

나는 터치스크린의 전화 아이콘을 눌러 대니의 전화번호를 찾았다. 핸즈프리 시스템을 통해 전화 거는 소리가 차 안에 울려퍼졌다. 두 번째 벨소리가 울리기 전에 그녀가 전화를 받았다.

"트리실런 홀입니다." 그녀가 익숙한 스코틀랜드 사투리로 말했다.

"대니, 나 맥심이에요."

"미스터 맥심… 아니, 그게…"

"괜찮아요, 대니, 걱정 말아요." 나는 알레시아를 재빨리 흘끔거리며 끼어들었다. 알레시아가 나를 쳐다보고 있었다. "이번 주말에 '아늑한 집'이나 '전망 좋은 집' 쓸 수 있을까?"

"두 채 모두 가능합니다, 미로…"

"다음 주는?"

"전망 좋은 집은 주말 클레이 사격 행사로 예약되었어요."

"그럼 아늑한 집으로 하죠."

딱 좋아.

"거기 방 두 개 준비해주고 내 옷이랑 세면용품을 본채에서 가져오라 해요."

"본채에서 묵지 않으시고요?"

"현재로서는."

"방 두 개라고 하셨지요?"

물론 한 개만 쓰고 싶지…

"음, 그렇게 준비해요. 그리고 제시에게 냉장고에 아침거리 채워두라고 하고. 오늘 밤 간식거리도 같이. 와인이랑 맥주도 조금. 알아서 준비하라고 해요."

"그러죠, 미로드. 언제 도착하시죠?"

"오늘 밤 늦게."

"그렇군요. 무슨 일이 있는 건 아니죠?"

"아무 일 없어요. 아 참, 그리고, 대니, 피아노 조율할 수 있어요?"

"어제 전부 조율해두었어요. 저번에 오셨을 때 지시하신 대로요."

"잘됐네요. 고마워요, 대니."

"천만에요, 미로…" 나는 그녀가 말을 끝내기 전에 얼른 종료 버튼을 눌렀다.

"음악 들을래?" 알레시아에게 묻자 그녀가 눈을 돌렸다. 그녀의 발갛게 부은 눈이 안쓰러웠다. "듣자." 나는 그녀의 대답을 기다리지 않고 말했다. 미디어 스크린에서 마음을 달래줄 만한 앨범을 찾아 재생 버튼을 눌렀다. 어쿠스틱 기타 소리가 차 안을 채우자 조금 긴장이 풀렸다. 갈 길이 멀었다.

"이건 누구예요?" 알레시아가 물었다.

"벤 호워드라는 가수 겸 작곡가."

그녀는 잠시 스크린을 보다가 다시 차창 밖을 내다보았다. 오늘 알레시아가 한 말을 토대로 그동안 그녀가 보인 모습들을 돌이켜보았다. 그녀가 왜 그렇게 내 앞에서 말이 없었는지 이제 이해가 되었다. 마음이 무거웠다. 해맑게 웃으며 사슴 같은 눈망울로 나를 바라보는 그녀와 단둘이 있는 상상을 하곤 했었는데, 현실은 상상과 너무나 달랐다.

영 딴판이다.

그렇지만… 상관없다. 내가 원하는 건 그녀와 같이 있는 것이다.

나는 그녀의 안전을 원한다.

그리고 그녀를 원한다…

그것이 진실이었다.

처음 느끼는 감정이었다.

모든 것이 벼락처럼 일어났다. 과연 내가 잘하는 것인지 여전히 확신은 없었다. 그렇다고 그녀를 그런 밑바닥 삶에 버려둘 순 없었다. 그녀를 보호하고 싶었다.

정의의 기사 나셨군.

내 생각은 더 어두운 쪽으로 흘러갔다. 그녀가 겪어야 했고 보아야 했을 소름 끼치는 상황들이 떠올랐다. 이 어린 여자가 그 괴물들의 수중에 떨어졌다면.

망할.

배 속에서 황산이 요동치는 것처럼 열이 뻗쳐 운전대를 더 꽉 움켜쥐었다.

그놈들 잡기만 해봐라…

살인 충동이 일었다.

그 작자들, 그녀에게 무슨 짓을 했을까? 알고 싶다.

아니. 알고 싶지 않다.

알고 싶다.

알고 싶지 않다.

나는 계기판을 쳐다보았다.

젠장. 속도를 너무 냈다.

망할 속도 좀 줄여, 인마.

나는 액셀을 힘껏 밟은 발에서 힘을 뺐다.

흔들리지 마.

나는 숨을 크게 들이쉬고 내쉬었다.

진정하자.

그녀가 어떤 일을 겪고 어떤 것을 보았는지 묻고 싶었다. 하지만 지금은 적당한 때가 아니다. 그녀가 남자와… 어떤 남자든 함께 있는 걸 못 견뎌한다면 계획이고 상상이고 다 물거품이 될 것이다.

그럼 그녀를 못 만진다는 얘기네.

망했다.

알레시아는 끝내 눈물을 터뜨렸다. 눈앞이 아찔해지고 갖가지 감정들이 물밀 듯 밀려왔다.

두려움.

희망.

절박함.

옆에 앉은 이 남자를 믿어도 될까? 그녀는 자신의 운명을 이 남자의 손에 맡겼다. 스스로. 전에도 똑같은—단테의 손에 운명을 맡긴—경험이 있었지만 끝이 좋지 않았다.

미스터 맥심은 모르는 남자였다. 잘 모르는 남자. 하지만 만난 이후 줄곧 그녀에게 친절을 베풀었고 마그다에게는 아무리 괜찮은 남자라도 선뜻 할 수 없는 일을 해주었다. 맥심을 만나기 전까지 알레시아가 잉글랜드에서 믿을 수 있는 사람은 오직 마그다뿐이었다. 마그다는 알레시아의 목숨을 구해준 사람이었다. 그녀를 집 안에 들이고 먹여주고 옷도 주었을 뿐 아니라 웨스트 런던에 거주하면서 서로 돕고 사는 폴란드 여자들의 인맥을 통해 일자리도 구해주었다.

그런데 알레시아는 그 은신처로부터 멀리멀리 떠나가는 중이었다. 알레시아가 없는 동안 킹스버리 부인과 구디 부인의 집은 다른 여자가 갈 예정이라 걱정하지 않아도 된다.

얼마나 떠나 있어야 할까?

미스터는 나를 어디로 데려가는 걸까?

신경이 곤두섰다. 단테가 따라오는 것은 아닐까?

그녀는 두 팔로 몸을 단단히 감쌌다. 단테 생각을 하니 잉글랜드를 향해 떠나온 악몽 같은 여정이 기억났다. 두 번 다시 떠올리고 싶지 않은 일이었지만 조용한 시간이 되거나 악몽을 꿀 때면 어김없이 그녀를 괴롭히곤 했다. 블러리아나, 브롤라, 도리나, 다른 여자들은 어찌됐을까?

제발 무사히 도망쳤기를.

블러리아나는 겨우 열일곱 살 난 가장 어린 소녀였다.

알레시아는 진저리를 쳤다. 카스테레오에서 흘러나오는 노래는 두려움의 울타리 안에서 살아가는 삶에 대한 것이었다. 그녀는 눈을 꼭 감았다. 두려움, 아주 오랫동안 함께한 두려움이 그녀의 가슴을 옥죄었고, 눈물이 계속 흘러내렸다.

밤 10시를 막 넘긴 시각 우리는 M5의 휴게소로 들어갔다. 브렌트퍼드에서 마그다가 만들어준 치즈 샌드위치를 먹고 왔지만 배가 고팠다. 알레시아는 잠들어 있었다. 차가 완전히 멈춘 뒤에도 혹시 그녀가 깰까 싶어 잠시 기다렸다. 주차창의 할로겐등 불빛 아래 그녀는 평온하고 가냘프게 보였다. 굴곡지고 투명한 뺨 위로 짙은 속눈썹이 펼쳐져 있었고, 땋아내린 머리채에서 풀린 머리카락이 턱 밑에서 고불거렸다. 그냥 자게 놔둘까 생각했지만 그녀를 차에 혼자 두기는 싫었다.

"알레시아." 내가 소곤거렸다. 그녀의 이름이 주문처럼 그녀의 뺨을 어루만지고 싶은 충동을 자극했다. 꾹 참고 다시 그녀의 이름을 불렀다. 그녀가 화들짝 놀라며 눈을 동그랗게 뜨더니 겁에 질려 두리번거리다가 내 눈과 마주치자 마음을 놓았다.

"헤이, 나야. 나. 쿨쿨 잘 자더라. 나 뭐 좀 먹으려고. 화장실도 가야 하고. 같이 갈래?"

그녀가 몇 번 눈을 깜빡였다. 기다란 속눈썹이 솔직하지만 초점이 풀린 눈동자 위에서 파닥거렸다.

참 근사한 여자야.

그녀는 얼굴을 문지르며 주차장을 둘러보더니 잔뜩 긴장하며 불안감을 나타냈다. "제발, 미스터, 나 혼자 여기 두지 말아요." 그녀가 말했다.

"널 여기 혼자 둘 생각 전혀 없어. 왜 그래?"

그녀는 고개를 저었다. 얼굴이 더 창백했다.

"가자." 내가 말했다.

차에서 내려서 스트레칭을 하고 있는데 그녀가 뛰어들다시피 내 옆으로 오더니 주변을 이리저리 살폈다.

무슨 일이지?

내가 손을 내밀자 그녀가 내 손을 꽉 쥐었다. 그러고 나서 다른 손으로 내 이두박근을 붙잡고 내게 매달리는 바람에 나는 놀라면서도 내심 기분이 좋았다.

"알다시피 난 진작에 맥심이었어." 나는 그녀를 웃게 만들려고 말했다. "미스터보다는 맥심으로 불리는 게 훨씬 좋아."

그녀는 초조한 눈빛으로 나를 흘끔거렸다. "맥심." 그녀는 그렇게 말하면서도 주차장 여기저기를 살폈다.

"알레시아, 넌 안전해."

그래도 그녀는 마음을 놓지 않았다.

이런 일 다신 없게 할게.

나는 그녀의 손을 놓고 그녀의 어깨를 잡았다. "알레시아, 왜 그래? 나한테 말해봐."

그녀의 안색이 변했다. 큰 눈에는 두려움과 절망이 어려 있었다.

"제발." 내가 애원했다. 각자의 입에서 쏟아진 입김이 우리 사이의 차디찬 공기 속에서 뒤엉켰다.

"나 도망쳤어요."

젠장! 미처 못 들은 그녀의 사연을 M5 고속도로 휴게소에서 듣게 생겼다. "말해봐." 내가 달랬다.

"여기랑 비슷한 곳에서." 그녀가 다시 주위를 둘러보았다.

"뭐? 고속도로 휴게소에서?"

그녀가 고개를 끄덕였다. "그들이 차를 세웠어요. 우리더러 씻으라면서. 깨끗하게. 그들은… 음… 친절했어요. 적어도 여자들 몇 명은 그렇게 생각했거든요. 마치 우리의… 음… 그걸 뭐라고 표현하죠? 우리를… 음… 위해서 그러는 것 같았어요. 챙겨주려는 것처럼. 우리를 챙겨주려는 것처럼. 우리를 씻겨서 더 높은 값을 받으려고."

망할. 나 이러다 또 폭발하겠네.

"그 전에는. 여행할 때. 그들의 말을 들은 적이 있어요. 그들이 영어로 이야기했어요. 우리가 왜 잉글랜드로 가고 있는지. 내가 영어를 못하는 줄 알았나봐요. 그 이야기를 듣고 그들이 무슨 속셈인지 알게 된 거예요."

"젠장!"

"다른 여자들한테 이야기해줬지만 몇 명은 내 말을 믿지 않았어요. 세 명은 내 말을 믿어줬고요."

빌어먹을! 여자들이 더 있었구나!

"지금처럼 밤이었어요. 그 남자들 중에 단테도 있었는데, 단테가 우리 셋을 화장실에 데려갔어요. 거기서 우린 도망쳤어요. 우리 모두. 그도 셋을 모두 잡을 수는 없었어요. 깜깜했고, 나는 숲속으로 도망쳤어요. 달리고 또 달렸어요… 그렇게 달아났어요. 다른 여자들은 어떻게 됐는지 모르겠어요." 그녀의 목소리에 죄책감이 어려 있었다.

아, 맙소사.

더 이상 참을 수가 없었다. 어린 여자의 몸으로 감행한 행동을 생각하니 그만 울컥해져 나는 그녀를 품으로 끌어당겨 꼭 안아주며 속삭였다. "이젠 내가 있잖아." 그녀의 마음을 알 것 같아 속이 상하고 화가 치밀었다. 우리는 추운 주차장에 서 있었다. 그렇게 몇 초인지 몇 분인지 모를 시간이 흘렀을 때 그녀가 주저하며 두 팔을 내게 감더니 긴장을 풀고 나를 끌어안았다. 그녀가 내 품 안에 쏙 들어왔다. 원한다면 그녀의 정수리에 턱을 얹을 수도 있었다. 그녀가 눈을 들어 나를 처음 보는 것처럼 올려다보았다. 그녀의 짙은 눈동자는 강렬했고 많은 질문과 여러 희망을 담고 있었다.

숨을 못 쉬겠다.

이 여자 무슨 생각을 하는 걸까?

그녀의 시선이 내 입술로 이동했다. 그녀가 손을 들어 올렸다. 그녀가 무얼 원하는지 알 것 같았다.

"키스할까?" 내가 물었다.

그녀가 고개를 끄덕였다.

젠장.

나는 망설였다. 그녀에게 손대지 않겠다고 다짐했는데. 그녀가 눈을 감으며 나를 초대했다. 더는 거부할 수 없다. 나는 입술에 보드랍고 담백하게 키스했고, 그녀는 신음하면서 내게 기댔다.

내 리비도가 기지개를 켰다. 나는 신음하면서 벌어진 그녀의 입술을 내려다보았다.

안 돼.

지금은 안 돼.

여기선 안 돼.

이 여자가 어떤 일을 겪었는데.

M5 고속도로 휴게소에서는 안 되지.

나는 그녀의 이마에 입을 맞추었다. "가자. 뭐 좀 먹어야지." 그러고는 스스로 대견하게도 욕망을 자제하며 그녀의 손을 잡고 그녀를 건물 쪽으로 이끌었다.

알레시아는 맥심에게 딱 붙어서 아스팔트를 통과했다. 예전에 휴게소에서 있었던 일은 떨쳐버리고 그와 나눈 따뜻한 포옹과 다정한 키스만 생각했다. 그를 붙잡은 손에 힘이 들어갔다. 그 덕분에 예전 일을 잊을 수 있었다. 중앙 홀로 난

문들이 열려 있었다. 건물 안으로 들어선 뒤 그녀가 걸음을 멈추자 맥심도 따라 멈춰 섰다.

이 냄새. Zot(맙소사). 이 냄새.

튀긴 음식.

달콤한 음식.

커피.

살균제.

알레시아는 화장실로 떠밀려 들어갔던 기억이 나 인상을 썼다. 사람들이 곤경에 처한 그녀를 주목하지 않고 무심히 지나가던 기억도.

"괜찮아?" 맥심이 물었다.

"그때 기억이 나요." 그녀가 말했다.

그가 그녀의 손을 꼭 쥐었다. "이젠 내가 있잖아." 그가 말했다. "가자. 나 진짜 화장실 급해." 그가 곤란한 미소를 지어 보였다.

알레시아가 침을 삼켰다. "나도 그래요." 그녀는 수줍게 말하고는 그를 따라 화장실로 갔다.

"안타깝지만 난 그 안에는 같이 못 가." 맥심이 입구에서 고개를 갸웃거렸다. "밖으로 나오면 내가 여기서 기다리고 있을 거야." 그가 말했다. "먼저 들어가."

알레시아는 안심하고 심호흡을 한 뒤 화장실 안으로 들어갔다. 모퉁이를 돌기 전에 마지막으로 그를 쳐다보았다. 칸막이들 앞에 줄은 없었다. 나이 많은 여자 한 명과 어린 여자

한 명이 세면대에서 손을 씻을 뿐 남의 손에 이끌려 여기까지 온 동유럽 사람 보듯 그녀를 보지는 않았다.

알레시아는 자신을 나무랐다.

대체 뭘 예상한 거야?

적어도 오십 줄은 되어 보이는 나이든 여자가 핸드드라이어를 쓰려고 돌아서다가 알레시아와 눈이 마주치자 미소를 지었다. 알레시아는 기운도 나고 자신감도 생겨서 칸막이 안으로 들어갔다.

밖으로 나오니 맥심이 청바지 벨트 고리에 엄지손가락을 걸고 맞은편 벽에 기대어 있었다. 큰 키에 근육질의 몸, 덥수룩한 머리, 강렬하고 선명한 초록빛 눈. 그가 그녀를 보자마자 활짝 웃었다. 새해를 맞은 어린애처럼 그의 얼굴이 환해졌다. 그는 한 손을 내밀었고, 그녀는 기쁘게 그 손을 잡았다.

스타벅스가 있었다. 런던에서 많이 봐서 그녀도 아는 커피숍이었다. 맥심이 자기가 마실 것으로 더블 에스프레소를, 그녀의 것은 그녀가 원한 대로 핫초코를 주문했다.

"뭐 좀 먹을까?" 그가 물었다.

"배고프지 않아요." 그녀가 대답했다.

그가 눈썹을 추켜올렸다. "마그다의 집에서도 아무것도 안 먹었잖아. 내 아파트에 있을 때도 아무것도 안 먹었고."

알레시아가 얼굴을 찌푸렸다. 아침에 먹은 것도 다 토했지만 말하지 않기로 하고 고개만 저였다. 그날 일어난 일 때문에 입맛이 하나도 없었다. 맥심은 속이 터졌지만 파니니를 하나 주문했다.

"그냥 두 개 주세요." 그는 알레시아를 곁눈질하면서 직원에게 말했다.

"가져다드릴게요." 직원이 맥심에게 요염한 웃음을 흘리며 대답했다.

"포장해주시고요." 맥심이 20파운드짜리 지폐를 그녀에게 건넸다.

"그러죠." 여직원이 그에게 속눈썹을 파닥거렸다.

"고마워요." 그는 그녀의 미소에 응답하지 않고 알레시아에게 주의를 돌렸다.

"나도 돈 있어요." 알레시아가 말했다.

맥심이 어이없다는 눈으로 바라보았다. "내가 낼게."

그들은 구석 자리로 가서 주문한 음식이 나오기를 기다렸다. 알레시아는 돈을 어떻게 해야 하나 생각했다. 돈을 조금 가지고 있었지만 그것은 셋방의 보증금으로 쓸 돈이었다. 그가 지낼 방을 구해준다고 말은 했지만.

혹시 그의 아파트에 있는 방을 말한 건 아니겠지? 아니면 다른 데?

알 수 없었다. 둘이 얼마나 떠나 있을지, 어디로 가는 건지도. 언제쯤 돈을 더 벌게 될 수 있을지도 막막했다. 그에게 물어보고 싶었지만 지금은 그런 의문을 제기할 입장이 아니었다.

"돈 걱정은 하지 마." 맥심이 말했다.

"나는…"

"그러지 마. 제발." 그의 표정이 진지했다.

그는 돈에 관대했다. 알레시아는 그가 어떻게 생계를 유지하는지 다시 궁금해졌다. 그는 큰 아파트를 소유하고 있었고 자동차도 두 대나 가지고 있었다. 마그다에게는 사설 경호원도 붙여주었다. 혹시 작곡가일까? 잉글랜드에서 작곡가들은 돈을 많이 버나? 모르겠다.

"생각이 많구나. 무슨 생각해? 묻고 싶은 거 있어? 묻는다고 물진 않아." 맥심이 말했다.

"당신 직업이 뭔지 알고 싶어요."

"뭐 먹고사냐고?" 맥심이 씩 웃었다.

"작곡가예요?"

그가 웃음을 터뜨렸다. "가끔은."

"난 당신이 그런 일을 하는 줄 알았어요. 당신 곡 좋더라구요."

"그랬어?" 그는 미소가 더 커졌지만 조금 창피해 보였다. "영어 아주 잘하는데." 그가 말했다.

"정말 그렇게 생각해요?" 알레시아가 뜻밖의 칭찬에 얼굴을 붉혔다.

"응, 정말."

"할머니가 잉글랜드 사람이었어요."

"아. 그래서 그렇구나. 할머니는 알바니아에서 무얼 하셨지?"

"우리 할머니와 할머니의 친구 조앤은 1960년대에 알바니아에서 산 적이 있었어요. 조앤은 마그다의 어머니예요. 마그다와 우리 어머니는 어릴 때부터 서로 편지를 주고받으면서 친구가 됐대요. 두 분은 각자 다른 나라에 살면서 돈독한 친구 사이로 남았어요. 한 번도 만난 적이 없는데도."

"한 번도?"

"한 번도. 어머니는 언젠가 한번 만나보고 싶으시대요."

"햄 치즈 파니니 두 개 나왔습니다." 직원이 그들의 대화에 끼어들었다.

"고마워요." 맥심이 봉지를 받아들었다. "가자. 더 자세한 이야기는 차 안에서 해줘." 그는 자신의 커피를 집어 들며 알레시아에게 말했다. "네 음료도 가지고 와." 알레시아는 그에게 바짝 붙어 스타벅스를 나왔다.

차 안에서 맥심은 에스프레소를 모두 마신 뒤 빈 컵을 컵 홀더에 내려놓고는 포장지 안에서 파니니 반 조각을 꺼내 한 입 크게 베어 물었다.

먹음직한 냄새가 차 안에 가득 퍼졌다.

"으으으음." 맥심이 호들갑스럽게 만족감을 드러내고는 우적우적 씹으면서 곁눈질로 알레시아를 훔쳐보았다. 그녀가 그의 입을 빤히 보다가 입술을 핥았다.

"먹어볼래?" 그가 권했다.

그녀가 고개를 끄덕였다.

"이거, 다 먹어도 돼." 그는 그녀에게 두 번째 파니니를 건네고는 히죽히죽 웃는 얼굴로 시동을 걸었다. 알레시아는 조심스레 샌드위치를 한 입 먹었다. 실처럼 쭉 늘어진 치즈 한 가닥이 입가에 붙었다. 그녀는 손가락을 써서 그것을 입안에 넣고는 손가락을 빨았다. 허기가 몰려와 한 입 더 베어 물었다. 맛있었다.

"좀 낫지?" 맥심이 낮은 목소리로 물었다.

알레시아가 빙그레 웃었다. "늑대처럼 교활한 사람."

"내 별명이 교활이거든." 그가 만족한 얼굴로 말했다. 알레시아는 참지 못하고 웃음을 터뜨렸다.

아, 참으로 듣기 좋은 소리였다.

나는 주유소의 고옥탄 휘발유 펌프 옆에 차를 댔다. "1분도 안 걸려. 먹고 있어." 나는 활짝 웃으며 차에서 내렸다. 하지만 알레시아는 파니니를 쥔 채 허둥지둥 따라 내려 펌프 앞의 내 옆에 와서 섰다.

"그새 내가 보고 싶어진 거야?" 나는 분위기를 띄우려고 농담을 던졌다. 그녀의 입꼬리가 올라가며 미소가 번졌지만 눈은 주변을 살폈다. 안 그래도 불안한데 이곳에 오니 더 조마조마한 모양이었다. 나는 기름을 채웠다.

"비싸네요!" 알레시아가 가격을 보고는 외쳤다.

"응, 그런 것 같네." 그러고 보니 한 번도 휘발유 가격이 얼마인지 신경 쓴 적이 없다는 생각이 들었다. 그럴 필요가 없었으니까. "가자, 돈 내러 가야지." 알레시아는 나와 같이 계산대 앞의 줄에 서서 때때로 샌드위치를 베어 먹으며 선반 위의 신기한 것들을 구경했다.

"뭐 사고 싶은 거 있어? 잡지? 과자? 사탕?" 내가 물었다.

그녀가 고개를 저었다. "여긴 살 게 정말 많네요."

나는 주위를 둘러보았다. 내 눈엔 모든 것이 평범해 보였다. "알바니아에는 가게가 없나?" 내가 놀렸다.

그녀가 입을 꾹 다물었다가 말했다. "왜 없어요. 쿠커스에도 가게는 많아요. 이런 데는 없지만."

"그래?"

"여긴 단정하고 가지런해요. 아주 깔끔해요. 병적으로."

내가 헤벌쭉 웃었다. "병적으로 단정하지?"

"네. 당신이랑 딱 반대예요."

내가 웃음을 터뜨렸다. "알바니아의 가게들은 단정하지 않구나?"

"쿠커스는. 여기처럼 단정하지 않아요."

나는 계산대에서 신용카드를 단말기에 꽂았다. 내 동작을 하나하나 지켜보는 그녀의 시선이 느껴졌다.

"당신의 카드가 마법을 부리네요." 알레시아가 말했다.

"마법?" 나는 그녀의 말에 동의할 수밖에 없었다. 마법이 아니고 뭐겠나. 나는 돈을 벌기 위해 아무것도 하지 않았는데 휘발유값을 척척 지불하고 있으니 말이다. 내가 소유한 부(富)는 순전히 잘 태어나서 얻은 것이다.

"응." 내가 중얼거렸다. "마법 맞네."

우리는 차로 돌아와서 차에 올라탔다. 나는 잠시 기다렸다가 시동을 걸었다.

"왜요?" 알레시아가 물었다.

"안전벨트."

"깜빡했어요. 고개를 끄덕이는 거랑 가로젓는 것처럼."

이건 또 무슨 소리지?

"알바니아에서는 '그렇다'는 뜻으로 고개를 가로젓고 '아니다'라는 뜻으로 고개를 끄덕이거든요." 그녀가 설명했다.

"와하. 정말 헷갈리겠다."

"여기 방식이 헷갈려서 마그다랑 마이클이 내게 가르쳐줘야 했어요."

나는 내 몫의 파니니 반쪽을 쥔 채 시동을 걸고 나서 램프웨이를 따라 M5 고속도로로 들어갔다.

그럼 알레시아는 '그렇다'와 '아니다'를 혼동한다는 거네? 그럼 이 새로운 정보를 바탕으로 전에 나누었던 우리의 대화도 되짚어야 하나?

"우리 어디로 가는 거예요?" 알레시아가 앞에 펼쳐진 깜깜한 밤을 바라보며 물었다.

"콘월에 우리 집안이 소유한 집이 있어. 세 시간 정도 더 걸릴 거야."

"머네요."

"런던에서부터? 응."

그녀는 핫초코를 한 모금 마셨다.

"고향 얘기 좀 해봐." 내가 말했다.

"쿠커스? 작은 마을이에요. 사건이 별로 없는… 거긴… 음… 그걸 뭐라고 하죠? 혼자 있다?"

"외딴곳?"

"네. 외딴곳이에요. 그리고… 시골이에요." 그녀가 더 말하기 곤란한지 어깨를 으쓱거렸다.

"콘월도 시골이야. 보면 알걸. 아까 할머니 이야기하다가 말았잖아."

그녀가 미소를 지었다. 할머니 이야기가 더 편한 것 같았다. 오늘 오후에 탈출 계획을 세울 때 이미 예상한 상황이다. 편안하고 느긋하게 대화를 나누면서 그녀에 대해 더 많이 알아가는 것. 나는 좌석에 몸을 기대고 그녀에게 기대하는 표정을 지었다.

"할머니랑 할머니 친구 조앤은 선교사로 알바니아에 왔어요."

"선교사? 유럽인데?"

"네. 거긴 공산주의자들이 종교를 금지한 곳이니까요. 알바니아는 최초의 무신론 국가였어요."

"아하. 난 몰랐어."

"할머니는 천주교도들을 도우러 오신 거예요. 코소보에서 알바니아로 책들을 몰래 들여오셨죠. 성경 말이에요. 위험한 일을 하신 거죠. 그러다가 알바니아 남자를 만나게 된 거예요…" 그녀는 말을 멈추었다. 표정이 부드러워졌다. "두 분은 사랑에 빠졌어요. 그리고… 그걸 어떻게 표현하죠? 나머지는 뻔한 이야기예요."

"조마조마한 일들 말이야?" 내가 물었다.

"네. 할머니는 머리털이 일어나는 일들을 많이 겪으셨어요."

"머리털이 일어난다고?" 내가 미소를 지었다. "머리털이 곤두서는 거 말이구나."

그녀가 빙그레 웃었다. "머리털이 곤두서는 일."

"그럼 마그다의 어머니는?"

"선교사로 폴란드에 갔다가 거기서 폴란드 남자랑 결혼했어요." 그녀가 뻔한 이야기라는 듯 말했다. "두 분은 돈독한 사이였고, 두 딸도 절친이 된 거죠."

"그래서 도망쳤을 때 마그다의 집으로 갔구나."

"네. 마그다 아줌마는 나를 좋은 친구로 대해줬어요."

"누구라도 기댈 사람이 있어서 다행이네."

이제 너한텐 내가 있어.

"파니니 한 쪽 더 먹을래?"

"아뇨, 됐어요."

"그럼 나눠 먹을까?"

알레시아는 잠시 나를 바라보았다. "좋아요." 그녀는 봉지에서 그것을 꺼내 내게 권했다.

"먼저 먹어."

그녀가 웃고는 한 입 먹은 뒤 내게 건넸다.

"고마워." 나는 그녀에게 재빨리 활짝 웃어 보였다. 그녀가 더 행복해 보여서 마음이 한결 놓였다. "음악 더 들을까?"

그녀가 씹으면서 고개를 끄덕였다.

"네가 골라봐. 버튼 누르고 스크롤 내리면 돼."

알레시아는 실눈을 뜨고 스크린을 보다가 내 플레이리스트를 탐색하기 시작했고 부지런히 노래를 골랐다. 스크린 불빛에 진지하고 열심인 그녀의 얼굴이 드러났다. "아는 노래가 하나도 없네요." 그녀가 중얼거렸다.

나는 그녀에게 파니니를 도로 건넸다. "하나 골라봐."

그녀의 손가락이 목록을 눌렀다. 그녀가 곡을 선택했을 때 나는 미소를 지었다.

방그라(인도 펀잡 지방의 전통 음악과 팝 음악이 혼합된 음악 양식-옮긴이). 뭐, 괜찮지.

남자의 목소리가 아카펠라를 노래하기 시작했다. "이건 어떤 언어예요?" 알레시아가 묻고는 한 입 먹었다. 녹은 모차렐라 치즈 조각이 입가 구석으로 삐져나왔다. 그녀는 집게손가락으로 그것을 입 속으로 밀어넣고는 손가락을 깨끗하게 빨았다. 내 몸이 순간 긴장했다.

나는 운전대를 움켜잡았다. "펀자브어. 맞을 거야."

밴드가 다른 곡을 연주했고, 알레시아는 파니니를 내게 다시 건넸다. 그리고 앉은 채 리듬에 맞춰 몸을 이리저리 기울였다. "이런 노래는 처음 들어봐요."

"디제잉할 때 가끔 이런 걸 끼워넣곤 하지. 더 먹을래?" 나는 남은 샌드위치를 내밀며 물었다.

그녀가 고개를 저었다. "아뇨. 사양할게요."

나는 남은 것을 입안에 쏙 넣었다. 그녀를 더 먹이는 데 성공해서 뿌듯했다.

"디제잉?" 그녀가 물었다.

"클럽에서 말이야. 사람들이 춤출 수 있게 음악을 트는 거야. 한 달에 두 번 정도 혹스턴에서 DJ 하고 있어."

알레시아를 흘끔 보니 그녀가 나를 멍하게 바라보고 있었다.

내가 무슨 말을 하는지 감도 못 잡고 있군.

"널 한번 클럽에 데려가야겠다."

알레시아는 여전히 멍한 표정이었지만 발로 계속 박자를 맞추었다.

나는 고개를 절레절레 흔들었다. 대체 얼마나 무사태평하게 자랐기에 이러지?

그녀가 겪은 일을 생각하면 그리 무사태평하게 자란 것 같지도 않았다. 어떤 시련을 겪었을까? 그 생각에 마음이 심란해졌다.

그녀가 주차장에서 털어놓은 이야기가 생각났다.

그녀는 그곳에서 도망을 쳤다고 했다.

도망!

'우리더러 씻으라고 했어요… 더 높은 값을 받으려고.'

나는 한숨을 쉬었다.

그녀가 큰일을 당하지 않았기를 바랐지만 그것이 가능했을지 의문이었다. 혼자 길바닥을 헤맸으니 분명 악몽이었을 것이다. 어떤 힘든 일을 겪었고 그것을 어떻게 이겨냈을까. 그녀는 그곳에서 도망쳤다. 오늘 오후에는 내 아파트에서 다시 도망쳤고. 가진 것은 없어도 지략이 있는 아가씨. 영민하고, 재능 있고, 용감하고, 아름답다. 뜻하지 않은 자긍심에 나는 가슴이 벅차올랐다.

"너 정말 대단해, 알레시아." 나는 속삭였지만 그녀는 음악에 푹 빠져 내 말을 듣지 못했다.

자정이 넘은 시각 나는 자갈이 깔린 진입로로 차를 몰아 아늑한 집의 바깥 주차장에 차를 세웠다. 아늑한 집은 트리비딕 가문이 소유한 호화로운 주말 별장 중 한 곳이었다. 본채는 알레시아가 부담스러워할 게 뻔해서 나중에나 소개할 생각이었다. 무엇보다 그녀를 독점하고 싶었다. 거대한 본채에는 고용인들이 너무 많은데, 그녀를 어떻게 소개해야 할지, 그리고 이 땅을 그녀에게 어떻게 설명해야 할지 난감했다. 그녀는 내가 어떤 사람인지, 무엇을 소유하고 있는지 당분간 모르는 게 좋을 것이다. 내가 태어날 때부터 무엇을 누리고 살았는지도. 내가 그것을 좋아한다는 것도… 대단히 좋아한다는 것도.

그녀는 잠들어 있었다. 피곤할 만도 하지. 나는 그녀의 얼굴을 바라보았다. 주차장 보안등의 거친 불빛 아래 그녀의 이목구비는 매끄럽고 섬세하며 온화했다.

잠자는 미녀.

몇 시간이고 그녀를 바라봐도 좋을 것 같았다. 그녀가 꿈을 꾸는지 잠깐 얼굴을 찡그렸다.

혹시 내 꿈?

그녀를 안아 집 안으로 들어갈까 생각하다가 그만두었다. 현관 계단이 너무 가파른 데다 미끄러울 수도 있었다. 그렇다면 키스로 그녀를 깨워볼까. 키스를 하면 공주님처럼 잠에서 깰 것이다. 말도 안 되는 소리. 그녀에게 손대지 않기로 맹세해놓고.

"알레시아." 내가 소곤거렸다. "도착했어."

그녀는 눈을 뜨고 나른하게 나를 쳐다보았다. "안녕." 그녀가 말했다.

"안녕, 예쁜이. 도착했어."

11

알레시아는 눈을 깜빡여 졸음을 쫓아내고 앞 유리창 밖을 내다보았다. 보이는 것은 커다란 철제 문과 옆쪽 나무 쪽문 위에서 빛나는 눈부신 전등불뿐이었다. 나머지는 어둠 속에서 조각나버렸지만 멀리서 희미하게 웅웅거리는 소리가 들려왔다. 히터가 꺼지고 나니 혹독한 겨울 공기가 차 안으로 스며들었다. 알레시아는 몸을 떨었다.

그녀는 여기 있었다. 그와 단둘이.

그녀가 불안한 눈빛을 그에게 던졌다. 어둠 속에서 잘 모르는 남자와 앉아 있으니 과연 잘한 결정인지 의문이 들었다. 그녀가 그와 떠나는 걸 본 사람은 마그다와 그 경호원뿐이었다.

"가자." 맥심이 말하고 나서 차에서 내린 뒤 그녀의 쇼핑백을 가지러 트렁크 쪽으로 갔다. 그의 신발이 자갈에 부딪치는 소리가 났다.

그녀는 불안감을 떨쳐내며 차 문을 열고 자갈밭 위에 발을 디뎠다.

밖은 추웠다. 귓속을 파고드는 칼바람 때문에 그녀는 점퍼 안으로 몸을 웅송그렸다. 멀리서 웅웅거리는 소리가 더 커졌다. 무슨 소리인지 궁금했다. 맥심이 그녀를 추위로부터 보호하려는 것처럼 그녀의 어깨에 팔을 둘렀다. 그들은 함께 회색 나무 문을 향해 걸어갔다. 그는 잠긴 문을 따고 밀어 연 뒤 그녀에게 먼저 들어가라고 비켜 섰다. 그가 문설주 안쪽의 스위치를 올리자 판석 계단 옆쪽에 달린 작은 전등들이 주르륵 켜지면서 석재 안뜰로 난 오솔길을 비추었다.

"이쪽이야." 그가 말했다. 그녀는 그를 따라 가파른 계단을 내려갔다. 눈앞에 위풍당당한 현대식 건물이 땅에 설치된 상향등 불빛을 받고 서 있었다. 전면 유리창, 흰 벽, 건물을 둘러싼 불빛들. 알레시아는 그 현대적인 분위기에 감탄했다. 맥심이 잠긴 현관문을 열고 그녀를 안으로 안내했다. 그가 다른 전등 스위치를 켜자 은은한 하향등이 석고처럼 하얀 공간을 부드럽게 비추었다. "외투 받아줄게." 그가 말했다. 그녀는 어깨를 움직거려 점퍼를 벗었다.

그들은 개방형 복도에 서 있었다. 복도 옆쪽으로 근사한 회색 갤리형 부엌(조리대가 양옆으로 설치된 기다란 형태의 부엌-옮긴이)이 있었는데 마룻바닥이 깔린 거대한 방의 일부였다. 뒤쪽에는 터키석 빛깔의 소파 두 개가 있었고 그 사이에 커피 테이블이 하나 놓여 있었다. 그 위쪽에는 책들이 가득한 선반이 있었다.

책이다! 그녀는 그것들을 신기하게 바라보다가 선반 옆쪽에 다른 문을 발견했다.

참 큰 집이네.

바로 옆에 있는 계단은 난간이 유리로 되어 있어서 언뜻 나무 계단이 공중에 떠 있는 듯 보였지만 아래층에서 위층까지 계단통을 꿰뚫는 콘크리트 기둥에 고정돼 있었다.

이런 초현대식 건물에 들어온 것은 처음이었다. 현대식 디자인임에도 아늑하고 편안한 느낌이 들었다.

알레시아가 부츠 끈을 푸는 동안 맥심은 부엌으로 들어가 그녀의 쇼핑백과 외투를 조리대 위에 올려두었다. 그녀는 부츠를 벗다가 맨발에 닿는 바닥의 온기에 깜짝 놀랐다.

"드디어 왔네." 그가 주변을 가리키며 말했다. "아늑한 집에 오신 것을 환영합니다."

"아늑한 집이요?"

"이 집의 이름이야."

부엌의 다른 쪽은 큰 거실이었는데 열두 명이 앉을 수 있는 흰 식탁과 미끈한 강철 벽난로, 그 앞에는 커다란 비둘기색 소파가 두 개 있었다.

"밖에서 본 것보다 더 크네요." 알레시아는 집의 규모와 우아함에 위축되어 말했다.

"밖에서 보면 잘 모르지. 맞아."

이 집은 누가 청소할까? 시간이 엄청 걸리겠다!

"그런데 이 집, 당신 거예요?"

"응. 일반인들에게 빌려주는 별장이야. 시간이 늦었고 많이 피곤하겠지만, 자기 전에 뭘 좀 먹든가 마실래?"

알레시아는 여전히 복도의 그 자리에 서 있었다.

여기도 그의 집이라고? 엄청 성공한 작곡가인가봐.

그의 제안에 그녀가 고개를 끄덕였다.

"좋다는 뜻이지?" 그가 환히 웃으며 물었다.

그녀가 미소를 지었다.

"와인? 맥주? 더 강한 거?" 그가 물었다. 그녀가 더 가까이 다가왔다.

그녀의 고향에서는 여자들이 술을 마시는 경우는 드문데 그녀는 몰래 라키(터키와 발칸 반도에서 주로 식전주로 마시는 독한 술-옮긴이)를 한두 잔 마셔본 적이 있다. 하지만 그것은 2년 전 새해 전날의 일이었다. 아버지는 그녀가 술 마시는 것을 허락하지 않았다.

아버지는 그녀에게 많은 것을 허락하지 않았다…

그녀에게 와인을 준 것은 할머니였다. 하지만 와인은 그녀의 입맛에 맞지 않았다. "맥주." 그녀가 말했다. 그녀가 본 남자들은 모두 맥주를 마신 데다 아버지에 대한 반발심도 작용했다.

"잘 골랐어." 맥심이 씩 웃으며 냉장고에서 갈색 병 두 개를 꺼냈다. "페일 에일 괜찮지?"

그녀는 그것이 무엇인지 몰랐지만 고개를 끄덕였다.

"유리잔에 따라 줄까?" 그가 병마개를 따면서 물었다.

"네. 좋아요."

그는 찬장에서 긴 유리잔을 꺼내 능숙하게 맥주를 잔에 따랐다. "건배." 그가 알레시아에게 잔을 건네며 말했다. 그리고 병을 들어 그녀의 유리잔에 챙 부딪치고는 한 모금 들이켰다. 그의 입술이 병의 목을 감쌌다. 그는 눈을 감고 맛을 음미했고, 알레시아는 알 수 없는 이유로 고개를 돌렸다.

그의 입술.

"Gëzuar(건배)." 그녀가 중얼거렸다. 그는 놀라 눈썹을 추켜올렸다. 그녀가 모국어로 말하는 것을 듣기는 처음이었다. 그것은 그녀의 고향에서 남자들이 건배할 때 쓰는 말이었지만 그가 그 뜻을 알 리 없었다. 그녀는 한 모금 들이켰다. 차가운 호박색 액체가 그녀의 목구멍을 따라 아래로 흘러갔다.

"으으음." 그녀는 눈을 감고 음미한 뒤 다시 들이켰다. 이번에는 더 길게 쭉.

"배고파?" 그가 낮게 잠긴 목소리로 물었다.

"아뇨."

맥주를 즐기는 그녀의 모습이 전율을 일으켰다. 하지만 나는 처음으로 말문이 막혔다. 그녀가 무얼 원하는지 모르겠다. 이상한 일이다. 우리는 무엇 하나 비슷한 게 없다. 차 안에서 공유했던 친밀감이 사라진 것 같다.

"가자, 간단히 집 구경 시켜줄게." 나는 그녀에게 손을 내밀고 더 널찍한 거실 공간으로 그녀를 데려갔다. "여긴 응접실. 음… 거실 공간이야. 칸막이를 줄인 설계지." 나는 여러 방향을 쭉 가리켰다.

집 안쪽으로 들어왔을 때 알레시아는 벽에 붙여 세워진 매끄럽고 하얀 피아노를 발견했다. 피아노!

"여기 있는 동안 마음껏 연주해." 맥심이 말했다.

그녀의 심장이 춤을 추었다. 그가 그녀의 손을 놓았을 때 그녀는 그를 향해 환히 웃고 나서 피아노 뚜껑을 열었다. 안쪽에 글자가 쓰여 있었다.

가와이

모르는 이름이었지만 상관없었다. 그녀는 가운데 도를 눌렀다. 황금빛을 띤 음이 넓은 방으로 퍼져 나갔다.

"E përkryer(완벽해)." 그녀가 중얼거렸다.

완벽해.

"저쪽은 발코니야." 맥심이 가장 안쪽 통유리 벽을 가리켰다. "저 너머는 바다야."

"바다?" 그녀는 정말인지 확인하려고 그에게 고개를 휙 돌렸다.

"그래." 그는 그녀의 반응이 당황스럽기도 하고 재밌기도 했다.

그녀는 유리창 쪽으로 달려갔다. "바다는 한 번도 본 적이 없어요!" 그녀는 조금이라도 보이나 싶어 실눈을 뜨고 차가운 유리창에 코를 딱 붙인 채 탁한 어둠 속을 바라보았다. 하지만 실망스럽게도 발코니 너머에는 칠흑 같은 어둠뿐이었다.

"한 번도?" 맥심이 믿을 수 없다는 투로 말하며 그녀 옆으로 다가왔다.

"한 번도." 그녀가 말했다. 그녀는 유리창에 자신의 코와 입김이 닿아 생긴 얼룩을 발견하고 소맷부리를 당겨 얼룩을 문질러 지웠다.

"내일 같이 해변 산책하자." 그가 말했다.

알레시아는 미소를 짓다가 하품을 했다.

"피곤하구나." 맥심이 손목시계를 보았다. "자정이 30분이나 지났어. 그만 침대로 갈래?"

알레시아는 가만히 그를 바라보았다. 심장이 마구 날뛰었다. 그의 질문이 여러 가능성을 띠고 두 사람 사이에 걸려 있었다.

침대? 당신의 침대 말이에요?

"네 방 보여줄게." 그가 말했지만 두 사람 모두 움직이지 않고 서로를 바라보았다. 알레시아는 안도해야 할지 실망해야 할지 혼란스러웠다. 안도감보다는 실망감이 더 큰 것 같

274

긴 한데 확실하지 않았다.

"인상을 쓰고 있네." 그가 말했다. "왜?"

그녀는 입을 열지 않았다. 이 순간의 생각과 느낌을 어떻게 표현해야 할지 알 수 없었고 내키지도 않았다. 호기심이 일었다. 이 남자가 좋았다. 하지만 섹스에 대해서는 아는 것이 전혀 없었다.

"안 돼." 그가 혼잣말을 하듯 중얼거렸다. "가자, 네 방으로 데려다줄게." 그는 부엌 조리대에서 그녀의 쇼핑백들을 집어 들었고, 그녀는 그를 따라 계단을 올랐다. 계단 꼭대기에 불빛이 환하고 문이 두 개 난 층계참이 있었다. 맥심이 두 번째 문을 열고 전등 스위치를 켰다.

널찍하고 훤한 미색의 방이었다. 킹 사이즈 침대가 맞은편 벽에 붙어 있었고 한쪽 벽에는 커다란 창이 나 있었다. 침구도 미색이었지만 침대 위의 역동적인 바다 풍경화와 어울리는 쿠션들이 침대에 놓여 있었다.

맥심은 그녀에게 들어가라고 손짓한 뒤 그녀의 쇼핑백을 알록달록한 자수가 수놓인 장의자에 두었다. 그녀는 검은 유리창에 비친 자신의 그림자를 보며 침대 쪽으로 갔다. 맥심이 뒤에 와서 섰다. 유리창에 비친 그의 모습은 키가 크고 날씬한 데다 너무나 멋졌다. 그런 그의 옆에 있으니 그녀는 파리하고 추레해 보였다. 모든 면에서 두 사람은 동등하지 않았고 지금처럼 그 차이가 극명한 때도 없었다.

나의 어떤 점이 이 남자의 눈에 든 걸까? 나는 그의 청소부일 뿐인데.

그녀의 생각은 부엌에서 그의 형수를 보았을 때로 흘러갔다. 그 여자는 우아한 멋쟁이였고 그의 큰 셔츠를 입고 있었다. 알레시아는 자신의 모습이 거슬려 고개를 돌렸다. 맥심이 연초록색 블라인드를 내린 뒤 계속 방을 구경시켜주었다.

"전용 욕실이 딸려 있어." 그가 상냥하게 말하며 욕실 문을 가리키자 그녀는 우울한 생각에서 빠져나왔다.

나 혼자 쓰는 욕실이야!

"고마워요." 그녀가 말했다. 그에게 진 신세에 비하면 턱없이 맥 빠진 목소리였다.

"알레시아." 그가 그녀 앞에 서서 찬란한 눈에 연민을 가득 담고 말했다. "갑자기 일이 이렇게 돼 정신없을 거야. 우린 서로 잘 모르는 사이지만 난 너를 그 남자들의 손에 버려둘 수가 없었어. 그걸 이해해줬으면 해." 그는 그녀의 많은 머리채에서 빠진 머리카락을 잡아 귀 뒤로 다정히 넘겨주었다. "걱정 마. 여긴 안전하니까. 너한테 손 안 댈게. 네가 원하지 않는 이상." 알레시아는 희미하게 감도는 그의 냄새를 맡았다. 상록수와 샌들우드 냄새였다. 그녀는 눈을 감고 울컥하는 감정을 잠재우려 노력했다. "여긴 우리 집안의 별장이야." 그가 말했다. "그냥 휴가 왔다고 생각해. 생각도 하고 명상하고 서로를 알아가고 최근에 일어난 고약한 사건들로부터 떨어져 있기에 좋은 곳이지."

알레시아는 울컥 목이 메어 윗입술을 깨물었다.

울지 마. 울지 마. Mos qaj (울지 마).

"내 방은 옆방이야. 필요한 게 있으면 말해. 하지만 지금은 많이 늦었으니까 둘 다 자야겠지." 그가 그녀의 이마에 쪽 하고 입을 맞추었다. "잘 자."

"잘 자요." 잠긴 목소리가 들릴 듯 말 듯 흘러나왔다.

그는 돌아서서 방을 나갔고, 그녀는 방에 혼자 서 있었다. 이렇게 멋진 침대로 초대된 것은 처음이었다.

그녀의 시선이 그림에서 욕실 문으로, 다시 근사한 침대로 옮겨갔다. 그녀는 천천히 바닥에 주저앉아 두 팔로 몸을 감싸고는 눈물을 쏟기 시작했다.

나는 겉옷 보관실에 우리의 외투를 걸고 나서 부엌 조리대에서 내 맥주를 집어 길게 한 모금 들이켰다.

대단한 하루였어!

생각만 해도 신음이 절로 나는 달콤한 첫 키스─그 빌어먹을 작자들이 방해했지만─그녀의 갑작스런 도주, 따분한 웨스트 런던 시골 구석까지 미친 듯이 운전해 달려갔던 나.

그녀의 사연도 밝혀졌다. 성매매 피해자.

망할… 정말이지 충격이다.

그리고 지금은 여기 있다. 단둘이.

나는 얼굴을 문지르며 있었던 일들을 곰곰이 돌이켰다. 장시간 운전을 한 데다 하루 종일 고생한 터라 노곤할 만도 했지만 신경이 곤두섰다. 천장을 올려다보며 알레시아가 곤히 자고 있을 위치를 가늠했다. 제발 자고 있기를. 내가 잠들지 못하는 진짜 이유는 그녀다. 그녀를 품에 안지 않으려 안간힘을 쓰느라 자제력이 바닥나고 말았다⋯ 그래서 뭐? 그녀에게 그런 이야기를 들어놓고도 내 생각은 허리 위로 올라갈 줄을 모른다. 발정난 남학생이 따로 없다.

그 여자를 가만둬.

하지만 나는 줄기차게 그녀를 원한다. 오래 굶주려 허덕이는 내 불알은 외면하면서.

젠장. 알레시아는 쉬어야 마땅해. 그런 일을 겪었으니.

그녀에겐 내 음탕한 관심 따위 필요 없단 말이다.

친구가 필요하지.

등신. 난 대체 왜 모양일까?

나는 맥주를 집어 쭉 들이켠 뒤 알레시아의 유리잔을 집었다. 그녀는 잔을 거의 건드리지도 않았다. 나는 그것을 한 모금 마시고 나서 손으로 머리카락을 쓸어 넘겼다. 문제는 내게 있다는 걸 뼈저리게 느끼는 중이다.

그녀를 원한다. 미치도록.

푹 빠져버렸다.

그만, 그건 이미 인정했다. 내 시선이 처음 그녀에게 닿은 이후 그녀는 줄곧 내 생각과 꿈을 점령해왔다.

몸아 닳아 죽을 지경이다.

하지만 내가 꿈꾸는 그녀는 나처럼 욕망하는 여인이다. 나야 당연히 그녀를 원하지만, 그녀도 흠뻑 젖어 적극적으로 나를 원했으면 좋겠다. 그녀를 유혹할 수도 있지만 지금 그녀가 허락을 한다면 잘못된 이유로 허락하는 셈이 될 것이다.

게다가 그녀가 원하지 않는 이상 그녀에게 손대지 않겠다고 약속까지 한 마당이니.

나는 눈을 감았다.

내가 언제부터 양심을 따랐지?

그 대답은 이미 알고 있다. 동등하지 않은 우리의 관계가 오히려 방해가 되고 있다.

그녀는 가진 게 아무것도 없다.

나는 모든 걸 가졌다.

만약 그녀를 이용하면 나란 놈은 뭐가 되지? 그 동유럽 말씨를 쓰는 양아치 놈들보다 나을 게 없을 것이다. 그놈들로부터 그녀를 보호하고 싶어 그녀를 콘월로 데려왔는데 이제는 나 자신으로부터 그녀를 보호해야 할 판이다.

망할.

미지의 영역에 들어선 기분이다.

남은 맥주를 마저 마시는데 본채에서는 일이 잘 돌아가나 궁금했다. 내일 한번 들여다봐야겠다. 올리버에게도 내 행방을 알려야 한다. 급히 처리해야 할 일도 없을 테고 올리버와는 전화로 연락하면 될 테니 여기서 일을 해도 될 것이다. 노트북을 가져왔다면 좋았겠지만 휴대폰이 있으니까 괜찮다.

지금은 눈을 좀 붙여야겠다.

나는 빈 유리잔과 맥주병을 조리대 위에 놓아두고 전등을 끈 다음 위층으로 올라갔다. 그녀의 침실 문 밖에서 잠깐 걸음을 멈추고 소리를 들어보았다.

젠장!

그녀가 울고 있었다.

지난 4주 동안 눈물 흘리는 여자라면 질리도록 겪었다. 매리언, 캐럴라인, 대니, 제시. 숨이 끊어진 키트의 모습이 떠오르면서 갑자기 날카로운 슬픔이 솟구쳤다.

키트. 망할. 왜 그랬어?

별안간 피로감이 몰려왔다. 그냥 울게 둘까 생각했지만 방문 밖에서 주저하는 사이 울음소리가 슬픔에 젖은 내 가슴을 후벼 팠다. 그녀가 울고 있는데 어떻게 모른 척을 할까. 나는 한숨을 쉬며 마음을 단단히 먹고는 문을 살살 두드리고 나서 안으로 들어갔다.

"알레시아. 이런!" 나는 그녀를 품에 안았다. "쉿. 그만." 나는 갈라지는 목소리로 속삭였다. 그리고 침대에 걸터앉아 그녀를 무릎에 앉히고 그녀의 머리에 얼굴을 묻었다. 눈을 감고 그녀의 달콤한 냄새를 들이마시고 그녀를 꼭 끌어안은 채 몸을 살짝 흔들었다.

"내가 있잖아." 나는 목이 메어 간신히 속삭였다. 굳은 날 오토바이를 타게 만든 악마로부터 형은 구하지 못했지만 이 아름다운 여인, 이 아름답고 용감한 여인은 구할 수 있다. 그녀가 울음을 그치더니 손을 펴서 질주하는 내 심장에 대고 가만히 있었다. 그렇게 얼마나 흘렀을까. 마침내 그녀가 잠잠해지더니 내게 몸을 기대며 늘어졌다.

그녀가 잠이 들었다.

내 품에서.

안전한 내 품 안에서.

잠자는 미녀를 안아보다니 대단한 특권이다.

나는 그녀의 머리에 가만히 입을 맞춘 뒤 그녀를 안아 침대에 눕힌 다음 이불을 덮어주었다. 땋은 머리채가 베개를 구불구불 가로질렀다. 잠시 땋은 머리를 풀어줄까 생각하는데 그녀가 모국어로 알아들을 수 없는 말을 웅얼거렸다. 그녀를 깨우고 싶지 않았다. 그녀가 내 꿈에 나타나는 것처럼 나도 그녀의 꿈에 나타날지 궁금했다. "잘 자, 예쁜이." 나는 속삭이고 나서 전등을 끄고 층계참으로 나갔다. 침실 문을 닫은 뒤 복도의 불빛이 그녀를 깨울까봐 그것도 끄고 나서 내 침실로 들어갔다. 내 방문은 조금 열어두었다.

내가 필요할지도 모르니까…

전자 버튼을 누르자 블라인드가 내려와 바다로 향한 유리창을 가렸다. 나는 옷방 안에서 옷을 벗고 대니가 본채에서 가져다둔 파자마를 찾아서 바지부터 입었다. 런던에서는 파자마를 잘 입지 않지만 콘월에는 고용인들이 많기 때문에 선택의 여지가 없다. 벗은 옷은 바닥에 쌓아두고 침실로 들어가서 침대로 기어들었다. 침대 옆 램프를 끄고 잉크 같은 어둠 속을 응시했다.

　내일은 더 나은 날이 될 것이다. 내일은 사랑스러운 알레시아 데마치를 독차지할 작정이다. 침대에 누워 있으니 내가 내린 판단에 대한 의구심이 생겼다. 나는 알레시아를 아는 사람 하나 없는 곳으로 데려왔다. 지금 그녀는 궁핍하고, 친구도 없고, 완전히 혼자다. 그래도 그녀에겐 내가 있다. 그러니 자중해야 한다. "이러다 물러터진 영감 되기 딱 좋지." 나는 중얼거리고는 완전히 지쳐 꿈도 없는 잠에 빠져들었다. 나를 잠에서 깨운 것은 그녀의 비명이었다.

12

나는 몇 초 만에 정신이 번쩍 들었다. 그녀가 다시 비명을 질렀다.

안 돼.

알레시아.

나는 침대를 뛰쳐나갔다. 몸속에서 아드레날린이 분출하며 온 감각에 경계령을 내렸다. 주먹으로 스위치를 쳐서 복도의 전등을 켠 다음 그녀의 방으로 뛰어들었다. 알레시아는 침대 위에 앉아 있었다. 복도 쪽에서 나는 소리와 불빛에 그녀가 고개를 홱 돌리더니 공포에 휩싸인 눈을 거칠게 움직였다.

그녀가 다시 비명을 지르려 입을 열었다.

"알레시아, 나야, 맥심."

그녀의 입에서 말들이 속사포처럼 쏟아졌다. "Ndihmë.

Errësirë. Shumë errësirë. Shumë errësirë(도와주세요. 어두워요. 너무 어두워요. 너무 어두워요)!"

뭐라고?

나는 침대 위 그녀 옆에 앉았다. 그녀가 내게 몸을 던지는 바람에 하마터면 넘어질 뻔했다. 그녀가 두 팔을 내 목에 감았다.

"헤이." 나는 몸을 가누자마자 그녀를 다시 달래면서 그녀의 머리를 쓰다듬었다.

"Errësirë. Shumë errësirë. Shumë errësirë(어두워요. 너무 어두워요. 너무 어두워요)." 그녀는 내게 매달리며 같은 말을 하고 또 하면서 갓 태어난 망아지처럼 부들부들 떨었다.

"영어로. 영어로 말해."

"어둠." 그녀가 내 목에 대고 속삭였다. "나 어둠이 싫어요. 여긴 너무 어두워."

휴, 간 떨어질 뻔했네.

온갖 끔찍한 일을 상상하고 괴물 패거리와 싸울 태세를 했는데, 그 말을 들으니 마음이 놓였다. 나는 한 팔을 그녀에게 두르고 몸을 기울여 침대 옆 탁자에 놓인 전등을 켰다.

"좀 낫지?" 내가 물었지만 그녀는 나를 놓지 않았다. "이제 괜찮아. 이제 괜찮아. 내가 있잖아." 나는 그 말을 몇 번 반복했다.

몇 분 뒤 몸의 떨림이 멈추고 그녀의 몸에서 긴장이 풀렸다. 그녀가 몸을 뗐다. 그녀의 눈이 내 눈과 마주쳤다.

"미안해요." 그녀가 속삭였다.

"쉿. 걱정 마. 나 여기 있어."

그녀는 나의 벌거벗은 가슴을 내려다보았다. 그녀의 뺨이 서서히 장밋빛으로 물들었다.

"평소엔 다 벗고 자. 오늘은 바지를 입어서 너에겐 행운인 셈이네." 나는 농담을 건넸다.

그녀의 입매가 부드러워졌다. "알아요." 그녀가 긴 속눈썹 사이로 나를 슬쩍 훔쳐보았다.

"안다고?"

"네. 당신이 다 벗고 자는 거 알아요."

"나 봤구나."

"네." 그녀가 뜻밖에 미소를 지었다.

"그게, 어떻게 받아들여야 할지 난감하군." 나는 그녀가 어둠 속에서 직면한 공포로부터 벗어난 것에 감사했지만 그녀는 계속 불안하게 방 안을 둘러보았다.

"미안해요. 당신을 깨울 생각은 없었어요." 그녀가 말했다. "너무 겁이 나서 그만."

"악몽을 꾼 거야?"

그녀가 고개를 끄덕였다. "그러다 눈을 떴는데 너무… 너무 어두웠어요." 그녀가 진저리를 쳤다. "꿈을 꾸는 건지 깨어난 건지 알 수가 없었어요."

"누구라도 그런 상황에선 비명을 지를 거야. 여기는 런던과 달라. 트리비딕 영지에는 빛공해가 없어. 여기 어둠은…

정말 어두워."

"맞아요, 마치…" 그녀는 말을 멈추고 공포감에 움츠러들었다.

"마치?" 내가 나직이 말했다.

그녀의 눈에 어렸던 장난스런 즐거움이 사라지고 난처하고 긴장한 눈빛이 그 자리를 대신했다. 그녀가 고개를 돌리더니 자기 무릎을 내려다보았다.

나는 그녀의 침묵에 부딪쳐 그녀의 등을 문질렀다. "말해 봐." 내가 달랬다.

"그거… 뭐라고 하죠… Kamion(화물차)… 트럭. 트럭 안에서…" 그녀가 별안간 마음이 내켰는지 말했다.

나는 침을 꿀꺽 삼켰다. "트럭?"

"네. 그게 우리를 잉글랜드로 데려왔어요. 쇠였어요. 철제 상자 같은. 그리고 어두웠어요. 추웠고. 그리고 냄새가…" 그녀가 말꼬리를 흐려 무슨 소리인지 알 수 없었다.

"젠장." 나는 숨 죽여 군시렁거리고는 다시 그녀를 두 팔로 감쌌다. 그녀는 이번에는 나를 끌어안는 것이 내키지 않는 듯했다. 내가 웃통을 벗고 있어서 그런 것 같았지만 그악스런 악몽을 그녀 혼자 감당하게 내버려둘 순 없었다. 나는 단숨에 일어서서 그녀를 내 가슴에 끌어안았다.

그녀가 놀라 숨을 들이켰다.

"나랑 같이 자야지 안 되겠다." 나는 대답을 기다리지 않고 그녀를 들어 내 방으로 데려가서 전등을 켠 뒤 그녀를 옷방 옆 바닥에 내려놓고는 옷방 안에서 파자마 상의를 찾아 그녀에게 건넸다. 그리고 욕실을 가리켰다. "저 안에 들어가서 옷 갈아입어. 그 청바지랑 교복 스웨터를 입고는 편히 못 잘거야." 나는 그녀의 초록색 양모 풀오버를 보며 얼굴을 찌푸렸다.

그녀가 눈을 빠르게 깜빡였다.

젠장. 내가 선을 너무 많이 넘었나.

별안간 자의식이 조금 느껴졌다. "물론 너 혼자 잔다면 상관없겠지만."

"남자랑 같이 잔 적 없어요."

아하.

"안 건드릴게. 그냥 같이 잠만 자는 거야… 네가 또 비명을 지르게 되더라도 내가 바로 옆에 있게."

물론, 난 널 다른 방식으로 비명을 지르게 만들고 싶어.

알레시아는 주저하면서 내게서 침대로 시선을 옮겼다. 그녀의 입술이 결심한 듯 꾹 다물렸다. "여기서 자고 싶어요, 당신이랑 같이." 그녀는 욕실로 들어가서 전등 스위치를 찾고 나서 문을 닫았다.

나는 그제야 안도하고 닫힌 욕실 문을 물끄러미 바라보았다.

스물세 살인데 한 번도 남자랑 같이 잔 적이 없다고?

지금은 그런 걸 따질 때가 아니다. 새벽 3시가 지난 시각이었고 피곤했다.

알레시아는 거울에 비친 자신의 창백한 얼굴을 바라보았다. 눈그늘이 짙게 드리운 커다란 눈이 그녀를 마주 보았다. 그녀는 숨을 크게 들이마시고 악몽의 잔상을 떨쳐버렸다. 꿈속에서 그녀는 다른 여자들 없이 그 컨테이너 안으로 돌아가 있었다.

혼자.

어두웠다.

추웠다.

그 냄새가 났다.

그녀는 진저리를 치고 나서 옷을 벗었다. 아까는 여기가 어디인지 잊고 있었는데 그가 나타나주었다.

미스터 맥심. 그가 다시 그녀를 구해주었다.

나의 스칸데르베그(중세 알바니아의 군주로 훗날 민족 영웅으로 추앙받은 인물 - 옮긴이)… 그가 영웅으로 나선 것이 한두 번이 아니다.

이제 그와 같이 잠을 잘 것이다.

그가 그녀를 악몽으로부터 지켜줄 것이다.

만약 아버지가 이 사실을 안다면 그를 죽여버릴 것이다. 어머니까지도… 알레시아가 남자랑, 남편이 아닌 남자와 같이 잘 거라는 이야기를 듣고 기절하는 어머니가 눈앞에 아른거렸다.

아빠와 엄마 생각은 그만해.

사랑하고 사랑하는 어머니가 그녀를 잉글랜드로 보낸 것

은 그것이 그녀를 구하는 길이라 믿었기 때문이다.

어머니의 생각은 빗나갔다. 완전히 빗나갔다.

아, 엄마.

미스터 맥심과 같이 있으면 당분간은 안전할 것이다. 그녀는 간신히 파자마 상의를 입었다. 옷이 너무 컸다. 땋은 머리를 풀어서 흔들어 헤치고 나서 손가락으로 정돈하려다가 그만두었다. 한 팔로 벗은 옷가지를 주워 들고 문을 열었다.

미스터 맥심의 방은 다른 침실보다 더 크고 널찍했다. 색깔은 같은 미색이었지만 광을 낸 목재 가구가 있었다. 무엇보다 같은 재질의 슬레이 침대가 눈에 띄었다. 그는 침대 반대편 옆에 서 있었다. 그의 눈이 커지면서 그녀를 탐색했다. "나왔네." 그가 잠긴 목소리로 말했다. "수색대를 파견해야 하나 생각하던 참이야."

그녀의 시선은 그의 놀란 초록빛 눈에서 그의 팔에 난 문신으로 흘렀다. 그 문신은 전에 언뜻 본 적이 있었는데 이제 방 건너편에서도 문양이 또렷하게 보였다.

머리가 두 개인 독수리.

알바니아(알바니아인들은 자신들을 독수리의 후예라고 생각한다. 그들의 국기에는 머리가 두 개인 독수리의 문양이 있다-옮긴이).

그는 그녀의 시선을 따라 문신을 내려다보았다. "아. 이거." 그가 말했다. "어린 마음에 저지른 무모한 짓이랄까." 그는 조금 창피한 투로 말하고는 그녀의 노골적인 관심이 당황스러운지 인상을 썼다. 그녀는 그 문양에서 눈을 떼지 못하고 그를 향해 다가갔다. 그가 팔꿈치를 들자 그것이 더 잘 보였다.

그의 이두박근 위로 검은 방패 하나와 머리가 두 개인 미색 독수리 한 마리가 새겨져 있었는데 독수리는 V자가 뒤집힌 형태로 대형을 이룬 노란 원 다섯 개의 위를 맴돌았다. 알레시아는 자신의 옷을 침대 발치의 발받침 위에 놓고 나서 그의 팔을 만지려 손을 들었다. 그녀의 눈이 맥심을 향해 허락을 구했다.

그녀가 내 문신의 윤곽선을 쓰다듬는 동안 나는 숨을 죽였다. 그녀의 손가락이 내 피부를 스쳤다. 그 가벼운 감촉이 내 몸 전체로 퍼져 나가 사타구니로 직행하는 바람에 나는 터지려는 신음을 억눌렀다.

"이건 내 나라의 상징이에요." 그녀가 소곤거렸다. "머리가 두 개인 독수리는 알바니아의 국기에 있어요."

무슨 우연의 일치지?

나는 이를 악물었다. 같은 행동으로 반응하지 않고 얼마나 더 그녀의 손길을 참을 수 있을까.

"이 노란색 원들은 아니지만." 그녀가 덧붙였다.

"그건 베젠트(비잔틴의 금화나 은화 혹은 원형이 일정한 간격으로 반복되는 장식용 모티브-옮긴이)야." 목소리가 더 잠겨서 나왔다.

"베젠트."

"응. 동전을 의미해."

"알바니아에서도 그 단어를 써요. 왜 이 문신을 한 거예요? 무슨 뜻으로?" 매혹적인 그녀의 눈이 나를 올려다보았다.

뭐라고 해야 하지?

이건 우리 집안의 문장에서 따온 방패인데.

새벽 3시에 우리 집안의 문장에 대한 강의를 하고 싶지는 않았다. 사실 이 문신은 어머니를 열받게 하려고 새긴 것이었다. 어머니는 이것을 싫어했다… 하지만 집안의 문장인걸 어쩌겠나? 어머니도 불평할 수 없었다.

"말한 대로 어린 마음에 저지른 무모한 짓이었어."

내 눈은 그녀의 눈에서 그녀의 입술로 흘러갔다. 나는 침을 꿀꺽 삼켰다. "이런 이야기를 하기엔 시간이 너무 늦었어. 자자." 나는 퀼트 이불을 젖히고 그녀가 들어올 수 있도록 침대 반대편으로 돌아갔다. 그녀가 시키는 대로 했다. 지나치게 큰 파자마 셔츠 밑으로 길고 날씬한 그녀의 다리가 드러났다.

이건 고문이야.

"'무모한 짓'이 무슨 뜻이죠?" 내가 침대를 돌아갈 때 그녀가 물었다. 그녀가 팔꿈치를 괴고 엎드리자 느슨하게 웨이브 진 아름다운 검은 머리카락이 풍성하게 어깨 위로 흘러

내려 굴곡진 젖가슴을 지나 이불 위로 떨어졌다. 그 모습이 어찌나 근사한지 그녀에게 손을 대지 않으려고 애를 써야 했다.

"말이 '무모한 짓'이지 그냥 바보 짓이라고 생각하면 돼." 나는 그녀 옆에 누우며 말했다. 그리 잘 알면서도 또 그런 짓을 하는구나 싶어 웃음이 터질 뻔했다.

이 아름다운 여자 옆에서 잠을 자려는 게 무모한 짓이 아니라면 뭐가 무모한 짓이겠어.

"무모한 짓." 그녀가 베개에 머리를 뉘이며 중얼거렸다. 나는 그녀가 다시 깰 때를 대비해 침대 옆 전등이 어둠 속에서 은은히 빛나도록 밝기를 낮추었다.

"응. 무모한 짓." 나는 누워 눈을 감았다. "이제 자."

"잘 자요." 그녀가 다정하고 상냥한 목소리로 소곤거렸다. "그리고 고마워요."

끙 소리가 절로 났다. 만만치 않은 고문이 예상되었다.

나는 그녀가 보이지 않게 옆으로 돌아누워 양 떼를 세기 시작했다.

나는 까마득히 높은 돌벽 옆 잔디밭에 누워 있다. 트리실 런 홀의 부엌 정원을 둘러싼 돌벽이다.

여름 햇살이 따사롭다.

돌벽을 넘어와 잔디밭을 맴도는 라벤더 향기와 달콤한 장미 향이 나를 감싼다.

따뜻하다.

행복하다.

나는 집에 왔다.

깔깔거리는 소녀의 웃음소리가 내 주의를 끈다.

나는 그 소리에 이끌려 고개를 돌리지만 햇빛에 눈앞이 보이지 않는다. 오직 그녀의 윤곽선뿐. 그녀의 길고 윤기 나는 검은 머리카락이 산들바람에 살랑거린다. 속이 비치는 파란 작업복이 그녀의 몸을 감싸고 있다. 그것이 그녀의 날씬한 형체를 감싼 채 부풀어 오른다.

알레시아.

꽃향기가 강렬하다. 나는 그 달콤하고 홀리는 향기를 들이마시려 눈을 감는다.

눈을 뜨니 그녀는 사라지고 없다.

나는 화들짝 놀라 잠에서 깼다. 아침 햇살이 블라인드의 갈라진 틈새를 파고들었다. 알레시아는 내 쪽으로 넘어와 내 팔 밑에 자리를 잡고 주먹 쥔 손을 내 배에 얹은 채 내 가슴을 베고 있었다. 그녀의 다리는 내 다리와 엉켜 있었다.

나한테 완전 달라붙었네.

그리고 곤히 잠들었다.

내 물건이 벌떡 일어나 돌처럼 단단해졌다.

"후, 안 돼." 나는 중얼거리며 코를 그녀의 머리카락에 대고 문질렀다.

라벤더랑 장미네.

정신이 아득해졌다.

삼장박동이 최대치로 치솟았다. 두근거리는 가슴으로 지금 이 상황이 시사하는 모든 가능성들을 하나하나 따져보았다. 알레시아는 지금 내 품 안에 있다. 나는 준비됐다. 대기 중. 그녀가 내 애를 태운다, 바로 옆에서… 너무 가깝다. 내가 돌아누우면 그녀는 등을 대고 누울 테고, 나는 그녀 안으로 들어갈 수 있다. 나는 천장을 올려다보며 자제력을 끌어모았다. 내가 움직이면 분명 그녀는 깰 것이다. 그래서 나는 조금 더 나를 고문하며 가만히 누워 있었다. 그리고 그녀와 엉켜 누워 있는 다디단 고통을 즐겼다. 그녀의 머리카락을 한 움큼 쥐니 손가락 사이로 그 보드랍고 실크 같은 감촉이 느껴졌다. 그녀가 꿈틀거렸다. 주먹을 쥔 손이 움찔하더니 내 배 위에서 쫙 펴지면서 내 음모의 윗부분을 간질였다.

돌겠네!

단단해질 대로 단단해진 터라 당장 그녀의 손을 움켜잡아 발기한 내 몸을 쥐여주고 싶다는 생각뿐이었다. 그렇게 된다면 곧장 폭발할 것 같았다.

"으으음." 그녀가 웅얼거렸다. 눈꺼풀이 움찔움찔 열린 뒤 그녀가 몽롱하게 나를 올려다보았다.

"좋은 아침, 알레시아." 나는 숨을 몰아쉬었다.

그녀가 정신을 차리더니 우리 사이에 공간을 두려고 허둥지둥 움직였다.

"침대 내 자리로 방문해줘서 고마워." 놀리듯 말을 건넸다.

그녀는 이불을 턱까지 끌어 올렸다. 뺨을 장밋빛으로 붉히면서 수줍은 미소를 띠었다.

"잘 잤어?" 나는 그녀를 향해 옆으로 누우며 물었다.

"네. 덕분에."

"배고파?" 난 배고파. 먹고 싶은 게 음식은 아니지만.

그녀가 고개를 끄덕였다.

"그렇다는 뜻이야?"

그녀가 얼굴을 찌푸렸다.

"알바니아에서는 뜻이 정반대라고 어제 차 안에서 네가 말했잖아."

"기억하고 있었군요." 그녀는 기쁘면서도 놀란 듯 보였다.

"네가 할 말은 모두 기억해." 오늘 아침 그녀가 얼마나 사랑스러워 보이는지 말해주고 싶었지만 그만두기로 했다. 자중하기로 했으니까.

"당신이랑 같이 자는 거 좋아요." 그녀가 엉뚱한 말을 했다.

"나도 너랑 자는 거 좋아."

"나쁜 꿈을 꾸지 않았어요."

"잘됐다. 나도 그랬어."

그녀가 큭큭 웃었다. 나는 잠에서 깰 때 꾼 꿈을 떠올렸다. 기억나는 건 그녀가 꿈에 나왔다는 사실뿐이었다. 평소처럼. "네 꿈 꿨어."

"나요?"

"응."

"그거 악몽 아니에요?" 그녀가 농담을 했다.

나는 활짝 웃었다. "아니지, 아마."

그녀가 미소를 지었다. 그녀의 미소는 마력을 발휘한다. 고르고 하얀 치아. 초대하는 듯 살짝 벌어진 분홍빛 입술. "정말 탐스럽다." 내 입에서 나도 모르게 그 말이 나왔다. 그녀의 진밤색 눈동자가 팽창하며 나를 사로잡았다.

"탐스럽다구요?" 그녀가 숨을 흡 들이마셨다.

"응."

우리 사이에 놓인 침묵이 길게 이어지는 동안 우리는 서로를 바라보았다.

"어떡해야 할지 모르겠어요." 그녀가 속삭였다.

간밤에 그녀가 한 말이 머릿속에 메아리쳐서 나는 눈을 감고 침을 꿀꺽 삼켰다.

남자랑 같이 잔 적 없어요.

"설마 처녀야?" 나는 속삭이고 나서 눈을 뜨고 그녀의 얼굴을 탐색했다.

그녀가 얼굴을 붉혔다. "네."

순순히 인정하는 대답이 내 리비도에 찬물을 끼얹었다. 내가 잔 처녀는 딱 한 명뿐이었고 그것은 캐럴라인이었다. 나 역시 첫 경험이었는데 그 일 때문에 우리 둘 다 학교에서 쫓겨날 뻔했었다. 그 일이 있고 나서 아버지는 블룸스버리의 고급 사창가로 나를 데려갔다.

여자랑 잘 거면, 맥심, 제대로 자는 법을 배우거라.

당시 나는 열다섯 살이었고 이후 캐럴라인은 자기 삶을 살았다…

키트가 죽을 때까지.

제기랄.

알레시아가 처녀라고, 스물세 살인데? 그럴 만도 하지. 뭘 바란 거야? 그녀는 내가 아는 여자들과는 차원이 다르다. 알레시아가 큰 눈에 기대감을 담고 나를 바라보고 있다. 그녀를 여기 데려온 것은 역시나 무모한 짓이었다.

알레시아가 얼굴을 찌푸렸다. 불안감이 얼굴에 어려 있었다.

젠장.

나는 손을 내밀어 엄지손가락으로 그녀의 도톰한 아랫입술을 쓰다듬었다. 그녀가 숨을 흠 들이켰다. "널 원해, 알레시아. 아주 많이. 하지만 너도 나를 원했으면 좋겠어. 진도를 더 나가기 전에 서로에 대해 알아가는 게 먼저야."

그래. 어른이라면 이렇게 대응해야지. 맞겠지?

"알았어요." 그녀는 속삭였지만 확신은 없는 듯했고 희미한 실망감마저 풍겼다.

그녀는 내게 무얼 바라는 걸까?

그녀와 적절한 거리를 두고 이 문제를 숙고해야 한다. 지금 내 침대에는 그녀라는 방해물이 있다. 보드라운 입술을 비쭉 내민 아름다운 방해물. 나는 일어나 앉아 두 손으로 그녀의 얼굴을 감쌌다. "휴가를 즐기자." 나는 그렇게 말한 뒤 그녀에게 키스하고 나서 침대를 벗어났다.

지금은 때가 아니다.

그녀에게 공정하지 않다.

나 자신에게도 공정하지 않다.

"가려고요?" 알레시아가 침대에 일어나 앉으며 물었다. 머리카락이 작은 얼굴 주위로 베일처럼 흘러내렸다. 눈에 걱정이 가득했다. 벙벙한 파자마 상의를 입은 모습이 자연스럽고 섹시해 보였다.

"샤워하고 아침 만들어줄게."

"요리할 줄 알아요?"

나는 충격을 받은 그녀의 모습에 웃음을 터뜨렸다. "응. 베이컨이랑 달걀 정도." 나는 그녀에게 수줍은 미소를 짓고 나서 욕실로 들어갔다.

등신.

샤워하는데 자책감이 심해졌다.

온몸을 때리는 물줄기 속에서 나는 쫙 편 한 손으로 대리석 타일 벽을 짚은 채 내 배에 얹힌 그녀의 손과 내 물건을 감싸쥔 그녀의 손을 상상하며 재빨리 사정했다.

처녀라니.

나는 인상을 썼다. 왜 이렇게 신경이 쓰이지? 오히려 그녀가 그 개자식들에게 유린당하지 않았다는 증거인데. 그녀를 쫓는 놈들을 생각하니 화가 치밀어 올랐다. 그녀는 여기 콘월에 있으면 안전하다. 그거 하나는 잘됐다.

혹시 신앙 때문에 그런 것은 아닐까. 할머니가 선교사였고 목에 황금 십자가도 걸고 있으니 그럴지도 모르겠다. 아니면 알바니아에서는 혼전 섹스가 금기일 수도 있다. 모르겠다. 나는 대니가 나를 위해 가져다놓은 비누로 머리를 감고 몸을 씻었다.

그녀를 여기로 데려올 때만 해도 예상하지 못했던 일이 벌어졌다. 그녀가 성경험이 없는 것은 분명 중대한 문제다. 나는 성적으로 적극적인 여자, 자기가 무얼 하고 있고 무얼 원하는지, 어디까지가 한계인지 아는 여자를 좋아하니까. 숫처녀와 자는 것은 큰 책임이 따른다. 나는 수건으로 머리를 말렸다.

힘든 일이긴 하지만 누군가는 해야 하잖아.

그렇다면 내가 하는 게 낫지.

나는 거울 속의 쥐새끼를 쳐다보았다.

인마, 철 좀 들어라.

그녀는 오래가는 관계를 원할지도 모른다.

내게 관계라고 할 만한 건 두 번뿐이었고 그것들도 8개월을 넘기지 못했다. 그러니 오래간 관계는 없었다고 봐야 한다. 사교 생활에 욕심이 많던 샬럿은 에식스 출신의 준남작

에게 가버렸다. 아라벨라는 너무 마약에 빠져 내가 싫증이
났다. 가끔씩 코카인 가루를 흡입하는 정도야 누가 싫어하
겠나. 그런데 그걸 매일? 난 사양한다. 아마도 그녀는 다시
재활원 신세를 지고 있을 것이다.

알레시아와 사귄다면. 어떤 일들이 일어날까?

나 혼자 너무 앞서가고 있다. 나는 수건을 허리에 두르고
침실로 돌아갔다. 그녀는 가고 없었다.

망할. 심장박동수가 두 배로 뛰었다.

혹시 도망쳤나? 또?

나는 그녀의 방문을 두드렸다. 대답이 없었다. 나는 방 안
으로 들어가서 샤워하는 소리를 듣고 안심했다.

이 망할 인간아, 안달 좀 하지 마.

나는 그녀의 방을 나와 옷을 입으러 갔다.

알레시아는 샤워기를 떠나고 싶지 않았다. 쿠커스의 집
욕실에도 평범한 샤워기가 있었지만 쓰고 나면 매번 바닥에
걸레질을 해야 했다. 마그다의 집 샤워기는 욕조 안에 있었
다. 그런데 이 샤워기는 칸막이 안에 있었고 커다란 샤워꼭
지에서 뜨거운 물이 그녀 위로 폭포수처럼 쏟아졌다. 이렇
게 큰 샤워꼭지는 처음이었는데 심지어 미스터 맥심의 아파
트 욕실에 있는 것보다 더 컸다. 지극한 행복감이 밀려왔다.
이제까지 느껴보지 못한 새로운 경험이었다. 그녀는 머리를
감고 나서 마그다가 준 일회용 면도칼로 체모를 조심스럽게

밀었다.

그리고 집에서 가져온 바디워시로 몸을 문질렀다. 비누 거품이 가득한 손이 젖가슴 위로 움직일 때 그녀는 눈을 감았다.

'널 원해, 알레시아. 아주 많이.'

그는 그녀를 원했다.

그녀의 손이 아래로 움직였다.

그녀는 자신의 몸에 닿은 그의 손을 떠올렸다. 그녀를 친밀하게 만지는 그의 손.

그녀도 그를 원했다.

그의 품에서 깨어난 순간이 생각났다. 그녀의 피부에 닿은 따스하고 강한 그의 몸. 그 기억과 움직이는 손길에 그녀의 배가 바르르 춤을 추었다. 더 빠르게. 더 빠르게. 그녀는 데워진 타일 벽에 몸을 기대고 고개를 젖혔다. 입이 벌어지고 공기를 들이켰다.

맥심.

맥심.

아.

몸속 깊은 곳의 근육이 수축하면서 그녀는 사정했다.

그녀는 헐떡이면서 눈을 떴다.

내가 원한 게 이거였어… 아닌가?

그를 믿어도 될까?

응.

그는 그녀의 기대를 한 번도 저버린 적이 없었다. 어젯밤에는 어둠을 무서워하는 그녀를 달래주었다. 그리고 친절하고 다정했다. 옆에서 잠을 자면서 악몽도 쫓아주었다. 그의 옆에 있으면 안전한 기분이 들었다.

얼마 만에 느껴보는 안전함인지. 단테와 일리에게 아직 쫓기고 있다는 걸 알면서도 이렇게 편안할 수 있다니 신기한 일이다.

안 돼. 그들 생각은 하지 마.

남자들에 대해 더 알고 싶었다. 쿠커스에서는 남자와 여자가 잉글랜드처럼 교류하지 않는다. 가정에서 남자들은 남자들끼리, 여자들도 여자들끼리 어울린다. 그녀도 예외는 아니었다. 남자 형제가 없는 데다 남자 사촌들과 어울린 적도 없어서 남자에 대한 경험이라고는 대학교 다닐 때 만난 남학생 몇 명이 전부였다. 물론 그녀의 아버지도 빼놓을 순 없다.

그녀는 두 손으로 머리카락을 쓸어 넘겼다.

미스터 맥심은 그녀가 아는 다른 남자들과 달랐다.

그녀는 얼굴에 세찬 물줄기를 맞으면서 골치 아픈 일들을 머릿속에서 털어냈다. 맥심의 말대로 오늘은 휴가다. 그녀의 첫 번째 휴가.

그녀는 수건으로 머리를 싸고 몸에 목욕 수건을 두른 뒤 침실로 나갔다. 아래층에서 쿵쿵 진동이 올라왔다. 가만 들어보았다. 그가 이런 음악을 좋아한다니 좀 의외였다. 그가 작곡한 곡을 보면 조용하고 내성적인 남자일 것 같은데 이렇게 쩌렁쩌렁 울리는 이 시끄러운 음악이라니.

그녀는 가진 옷을 침대에 펼쳐놓았다. 청바지와 브래지어를 빼면 전부 마그다와 마이클에게서 물려받은 것들이었다. 얼굴이 시무룩해졌다. 더 예쁜 옷들이 없어 아쉬웠다. 그녀는 청바지 위에 미색의 긴팔 티셔츠를 입었다. 옷이 약간 늘어난 상태였는데 그럴 만도 했다. 가진 옷은 그것이 전부였다.

그녀는 수건으로 머리를 말린 뒤 빗으로 빗어 길게 늘어뜨리고 아래층으로 내려갔다. 계단을 둘러싼 유리벽을 통해 부엌에 있는 맥심이 보였다. 그는 연회색 티셔츠와 찢어진 블랙진 차림으로 어깨에 마른 행주를 걸친 채 스토브 앞에 서 있었다. 베이컨을 튀기면서—먹음직한 냄새가 났다—집을 쾅쾅 울려대는 댄스 음악의 박자에 맞춰 이리저리 움직였다. 알레시아는 환한 미소가 절로 나왔다. 그의 아파트를 청소할 때 그가 요리한 흔적은 한 번도 본 적이 없었는데.

그녀의 고향에서는 남자들은 요리를 하지 않는다.

요리하면서 춤추지도 않고.

들썩이는 그의 넓은 어깨와 회전하는 날씬한 엉덩이, 그리고 음악에 딱딱 맞춰 바닥을 두드리는 맨발이 매혹적이었다. 그녀의 위장이 맛있는 음식을 기대하며 요동쳤다. 그가 손가락으로 촉촉한 머리카락을 쓸어 넘기고 나서 베이컨을 휙 뒤집었다. 그녀는 입안에 군침이 돌았다.

음… 냄새.

음… 그의 모습.

그가 갑자기 돌아서다가 계단에 있는 그녀를 발견했다. 그의 얼굴이 환해졌고, 그녀의 얼굴에도 못지않게 큰 미소가 피어났다.

"달걀 하나? 아님 두 개?" 그가 음악 소리보다 크게 소리쳤다.

"하나." 알레시아는 계단을 내려가면서 입 모양으로 말하고는 큰 방으로 들어갔다.

돌아선 순간 그녀는 놀라 숨을 들이켰다. 바닥부터 천장까지 이어지는 통유리문 너머로 바깥 경치가 내다보였다.

바다!

"Deti(바다)! Deti! 바다!" 그녀는 소리치며 발코니로 난 유리문으로 달려갔다.

나는 베이컨을 굽는 스토브의 불을 낮춘 뒤 얼른 발코니 문에 있는 알레시아에게 갔다. 그녀는 마냥 신이 나서 이리저리 뛰어다녔다.

"바다로 내려가면 안 돼요?"

그녀가 기쁨으로 반짝이는 초롱초롱한 눈으로 아이처럼 팔짝팔짝 뛰었다.

"물론. 이리 와." 나는 그녀가 밖으로 나갈 수 있게 발코니 문의 잠금 장치를 풀고 나서 밀어 열었다. 차디찬 돌풍이 우리 둘을 습격했다. 추운 날씨였지만 그녀는 젖은 머리에 맨발, 얇은 티셔츠 바람으로 밖으로 뛰어나갔다.

이 여자는 제대로 된 옷이 없나?

나는 소파 등받이에 걸쳐져 있던 회색 담요를 집어 들고 그녀를 쫓아 밖으로 나가서 경치에 푹 빠진 그녀를 두 팔과 담요로 감싸주었다. 그녀의 얼굴은 경이로움에 젖어 있었다.

아늑한 집을 비롯한 다른 별장 세 채는 바위가 많은 곶(串)을 따라 건축되었다. 작은 오솔길이 정원 끝에서부터 해변까지 구불구불 이어졌다. 맑고 화창한 날이었다. 햇빛이 쨍쨍했지만 칼바람이 횡횡 몰아쳤다. 바다는 곳곳에 하얀 파도가 박힌 청량한 빛깔이었다. 파도가 작은 만의 양쪽 절벽에 철썩철썩 부딪치는 소리가 들려왔고, 공기에서는 신선한 짠내가 났다. 알레시아가 내게 돌아섰다. 황홀경에 취한 표정이었다.

"가자, 밥 먹어야지." 마침 스토브 위에 올려놓은 아침거리가 생각났다. "여기 이러고 있으면 독감 걸려. 아침 먹고 해변에 다시 내려오자." 우리는 집 안으로 들어가 문을 닫았다. "계란 부쳐야겠어!" 내가 음악 소리보다 크게 외쳤다.

"도와줄게요!" 알레시아가 같이 고래고래 대답하며 담요를 쓰고 나를 따라 부엌으로 들어왔다.

나는 휴대폰 앱으로 소노스 오디오의 볼륨을 줄였다. "좀 낫네."

"음악 좋았어요." 알레시아가 말했지만 말투로 보아 그녀의 취향은 아닌 듯했다.

"한국 하우스 뮤직이야. 디제잉할 때 몇 곡 썼었어." 나는 냉장고에서 달걀을 꺼냈다. "달걀 두 개?"

"아뇨, 하나만."

"정말?"

"네."

"알았어. 하나만. 난 두 개 먹어야지. 넌 토스트 만들어. 빵은 냉장고 안에 있고 토스터는 저기 있어."

같이 부엌에서 요리를 하니 그녀를 구경할 수 있었다. 그녀는 길고 날렵한 손가락으로 토스터에서 구워진 빵을 꺼내 한 쪽씩 버터를 발랐다.

"여기." 나는 토스트를 놓으라고 온열 서랍에서 접시를 두 개 꺼내 식탁에 놓았다.

내가 나머지 아침상을 차리는 동안 그녀는 내내 환한 미소를 지었다.

"너는 어떤지 몰라도 난 배고파 죽겠어." 나는 프라이팬을 개수대 안에 넣고 나서 토스트 접시 두 개를 집어 들고 그녀에게 식탁 쪽을 가리킨 다음 식탁에 두 사람의 자리를 마련했다.

알레시아는 감동한 듯 보였다.

뭔가를 성취한 느낌이 드는 건 왜일까?

"여기 앉아. 여기가 전망이 좋아."

"어땠어?" 맥심이 물었다.

그들은 커다란 식탁에 앉아 있었다. 그녀는 한 번도 앉은 적 없는 상석에 앉아 바다가 보이는 전망을 즐겼다.

"맛있네요. 당신은 재주가 많은 남자 같아요."

"알면 더 감탄할걸." 그가 덤덤하게 말했다. 목소리가 조금 허스키했다. 그녀는 왠지 그의 말투와 그녀를 바라보는 그의 시선에 가슴이 설렜다.

"산책 가고 싶어?"

"네."

"그럼 가야지." 그가 휴대폰을 들고 번호를 눌렀다. 알레시아는 그가 누구에게 전화하는 건지 궁금했다.

"대니." 그가 말했다. "아니. 그건 괜찮아요. 헤어드라이어 좀 가져다줄 수 있나… 아, 그래요? 됐군. 그리고 고무장화나 운동화가 필요해요…" 그가 알레시아를 똑바로 쳐다보았다. "치수가 어떻게 돼?" 그가 물었다.

그녀는 무슨 말인지 어리둥절했다.

"신발 치수." 그가 설명했다.

"38."

"그럼, 음… 여기 치수로 5정도면 되겠네요. 양말도 있으면 가져다주고. 응. 여성용… 상관없어요… 그리고 빌어먹을 제대로 된 외투도 한 벌 가져와요… 응. 여성용… 날씬해요. 작고. 최대한 빨리." 그는 잠시 듣고 있었다. "됐군요." 그가 전화를 끊었다.

"외투 있어요."

"그건 따뜻하지가 않잖아. 그리고 알바니아에선 양말을 어떻게 신는지 모르겠는데 여기 바깥은 정말 추워."

그녀가 얼굴을 붉혔다. 형편이 어려워 가진 양말이 두 켤레뿐이었다. 그렇다고 마그다에게 양말을 달라고 부탁할 수도 없었다. 마그다에게는 이미 신세를 너무 지고 있었다.

가져온 짐 가방은 단테와 일리에게 빼앗겨버렸고, 브렌트퍼드에 도착했을 때 입고 있던 옷들은 더 이상 입을 만한 상태가 아니라 마그다가 모두 태워버렸다.

"대니가 누구예요?"

"여기서 멀지 않은 곳에 사는 여자." 맥심은 그렇게 말하며 주의를 빈 접시들로 돌리고 식탁을 치우러 일어섰다.

"내가 할게요." 그녀는 그가 식탁을 치우는 걸 보고 깜짝 놀라 말했다. "설거지도 내가 할게요." 그녀가 그의 손에서 접시를 빼앗아 개수대 안에 넣었다.

"아냐. 이건 내가 할게. 네 방 옷장 서랍 안에 헤어드라이어가 있을 거야. 가서 머리 말려."

"하지만…" 그가 설거지를 해선 안 돼! 남자들은 이런 거 하지 않아!

"하지만은 필요 없어. 내가 할 거야. 넌 내 손님이야. 가." 그의 목소리가 딱딱했다. 단호했다. 그녀의 등줄기를 따라 소름이 돋았다.

"부탁이야." 그가 덧붙였다.

"알았어요." 그녀는 중얼거리고 나서 서둘러 부엌을 나갔다. 그녀에게 화가 난 건 아닌지 혼란스럽고 궁금했다.

제발 화내지 말아요.

"알레시아." 그가 그녀를 불렀다. 그녀는 계단 발치에서 걸음을 멈추고 발을 내려다보았다. "괜찮은 거지?" 그녀는 고개를 끄덕이고 나서 계단을 달려 올라갔다.

뭐야, 이거?

내가 무슨 말을 했나? 사라지는 그녀의 뒷모습을 보니 그녀가 일부러 내 시선을 피한다는 느낌이 들었다.

젠장.

내가 그녀를 화나게 했다. 어쩌다가 왜 그랬는지는 모르겠지만. 그녀를 따라가고 싶었지만 그냥 식기세척기에 접시들을 넣고 뒷정리를 시작했다.

20분 뒤 프라이팬을 치우는데 현관 인터폰이 울렸다.

대니로군.

나는 계단 위쪽을 올려다보며 알레시아가 나타나기를 기대했지만 그녀는 모습을 드러내지 않았다. 나는 버튼을 눌러 대니에게 문을 열어주고 대니가 싫어할 게 뻔해 음악을 껐다.

알레시아는 귓속에서 메아리치는 헤어드라이어의 소음과 열기 속에서 머리를 빗고 또 빗었다. 날뛰던 심장박동이 점차 차분해졌다.

아까 그 사람 꼭 아버지처럼 말했어.

그래서 그녀는 늘 아버지에게 하던 대로 그 자리를 벗어났다. 자식이 딸 하나뿐이라는 사실을 못 견딘 아버지는 알레시아도 그녀의 어머니도 절대 용서하지 않았다. 아버지의 분노가 폭발한 대상은 가엾은 어머니였지만.

하지만 미스터 맥심은 아버지와는 전혀 달랐다.

완전히 달라.

머리를 다 빗었을 때 평정심을 되찾고 잠시라도 가족을 잊으려면 피아노밖에 없다는 생각이 들었다. 음악은 그녀의 탈출구였다. 이제까지 내내 탈출구 노릇을 해주었다.

그녀가 아래층으로 내려왔을 때 미스터 맥심은 보이지 않았다. 그가 어디 갔는지 궁금했지만 손가락이 근질거렸다. 그녀는 작고 하얀 피아노 앞에 앉아 뚜껑을 올리고는 지체 없이 성난 바흐의 전주곡 C단조를 시작했다. 소리가 밝은 주황색과 빨간색을 띠고 방 전체로 이글이글 번져나갔고, 아버지에 대한 생각을 모두 태워버리며 그녀를 자유롭게 풀어주었다.

그녀가 눈을 들었을 때 맥심이 그녀를 바라보고 있었다.

"멋진 연주네." 그가 중얼거렸다.

"고마워요."

그가 한 걸음 다가와 손가락등으로 그녀의 뺨을 어루만지고 나서 그녀의 턱을 위로 들어 올리자 그녀는 그의 자석 같은 눈빛에 빠져들었다. 그의 눈동자는 색감이 더없이 아름다웠다. 가까이에서 들여다보니 홍채는 가장자리로 갈수록 암녹색인 반면—쿠커스의 전나무 색깔처럼—팽창하는 동공 쪽으로는 봄의 전나무 빛깔처럼 연한 색을 띠었다. 그가 고개를 숙이는 순간 그녀는 그가 키스를 하려는 줄 알았지만 그 생각은 빗나갔다.

"뭔지 모르겠지만 나 때문에 화난 것 같은데." 그가 말했다.

그녀는 손가락을 그의 입술에 대어 그의 입을 막았다.

"당신은 잘못한 거 없어요." 그녀가 속삭였다. 그는 입술을 다물고 그녀의 손가락 끝에 입 맞추었고 그녀는 손을 내렸다.

"저기, 만약 나 때문이라면, 미안해. 해변으로 산책 나갈까?"

그녀가 환히 웃었다. "좋아요."

"그래. 옷 단단히 챙겨 입어."

알레시아는 조바심이 나서 나를 끌다시피 빠르게 움직여 바위로 된 오솔길을 내려갔다. 길 끄트머리에서 우리는 해변 쪽으로 나갔다. 알레시아는 벅찬 마음을 참지 못하고 내 손을 놓더니 일렁이는 바다를 향해 달려갔다. 모자가 벗겨지면서 머리카락이 바람에 휘날렸다.

"바다, 바다!" 그녀가 외치며 두 손을 쳐들고 빙글빙글 돌았다. 종전의 언짢은 기분은 사라지고 얼굴은 기쁨에 젖어 환히 빛났다. 나는 굵은 모래밭을 건너가 날아간 그녀의 모직 모자를 주웠다. "바다!" 그녀가 철썩거리는 바닷소리보다 크게 또다시 환호성을 올리고는 손을 이리저리 휘둘렀다. 두 팔이 미친 풍차처럼 돌아가며 물가로 부서지는 파도를 매번 환영했다.

웃음이 절로 났다. 처음으로 거침없이 열정을 내보이는 그녀의 모습이 너무나 매력적이고 너무나 뭉클하게 다가왔다. 그녀는 꺅꺅 소리를 지르고 해안으로 밀려드는 파도를 피하느라 춤을 추었고, 큰 치수의 고무장화와 외투 때문에 우스꽝스럽게 보였다. 코가 분홍빛이 되도록 얼굴이 한껏 달아오른 그녀는 눈부시게 아름다웠고, 나는 심장이 멎는 것 같았다.

그녀가 아이처럼 천진난만하게 달려와 내 손을 덥석 잡았다. "바다예요!" 그녀가 다시 소리치고는 나를 부서지는 파도 속으로 이끌었다. 나는 나 자신을 내려놓고 기꺼이 그녀의 기쁨 안으로 뛰어들었다.

13

그들은 손을 맞잡고 해안을 따라 난 오솔길을 걷다가 어느 오래된 폐건물 앞에서 걸음을 멈추었다.

"여긴 뭐죠?" 알레시아가 물었다.

"폐쇄된 주석 광산."

알레시아와 맥심은 굴뚝에 기대어 일렁이는 바다를 바라보았다. 바다에 봉우리처럼 치솟은 하얀 파도들 사이로 차가운 바람이 횡횡 몰아쳤다. "여긴 정말 아름다워요." 그녀가 말했다. "자연 그대로의 모습에 내 고향이 생각나요."

여기선 더 행복하지만. 안전한… 느낌이다.

그건 내가 미스터 맥심과 같이 있기 때문이야.

"나도 여기 좋아해. 내가 자란 곳이기도 하지."

"우리가 묵고 있는 그 집이요?"

그가 고개를 돌렸다. "아니. 그 집은 형이 최근에 지은 집이야." 맥심의 입꼬리가 처졌다. 그는 말문이 막힌 듯했다.

"형이 있어요?"

"있었지." 그가 중얼거렸다. "죽었어." 그가 두 손을 외투 주머니에 깊이 찔러넣고 바다를 바라보았다. 쓸쓸한 얼굴이 석상 같았다.

"미안해요." 그녀는 그의 고통스러운 표정을 보고 그의 형이 최근에 사망했을 거라 짐작했다.

그녀는 손을 내밀어 그 팔에 얹었다. "형이 보고 싶겠네요."

"그렇지, 뭐." 맥심이 중얼거리며 얼굴을 그녀에게 돌렸다. "많이. 형을 사랑했거든."

그의 솔직한 말에 그녀는 놀랐다. "다른 가족은 있어요?"

"여동생 하나. 매리언." 그의 얼굴에 다정한 미소가 스쳤다. "어머니도 한 분 계시고." 그의 말투가 조롱조로 변했다.

"아버지는요?"

"아버지는 내가 열여섯 살 때 돌아가셨어."

"아. 미안해요. 여동생이랑 어머니는 여기 사세요?"

"옛날에. 여기는 가끔씩 와." 그가 말했다. "매리언은 런던에서 일하면서 살고 있어. 의사야." 그가 뿌듯한 미소를 지었다.

"우와." 알레시아가 감탄했다. "어머니는요?"

"어머니는 대부분 뉴욕에서 지내." 그는 짤막하게 대답하고 입을 다물었다. 어머니 얘기를 꺼리는 게 분명했다.

그녀가 아버지 이야기를 꺼리는 것처럼.

"쿠커스 근처에도 광산이 있어요." 그녀는 화제를 바꾸며 회색 돌로 된 굴뚝을 올려다보았다. 코소보로 가는 길에 있는 굴뚝과 비슷했다.

"그래?"

"네."

"뭘 캐는데?"

"크롬인가 뭔가. 정확한 단어는 모르겠어요."

"크로뮴?"

그녀가 어깨를 으쓱거렸다. "영어로 뭔지 모르겠어요."

"영어-알바니아 사전에 투자 좀 해야겠다." 맥심이 말했다. "가자, 마을까지 걸어가보자. 거기서 점심 먹으면 돼."

"마을이요?" 알레시아는 걸어오는 길에 인가를 본 기억이 나지 않았다.

"트리비딕 마을. 언덕 너머에 바로 작은 마을이 있어. 관광객들에게 인기가 많지."

알레시아는 그와 보조를 맞추었다.

"아파트에 있는 그 사진들, 여기서 찍은 건가요?"

"풍경 사진 말이구나. 맞아. 여기서 찍은 거야." 맥심이 환히 웃었다. "눈썰미가 있네." 그가 덧붙였다. 알레시아는 그가 눈썹을 추켜올리는 것을 보고 그가 감탄한다는 것을 알수 있었다. 그녀는 그에게 수줍은 미소를 지었고, 그는 장갑을 낀 그녀의 손을 잡았다.

그들은 오솔길에서 나와 도로로 접어들었다. 도로가 너무 좁아 인도는 따로 없었다. 도로 양쪽으로 난 생울타리들은 키가 컸지만 도로에서 뒤쪽으로 물러나 있었다. 가지치기가 된 검은딸기나무와 헐벗은 관목이 가지런히 이어졌는데 여기저기 눈 뭉치를 덮고 있었다. 길을 따라 걷다가 완만한 모퉁이를 돌자 도로 끄트머리에 트리비딕 마을이 나타났다. 흰 칠을 한 돌집들은 이제까지 그녀가 본 집들과는 전혀 달랐다. 작고 오래돼 보이면서도 매력적이었다. 예스러운—동시에 현대적인—분위기가 감돌았고 어디에도 쓰레기는 보이지 않았다. 그녀가 살던 곳에서는 길거리에 쓰레기는 물론이고 쓰고 남은 건축 자재들이 널려 있었고 대부분은 콘크리트로 건물을 지었다.

해변 쪽에는 항구를 감싸듯 뻗어나간 부두가 두 곳 있었고, 커다란 낚싯배 두 척이 정박돼 있었다. 해변을 따라 몇몇 가게—부티크 상점 둘, 편의점 하나, 작은 화랑 하나—가 늘어서 있었고 펍은 두 곳이 있었는데 하나는 '워터링 홀'이고 다른 하나는 '두 머리 독수리'였다. 알레시아는 밖에 걸린 간판에서 방패를 발견했다. "봐요!" 그녀가 그 문양을 가리켰다. "당신 문신이랑 똑같아요."

맥심이 그녀에게 윙크했다. "배고파?"

"고프죠." 그녀가 대답했다. "오래 걸었잖아요."

"안녕하세요, 미로드." 검은 스카프와 초록빛 왁스 외투, 납작한 모자 차림의 노인이 '두 머리 독수리'를 나가면서 말했다. 노인은 털이 덥수룩하고 견종을 알 수 없는 개를 따라갔다. 개는 빨간 외투를 입고 있었는데 외투 등 쪽에 황금빛 자수로 '보리스'라는 이름이 새겨져 있었다.

"트러윈 신부님." 맥심이 노인과 악수를 했다.

"어떻게 견디고 있나요, 젊은이?" 신부는 맥심의 팔을 다독였다.

"괜찮습니다, 감사합니다."

"그 말을 들으니 안심이군요. 이 어여쁜 아가씨는 누구죠?"

"우리 교구의 주교이신 트러윈 신부님, 이쪽은 알레시아 데마치예요. 제… 친구입니다. 외국에서 온."

"안녕하세요, 아가씨." 트러윈이 손을 내밀었다.

"안녕하세요." 그녀는 그의 손을 잡고 흔들었다. 미스터가 자신을 직접 언급한 것이 놀랍기도 하고 기쁘기도 했다.

"콘월에서 즐거운 시간 보내고 있나요?"

"참 아름다운 곳이네요."

트러윈은 그녀에게 온화한 미소를 짓고 나서 맥심에게 고개를 돌렸다. "내일 일요일 예배에서 얼굴 보기를 기대한다면 나의 지나친 바람일까요?"

"그때 뵙죠, 신부님."

"우리가 모범이 되어야 하지 않겠습니까. 명심하세요."

"압니다. 압니다." 맥심이 체념한 투로 말했다.

"날씨 참 좋지요!" 트러윈 신부가 외치더니 화제를 바꾸었다.

"그렇네요."

트러윈이 보리스에게 휘파람을 불었다. 녀석은 진득하게 앉아 사교의 시간이 끝나기를 기다리고 있었다. "혹시 잊었을까봐 알려드리자면, 예배는 10시 정각에 시작해요." 그는 두 사람에게 고개를 끄덕여 보이고는 도로 쪽으로 올라갔다.

"그분 가톨릭 신부님과 같은 거죠?" 맥심이 알레시아를 따뜻한 펍 안으로 먼저 들여보내려고 문을 열어줄 때 알레시아가 물었다.

"응. 종교 있어?" 그가 묻는 바람에 그녀는 놀랐다.

"아니…"

"안녕하세요, 미로드." 머리카락도 혈색도 붉은 거대한 몸집의 남자가 그들의 대화에 끼어들었다. 그는 장식용 그릇과 맥주 유리잔들이 걸린 멋진 바 뒤에 서 있었다. 한쪽 끝에서는 통나무가 하나 타고 있었고, 일렬로 늘어선 테이블 양쪽 가장자리에는 등받이가 높은 목재 장의자들이 몇 개 놓여 있는데, 동네 사람인지 관광객인지 모를 남자들과 여자들이 장의자들을 차지하고 있었다. 천장에 매달린 것들은 어부의 밧줄과 그물, 도구들이었고, 따뜻하고 화기애애한 분위기가 돌았다. 뒤쪽에 젊은 커플이 키스를 하고 있었다. 알레시아는 민망해 고개를 돌리고 미스터 맥심 옆에 바짝 붙었다.

"안녕, 자고." 나는 바텐더에게 말했다. "두 명이 점심 먹을 자리 있을까?"

"메건이 안내할 겁니다." 자고가 먼 구석 쪽을 가리켰다.

"메건?"

젠장.

"네, 여기서 일하고 있어요."

망했다.

곁눈질로 알레시아를 보니 그녀는 의아한 표정이었다. "배고픈 거 맞지?"

"그럼요." 알레시아가 대답했다.

"둠바(쌉쌀한 맛의 에일 맥주 브랜드-옮긴이) 드릴까요?"

"네, 줘요." 나는 그를 노려보고 싶은 걸 꾹 참았다.

"숙녀분은요?" 자고의 목소리가 부드러워졌다. 그의 시선이 알레시아에게서 떠나지 않았다.

"뭐 마실래?" 내가 물었다.

그녀가 모자를 벗자 머리가 흘러내렸다. 추운 날씨 때문에 볼이 발그레했다. "어제 마신 그 맥주?" 그녀가 말했다. 허리께에 구불구불 늘어진 검은 머리카락, 반짝이는 눈, 눈부신 미소. 그녀의 이국적인 아름다움이 내 눈을 사로잡았다. 단단히. 자고가 눈을 못 떼는 것도 당연했다.

"숙녀분에게는 페일 에일 반 잔." 나는 그를 쳐다보지 않고 말했다.

"그게 뭐죠?" 알레시아가 매리언의 퀼팅 방수 재킷의 지퍼를 내리기 시작하며 물었다. 나는 아까부터 얼빠진 얼굴로 그녀를 바라보고 있었다. 내가 고개를 흔들자 그녀가 수줍은 미소를 지었다.

"안녕, 맥심. 이제 '미로드'라 해야 되나요?"

젠장.

돌아서니 바로 앞에 메건이 서 있었다. 표정이 입고 있는 옷만큼이나 어두웠다. "두 분인가요?" 그녀가 보란 듯이 아양을 떠는 말투와 그에 걸맞은 미소로 말했다.

"네. 잘 지내죠?"

"그럼요." 그녀가 딱딱거렸다. 나는 가슴이 철렁했다. 아버지의 목소리가 머릿속에 울려 퍼졌다.

마을 여자는 건드리지 말아라, 아들아.

나는 알레시아를 앞세우려고 옆으로 비켜 섰다. 우리는 뚱한 메건이 지나간 길을 따라갔다. 그녀는 우리를 창가의 부두가 내려다보이는 구석진 자리로 안내했다. 이 집에서 가장 좋은 자리였다. 그나마 다행이었다.

"여기 괜찮아?" 나는 메건을 일부러 무시하며 알레시아에게 물었다.

"네. 좋네요." 알레시아는 혼란스러운 눈으로 부루퉁한 메건을 쳐다보며 대답했다. 내가 의자를 빼주자 그녀는 자리에 앉았다. 자고가 우리 음료를 내왔고 메건은 슬렁슬렁 가버렸다. 메뉴판을 가지러 가는 것 같았다… 아님 크리켓 채를 가지러 가든지.

"건배." 내가 맥주잔을 들어 올렸다.

"건배." 알레시아가 응답했다. 그녀가 한 모금 마시고 나서 말했다. "메건은 당신에게 불만이 있나봐요."

"응, 그런가봐." 나는 어깨를 으쓱거리고 나서 화제를 바꿔버렸다. 알레시아와 메건 이야기를 하고 싶지 않았다. "그나저나, 종교 이야기를 하다 말았네."

그녀는 미심쩍은 눈초리로 나를 쳐다보았다. 메건으로 인해 형성된 묘한 분위기를 곰곰이 생각하는 것 같았다. "우리나라에선 공산주의자들이 종교를 금지했어요."

"그 이야기는 어제 차 안에서 했어."

"그랬죠."

"하지만 황금 십자가를 걸고 있잖아."

"메뉴판이요." 메건이 끼어들어 우리 둘에게 코팅된 종이판을 각각 건넸다. "1분 뒤에 주문 받으러 다시 오죠." 그녀는 휙 돌아서서 바 쪽으로 가버렸다.

나는 메건은 무시했다. "무슨 말 했더라?"

알레시아는 의심스런 눈초리로 메건이 나간 쪽을 바라볼 뿐 메건에 대해 언급하지 않았다. "이건 할머니 거였어요. 할머니는 가톨릭 신자였는데 몰래 기도를 하셨죠." 알레시아는 황금 십자가를 만지작거렸다.

"그럼 그 나라에는 종교가 없는 거네?"

"지금은 있어요. 공산주의가 망하고 공화국이 되었으니까요. 하지만 알바니아에서는 종교를 별로 중시하지 않아요."

"흠, 난 발칸반도에서는 종교가 전부인 줄 알았는데, 아닌가?"

"알바니아에선 아니죠. 우리는… 그걸 뭐라고 하죠? 우리는 세속 국가예요. 종교는 대단히 사적인 영역이에요. 한 개인과 신 사이의 문제죠. 우리 집은 가톨릭이지만 고향의 마을 사람들은 대부분 이슬람교도예요. 하지만 우리는 그런 생각은 별로 하지 않아요." 그녀가 호기심 어린 눈으로 나를 쳐다보았다. "그럼 당신은요?"

"나? 나는 성공회라고 봐야지. 하지만 신앙은 전혀 없어." 트러윈 신부가 한 말이 생각났다.

'우리가 모범이 되어야 하지 않겠습니까.'

빌어먹을.

내일 꼭 교회에 가야만 하나. 키트는 여기 내려오면 어떻게든 적어도 한 달에 한두 번은 교회에 나가곤 했었다.

나는, 발걸음이 뜸했지만.

지켜야 할 빌어먹을 의무가 하나 더 추가됐다.

"다른 영국인들도 당신과 비슷한가요?" 알레시아가 물었을 때 나는 생각에서 깨어났다.

"종교 문제 말이야? 일부는 그렇지. 일부는 그렇지 않고. 영국은 다문화 국가야."

"그건 나도 알아요." 그녀가 미소를 지었다. "런던에서 전철을 타면 정말 많은 언어들이 들려요."

"마음에 들어? 런던?"

"시끄럽고 북적거리고 엄청 비싸요. 그래도 재밌어요. 예전엔 대도시에 가본 적 없었어요."

"티라나도?" 비싼 교육 덕분에 알바니아의 수도 정도는 알고 있었다.

"아뇨, 가본 적 없어요. 바다도 본 적 없는걸요, 당신이 여기 데려오기 전까지는." 그녀는 아쉬운 눈초리로 창밖을 내다보았지만 나는 그것을 틈타 그녀의 옆얼굴을 뜯어보았다. 기다란 속눈썹, 앙증맞은 코, 도톰한 입술. 나는 몸이 달아서 자세를 고쳐 앉았다.

침착하자.

메건이 부어터진 얼굴과 뒤로 넘겨 묶은 머리를 하고 나타난 덕분에 내 문제는 거기서 일단락됐다.

와, 이 여자 뒤끝 장난 아니네. 벌써 7년 전 여름 일인데. 염병할 딱 한 번뿐이었는데 말이야.

"주문하시겠어요?" 그녀가 나를 쏘아보며 물었다. "오늘의 요리는 대구(대구를 뜻하는 cod는 '엉터리', '가짜'라는 뜻이 있다—옮긴이)예요." 그녀의 말이 욕설처럼 들렸다.

알레시아는 얼굴을 찌푸리고 메뉴를 쭉 훑어보았다.

"난 생선 파이 줘요." 나는 부아가 치밀어 고개를 기울인 채 메건이 뭐라 받아치길 기다렸다.

"같은 걸로 주세요." 알레시아가 말했다.

"생선 파이 둘. 와인?"

"맥주로 충분해서. 알레시아?"

메건이 사랑스러운 알레시아 데마치에게 고개를 돌렸다. "댁은요?" 그녀가 딱딱거렸다.

"나도 맥주로 충분해요."

"고마워요, 메건." 내가 경고조로 툴툴거리자 메건이 나를 한 번 쳐다보았다.

저 여자가 내 음식에 침을 뱉고도 남겠어… 어쩌면 알레시아의 것에도.

"젠장." 나는 숨 죽여 중얼거리며 메건이 주방으로 돌아가는 것을 쳐다보았다.

알레시아가 내 반응을 유심히 살폈다.

"몇 년 전에 일이 좀 있었어." 나는 그렇게 말하고는 멋쩍어서 스웨터의 옷깃을 당겼다.

"무슨 일이요?"

"메건이랑 나랑."

"아하." 알레시아가 나지막이 말했다.

"까마득한 옛날 일이야. 가족들 이야기 좀 해봐. 형제자매 있어?" 나는 어떻게든 말을 돌리려고 물었다.

"없어요." 그녀가 짤막하게 대꾸했다. 메건과 나 사이의 일을 아직 생각하는 모양이었다.

"부모님은?"

"어머니랑 아버지가 계세요. 다른 사람들처럼." 그녀가 아름다운 아치형의 눈썹을 추켜올렸다.

오호. 매력 만점의 데마치 양에게도 송곳니가 있었군.

"어떤 분들이시지?" 나는 즐거운 기색을 억누르며 물었다.

"어머니는… 용감하세요." 그녀의 목소리가 부드럽고 그리운 투로 변했다.

"용감하시다고?"

"네." 그녀의 얼굴이 심각해졌다. 그녀가 다시 창밖을 내다보았다.

알아들었어. 이 주제는 단연코 금기로군.

"그럼 아버지는?"

그녀는 고개를 젓고 나서 어깨를 으쓱거렸다. "그냥 알바니아 남자예요."

"그게 무슨 소리야?"

"옛날 사람이라구요. 나는… 그걸 뭐라고 하죠? 우리는 서로 눈이 맞지 않아요." 그녀의 얼굴이 조금 어두워졌다. 곤란한 표정으로 보아 그것도 금기인 게 분명했다.

"눈높이가 맞지 않는다고 해." 내가 말을 바로잡아주었다. "그럼 알바니아에 대해 이야기해봐."

그녀의 얼굴이 밝아졌다. "뭐가 궁금해요?" 그녀가 길고 검은 속눈썹 사이로 나를 올려다보았다. 내 사타구니 부위가 다시금 꽉 끼었다.

"전부 다." 내가 소곤거렸다.

나는 그녀에게 푹 빠져 그녀를 바라보고 그녀의 말을 경청했다. 그녀는 열정적인 데다 달변이었고 조국과 고향을 생생한 그림으로 그려냈다. 알바니아는 가정이 모든 것의 중심인 특별한 곳이며, 수 세기에 걸쳐 서로 이질적인 문화들의 영향을 받아온 유서 깊은 나라였다. 그녀의 설명에 따르면 서양과 동양을 동시에 마주한 나라였는데 분위기가 갈수록 유럽을 닮아가는 중이었다. 그녀는 고향에 대한 자부심을 가지고 있었다. 쿠커스는 알바니아 북부에 있는 작은 지역으로 코소보와의 국경선 근처에 자리한다. 그녀는 그곳의 호수와 강, 협곡도 멋지지만 무엇보다 그것들을 둘러싼 산들이 장관이라고 신이 나서 말했다. 그곳의 풍경을 이야기할 때 어찌나 생기발랄한지 고향의 풍경을 그리워하는 마음이 보였다.

"그래서 여기가 마음에 들어요." 그녀가 말했다. "지금까지 둘러본 바로는 콘월의 풍경도 아름다워요."

메건과 그녀가 내온 생선 파이가 우리를 방해했다. 메건은 접시들을 테이블에 탁탁 내려놓고는 아무 말 없이 가버렸다. 그녀의 얼굴은 고약했지만 생선 파이는 따끈하고 맛있었다. 누군가 침을 뱉은 흔적도 없었다.

"아버지는 뭐 하셔?" 내가 조심스레 물었다.

"차고를 가지고 계세요."

"주유소를 하시는 거야?"

"아뇨. 자동차를 고치세요. 타이어. 기계 같은 것들."

"어머니는?"

"그냥 집에 계세요."

나는 왜 알바니아를 떠났는지 묻고 싶었지만 그러면 그녀가 영국에 올 때 고생한 생각을 떠올릴 게 분명했다.

"쿠커스에 살 때 넌 뭐 했어?"

"공부했어요. 하지만 다니던 대학이 문을 닫는 바람에 가끔 학교에서 아이들을 돌보는 일도 하고 가끔은 피아노도 쳤어요…" 그녀가 말꼬리를 흐렸다. 고향을 그리워하는 마음 때문인지 아니면 다른 이유가 있는지는 알 수 없었다. "당신이 하는 일에 대해 말해봐요." 그녀가 화제를 바꾸고 싶은지 물었다. 나는 아직은 그녀에게 내가 하는 일을 알리고 싶지 않아서 디제잉 일만 자세히 이야기했다.

"여름철에 이비사 섬에 있는 산안토니오에서도 두 번 했었어. 이제 거긴 완전히 파티 명소가 됐지."

"그래서 음반을 그렇게 많이 가지고 있는 거예요?"

"응."

"가장 좋아하는 음악은 뭐예요?"

"음악은 다 좋아. 특별히 좋아하는 장르는 없어. 넌 어때? 피아노는 몇 살 때 치기 시작했어?"

"네 살 때."

와우. 일찍이네.

"음악을 공부한 거야? 음악 이론?"

"아뇨."

그렇다면 더욱더 감탄할 수밖에 없다.

알레시아가 먹는 것을 보니 흐뭇했다. 뺨은 장밋빛이고

눈은 반짝거렸다. 맥주를 두 잔 마셔서 조금 취기가 도는 것
같았다.

"먹고 싶은 거 더 있어?"

그녀가 고개를 저었다.

"가자."

자고가 계산서를 가져왔다. 메건은 싫다고 거절했거나 쉬
는 시간일 것이다. 나는 값을 치르고 나서 알레시아의 손을
잡고 펍을 나섰다.

"저 가게 둘러보자." 내가 말했다.

"그래요." 한쪽 입꼬리만 올라간 알레시아의 미소에 나는
웃음이 났다.

여기 트리비딕의 가게들은 모두 우리 가문의 소유로 지
역 주민들에게 임대해준 상태다. 장사가 잘 되는 기간은 부
활절부터 새해까지인데 유용한 가게는 잡화점 한 곳뿐이다.
여긴 대도시에서 꽤나 멀기 때문에 잡화점은 다양한 물건을
구비하고 있다. 잡화점 안으로 들어갈 때 문에서 맑은 종소
리가 났다.

"필요한 게 있으면 말해." 나는 알레시아에게 말했다. 그
녀는 이리저리 몸을 살짝 기울이면서 진열된 잡지들을 구경
하고 있었다. 나는 카운터 쪽으로 다가갔다.

"뭘 도와드릴까요?" 점원이 물었다. 키가 큰 젊은 여자였
는데 나와는 초면이었다.

"야간등 있어요? 아이들 방에 쓰는?"

그녀는 카운터에서 나와 근처 복도의 선반을 뒤졌다. "야간등은 이것뿐이네요." 그녀가 작은 플라스틱 용이 든 상자를 들어 올렸다.

"하나 주세요."

"배터리가 필요해요." 점원이 알려주었다.

"배터리도 주세요."

그녀는 배터리 팩을 하나 들고 카운터로 돌아왔다. 나는 카운터의 콘돔에 눈독을 들였다.

혹시 운이 따라준다면.

알레시아 쪽을 돌아보니 그녀는 잡지 하나를 휘릭휘릭 넘기고 있었다.

"콘돔도 한 팩 주세요."

젊은 여자가 얼굴을 붉혔다. 모르는 여자라 다행이었다.

"어떤 게 좋으신가요?" 점원이 물었다.

"저거." 나는 늘 쓰는 브랜드를 가리켰다. 그녀가 콘돔 팩을 야간등이 든 비닐 봉지에 얼른 넣었다.

나는 값을 치르고 나서 가게 앞쪽에 있는 알레시아에게 갔다. 그녀는 작은 진열대에 있는 립스틱들을 구경하는 중이었다.

"더 필요한 거 없어?"

"없어요. 괜찮아요."

그녀는 거절했지만 새삼스럽지도 않았다. 그녀가 화장한 걸 본 적이 한 번도 없었으니까.

"그만 갈까?"

그녀가 내 손을 잡았고, 우리는 도로 쪽으로 돌아갔다.

"저기는 뭐죠?" 오래된 광산 쪽으로 난 길을 올라갈 때 알레시아가 저 멀리 일부분만 보이는 굴뚝을 가리켰다. 나는 물론 그것이 무엇인지 알고 있었다. 그것은 그 저택의 서쪽 건물 꼭대기였다. 트리실런 홀. 우리 집안이 대대로 살아온 집.

젠장.

"저기? 트리비딕 백작의 집이야."

"아." 그녀가 잠시 눈살을 찌푸렸다. 같이 아무 말 없이 걷는 동안 내 마음은 갈등을 거듭했다.

그녀에게 네가 그 망할 놈의 트리비딕 백작이라고 말을 해.

안 돼.

왜 안 돼?

할 거야. 나중에.

왜 나중이야?

우선 그녀에게 나라는 인간을 알려주고 싶어.

과연 너를 알게 될까?

같이 시간을 보낸다면.

"해변으로 다시 내려갈까?" 알레시아의 눈에 다시 생기가 돌았다.

"좋아요."

알레시아는 바다에 매혹당했다. 이번에도 전에 없는 기쁨에 취해 얕은 파도 속으로 뛰어들었다. 고무장화 덕분에 부서지는 파도에도 발은 젖지 않았다.

그녀는… 생기가 넘쳤다.

미스터 맥심이 그녀에게 바다를 선사했다.

그녀는 황홀경에 취해 눈을 감고 두 팔을 벌려 시원하고 짭짤한 공기를 들이마셨다. 이렇게… 완전한 기분을 느낀 적 있던가. 그녀는 실로 오랜만에 작은 행복을 맛보았다. 그녀의 감각이 차가운 공기와 어쩐지 고향을 연상시키는 자연 풍경을 생생히 받아들였다.

집에 온 듯한 느낌.

가슴속이 꽉 차는 기분이었다.

돌아보니 맥심은 두 손을 외투 주머니에 깊이 찔러넣고 물가에 서서 그녀를 기다리고 있었다. 바람에 흩날리는 머리카락이 햇빛에 황금 원석처럼 반짝이고 기쁨에 젖은 초록빛 눈은 에메랄드처럼 빛났다.

그는 눈부시게 멋졌다.

그녀는 가슴이 벅차올랐다. 한껏 부풀었다.

그녀는 그를 사랑했다.

그를 사랑했다.

정신이 아득해졌다. 짜릿했다. 그리고 사랑에 빠져 있었다. 자연스러운 감정이었다. 기쁨이 샘솟고, 충만하고, 자유로웠다. 깨달음이 바람처럼 밀려와 그녀를 일깨웠다. 콘월

지방의 시원한 바람에 머리카락이 그녀의 얼굴 위로 나부꼈다.

그녀는 미스터 맥심을 사랑했다. 꾸미지 않은 온갖 감정들이 수면 위로 솟아났고, 그녀의 얼굴은 백만 볼트의 미소로 물들었다. 그가 눈부신 미소로 응답하는 순간, 그녀는 감히 희망을 품었다.

어쩌면 그도 언젠가는 같은 감정을 느끼지 않을까?

그녀는 춤추듯 그에게 건너가서 느닷없이 두 팔을 그의 목에 감고 그에게 안겼다.

"고마워요, 여기로 데려와준 거." 그녀가 가쁜 숨을 몰아쉬며 외쳤다.

그는 활짝 웃는 얼굴로 내려다보며 그녀를 꼭 끌어안았다. "내가 좋아서 한 일이야."

"나도 그런데요!" 그녀가 농담하고 웃음을 터뜨리자 그의 눈은 동그래지고 입은 딱 벌어졌다.

그녀는 그를 원했다. 그의 전부를 원했다.

그녀는 그의 품을 빠져나와 얕은 물속으로 돌아갔다.

맙소사, 술기운이 오르나본데. 그녀는 조금 취한 것 같기도 했다. 그리고 아름다웠다. 홀딱 반할 만큼.

알레시아가 별안간 미끄러지며 쓰러졌고 파도가 그녀를 덮쳤다.

젠장.

나는 깜짝 놀라 그녀를 도우러 달려갔다. 그녀는 일어서려 허우적거리다가 다시 미끄러졌지만 내 손이 닿자마자 웃음을 터뜨렸다. 물에 쫄딱 젖은 꼴로. 나는 그녀를 부축해 일으켰다. "오늘 수영은 그만해도 되겠다." 내가 중얼거렸다. "얼어 죽겠네. 집에 데려다줄게." 나는 그녀의 손을 잡았다. 알레시아는 내게 짓궂은 미소를 짓고는 나를 따라 모래밭을 건너 집으로 난 오솔길에 들어섰다. 해변을 떠나기가 아쉬운지 몇 걸음 못 걷고 멈춰 섰지만 연신 깔깔거리면서 행복한 듯 보였다. 나는 그녀가 감기에 걸릴까 걱정이 됐다.

나는 아늑한 집 안으로 들어와 따뜻한 실내에서 그녀를 안고 말했다. "그렇게 깔깔 웃으면 내가 어떻게 참지?" 그러고 나서 그녀에게 재빨리 키스하고는 물에 젖은 그녀의 외투를 벗겨냈다. 청바지도 젖었지만 다행히 안에 입은 옷들은 젖지 않은 것 같았다. 나는 온기를 돋우려고 그녀의 두 팔을 문질렀다. "가서 옷 갈아입어."

"알았어요." 알레시아는 웃는 얼굴로 계단으로 향했다. 나는 그녀의 외투—정확히는 매리언의 외투—를 말리려고 복도의 라디에이터 위에 걸었다. 그러고는 젖은 부츠와 양말을 벗고 나서 겉옷 보관실로 들어갔다.

밖으로 나왔을 때 그녀는 보이지 않았다. 마른 청바지라도 찾으러 위층으로 올라간 것 같았다. 나는 주방 의자에 앉아 대니에게 전화해 저녁을 준비시켰다.

그 다음에는 톰 알렉산더에게 전화를 걸었다.

"트리비딕. 무사한 거냐?"

"멀쩡해, 고마워. 브렌트퍼드 소식은?"

"없어. 서부 전선 이상무. 콘월은 좀 어때?"

"추워."

"있잖아, 친구야, 내가 생각을 좀 해봤거든. 가정부 하나 때문에 이게 무슨 고생이냐. 그 여자가 꽤나 예쁘긴 하더라. 그래도 이렇게 고생할 가치가 있는 여자이길 바란다."

"있고말고."

"곤경에 빠진 처녀가 네 취향인 줄은 몰랐네."

"그런 거 아니야."

"아무튼 소기의 성과가 있기를 바란다."

"톰, 네가 상관할 일이 아니야."

"네. 네. 그 말은 아직 성과가 없다는 뜻이로군." 그가 킬킬거렸다.

"톰." 내가 경고했다.

"네. 네. 트리비딕. 고정하시지요. 여긴 별일 없어. 그게 다야."

"고마워. 계속 알려줘."

"그럴게. 잘 지내라." 그가 전화를 끊었다.

나는 전화기를 내려다보았다.

망할 놈.

나는 올리버에게 메일을 썼다.

받는 사람: 올리버 맥밀런

날짜: 2019년 2월 2일

보낸 사람: 맥심 트리벨런

제목: 행방

올리버.

나 지금 개인적인 일로 콘월에 왔고 아늑한 집에 묵고 있어요. 여기 언제까지 있을지는 모르겠지만.

톰 알렉산더가 자신의 보안 회사 이름으로 내게 경호 비용을 청구할 겁니다. 내 개인 자금에서 지불해줘요.

내게 연락하려면 이메일이 나을 겁니다. 여기는 전화 수신이 오락가락해서.

고마워요.

MT

그 다음엔 캐럴라인에게 문자 메시지를 보냈다.

나 콘월에 와 있어. 당분간 여기 있을 거야.

잘 지내. Mx

그녀에게 즉시 답장이 날아왔다.

내가 거기로 내려갈까?

아니. 할 일 있어.

제안은 고마워.

나 피하는 거야?

바보 같은 소리.

:(네 말 못 믿겠어.

내가 본채로 전화할게.

나 본채에 없어.

그럼 어디 있는데?

대체 무슨 짓을 하는 거야?

캐로. 상관 마.

다음 주에 내가 전화할게.

대체 무슨 속셈이야?

궁금해 죽겠네.

보고 싶다고.

오늘 저녁에 또 암퇘지

만나야 한단 말이야.

캐럴라인에게 여기 일을 대체 무슨 말로 설명할 수 있겠나. 나는 머리카락을 쓸어 넘기며 묘수가 없나 궁리했다. 뾰족한 수가 없어서 그냥 알레시아를 찾으러 갔다. 그녀는 위층 침실에도 없었다.

"알레시아!" 나는 거실로 돌아오면서 소리쳤지만 그녀는 대답하지 않았다. 아래층으로 달려내려와 빈방 세 곳과 게임과 영화를 보는 방을 서둘러 살폈다.

알레시아는 없었다.

망할.

나는 치솟는 불안을 억누르며 위층으로 다시 뛰어 올라가서 거품 욕조나 사우나 안에 있는지 보려고 스파룸으로 들어갔다.

없다.

대체 어디 있는 거야?

부엌방을 살폈다.

거기에 그녀가 있었다. 그녀는 맨다리로 바닥에 앉아 책을 읽고 있었고, 옆에서 헤어드라이어가 계속 윙윙 돌아갔다.

"여기 있었네." 나는 분통이 터지려는 걸 꾹 참았다. 바보처럼 괜히 걱정했잖아. 그녀가 따뜻한 갈색 눈으로 나를 올려다보는 동안 나는 그녀 옆에 주저앉았다.

"여기서 뭐 하는 거야?" 나는 숨을 몰아쉬며 벽에 몸을 기댔다. 그녀는 무릎을 당겨 세운 뒤 흰색 상의를 무릎 위로 끌어내려 다리를 가렸다. 그러고는 턱을 무릎 위에 얹었다. 부끄러워 분홍빛으로 달아오른 얼굴이 사랑스러웠다.

"책 읽었어요. 청바지가 마르기를 기다리면서."

"그런 것 같네. 왜 그냥 갈아입지 않고?"

"갈아입어요?"

"다른 걸로."

그녀의 얼굴이 더 빨갛게 물들었다. "다른 바지가 없어요." 숨죽인 그녀의 목소리에 부끄러운 빛이 돌았다.

젠장.

나는 차 트렁크에 실었던 그녀의 후줄근한 비닐 쇼핑백 두 개를 떠올렸다. 그것이 그녀가 가진 전부였다.

나는 눈을 감고 머리를 벽에 기댔다. 머저리 짓을 해버렸다.

이 여자는 빈털터리야.

옷조차 없어. 양말도.

젠장.

손목시계를 확인하니 쇼핑을 가기엔 너무 늦은 시간이었다. 게다가 나는 맥주를 2파인트나 마신 터라 나가는 것은 무리였다. 술 마시고 운전할 순 없으니까. "오늘은 시간이 늦었어. 내일 패드스토에 데려가줄게. 거기서 새 옷을 좀 사자."

"새 옷을 살 형편이 안 되는걸요. 청바지가 곧 마를 거예요."

나는 그녀의 말에 대꾸하지 않고 그녀의 책을 내려다보았다. "뭐 읽고 있었어?"

"책장에서 발견한 책." 그녀가 대프니 듀 모리에의 《자메이카 여인숙》을 들어 올렸다.

"재밌어? 그거 콘월이 배경이야."

"막 읽기 시작해서 잘 모르겠어요."

"난 재밌게 읽은 기억이 나. 그나저나 네가 입을 만한 게 있을 거야." 나는 일어나 손을 내밀었다. 그녀는 책을 들고 조금 비틀거리며 일어섰다. 입고 있는 상의의 가장자리가 젖어 있었다.

젠장. 감기 걸리기 십상이다.

나는 그녀의 긴 맨다리를 보지 않으려고 시선을 돌렸다. 그것이 내 허리를 감고 있는 상상도 떨쳐내려 애썼다. 실패.

더구나 그녀는 그 분홍색 팬티를 입고 있었다.

이건 고문이야.

욕구가 느릿하고 둔탁한 고통으로 변해갔다.

샤워해야겠어. 또.

"가자." 욕망으로 잠긴 목소리가 나왔지만 다행히 그녀는 눈치채지 못한 것 같았다.

우리는 위층으로 올라갔다. 그녀가 손님방으로 들어가 있는 동안 나는 옷방으로 들어가 대니가 가져다둔 다른 옷이 있나 뒤졌다. 몇 분 뒤 알레시아가 스폰지밥 파자마 바지와 아스널 축구팀 셔츠를 입고 문간에 나타났다.

"옷이 이것뿐이라서." 그녀가 사과하는 투로 말하며 취기가 어린 미소를 지었다.

나는 뒤지던 동작을 멈추었다.

우스꽝스럽고 빛바랜 파자마와 축구팀 셔츠를 입고 있는데도 그녀는 말문이 막히도록 아름다웠다. "그거면 되겠네." 나는 그 바지를 엉덩이에서 다리 아래로 끌어내리는 상상을 하며 히죽 웃었다.

"마이클 옷이에요." 그녀가 말했다.

"그런 것 같군."

"걔가 입기엔 너무 작대요."

"너한텐 조금 커 보이는데. 내일 옷을 몇 벌 가져다줄게."

그녀는 사양하려고 입을 열었지만 나는 손가락을 들어 그녀의 입술에 댔다. "쉿." 부드러운 입술의 감촉이 내 손가락에 닿았다.

이 여자 갖고 싶어.

그녀가 입술을 쭉 내밀어 내 피부에 쪽 하고 입을 맞추었다. 그녀의 눈길이 내 입술로 흘러와 끈적해졌다. 나는 숨이 목구멍에 걸렸다. "그렇게 쳐다보지 마." 나는 손가락을 그녀의 입술에서 떼면서 속삭였다.

"그렇게라니… 어떻게요?" 그녀가 겨우 알아들을 만한 목소리로 말했다.

"알잖아. 날 원하는 듯한 눈빛."

그녀가 붉어진 얼굴로 발을 내려다보았다.

"미안해요."

젠장. 나 때문에 기분 상했군. "알레시아." 나는 둘 사이의 공간을 줄였다. 내 몸이 그녀의 몸에 닿을 듯했다. 매혹적인 라일락과 장미 향기가 짭짤한 바다 냄새와 뒤섞여 내 감각을 점령했다. 나는 그녀의 뺨을 어루만졌고 그녀는 사랑스러운 얼굴을 내 손바닥에 묻었다.

"나 정말 당신을 원해요." 그녀가 중얼거리며 눈을 들었다. 그녀의 유혹하는 눈빛이 내 눈과 마주쳤다. "하지만 뭘 어떡해야 할지 모르겠어요."

나는 그녀의 아랫입술을 엄지손가락으로 쓰다듬었다. "술을 너무 마셨군요, 예쁜 아가씨."

그녀가 눈을 깜빡였다. 그녀의 눈이 혼탁해지면서 알 수 없는 빛을 띠었다. 그녀가 턱을 치켜든 채 휙 돌아서더니 방을 나가버렸다.

왜 저러지?

"알레시아?" 나는 그녀를 쫓아갔지만 그녀는 나를 무시하고 계단을 내려갔다.

나는 한숨을 쉬고 계단 꼭대기에 걸터앉아 얼굴을 문질렀다. 혼란스러웠다. 내가 얼마나—정말이지 죽을 힘을 다해—점잖게 행동하고 있는데.

뜻밖의 상황에 웃음이 터졌다.

그녀가 짓고 있던 표정. 너무 잘 알지.

그동안 숱하게 봐온 표정.

날 가져, 당장 날 가져, 하는 표정.

그러려고 그녀를 여기 데려온 거 아니었어?

하지만 그녀는 술에 취한 상태다. 게다가 지금 그녀에겐 아무도, 아무것도 없다. 전혀.

하지만 나를 가졌잖아.

머리부터 발끝까지.

지금 그녀와 섹스한다면 그녀를 이용하는 것이다.

단순하다.

그러니 안 될 일이다.

하지만 그녀가 그 때문에 상처를 받았다.

젠장.

갑자기 슬픔에 젖은 피아노 선율이 집 안을 가득 채웠다. 구슬픈 바흐의 E플랫 단조였다. 십대 시절 4, 5학년 음악 시험으로 공부를 했었기 때문에 잘 아는 곡이다. 그녀는 온갖 감정을 담아 곡의 깊이를 드러내며 훌륭하게 연주를 해나갔다. 대단한 솜씨였다. 그녀는 음악을 통해 모든 감정을 자유자재로 표현해냈다. 제대로 열받았다. 나한테.

미치겠구만.

그냥 그녀의 청을 받아들일까. 그녀와 섹스하고 그녀를 다시 런던에 데려다줄까. 그런 생각도 했지만 물론 안 될 일이었다.

그녀가 지낼 곳을 마련해줘야 한다.

나는 다시 얼굴을 문질렀다.

그녀랑 같이 살면 어떨까.

뭐? 안 돼.

나는 누구랑 같이 살아본 적이 없다.

그게 그렇게 못할 짓일까?

내가 정말 원하는 건 알레시아 데마치가 다치지 않는 것이다. 그녀를 보호하고 싶었다.

한숨이 나왔다.

내게 무슨 일이 일어난 걸까?

알레시아는 혼란스러운 마음을 담아 바흐의 전주곡을 연주했다. 모든 것을 잊고 싶었다. 그의 표정. 그의 의구심. 그의 거절. 음악 소리가 천천히 그녀를 지나 방으로 퍼져 나가면서 방 전체가 음울한 후회의 빛깔로 물들었다. 그녀는 점차 멜로디에 빠져들어 모든 걸 잊어갔다.

마지막 음이 잦아들고 눈을 떴을 때 미스터 맥심이 주방 식탁 옆에 서서 그녀를 바라보고 있었다.

"헤이." 그가 말했다.

"헤이." 그녀가 대답했다.

"미안해. 기분 상하게 할 생각은 아니었어. 오늘 두 번이나 그러네."

"당신 이랬다저랬다 해요." 그녀는 혼란스러운 마음을 표현했다. 그러고는 잠시 생각에 잠겼다가 덧붙였다. "내 옷 때문이죠?"

"뭐?"

"그래서 싫다고 한 거잖아요." 그녀는 그가 새 옷을 사주겠다고 고집한 것이 마음에 걸렸다. 그녀가 일어서서 느닷없이 빙그르 돌았다. 그가 웃기를 바라면서.

그는 그녀의 축구팀 셔츠와 만화 파자마 바지에 시선을 고정한 채 그녀에게 다가가서 그녀의 가설을 검증하듯 턱을 문질렀다. "열세 살짜리 남자애 같은 차림새, 난 마음에 들어." 담담하지만 즐거운 말투였다.

알레시아는 웃음이 터졌다. 크게. 그가 같이 웃음을 터뜨렸다.

"좀 낫네." 그는 중얼거리고 나서 그녀의 턱을 잡고 그녀에게 키스했다. "넌 정말이지 갖고 싶은 여자야, 알레시아, 무얼 입고 있든 상관없이. 만약 널 다르게 대하는 사람이 있다면 그것이 나든 그 누구든 용납하지 마. 게다가 넌 재능이 출중하지. 다른 곡을 연주해줘. 나를 위해서. 부탁할게."

"그럴게요." 그녀는 그의 다정한 말에 기분이 풀어져서 다시 피아노 앞에 앉았다. 무얼 연주해야 좋을지 알겠다는 미소를 그에게 슬쩍 던지고는 연주하기 시작했다.

내 곡이다.

그녀를 만난 이후 완성한 곡.

344

그녀는 내 곡을 가슴으로 이해하고 나보다 백만 배는 더 훌륭하게 연주했다. 키트가 살아 있을 때 시작한 곡이었는데… 방 안을 가득 메운 화음 속에서 내 슬픔, 내 후회가 들려왔다. 슬픔이 해일처럼 나를 후려치고 내 위에서 부서졌다. 나를 삼켰다. 왈칵 목이 멨다. 감정을 억누르려 애썼지만 감정이 점점 부풀어올라 숨통을 조여왔다. 나는 완전히 매혹당해 그녀를 바라보았다. 하지만 피아노 소리는 내 심장을 두드려패고 키트의 부재로 생긴 허전한 가슴을 후벼팠다. 그녀는 눈을 감은 채 슬프고 암울한 멜로디에 취해 있다.

나는 슬픔을 외면하려 했지만 슬픔은 엄연히 존재했다. 형이 죽던 날부터 줄곧 내 옆에 있었다. 알레시아에게 말한 것처럼 나는 형을 사랑했었다. 진심으로 형을 사랑했었다. 내 형.

형에게 말한 적은 없지만.

한 번도.

형이 그리웠다. 형이 상상도 못 할 만큼.

키트.

왜 그랬어?

나는 눈시울이 뜨거워 벽에 몸을 기대고 내 고통, 그 상실감과 싸웠다. 두 손으로 얼굴을 가렸다.

그녀가 놀라는 소리가 들렸다. 그녀가 연주를 멈추고 말했다. "미안해요." 나는 말을 할 수도 그녀를 쳐다볼 수도 없어서 그저 고개를 저였다. 그녀가 피아노에서 물러나는지 의자가 끌리는 소리가 들렸다. 옆에서 그녀의 기척이 느껴졌다. 그녀가 내 팔을 만졌다. 연민이 담긴 손길. 그것이 내 고통을 덜어주었다.

"형 생각이 나서." 나는 목이 메어 말을 간신히 끌어냈다. "형을 여기에 묻었어, 3주 전에."

"어떡해." 그녀가 안타까운 목소리로 말했다. 그러고는 갑자기 두 팔로 나를 감싸고 소곤거렸다. "정말 안됐어요."

나는 그녀의 머리에 얼굴을 묻고 마음을 달래주는 그녀의 냄새를 들이마셨다. 눈물이 걷잡을 수 없이 터져 나와 얼굴로 흘러내렸다.

젠장.

그녀 앞에서 남자답지 못하게 이게 무슨 꼴이냐.

병원에서도 울지 않았던 내가. 장례식에서도 울지 않았는데. 열여섯 살 때 아버지가 돌아가신 이후 한 번도 울지 않았던 나다. 그런데 여기서. 하필 지금. 그녀 옆에서 무너지고 말았다. 나는 그녀의 품 안에서 흐느껴 울었다.

14

알레시아는 가슴이 철렁 내려앉았다. 그를 끌어안았지만 머릿속이 복잡했다.

내가 무슨 짓을 한 거지?

미스터 맥심. 미스터 맥심. 맥심.

그의 곡을 연주해주면 그가 좋아할 줄 알았는데.

본의 아니게 그의 슬픔을 자극한 꼴이 됐다. 후회의 감정이 빠르고 무자비하게 스타카토로 퍼덕거렸다. 어째서 난 그런 몰지각한 짓을 저질렀을까? 그가 소리 없이 울면서 그녀를 안은 팔에 힘을 더 주었다. 3주라는 시간은 너무 짧았다. 그가 아직 슬픔에 잠겨 있는 것은 당연한 일이었다. 그녀는 그를 꼭 끌어안고 그의 등을 쓰다듬었다. 할머니가 돌아가셨을 때의 일이 기억났다. 그녀에게 할머니는 자신을 이해해주는 유일한 사람, 말이 통하는 유일한 사람이었다. 할머니가 떠난 지 이제 1년 됐다.

그녀는 목이 아프도록 메어와 침을 삼켰다. 맥심은 상심한 채 슬픔에 젖어 있었다. 어떻게 하면 그를 다시 웃게 만들 수 있을까. 그녀는 두 손을 그의 어깨 위로 올려 뒷목 쪽으로 움직인 뒤 그의 머리카락을 쥐고 그의 얼굴을 그녀에게 돌렸다. 그의 눈빛에는 어떤 기대감도 없었다. 그의 은은한 초록빛 눈에는 슬픔만이 가득했다. 그녀는 천천히 그의 입을 자신의 입으로 끌어당겨 그에게 키스했다.

그녀의 입술이 내 입술에 닿았다. 그녀의 키스는 소심했지만 전혀 예상하지 못한 것이었고 너무나 달콤했다. 나는 눈을 꽉 감고 터져 나오려는 슬픔과 싸웠다. "알레시아." 그녀의 이름은 내게 축복이었다. 나는 두 손으로 그녀의 머리를 감싸고 보드랍고 매끄러운 머리카락을 쓰다듬으며 그녀의 멈칫거리는 서툰 키스를 받아들였다. 그녀는 내게 키스했다. 한 번, 두 번, 세 번.

"이젠 내가 있잖아요." 그녀가 속삭였다.

그녀의 말이 내 폐부에서 모든 공기를 빨아들였다. 그녀를 으스러지게 끌어안고 다시는 놓고 싶지 않았다. 위로가 간절할 때 나를 이렇게 위로해준 사람이 있던가.

알레시아가 내 목에 키스했다. 내 턱에도. 내 입술에도 다시 한 번.

나는 그녀를 놓았다.

슬픔이 천천히 물러가고 굶주림이 깨어났다. 그녀에 대한 욕망. 빗자루를 들고 복도에 서 있는 그녀를 본 순간부터 그녀에 대한 끌림과 줄기차게 싸워왔다. 하지만 그녀는 나의 모든 방어막을 뚫어버렸다. 내 슬픔을 드러냈다. 내 욕구를. 내 관능을. 내겐 저항할 힘이 없었다.

그녀가 눈물에 젖은 내 얼굴을 감싸고 어루만졌다. 그녀의 손길이 내 몸 안에 회오리를 일으켰다. 나는 빠져들었다. 그녀의 연민에, 용기에, 천진함에 빠져들었다. 그녀의 손길에 빠져들었다.

내 몸이 반응했다.

망할.

그녀를 갖고 싶다. 당장 갖고 싶다. 영원히 갖고 싶다.

나는 그녀의 머리를 뒤로 젖히고 한 손으로 그녀의 뒷목을 받쳤다. 손가락이 그녀의 머리카락을 쓸었다. 다른 손으로는 그녀의 허리를 감고 그녀를 내 아랫도리에 바짝 붙였다. 그리고 키스의 강도를 높였다. 내 입술이 더 집요하게 움직였다. 알레시아가 작게 숨을 토해내는 순간 나는 혀로 그녀의 혀를 괴롭혔다. 그녀는 역시나 달콤한 맛이 났다. 그녀가 신음했다.

나는 피커딜리 서커스처럼 환히 타올랐다.

별안간 그녀가 내 가슴을 밀어내며 키스를 멈추고 멍하고 놀란 표정으로 나를 올려다보았다.

젠장. 왜 이러지?

그녀가 가쁜 숨을 몰아쉬었다. 달아오른 얼굴, 커진 눈동자…

하, 정말 근사한 여자야. 이 여자를 보내고 싶지 않았다. "괜찮아?"

그녀의 입꼬리가 살며시 올라가며 수줍은 미소가 나타났다. 그녀가 고개를 끄덕였다.

좋다는 걸까, 싫다는 걸까?

"좋아?" 확실히 하고 싶었다.

"좋아요."

"전에 키스한 적 있어?"

"당신이랑만."

나는 말문이 막혔다.

"또 해요." 그녀가 내게 간청했다. 더 이상의 설득은 필요 없었다. 슬픔은 까마득한 기억 저편으로 밀려났다. 지금 내게는 이 아름답고 순진한 아가씨가 있다. 내 손가락이 그녀의 머리카락을 움켜쥐었다. 그녀의 머리를 뒤로 살짝 젖히자 그녀의 입술이 다시 내 입술을 향해 올라왔다. 나는 다시 그녀에게 키스했다. 내 입술의 유혹에 그녀의 입술이 벌어졌다. 이번에는 그녀의 혀끝이 나를 맞이했다.

나는 목구멍 깊은 곳에서 굵은 신음을 토해냈다. 완전히 일어선 내 물건이 블랙진을 압박했다.

그녀의 두 손이 내 이두박근을 타고 올라왔다. 그녀가 내게 매달릴 때 우리의 혀가 얽히고, 서로를 놀리고, 맛보았다. 몇 번이고, 몇 번이고.

하루 종일 그녀에게 키스할 수 있을 것 같았다.

매일이라도.

내 손이 그녀의 등을 타고 미끄러져 완벽한 엉덩이에 닿았다.

아. 세상에.

나는 손바닥으로 그녀의 엉덩이를 받치고 일어선 내 물건을 그녀에게 밀어붙였다.

그녀가 숨을 들이켜며 입술을 뗐지만 나를 놓치는 않았다. 숨이 거칠었고, 밤의 빛깔을 한 눈동자는 충격으로 커다래져 있었다.

망할.

나는 놀란 그녀의 시선을 향해 자제심을 마지막 한 방울까지 짜내어 물었다. "그만할까?"

"아뇨." 그녀가 곧바로 대답했다.

얏호.

"그런데 왜 그래?"

그녀가 고개를 저었다.

"이거?" 나는 내 하체를 그녀에게 붙이며 물었다.

그녀가 숨을 들이켰다.

"맞아, 아름다운 아가씨, 나 널 원해."

그녀의 입술이 벌어졌고, 그녀가 숨을 들이켰다.

"널 만지고 싶어. 모든 곳을." 내가 속삭였다. "내 손으로.

내 손가락으로. 내 입술로. 내 혀로."

그녀의 눈빛이 끈적해졌다.

"네가 날 만져줬으면 좋겠어." 내가 허스키한 목소리로 덧붙였다.

그녀의 입이 소리 없이 동그란 원을 그렸다. 하지만 시선은 내 눈에서 내 입술로, 내 가슴으로 이동했다가 내 눈으로 돌아왔다.

"너무 빠른가?" 내가 물었다.

그녀가 고개를 저었다. 그녀의 손가락이 내 머리카락을 파고들어 움켜쥐더니 내 입술을 다시 그녀의 입술로 이끌었다.

"후우." 쾌락이 등줄기를 타고 사타구니로 질주하는 순간 나는 그녀의 입가에 대고 탄식했다. "그래 그렇게, 알레시아. 날 만져. 네가 날 만지는 게 좋아." 나는 그녀의 손길을 갈망했다.

그녀는 키스하면서 멈칫멈칫 혀를 내 입술 사이로 넣었고, 나는 그것을 모두 받아들였다.

오, 알레시아.

우리는 키스했다. 이러다가 폭발할 것 같다는 생각이 들 때까지.

나는 그녀의 파자마 허릿단을 더듬다가 안으로 손을 넣어 따뜻하고 보드라운 그녀의 엉덩이에 댔다. 그녀는 잠시 가만히 있다가 내 머리카락을 꽉 움켜쥐더니 거세게 잡아당기며 내게 열렬히 키스했다. 게걸스럽고 열정적으로.

"살살." 내가 소곤거렸다. "천천히."

그녀는 침을 삼키고 두 손을 내 팔에 얹었다. 조금 부끄러운 얼굴이었다.

"네가 내 머리카락에 손 넣는 거 좋아." 나는 그녀를 달래고는 만회하기 위해 치아로 그녀의 턱선을 귀까지 쭉 긁었다. 그녀가 부드럽고 허스키한 신음을 토해내며 머리를 뒤로 젖히고는 내 손바닥에 기댔다.

내 아랫도리에게 그것은 음악 소리였다.

"너 정말 아름다워." 내가 속삭였다. 내 손가락이 그녀의 머리카락을 움켜쥐고 살짝 당겼다. 그녀의 턱이 위로 들렸고, 나는 그녀의 목 아래쪽부터 귀까지 깃털처럼 가벼운 키스를 퍼부었다. 다른 손으로는 그녀의 엉덩이를 움켜쥐었다. 내 입술이 그녀의 입술을 다시 찾았다. 내 혀가 그녀의 입을 놀리고 탐색하며 소통했다. 그동안 그녀의 입술은 내 입술을 알아가고 나는 그녀의 입술을 알아갔다. 나는 목선을 따라 맥박이 빠르고 거칠게 뛰는 곳까지 키스를 퍼부었다.

"너랑 사랑을 나누고 싶어." 내가 속삭였다.

알레시아는 움직이지 않았다.

나는 두 손으로 그녀의 얼굴을 감싸고 엄지손가락으로 그녀의 입술을 쓰다듬었다. "말해봐. 멈추고 싶어?" 그녀는 윗입술을 깨물었다. 그녀의 시선이 창밖으로 날아갔다. 노을이 지는 하늘은 분홍빛 페인트를 뿌려놓은 것 같았다. "아무도 우릴 못 봐." 나는 그녀를 안심시켰다.

그녀의 미소에서 망설임이 엿보였지만 그녀가 속삭였다. "멈추지 마요."

나는 손가락등으로 그녀의 뺨을 어루만지며 그녀의 끈적한 시선 속으로 빨려들었다. "정말 하고 싶어?"

그녀가 고개를 끄덕였다.

"말해봐, 알레시아. 네 목소리로 듣고 싶어." 나는 그녀의 입가에 다시 키스했고, 그녀는 눈을 감았다.

"하고 싶어요." 그녀가 말했다.

"아, 자기야." 내가 중얼거렸다. "네 다리를 내게 감아." 나는 허리를 잡아 그녀의 몸을 가뿐히 들어 올렸고 그녀는 두 손을 내 양어깨에 얹었다. "다리. 내게 감아." 그녀의 얼굴이 욕정과 흥분으로 달아올랐다. 그녀는 두 다리를 내 허리에 감고 두 팔은 내 목에 감았다.

"꽉 잡아."

내가 계단을 오르는 동안 그녀는 내 목에 키스했다.

"당신 냄새 좋아." 그녀가 혼잣말을 하듯 말했다.

"오, 자기야, 너도 그래."

나는 그녀를 침대 옆에 내려놓고 그녀에게 다시 키스했다.

"널 보고 싶어." 나는 그녀의 축구팀 셔츠의 밑단을 찾아서 셔츠를 그녀의 머리 위로 들어 올렸다. 그녀는 브래지어를 착용하고 있는데도 두 팔로 가슴을 가렸다. 머리카락이 굽이치는 검은 폭포수처럼 허리께로 흘러내렸다.

부끄럽구나.

순수해.

눈부시게 아름다워.

내 아랫도리도 마음도 감동했지만 나는 그녀를 편하게 해 주고 싶었다.

"어두운 데서 하고 싶어?"

"아뇨." 그녀가 곧바로 말했다. "어둠 속에선 싫어요."

왜 아니겠나. 그녀는 어둠을 싫어했다.

"그래. 그래. 알았어." 나는 그녀를 안심시켰다. "너 근사해." 나는 감탄하며 그녀의 셔츠를 바닥에 떨어뜨렸다. 그리고 그녀의 머리카락을 얼굴에서 치우고 두 손으로 그녀의 턱을 잡았다. 내가 그녀에게 부드럽게 키스하자 그녀는 긴장을 풀고 두 손을 내 가슴에 대고는 내게 키스했다. 그녀의 손가락이 내 스웨터 안쪽을 움켜쥐고 끌어당겼다.

나는 그녀를 내려다보았다. "이거 벗을까?"

그녀가 열렬히 고개를 끄덕였다.

"뭐든 말만 해요. 예쁜 아가씨." 나는 스웨터와 티셔츠를 당겨 벗은 뒤 아스널 축구팀 셔츠 옆에 떨어뜨렸다. 그녀의 시선이 내 눈에서 벌거벗은 가슴으로 내려왔다. 나는 움직이지 않았다… 그녀가 쳐다보도록. "날 만져봐." 내가 속삭였다.

그녀가 숨을 들이켰다.

"날 만져. 물지 않을게."

네가 부탁하기 전에는…

그녀의 눈에 반짝 불이 켜졌다. 그녀가 조심스레 손을 내 심장 위에 댔다.

죽인다.

그녀의 손가락이 닿자 심장이 날뛰었다.

나는 눈을 감고 그 뜨거운 감각을 즐겼다.

그녀는 앞으로 몸을 기울여 내 피부에 입 맞추었다. 내 심장이 요동치는 곳이었다.

바로 이거야.

나는 그녀의 목에서 머리카락을 치우고 내 입술을 그녀의 목선에서부터 어깨를 가로질러 브래지어 끈까지 스치듯 이동했다. 브래지어는 분홍색이었다. 내 엄지손가락과 다른 손가락들이 그녀의 어깨에서 브래지어 끈을 벗겨내자 그녀의 불규칙한 호흡이 내 귓가를 채웠다.

"돌아서." 내가 말했다. 알레시아는 열띤 눈을 들어 내 눈과 맞춘 뒤 돌아섰다. 그녀의 등이 내 몸에 닿았다. 그녀가 다시 두 팔로 몸을 감쌌다. 나는 그녀의 어깨에서 머리카락을 들어 올리고 목에 키스하면서 다른 팔로 그녀를 휘감았다. 내 손이 그녀의 배를 지나 그녀의 골반을 움켜쥐었다. 내가 그녀를 내게로 딱 붙이자 일어선 내 몸이 그녀의 엉덩이 위쪽에 안착했다.

나는 그녀의 귀에 신음을 토했고, 그녀는 내 몸 위에서 꿈틀거렸다.

죽. 인. 다.

나는 조심스럽게 남은 브래지어 끈을 내리고 손가락으로 그녀의 어깨를 쓸어내리면서 내 손길에 깨어난 피부에 다정하고 촉촉한 키스를 찍었다.

그녀의 피부는 보드랍고 하얬다. 오점 하나 없이. 거의.

그녀의 목 아랫부분 황금 십자가가 매달린 목걸이 아래에 작은 점이 있었다. 나는 그 점에 입 맞추었다. 그녀에게서 깨끗하고 신선한 냄새가 났다. "네 냄새 좋아." 나는 키스하는 중간중간에 중얼거리면서 브래지어를 벗겼다. 그리고 팔을 그녀의 몸 위쪽으로 올리면서 팔뚝을 누르는 젖가슴의 무게감을 즐겼다. 그녀가 숨을 들이켜고 교차한 두 팔로 풀린 브래지어를 가슴에 붙였다.

"괜찮아." 나는 그녀에게 몸을 밀착하고 속삭인 뒤 손을 아랫배 가운데로 내렸다. 그리고 엄지손가락을 파자마 허리춤 속에 넣어 허릿단을 따라 움직이는 동안 치아로 그녀의 귓불을 간질였다.

"Zot(맙소사)." 그녀가 신음했다.

"널 원해." 나는 속삭인 뒤 다시 그녀를 깨물었다. "그리고 깨물고 싶어."

"Edhe unë të dëshiroj(나도 당신을 원해요)."

"영어로 말해." 나는 귀 뒤쪽에 입 맞추고는 손을 파자마 안으로 넣었다. 내 손가락이 그녀의 음부를 덮었다.

면도를 했네!

그녀의 몸이 뻣뻣해졌지만 나는 엄지손가락으로 클리토리스를 문질렀다. 한 번. 두 번. 세 번. 네 번째에 그녀가 머리를 뒤로 젖혀 내 어깨에 기대고 흐느끼듯 신음했다.

"그래." 나는 속삭이며 계속 그녀를 애무했다. 괴롭혔다. 절정으로 끌어 올렸다. 손가락으로.

그녀가 두 팔을 떨구자 브래지어가 바닥으로 흘러내렸다. 그녀가 내 다리를 붙잡고 청바지를 당기다가 바지를 꽉 움켜쥐었다. 입은 딱 벌어지고, 눈은 질끈 감겼다. 숨을 헐떡였다.

"그래, 자기야. 느껴봐." 나는 이로 그녀의 귀를 괴롭혔다. 내 손가락이 그녀를 자극하는 동안 그녀는 윗입술을 깨물었다.

"Të lutem, të lutem, të lutem (제발, 제발, 제발)."

"영어로."

"제발. 제발." 그녀가 잠긴 목소리로 말했다.

그래서 나는 그녀가 원하는 것을 계속 주었다. 그녀에게 필요한 것을.

그녀의 다리가 바르르 떨기 시작했다. 나는 그녀를 감싼 팔을 더 단단히 조였다. 그녀는 절정의 턱밑에 있었다.

그녀도 그걸 알까?

"너에겐 내가 있어." 내가 속삭였다.

나를 움켜쥔 그녀의 손에 갈수록 힘이 들어가서 나는 다리에 피가 통하지 않는 것 같았다. 그녀가 흐느끼다가 별안간 자지러지며 천천히 경련을 일으키고는 내 팔 안에서 무너져내렸다.

나는 오르가슴이 끝날 때까지 그녀를 안고 있었고, 그녀는 내게로 축 늘어졌다.

"아, 알레시아." 나는 그녀의 귀에 속삭이고 나서 그녀를 안아올리고 퀼트 이불을 끌어내린 뒤 그녀를 침대에 눕혔다. 그녀의 머리카락이 야생 동물의 갈기처럼 베개와 젖가슴 위로 퍼져 진분홍색 젖꼭지를 내 시야에서 감춰버렸다.

망할.

부드러운 분홍색 노을빛에 물든 그녀는 스폰지밥 파자마 바지 차림인데도 몹시 근사했다. "지금 네가 얼마나 아름다운지 알아?" 내가 묻자 그녀는 놀란 눈을 내게 돌렸다.

"Ua." 그녀가 낮은 목소리로 중얼거렸다. "아니. 영어로. 와우."

"와우. 맞아." 청바지가 몇 사이즈나 작아진 기분이었다. 그녀의 파자마를 찢고 당장 그녀 안으로 들어가고 싶었다. 나는 그녀에게서 눈을 떼지 않고 청바지의 단추를 풀고 지퍼를 내려 발기한 놈에게 넉넉한 공간을 주었다.

그냥 청바지를 다 벗어야 할 것 같았다.

나는 속옷만 남기고 청바지를 벗어 바닥에 떨구었다. 날뛰는 숨을 고르려고 심호흡을 했다.

"옆에 누워도 돼?" 내가 물었다.

그녀가 커진 눈으로 고개를 끄덕였다. 더 이상의 유혹은 필요없었다. 나는 그녀 옆에 누워서 팔꿈치를 괴었다. 그녀의 머리카락을 한 줌 쥐고 그 부드러움과 내 손가락을 감고 휘도는 모양에 감탄했다.

"하고 싶어?" 내가 물었다.

그녀의 수줍은 미소에서 교태가 보였다. "하고 싶어요." 그녀의 혀가 윗입술을 쓱 훑었다. 나는 신음을 참고 손을 뻗어 집게손가락등으로 그녀의 빰과 턱선, 목선을 쓰다듬었다. 내 손가락은 그녀의 작은 황금 십자가에서 멈추었다.

그것이 눈에 들어오는 순간 나는 멈칫했다.

"정말 하고 싶은 거지?" 내가 물었다.

깊이를 알 수 없는 그녀의 눈이 내 눈과 마주친 순간, 나는 그녀에게 속내는 물론 영혼까지 들킨 느낌이 들었다. 정신이 번쩍 들었다. 완전히 발가벗겨진 것처럼.

그녀가 침을 삼켰다. "하고 싶어요."

"싫거나 원하는 게 있으면 말해. 알았지?"

그녀가 고개를 끄덕이고 손을 뻗어 내 얼굴을 어루만졌다. "맥심." 그녀가 속삭였다. 나는 몸을 숙여 입술로 그녀의 입술을 쓸었다. 그녀가 신음을 토해내며 두 손을 내 머리카락 속에 넣었다. 그녀의 혀가 수줍게 내 윗입술을 건드리고 촉촉하게 적셨다. 욕망이 들불처럼 내 몸을 활활 태웠다. 나는 그녀의 턱을 잡고 키스의 강도를 높였다. 누워서 나누는 첫 키스였다. 나는 그녀를 원했다. 그녀의 전부를. 당장. 여기서.

나는 그녀의 반응과 키스를 즐겼다. 탐닉했다. 맛보았다. 갈망했다.

내 입술이 그녀의 입을 떠나 턱으로 이동한 뒤 목 아래로 내려가 흉골을 따라갔다. 손으로 머리카락을 옆으로 쓸어넘기자 목표물이 드러났다. 내가 그녀의 젖꼭지를 핥다가 입안으로 빨아들이는 순간 그녀가 숨을 들이켰다. 그녀의 손가락이 내 두피를 압박했다.

"아." 그녀가 소리쳤다.

이번에는 젖꼭지에 후후 바람을 불어넣자 그녀가 몸을 뒤틀었다. 나는 그녀의 엉덩이를 애무하던 손을 다른 젖가슴 쪽으로 올려 가슴을 살며시 감싸쥐고 애무하고 비틀었다. 그리고 엄지손가락으로 봉우리를 쓸면서 그녀의 반응을 즐겼다. 젖꼭지가 순식간에 크고 단단해지며 옆의 쌍둥이를 따라잡았다. 그녀가 신음을 토해냈다. 그녀의 엉덩이가 내가 익히 아는 리듬을 타기 시작했다. 손이 다시 아래로 미끄러지며 그녀의 몸을 애무하는 동안 입은 멈추지 않고 그녀의 젖가슴을 괴롭혔다.

내 손가락이 그녀의 바지 속으로 들어가자 그녀가 음부를 내 손으로 밀어붙였다. 그녀는 내 것이었다. 내 손바닥 안에 있었다. 나는 신음했고, 그녀는 젖어 있었다.

준비 완료.

후우.

나는 천천히, 천천히 손가락을 그녀의 안으로 밀어넣었다.

안은 꽉 조였다. 그리고 촉촉했다.

좋아.

나는 손가락을 뺐다가 다시 안으로 밀어넣었다. "아." 그녀가 가냘프게 신음을 올리고는 몸에 힘을 주며 시트를 움켜쥐었다.

"아, 널 간절히 원해." 내 입술은 젖가슴 사이에 있었다. "처음 본 순간부터 미치도록 너를 갖고 싶었어."

그녀의 몸이 치솟아 내 손을 맞이했고, 머리는 베개 위에서 뒤로 젖혀졌다. 나는 그녀의 배에 입을 맞추었다. 그녀의 피부 위로 소유권 인장 같은 촉촉한 자취가 배꼽까지 길게 생겨났다. 나는 코로 배꼽 주변을 맴돌면서 손가락으로는 계속 그녀의 몸을 들락거렸다. 그녀의 배에 키스하고 나서 혀로 한쪽 끝에서 반대편으로 골반을 훑았다.

"Zot(맙소사)…"

"이것과 작별할 시간이야." 나는 그녀의 배에 대고 중얼거렸다. 그러고는 안에서 손을 빼낸 뒤 일어나 앉았다.

"그런 생각은 아직…"

내가 파자마를 다리 아래로 끌어내리는 바람에 그녀는 말을 끝내지 못했다. 나는 파자마를 내 청바지 위로 던졌다.

"와." 내가 웅얼거렸다. 마침내 그녀가 벌거벗고 내 침대에 누워 있었다. 미치도록 섹시했다. "내 알몸은 전에 봤었지."

"네. 하지만 그땐 엎드려 있었어요."

"그렇다면." 후, 교육이 좀 필요하겠군.

나는 속옷을 벗어던지고 발기한 내 물건을 풀어주었다. 그녀가 발기한 내 물건에 충격을 받거나 겁먹을까 싶어 얼른 엎드려 그녀에게 키스했다. 나체가 된 그녀와의 첫 키스에 나는 모든 바람과 욕구를 쏟아부었다. 그녀가 게걸스런 입술로 내게 키스했다. 나는 그녀의 허리를 어루만졌다. 내 손이 그녀의 엉덩이 뒤로 미끄러져 들어가 그녀의 보드랍고 어여쁜 몸을 내게 끌어당긴 뒤 무릎으로 그녀의 다리를 벌렸다. 그녀의 몸이 솟구쳐 내 몸을 맞이했고 두 손은 내 머리를 다시 움켜쥐었다. 나는 그녀의 피부를 맛보며 입술을 그녀의 목에서 황금 십자가 쪽으로 내렸다. 혀로 십자가를 둥글리며 맛을 즐기는 동안 그녀의 완벽하고 탄탄한 젖가슴을 정복하러 손을 움직였다.

내 엄지손가락이 그녀의 젖꼭지를 쓰다듬자 그녀가 신음을 토해냈다. 내 손길에 젖꼭지가 어여쁜 꽃봉오리로 피어났다. 뒤따라온 내 입술이 그것에 키스하고 살짝 빨아들였다.

"오, Zot(맙소사)." 그녀가 흐느끼며 손가락으로 내 머리카락을 단단히 움켜쥐었다.

나는 멈추지 않았다. 열띤 내 입술은 쉬지 않고 두 젖꼭지를 오가며 당기고 핥고 키스하고… 빨았다. 그녀는 내 밑에서 꿈틀거리고 신음했고, 내 손은 최종 목표를 향해 남쪽으로 여정을 떠났다. 내 손가락이 그녀의 음부를 쓰다듬자 알레시아는 얼어붙었지만 호흡은 불규칙하고 가빴다.

그래, 이거야.

그녀는 젖어 있었다. 여전히.

내 엄지손가락이 최종 상품을 찾아냈다. 나는 클리토리스를 둥글게 둥글게 문지르고 또 문지르다가 손가락 하나를 서서히 다시 그녀 안으로 넣었다.

그녀의 손이 내 머리를 떠나 등을 어루만졌다. 그녀가 손톱으로 내 어깨를 긁고 찍었다. 하지만 나는 멈추지 않고 손가락을 넣었다가 빼기를 반복하며 리듬을 고조시켰고 엄지손가락으로는 클리토리스를 반복해서 둥글게 치대고 문질렀다.

그녀의 엉덩이가 오래된 박자를 타고 움찔거렸고 두 다리가 내 아래에서 뻣뻣해졌다. 절정이 가까웠다. 나는 그녀의 젖가슴을 떠나 입술에 키스하고 이로 아랫입술을 물고 당겼다. 그녀가 내 어깨 위에 놓은 손을 움켜쥐더니 고개를 뒤로 젖혔다.

"알레시아." 그녀가 소리를 지를 때 내가 속삭였다. 그녀의 몸이 오르가슴으로 전율했다.

그녀의 몸이 오르가슴의 여파로 덜덜 떨리는 동안 나는 그녀를 안고 있다가 그녀의 다리 사이에 엎드렸다. 그녀의 탁한 눈동자가 황홀경에 젖어 나를 올려다보았다.

나는 내 몸을 간신히 통제하면서 콘돔 쪽으로 손을 뻗고 속삭였다. "준비됐지? 금방 끝날 거야."

그러는 편이 좋겠지.

그녀가 고개를 끄덕였다.

나는 그녀의 턱에 손을 댔다. "말해."

"네." 그녀가 헐떡거렸다.

고마워. 미치도록.

나는 이로 포장지를 뜯고 콘돔을 끼웠다. 금방이라도 사정할 것 같아 조마조마했다.

죽겠네.

나는 내 물건을 달래고는 팔꿈치로 내 무게를 지탱하며 그녀의 몸 위에 내 몸을 포갰다.

그녀가 눈을 감고 내 밑에서 긴장했다.

"헤이." 나는 속삭이고 나서 그녀의 눈꺼풀에 번갈아 키스했다. 그녀의 두 팔이 내 목을 감았다. 그녀가 흐느끼듯 신음했다.

"알레시아." 그녀의 입술이 내 입술을 찾았다. 그녀가 내게 굶주린 듯 키스했다. 열렬히. 간절히. 더는 참을 수가 없었다.

천천히. 천천히. 천천히 그녀 안으로 침전했다.

후. 좋아. 진짜.

팽팽하다. 촉촉하다. 천국이다.

그녀가 비명을 질러 나는 얼어붙었다. "괜찮아?" 나는 그녀가 삽입된 상태에 적응하도록 여유를 주며 물었다.

"네." 그녀가 멈칫거리다가 헐떡이며 대답했다.

나는 그녀의 말을 믿어도 좋을지 확신이 없었지만 믿기로 하고 움직이기 시작했다. 그녀 안으로. 한 번. 두 번. 세 번. 또다시. 또다시. 그녀를 흔들어댔다.

사정하지 마. 사정하지 마. 사정하지 마.

이렇게 영원히 계속하고 싶었다.

그녀가 서투른 초보처럼 멈칫거리며 반대로 움직이기 시작했다.

"그래, 근데 나랑 같이 움직여야지, 아가씨." 나는 그녀를 격려했고 쾌락에 젖은 그녀의 짧고 가쁜 호흡은 나를 채찍질했다.

"제발." 그녀가 더 해달라 애원했고 나는 기꺼이 복종했다. 땀방울이 등을 타고 흘러내리고 내 몸이 자제력에 저항했다. 내가 밀고 또 밀자 마침내 그녀는 내 밑에서 뻣뻣해졌고 그녀의 손톱이 내 살을 파고들었다.

나는 움직였다. 한 번. 두 번… 세 번째 움직임에 그녀가 비명을 지르며 사정했다. 그녀의 비명과 절정에 나도 무너져내렸다.

나는 사정했다. 힘차게. 요란하게. 그녀의 이름을 부르며.

15

맥심이 그녀 위로 무겁게 늘어졌다. 그가 거칠고 급박한 숨을 몰아쉬는 동안 알레시아는 그의 밑에 누워 헐떡였다. 펄떡거리는 감각과 뼛속까지 아리는 피로감도 강렬했지만 무엇보다 그녀를 사로잡은 것은… 그녀의 몸 안에 침입한 그의 몸이었다. 기운이 하나도 없었다. 그가 고개를 젓고 나서 팔꿈치로 몸을 받쳐 압박감을 덜어주었다. 걱정하는 빛을 띤 그의 청명한 눈이 그녀의 눈을 파고들었다.

"괜찮아?" 그가 말했다.

그녀의 몸이 여기저기서 아우성을 쳤다. 쑤시고 아팠다. 사랑의 행위가 이렇게 육체적으로 힘든 일일 줄이야. 처음 할 때는 아플 거라고 어머니에게 듣긴 했었지만.

어머니의 말은 사실이었다.

하지만 일단 몸에 들어온 그에게 적응하자 그녀의 몸은

그의 존재를 즐기게 되었다. 마지막에는 무아지경에 빠졌다가 내부에서 폭발이 일어나 작은 조각으로 부서져내렸다. 정말이지… 경이로웠다.

그가 천천히 그녀에게서 빠져나갔다. 그녀는 그 생소한 느낌에 얼굴을 찌푸렸다. 그는 이불을 당겨 함께 덮은 뒤 팔꿈치를 괴고 나서 걱정스럽게 그녀를 내려다보았다. "내 말에 아직 대답 안 했어. 괜찮은 거야?"

그녀는 고개를 끄덕였지만 가늘어진 그의 눈에는 확신이 없었다.

"아팠어?"

그녀는 여전히 할 말을 찾지 못해 입술을 깨물었다. 그는 그녀 옆에 몸을 떨구고 눈을 감았다.

젠장. 내가 그녀를 아프게 했다.

깊은 절망에서 땅이 뒤흔들리는 절정으로 날아올랐지만, 인생 최고의 섹스 후 맛본 장밋빛 만족감은 마술사의 토끼처럼 사라져버렸다. 나는 손을 내려 내 물건에서 콘돔을 빼버렸다. 자괴감이 들었다. 나는 그것을 바닥에 떨어뜨리다가 손에 묻은 피를 보고 기겁을 했다.

그녀의 피.

망할.

나는 손을 허벅지에 문지르고 나서 나를 원망하는 그녀의 사랑스런 얼굴을 마주할 각오로 몸을 돌렸다. 하지만 나를 바라보는 그녀는 불안하고 가녀리게 보였다.

하, 어떡하지.

"아프게 해서 미안해." 나는 그녀의 이마에 키스했다.

"엄마가 아플 거라고 말해서 알고는 있어요. 하지만 처음 이라 그런 거니까." 그녀가 퀼트 이불을 턱까지 끌어 올렸다.

"처음에만?"

그녀가 고개를 끄덕였고 내 가슴엔 희망이 번져나갔다. 나는 그녀의 뺨을 쓰다듬었다. "그럼 다시 도전해볼 생각 있겠네?"

"네, 아마도." 그녀가 내게 수줍은 미소를 지었고, 내 물건이 팽창하며 환영했다.

또? 벌써?

"그게… 당신이 원한다면." 그녀가 단서를 달았다.

"내가 원한다면?" 나는 말도 안 된다는 투로 말했다. 웃음이 터졌다. 나는 몸을 숙여 그녀에게 키스했다. 거세게. "귀여운 알레시아." 나는 그녀의 입술에 대고 소곤거렸다. 그녀가 내게 활짝 웃었다. 별안간 가슴이 쿵쿵 뛰었다. 알아야 했다. "어땠어… 좋았어?"

그녀의 얼굴이 그다지 순진하지 않은 분홍빛으로 달아올랐다. "네." 그녀가 속삭였다. "특히 마지막에…"

절정에 올랐을 때 말이구나!

나는 빙그레 웃었다. 희열이 가슴에 퍼져 나갔다.

훗, 좋았어!

그녀의 시선이 퀼트 이불을 움켜쥔 자신의 손으로 이동했다. 그녀가 눈살을 찌푸렸다.

"왜 그래?" 내가 물었다.

"당신은요?" 그녀가 조용히 물었다. "당신은 좋았어요?"

나는 웃음을 터뜨렸다. "좋았냐고?" 나는 다시 웃음이 터져서 고개를 뒤로 젖혔다. 정말 끝내주게 행복했다. 오랜만에 느껴보는 기분이었다. "알레시아, 대단했어. 최고의 떡… 음… 섹스였어, 실로 오랜만에 해보는."

내가 지금 무슨 말을 하는 건지.

그녀는 동그래진 눈으로 숨을 들이켰다. "그건 나쁜 말이에요, 미스터 맥심." 그녀가 짐짓 못마땅한 척 말했지만, 눈에는 즐거움 빛이 돌았다. 나는 활짝 웃는 얼굴로 그녀를 내려다보며 엄지손가락으로 그녀의 아랫입술을 쓰다듬었다.

"그냥 '맥심'이라고 해." 나는 그녀의 도발적인 억양으로 내 이름을 다시 듣고 싶었다.

그녀의 뺨이 다시 붉어졌다.

"말해. 내 이름을 말해."

"맥심." 그녀가 속삭였다.

"다시."

"맥심."

"훨씬 낫네. 이제 씻어야죠, 예쁜 아가씨. 목욕 준비는 내가 할게."

나는 이불을 걷어붙이고 침대에서 나와 바닥에서 콘돔을

주운 뒤 욕실로 들어갔다.

망할.

이 느낌은…

설렘.

다 큰 남자가 설레기나 하고!

그녀와의 섹스는 코카인에 취하는 것보다 좋았다… 그 어떤 마약보다, 그 어떤 날보다 좋았다.

나는 피임 도구를 버린 뒤 욕조의 수도꼭지를 틀고 나서 거품 입욕제를 조금 추가하고 물이 향기로운 거품으로 변하는 것을 바라보았다. 목욕 수건을 하나 가져와 욕조 옆에 놓았다.

물이 콸콸 쏟아져 욕조를 채웠다. 오늘 일어난 일들을 생각하니 놀라웠다. 드디어 내 청소부와 자는 데 성공했다. 대개는 여자와 잠자리가 끝나면 혼자 있고 싶어 안달이 나는데, 오늘은 그런 기분이 아니었다. 알레시아와는 그렇지가 않았다. 그녀가 내게 무슨 주문을 걸었는지는 몰라도, 나는 아직 주문에서 깨어나지 못하고 있다. 그리고 이번 주 내내, 어쩌면 다음 주까지도 그녀와 같이 있을 텐데… 그 생각만 해도 신이 났다.

내 아랫도리가 까딱 동의를 표시했다.

거울 속에서 바보같이 웃는 얼굴을 보면서도 한참 후에야 그것이 나라는 것을 깨달았다.

나한테 무슨 일이 벌어지고 있는 거지?

머리를 단정히 하려고 손으로 머리카락을 쓸어 넘기다가 문득 손에 그녀의 피가 묻었다는 것이 기억났다.

처녀.

그녀와 결혼이라도 해야 하나. 손을 씻다가 그 어이없는 생각에 큭 웃음이 터졌지만 내 조상들 중에 이런 입장에 처한 경우가 있었는지 궁금했다. 선조 둘이 떠들썩한 간통 사건에 연루된 일이 문서로 자세히 남아 있긴 했지만, 우리 가문의 역사에 대한 나의 지식은 기껏해야 겉핥기 수준이다. 키트는 가문의 역사와 혈통에 정통했었고 관심도 많았었다. 아버지의 뜻을 따른 것이다. 어머니의 뜻이기도 했고. 또한 후계자로서 키트가 져야 할 많은 의무 중 하나이기도 했다. 형은 백작의 지위를 무사히 유지하는 것이 우리 집안에는 전부임을 잘 알고 있었다.

하지만 형은 이제 여기 없잖아.

망할. 나는 왜 관심을 갖지 않았을까?

욕조에 물이 가득 찼다. 나는 약간 의기소침해져 침실로 돌아갔지만 천장을 올려다보는 알레시아를 보는 순간 다시 기운이 났다.

내 청소부.

표정만으로는 그녀가 무슨 생각을 하는지 알 수 없었다. 그녀는 고개를 돌려 나를 보더니 얼른 눈을 감았다.

뭐지?

나 다 벗었지, 참.

웃고 싶었지만 그건 좋은 생각이 아닌 것 같았다. 그래서 문설주에 기대어 서서 팔짱을 끼고 그녀가 다시 눈을 뜨기를 진득하게 기다렸다.

몇 분 뒤 그녀가 이불을 코 위까지 끌어 올리고 한 눈만 뜬 채 이불 위로 빠끔히 밖을 내다보았다.

나는 히죽 웃었다. "실컷 봐." 그리고 두 팔을 활짝 벌렸다.

그녀가 눈을 깜빡였다. 부끄러움과 즐거움, 호기심, 그리고 약간의 감탄이 뒤섞인 눈이 반짝거렸다. 그녀가 깔깔거리며 이불을 머리 위로 뒤집어썼다. "그만 좀 놀려요." 그녀의 목소리가 작게 흘러나왔다.

"계속 놀려야겠다." 나는 더는 참을 수가 없어서 침대로 갔다. 그녀는 손가락 관절이 하얗게 되도록 퀼트 이불을 꽉 쥐고 있었다. 나는 몸을 숙여 입술로 그녀의 손가락을 쓸었다. "가자." 내 속삭임에 정말 그녀가 나를 따라 나서려 했다. 내가 이불을 휙 걷어붙이자 그녀가 꺅 소리를 질렀지만 나는 그녀를 번쩍 안아 들고 똑바로 섰다. "이제 둘 다 알몸이네." 나는 그렇게 말하며 그녀의 귀에 코를 비볐다. 그녀는 두 팔을 내 목에 감았고, 나는 깔깔거리는 그녀를 욕실로 데려가 욕조 옆에 앉혔다. 그녀가 얼른 가슴을 가렸다.

"수줍어하기는." 나는 그녀의 머리카락을 한 줌 잡아 집게 손가락에 돌돌 감았다. "머리카락 참 예뻐. 몸매도 멋지고."

그녀는 내 말에 기분이 좋아졌는지 희미한 미소를 짓고 수줍은 시선을 이리저리 옮겼다. 나는 그녀의 머리카락을 살짝 당겨 그녀의 몸을 내 쪽으로 기울이고 그녀의 이마에 키스했다. "경치도 좋고." 나는 턱으로 욕조 뒤편의 전망창을 가리켰다. 그녀가 고개를 돌리더니 숨을 들이켰다. 경치에 감탄한 게 분명했다. 창문 너머로 만(灣)이 내려다보였고, 수평선에는 태양이 장엄한 색채의 향연 속에서 바다에 입을 맞추고 있었다. 황금과 오팔, 분홍, 오렌지 빛깔들이 보랏빛 구름을 뚫고 검은 물 위로 쏟아져 내렸다. 장관이었다.

"Sa bukur(정말 아름다워)." 감탄하는 목소리였다. "정말 아름다워요." 그녀가 가슴을 가렸던 팔을 풀었다.

"너처럼." 나는 그렇게 말하고 그녀의 머리에 키스했다. 그녀의 달콤한 향기―라벤더와 장미 향에 갓 섹스를 마친 체취가 혼합된 냄새―가 내 콧속을 파고들었다. 나는 눈을 감았다. 그녀는 아름다움 이상이었다. 완전체였다. 똑똑하고, 재능 있고, 재치 있었다. 게다가 용감했다. 그래, 무엇보다 용기가 있었다. 별안간 내 가슴이 뭉클하면서 감정의 파도가 밀어닥쳤다.

망할.

나는 들썩이는 감정을 삼키면서 그녀에게 손을 내밀어 그녀의 손가락을 내 입에 가져왔다. 나는 손가락마다 입을 맞추었고, 그녀는 욕조 안으로 들어갔다.

"앉아봐."

그녀가 재빨리 머리카락을 꼬아 올려 정수리에 동그랗게

없고는 거품 속으로 가라앉았다. 그녀가 얼굴을 찡그리는 순간 나는 죄책감이 들어 조금 뜨끔했지만, 황홀한 노을에 그녀의 얼굴은 풀어졌다.

나는 좋은 생각이 떠올랐다. "금방 올게." 나는 욕실을 나갔다.

깊고 뜨거운 물이 긴장을 풀어주었다. 거품에서 알레시아가 모르는 이국적인 향기가 났다. 그녀는 물비누 병을 살펴보았다. 이런 단어가 적혀 있었다.

조 말론
런던
잉글리시 페어 앤 프리지어

고급스러운 냄새였다.

그녀는 몸을 뒤로 기대고 창밖을 내다보았다. 천천히 몸의 긴장이 풀렸다.

경치가.

우와!

그림 같은 풍경이었다. 쿠커스의 황혼은 장엄하지만 산이 배경이었는데, 여기는 태양이 바닷속으로 나른하게 침전하며 바다 위로 황금빛 길을 비추었다.

파도 속에서 미끄러진 기억이 떠올라 피식 웃음이 났다.

얼간이같이. 그래도 몇 시간은 바보처럼 자유를 만끽했고 지금은 여기 미스터 맥심의 욕실에 있다. 여긴 손님방의 욕실보다 더 컸고 화려한 거울 밑에 세면대가 두 개나 있었다. 정작 이 건물을 지은 맥심의 형은 이것을 즐기지 못한다니 마음이 아팠다. 멋진 집이었다.

알레시아는 목욕 수건을 보고 그것을 집어 허벅지 사이를 문질렀다. 그 부위가 조금 쓰렸다.

내가 그걸 하다니.

그걸.

그녀가 선택한 사람, 그녀가 바라던 사람과. 어머니가 알면 충격받을 것이다. 아버지는… 아버지가 알았다면 어떻게 반응했을까 생각하니 진저리가 났다. 그녀는 미스터 맥심과 그걸 했다. 눈부신 초록빛 눈과 천사의 얼굴을 한 영국 남자와. 그녀는 몸을 감싸 안았다. 그가 얼마나 다정하고 배려심이 깊었는지 떠올리자 가슴이 두근거렸다. 그의 손에 그녀의 몸은 깨어났다. 그녀는 눈을 감고 그의 상큼한 냄새와 그녀의 피부에 닿던 그의 손길, 부드러운 그의 머리카락을 떠올렸다… 그의 키스… 욕망으로 이글거리던 그의 눈빛. 그녀는 숨을 들이마셨다… 그리고 그는 그걸 또 하고 싶어 한다. 그녀의 몸속 깊은 곳의 근육이 팽팽히 긴장했다. "후." 그녀는 한숨을 쉬었다. 달콤한 기분이었다.

하고 싶어. 그녀도 다시 하고 싶었다.

그녀는 큭큭 웃고 나서 더 꼭 몸을 감싸 안으며 아찔한 희

열을 가라앉혔다. 수치스럽지는 않았다. 솔직한 느낌이었으니까. 이런 게 사랑일까? 픽 웃음이 났다. 기분이 우쭐해졌다.

맥심이 병 하나와 유리잔을 두 개 가지고 나타났다. 여전히 벌거벗고.

"샴페인?" 그가 권했다.

샴페인!

샴페인은 글로만 읽었을 뿐 정말 맛을 보게 될 줄은 몰랐다.

"좋아요. 주세요." 그녀는 목욕 수건을 옆으로 치우며 말하고는 그의 성기를 보지 않으려고 고개를 돌렸다.

매혹적이기도 하고 부끄럽기도 했다.

그것은 크고, 모자를 썼고, 아까와는 다르게 말랑했다.

이제까지 그녀가 경험한 남성의 생식기는 예술 작품에 국한되었다. 실물로 보는 것은 처음이었다.

"여기, 이거 들어." 맥심이 그녀의 생각을 방해했다. 그녀의 얼굴이 서서히 붉게 물들었다. 그는 그녀에게 샴페인 잔을 건네고 나서 웃는 얼굴로 그녀를 내려다보았다. "차차 익숙해질 거야." 그의 눈이 웃음기로 반짝였다. 샴페인을 말하는 것인지 아니면… 그의 성기를 말하는 것인지 확실하지 않았지만, 알레시아는 얼굴이 더욱 붉어졌다. 그는 구릿빛 포일을 벗긴 뒤 철사줄을 비틀어 떼고 나서 손쉽게 코르크 마개를 땄다. 그리고 거품이 보글보글 이는 액체를 유리잔에 따랐다. 알레시아는 그 분홍빛 액체가 예쁘기도 하고 신기하기도 했다. 그는 병을 창턱에 내려놓고 욕조 맞은편으로 가서 조심스럽게 물속에 앉았다. 비누 거품이 수면으로 올라왔다. 그는 히죽 웃으며 물이 욕조 가장자리로 넘치기를 기다렸지만 물은 넘치지 않았다. 그가 발을 그녀의 발 옆으로 밀어넣었을 때 그녀는 무릎을 세웠다.

그는 그녀에게서 유리잔을 받아든 다음 그녀의 잔과 부딪쳤다. "내가 아는 가장 용감하고 가장 아름다운 여인을 위해. 고마워, 알레시아 데마치." 장난기가 싹 가시고 사뭇 진지한 말투였고, 그녀를 향한 열렬한 시선은 반짝거리지 않고 끈적했다. 알레시아는 배 속 깊은 곳이 불끈거리는 느낌에 침을 꼴깍 삼켰다.

"Gëzuar(건배), 맥심." 그녀가 허스키한 목소리로 말하며 잔을 입술로 들어 올려 차가운 액체를 한 모금 마셨다. 가볍고 거품이 보글보글 일었다. 화창한 여름날과 결실의 맛이 났다. 맛있다. "으음." 그녀가 감탄했다.

"맥주보다 나아?"

"네. 훨씬 좋아요."

"축하해야겠다 싶어서. 첫 경험들을 위해." 그가 그의 잔을 들어 올렸고, 그녀도 잔을 들어 올렸다.

"첫 경험들." 그녀는 중얼거리고 나서 창밖의 지는 해를 바라보았다. "샴페인 색이 하늘 색이랑 똑같아요." 그녀는 자신을 향한 맥심의 눈길을 느끼며 감탄했다. 그도 따라서 멋진 경치를 감상하러 고개를 돌렸다.

"참 멋있다." 그녀가 혼잣말을 하듯 말했다. 남자와 같이 목욕을 하고 있다니. 남편이 아닌 남자, 방금 첫 섹스를 한 남자와. 분홍빛 샴페인을 마시면서.

그녀는 그의 정식 이름조차 알지 못했다.

그녀가 느닷없이 킥킥 웃음을 터뜨리자 그녀의 행복한 공간에서 보글보글 거품 방울이 솟아났다.

"왜?" 그가 물었다.

"당신 성(姓) 말이에요. '미로드'죠?"

맥심이 입을 딱 벌렸다가 큭큭 웃었다. 그녀는 조금 더 하얘진 얼굴로 한 모금 더 마셨다.

"미안." 그가 반성하듯 말했다. "그건 그냥… 음… 아냐. 내 성은 트리벨런이야."

"트-리-벨-런." 알레시아는 두 번 반복했다. 복잡한 남자라 이름도 복잡한가? 모를 일이다. 그는 복잡한 사람 같지는 않았다. 그저 그녀가 아는 다른 남자들과 전혀 다를 뿐.

"헤이." 맥심이 잔을 창턱에 놓고 비누를 집어 두 손에 거품을 냈다. "내가 발 닦아줄게." 그가 손을 내밀었다.

내 발을 닦아준다고!

"발 줘봐." 그녀가 망설이자 그가 속삭였다. 그녀는 잔을 창턱에 내려놓고 주저하며 발을 그의 손에 맡겼다. 그가 그녀의 피부에 비누 거품을 문지르기 시작했다.

오.

그녀가 눈을 감고 있는 동안 그의 강한 손가락이 그녀의 발등과 뒤꿈치 위, 발목 주변을 꼼꼼히 움직였다. 그가 적당한 세기로 발바닥을 문질렀다.

"아…" 그녀가 신음했다.

그는 그녀의 발가락을 하나하나 씻은 뒤 물로 헹구고 나서 하나씩 부드럽게 당기고 비틀었다. 그녀는 물속에서 몸을 꼬다가 눈을 떴다. 그녀는 그의 차분한 시선에 사로잡혀 점차 숨이 가빠졌다.

"좋아?" 그가 물었다.

"네. 정말 좋아요." 그녀가 잠긴 목소리로 말했다.

"어디가 느낌이 와?"

"전부 다."

그가 그녀의 새끼발가락을 꼬집었을 때 그녀의 몸안 깊은 곳의 모든 근육이 수축했다. 그녀가 헐떡이자 그는 그녀의 발을 들고 사악한 미소를 짓고는 그녀의 엄지발가락에 키스했다.

"이제 다른 발." 그가 부드러운 목소리로 명령했다. 이번에 그녀는 망설이지 않았다. 그의 손가락이 다시 한 번 마법을 부렸고, 그가 마사지를 끝낼 즈음 그녀는 온몸이 녹아내렸다. 그는 발가락마다 키스하고 나서 새끼발가락은 입안에 넣고 빨았다. 세게.

"아!" 그녀의 배가 전율했다. 그녀는 눈을 뜨고 여전히 강렬한 표정을 마주했다. 이제 그의 입술은 둥그렇게 은밀한

미소를 그리고 있었다. 그가 그녀의 발바닥의 발볼에 키스
했다.

"더 좋아?"

"음…" 그녀는 두서없는 단편적인 말들만 겨우 웅얼거릴
수 있었다.

이상한 욕구가 그녀의 배를 할퀴었다.

"됐어. 물이 차가워지기 전에 그만 나가자." 그가 일어서
서 긴 다리로 욕조를 나갔다. 알레시아는 눈을 감았다. 벌거
벗은 그를 보는 것도, 몸 안 깊고 깊은 곳에서 욱신거리는 굶
주린 느낌에도 절대 익숙해지지 않을 것 같았다.

"가자." 그가 말했다. 수건을 허리에 감은 그가 그녀에게
남색 가운을 건넸다. 그녀는 일어서서 그의 손을 잡고 그의
부축을 받아 욕조에서 나왔다. 부끄러움이 아까보다는 덜했
다. 그가 그녀에게 가운을 입혀주었다. 보드랍지만 그녀에
게는 너무 컸다. 그녀가 돌아서서 그를 마주 보았을 때 그가
그녀에게 키스했다. 그의 혀가 그녀의 입안을 구석구석 탐
험했다. 그녀의 뒷목에 닿은 그의 손가락이 그녀를 잡고 이
끌었다. 그가 그녀를 놓아주었을 때 그녀의 호흡은 거칠었
다.

"종일 너랑 키스하래도 할 수 있겠어." 그가 중얼거렸다.
그의 몸에 작은 물방울들이 이슬처럼 맺혀 있었다. 알레시
아는 몽롱한 상태로 그 물방울을 빨아먹으면 어떤 맛일까
상상했다.

뭐!

그녀는 제멋대로 날뛰는 생각에 놀라 숨을 들이켰다.

음탕하게스리.

씩 웃음이 났다. 어쩌면 벌거벗은 그의 모습에 익숙해질 지도 모르겠다.

"갈까?" 그가 물었다. 그녀는 고개를 끄덕였고, 그는 그녀의 손을 잡고 침실로 데려가서 놓아주었다. 그리고 바닥에서 청바지를 집어 입었다. 그녀는 수건으로 등을 닦는 그를 커다래진 눈으로 쳐다보았다.

"구경 재밌어?" 그가 그녀에게 큭큭 웃었다.

그녀는 얼굴이 뜨거워졌지만 그의 시선을 피하지 않고 말했다. "당신 보는 게 좋아서."

큭큭거리던 그의 웃음이 매력적이고 진지한 미소로 변했다. "나도 너 쳐다보는 거 좋아. 마음껏 봐도 돼." 그는 말을 그렇게 하면서도 확신이 없는 듯 미간을 찌푸리더니 고개를 돌렸다. 그러고는 금세 고개를 다시 돌리고 티셔츠와 스웨터를 입고 나서 그녀에게 다가와 그녀의 뺨을 어루만졌다. 그의 엄지손가락이 그녀의 턱선을 쓸었다. "원하지 않으면 옷 입지 않아도 돼. 우리 저녁은 대니가 가져올 거야."

"그래요?"

또 대니야? 그 여자는 누굴까? 왜 그 여자 이야기는 해주지 않는 걸까?

그는 몸을 숙여 알레시아에게 키스했다. "샴페인 더 마실래?"

"아뇨, 됐어요. 나 옷 입을래요."

오호. 그녀의 말투에서 옷을 입는 동안 혼자 있고 싶다는 뜻이 엿보였다. "괜찮은 거지?" 내가 물었다. 그녀가 슬며시 미소를 짓고 고개를 끄덕였다. "알았어." 나는 유리잔과 로랑 페리에를 가지러 욕실로 돌아갔다.

해는 완전히 떨어졌고 수평선은 검은 장막을 덮어썼다. 나는 아래층 주방에서 전등을 켜고 샴페인을 냉장고에 넣었다. 내내 알레시아 데마치를 생각하면서.

후, 정말 예상을 뛰어넘는 여자다.

그녀는 더 만족스럽고 느긋해 보였지만 그것이 발 마사지 때문인지, 목욕 때문인지, 샴페인 때문인지, 아니면 섹스 때문인지 확신이 들지 않는다. 욕조 안에서 그녀의 반응을 지켜볼 때는 최음제를 마신 것만 같았다. 눈을 감고 신음하며 발 마사지를 받던 그녀의 모습은 숨막히게 아름다운 섹스의 화신이었다.

활짝 열린…

관능의 세상.

음탕한 생각에 나는 고개를 흔들었다.

그녀에게 손대지 않을 생각이었건만.

생각만.

하지만 내가 슬픔에 무너졌을 때 그녀는 나를 달래주고

위로했다. 그리고 나는 굴복하고 말았다… 스폰지밥 파자마와 낡은 아스널 축구팀 셔츠를 입은 여자에게. 믿기 힘든 일이다.

키트라면 알레시아에 대해 뭐라고 했을까.

고용인이랑 잠자리하면 안 되는 거 알지, 응, 후보자?

왜 아니겠나. 아마도 키트는 내가 한 짓을 용납하지 않았을 것이다. 알레시아는 좋아했겠지만. 형은 언제나 예쁜 여자를 보는 안목이 있었다.

"이 집은 정말 따뜻하네요." 알레시아가 내 생각을 방해했다. 그녀가 그 파자마 바지와 흰 상의 차림으로 주방 식탁 앞에 서 있었다.

"너무 덥진 않고?" 내가 물었다.

"아뇨."

"그럼 됐네. 거품 음료 더 마실래?"

"거품 음료?"

"샴페인."

"네. 좋아요."

나는 냉장고에서 샴페인을 꺼내 우리 잔을 다시 채웠다.

"뭐 하고 싶어?" 그녀가 한 모금 마셨을 때 내가 물었다. 내가 하고 싶은 건 알고 있지만 지금은 그녀가 아파하니까 일단 그것은 아껴두기로 했다.

어쩌면 오늘 밤에.

알레시아는 자기 잔을 들고 독서하는 공간의 소파에 앉아 커피 테이블 위의 체스판을 바라보았다. 인터폰이 울렸다.

"대니일 거야." 나는 인터폰으로 대문을 열어주었다.

알레시아가 소파에서 벌떡 일어섰다.

"괜찮아. 걱정할 것 없어." 나는 그녀를 안심시켰다.

유리벽 너머로 지켜보니 대니가 멈칫거리며 불이 켜진 가파른 계단을 내려왔다. 흰 플라스틱 상자를 들고 있었는데 무거워 보였다.

나는 문을 열고 나서 계단을 반쯤 내려오는 그녀를 맞이하러 맨발로 밖으로 나갔다.

망할. 땅바닥이 얼음장 같네.

"대니. 그거 이리 줘요."

"내가 들게요. 맥심, 그리고 나오면 감기 걸려요." 그녀가 못마땅한 얼굴로 나무랐다. "정말이에요, 미로드." 그녀가 잠시 생각하더니 덧붙였다.

"대니. 그 상자 달라니까요." 더 이상의 대답은 들을 생각이 없었다.

그녀는 입을 꾹 다물고 그것을 내게 건넸고, 나는 그녀에게 활짝 웃었다. "고마워요."

"제가 들어가서 상 차려드릴게요."

"괜찮아요. 내가 해도 돼요."

"본채에 계시면 훨씬 편할 텐데요."

"알아요. 미안해요. 제시에게 고맙다는 말 전해줘요."

"좋아하시는 걸로 가져왔어요. 아 참, 제시가 감자 굽기 틀

385

도 같이 넣어뒀어요. 이미 전자레인지에서 구워낸 거니까 다시 바삭해지는 데 오래 걸리지 않을 거예요. 이제 안으로 들어가세요. 신발도 안 신고 계시네." 그녀는 인상을 쓰면서 나를 집 안으로 몰아넣었다. 날씨가 추워서 나는 시키는 대로 했다. 그녀는 통창 너머 소파에서 책을 읽는 알레시아를 보더니 손을 흔들었고, 알레시아도 손을 흔들었다.

"고마워요." 나는 바닥 난방이 되는 현관 지붕 아래 아늑한 곳에서 소리쳤다. 나는 대니에게 알레시아를 소개시키지 않았다. 무례한 행동이라는 걸 알고 있었지만 조금만 더 단둘이 우리만의 세계에 남아 있고 싶었다. 소개는 나중에 해도 된다.

대니는 고개를 절레절레 저었다. 그녀의 하얀 머리카락이 차가운 바람에 흩날렸다. 그녀가 돌아서서 다시 계단을 올랐다. 나는 그녀가 올라가는 걸 바라보았다. 오랜 세월이 흘렀지만 대니는 변한 것이 하나도 없다. 그녀는 내가 걸어다니게 되면서부터 나의 까진 무릎을 치료해주고 베이고 긁힌 상처에 밴드를 붙여주고 멍든 부위에 얼음을 대준 사람이다. 언제나 체크 무늬 치마와 투박한 신발 차림이고 바지는 입는 법이 없다. 절대. 나는 미소를 지었다. 늘 바지를 입는 것은 12년간 대니와 연인으로 지낸 제시였다. 그들이 결혼을 할지 잠시 궁금했다. 법적으로는 진작 허용된 일이니 미룰 이유가 없었다.

"누구예요?" 알레시아가 상자 안을 들여다보며 물었다.

"대니. 저번에 말한 대로 여기서 가까운 데 살아. 우리 저녁을 가져왔어." 나는 상자 안에서 냄비를 꺼냈다. 큼직한 감자알도 네 개 있었다. 배노피 파이를 보았을 땐 군침이 돌았다.

역시, 제시가 음식을 좀 해.

"스튜는 데워야 해. 구운 감자랑 같이 먹자. 괜찮지?"

"네. 아주 괜찮은데요."

"아주 괜찮다고?"

"네." 그녀가 눈을 찡긋거렸다. "내 영어 어때요?"

"꽤 하는데." 나는 활짝 웃었다. 굽기 틀에 꽂힌 감자를 상자에서 꺼냈다.

"내가 할게요." 그녀가 말했다. 하지만 어떻게 하는지 잘 모르는 표정이었다.

"아냐. 내가 해." 나는 두 손을 마주 비볐다. "오늘 저녁엔 집안일이 하고 싶어. 날 믿어봐. 날이면 날마다 있는 일이 아니니까 그냥 즐겨."

알레시아는 한쪽 눈썹을 추켜올렸다. 전혀 다른 나를 본 것처럼 즐거운 빛이었다. 그녀에게 잘 보이고 싶었다.

"이거." 나는 찬장에서 얼음통을 찾았다. "여기에 얼음 좀 채워줘. 부엌방 안의 냉장고에 얼음 있어. 샴페인용으로."

알레시아는 샴페인을 한두 잔 마시고 나서 터키석 빛깔의 소파에 웅크리고 앉아 있었다. 그녀는 두 발을 빠끔히 내민 채 스튜를 오븐에 넣는 나를 지켜보았다.

"체스 둘 줄 알아?" 내가 다가가서 그녀 옆에 앉으며 물었다. 알레시아의 눈이 대리석 체스판으로 날아갔다가 내게로 돌아왔다. 표정만으로는 그녀의 생각을 읽을 수 없었다.

"조금." 그녀가 말하고는 샴페인을 홀짝거렸다.

"조금?" 이번에는 내가 눈썹을 추켜올릴 차례였다. 이건 또 무슨 소리지? 나는 그녀에게 시선을 고정하고 하얀 폰과 회색 폰을 집은 다음 두 손을 오므려 그것들을 섞은 뒤 하나씩 주먹에 쥐고 그녀에게 내밀었다. 그녀가 윗입술을 핥더니 일부러 집게손가락으로 내 한쪽 손의 손등을 쭉 쓸었다. 전율이 팔을 타고 올라와 내 아랫도리로 직행했다.

후.

"이거." 그녀가 검은 속눈썹 사이로 나를 올려다보며 말했다. 나는 말을 안 듣는 몸을 다스리려고 자세를 바꾸고는 손바닥을 폈다. 회색 폰이었다. "검은 말이네." 나는 회색 말들이 그녀 앞에 가도록 판을 돌렸다. "그럼 내가 선공이야."

나는 네 칸을 전진하고 나서 머리카락을 쓸어 넘겼다. "평소에는 나한테 비밀이 많으면서 웬일이지?" 나는 의외라는 투로 말해버렸다. 알레시아가 웃음을 참으면서 진지해 보이려고 윗입술을 깨물었다. 하지만 그녀는 허를 찌르려고 기회를 노리는 나를 재밌다는 눈빛으로 쳐다보았다.

이 여자는 체스도 꾼처럼 두나본데.

와, 여러 가지로 사람 놀라게 하는 여자야.

나는 그녀를 도발해 실수를 유발할 방법을 궁리하느라 인상을 썼다. 그렇지 않아도 아름다운 그녀의 얼굴이 점점 번지는 미소에 더욱 환해지는 바람에 나도 따라 헤벌쭉 웃지 않을 수 없었다.

눈부신 여자야.

"실력 발휘를 하는 게 좋을걸." 내가 의견을 냈다.

그녀가 어깨를 으쓱거렸다. "쿠커스에는 할 게 별로 없어요. 집엔 낡은 컴퓨터 한 대뿐이고 게임기나 스마트폰 같은 건 없거든요. 피아노, 체스, 책, 텔레비전 프로 몇 개가 우리가 가진 전부예요." 그녀가 기대감이 가득한 눈으로 방 끝에 있는 책장을 쳐다보았다.

"책?"

"그럼요. 책이 정말 정말 많아요. 알바니아어와 영어로 된 것들. 난 영어 교사가 되고 싶었어요." 그녀는 잠시 체스판을 응시했다. 장난기는 가시고 없었다.

그런데 성매매 양아치들에게 쫓기는 청소부가 되었군.

"책 읽는 걸 좋아한다고?"

"네." 그녀의 얼굴이 밝아졌다. "특히 영어로 된 것들. 할머니가 몰래 들여오신 책들이 있거든요."

"그 얘긴 했어. 위험했겠네."

"네. 할머니는 위험을 감수하셨어요. 공산주의자들이 영어로 된 책들을 금지했는데도."

금지!

내가 그녀의 조국에 대해 아는 게 거의 없다는 사실을 새

삼 절감했다.

인마, 집중해.

나는 신이 나서 그녀의 나이트를 잡았다. 하지만 그녀의 얼굴을 본 순간 그녀가 터지는 웃음을 참고 있는 게 보였다. 그녀가 룩을 왼쪽으로 세 칸 옮기더니 큭큭거렸다. "Schah… 아니지, 체크메이트."

젠장!

"이런, 첫 게임이 마지막 게임이 되게 생겼군." 나는 괜한 짓을 했나 싶어 고개를 절레절레 흔들며 투덜거렸다.

꼭 매리언이랑 두는 것 같네. 걔한텐 번번이 지니까.

알레시아는 머리카락을 귀 뒤로 넘기고는 샴페인을 한 모금 마시고 나서 손가락으로 황금 십자가를 요리조리 돌렸다. 내게 한 방 먹였다고 아주 의기양양했다.

완승이 눈앞에 있으니 그럴 만도 했다.

집중해.

그녀는 단 세 번 말을 움직여 나를 제압했다.

"체크메이트." 그녀가 나를 빤히 보며 말했다. 그녀의 진중한 표정에 나는 또 반해버렸다.

"잘하는군, 알레시아 데마치." 나는 욕망으로 피가 끓었다. "상당히 잘 둬."

그녀가 체스판을 내려보며 내 욕망을 날려버렸다. 고개를 들었을 때 그녀는 내게 수줍은 미소를 지었다. "여섯 살 때부터 할아버지랑 체스를 뒀거든요. 할아버지는… 그걸 뭐라고 하죠? 적수가 없었어요. 그리고 이기는 걸 좋아하셨죠. 상대가 어린아이라도."

"할아버님이 아주 잘 가르치셨군." 나는 중얼거리며 평정심을 되찾았다. 지금 내가 원하는 건 지금 당장 이 소파에서 그녀를 갖는 것이다. 그냥 그녀를 덮칠까 생각했지만 일단 밥을 먹기로 했다.

"아직 살아계셔?" 내가 물었다.

"아뇨, 내가 열두 살 때 돌아가셨어요."

"안됐네."

"잘 살다가 돌아가셨어요."

"아까 영어 교사가 되고 싶었다고 했잖아. 그건 어떻게 된 거야?"

"다니던 대학이 문을 닫았어요. 돈이 없어서. 내가 듣던 강의들도 사라졌죠."

"으, 참 거지같네."

그녀가 깔깔 웃었다. "그러니까요. 거지같은 일이죠. 하지만 난 꼬맹이들이랑 일하는 거 좋아해요. 하지만 1주일에 이틀뿐이었어요. 왜냐하면… 그걸 뭐라고 하죠? 정식 자격증이 없어서. 그래서 집에서 어머니를 도와드렸어요. 한 판 더 할래요?" 그녀가 물었다.

나는 고개를 저었다. "다시 두기 전에 내 자존심부터 회복하고. 배고파?"

그녀가 고개를 끄덕였다.

"좋아. 스튜 냄새 끝내준다. 난 배고파 죽겠어." 자두를 넣은 소고기 스튜는 제시의 요리 가운데 내가 가장 좋아하는 요리다. 겨울 사냥철에 키트와 매리언과 내가 새들을 사냥꾼의 총 쪽으로 모는 몰이꾼으로 차출돼 영지로 돌아오면 제시는 이걸 우리에게 만들어주었다. 스튜 냄새에 군침이 돌았다. 오늘 그 많은 일들을 겪고 나니 허기가 졌다.

알레시아가 음식을 접시에 담겠다고 고집을 부렸다. 나는 그 일을 그녀에게 맡기고 식탁을 차리면서 그녀가 주방에서 바삐 일하는 모습을 슬쩍슬쩍 훔쳐보았다. 그녀는 단정하고 우아하게 움직였다. 댄서를 한 적이 있나 생각이 들 정도로 몸가짐에 관능적인 우아함이 배어 있었다. 돌아설 때 아름다운 머리카락이 요정 같은 얼굴 주위로 흘러내리면 그녀는 손목을 까딱 움직여 머리채를 옆으로 넘겼다. 그녀의 길고 날씬한 손가락이 칼을 잡고 구운 감자를 얇게 자르자 김이 모락모락 피어올랐다. 그녀는 정신을 집중하고 감자 위에 버터를 바르다가 검지손가락에 묻은 녹은 버터를 빨아먹었다.

내 사타구니가 팽팽해졌다.

후, 하늘이시여.

그녀는 시선을 들었다가 자기를 바라보는 나를 발견했다.

"왜요?" 그녀가 물었다.

"아무것도." 쉰 듯한 목소리가 나왔다. 나는 헛기침을 했다. "너 쳐다보는 게 좋아서. 정말 사랑스러워." 내가 얼른 가서 그녀를 품에 안자 그녀가 깜짝 놀랐다. "너랑 여기 이렇게 같이 있으니까 참 좋다." 내 입술이 그녀의 입술을 만나 애정이 담긴 짧은 입 맞춤을 나누었다.

"나도 좋아요." 그녀가 수줍은 미소를 지었다. "맥심." 나는 입이 귀에 걸렸다. 그녀의 입에서 나오는 내 이름은 듣기에 좋았다. 나는 우리 접시를 들었다.

"어서 먹자."

소고기 자두 스튜는 먹음직한 냄새 그대로 달고 부드러웠다. "으음." 알레시아가 눈을 감고 맛을 음미했다. "I shijshëm(맛 좋아)."

"그건 알바니아어로 '맛없다'는 뜻인가?" 맥심이 물었다.

그녀가 깔깔댔다. "아뇨. 맛있다구요. 내일은 내가 요리해줄게요."

"요리도 해?" 그가 물었다.

"요리요?" 알레시아가 기분이 상한 듯한 손을 가슴에 얹었다. "물론이죠. 나 알바니아 여자예요. 모든 알바니아 여자들은 요리를 해요."

"그래. 그럼 내일 장보러 가자." 그의 미소는 그녀에게도 전염되었지만 그의 얼굴은 다시 진지해졌다.

"언젠가 꼭." 그가 말했다. "나한테 전부 이야기해줄 거지?"

"이야기?" 그녀의 가슴이 뛰기 시작했다.

"어떻게 그리고 왜 잉글랜드에 오게 됐는지."

"그래요. 언젠가는."

언젠가 꼭. 언젠가 꼭! 언젠가 꼭!

그녀는 가슴이 두근거렸다. 그 두 단어가 이 남자와의 가시적인 미래를 암시했다.

아닌가?

하지만 어떤 모습으로?

잉글랜드에서는 남자와 여자가 어떤 모습으로 교제할까. 알레시아는 혼란스러웠다. 쿠커스와 다르다는 것밖에는. 고향에 있을 때 미국 드라마를 여러 번 본 적 있었고—어머니의 눈을 피해서—런던에 와서는 공공 장소에서 남자와 여자가 자유롭고 편안하게 어울리는 모습을 직접 목격했다. 그들은 키스하고 이야기하고 손을 잡았다. 그 커플들은 결혼을 하지 않은 연인들이었다.

맥심은 그녀의 손을 잡았다.

두 사람은 이야기를 나누었다.

그는 그녀와 사랑을 나누었다…

우린 연인이야.

분명 그녀와 미스터 맥심은 이제 그런 사이였다.

우린 연인이야.

희망이 그녀의 가슴을 흔들자 두려운 느낌이 번져나갔다. 그녀는 그를 사랑하고 있었다. 그에게 말해야 했지만 부끄러워 스스로도 그 사실을 인정하지 못했다. 게다가 그가 그녀를 어떻게 생각하는지도 알 길이 없었다. 하지만 그를 위해서라면 땅끝까지라도 걸어갈 수 있다는 확신은 있었다.

"디저트 먹을래?" 그가 물었다.

알레시아는 배를 톡톡 두드렸다. "배불러요."

"배노피 파이 있어."

"배노피?"

"바나나랑 토피랑 크림이야."

그녀가 고개를 저었다. "아뇨, 난 됐어요."

그는 빈 접시들을 개수대로 가져다두고 배노피 파이 한 조각을 가지고 돌아왔다. 자리에 앉아 접시를 식탁에 놓고 나서 파이를 한 입 먹었다. "으으음…" 그가 과장된 말투로 감탄했다.

"장난 좀 그만해요. 그 디저트 먹이려고 그러죠?" 그녀가 말했다

"너한테 먹이고 싶은 거야 엄청 많지. 지금은 이 디저트." 맥심이 큭큭 웃고 입술을 핥았다. 그러고 나서 포크로 크림이 발라진 작은 조각을 하나 찍어 그녀에게 권했다. "먹어봐." 그의 목소리에 유혹이 가득했고 열렬한 눈빛이 그녀를 홀렸다. 그녀는 대답 대신 입술을 벌려 그것을 한 입에 쏙 넣었다.

오, Zot i madh(위대하신 신이시여)!

그녀는 눈을 감고 입안에서 사르륵 녹는 그 단맛을 음미

했다. 천상의 맛을 지닌 달콤한 조각이었다. 그녀의 시선이 그에게 돌아갔을 때 그는 '내가 뭐랬어' 하는 함박웃음을 짓고 있었다. 그가 더 큰 조각을 하나 더 권했다. 이번에 그녀는 주저하지 않고 입을 벌렸지만 그는 그것을 얼른 자기 입에 넣고 짓궂게 씩 웃으면서 씹었다. 그녀가 웃음을 터뜨렸다. 장난꾸러기 같으니. 그녀는 입술을 내밀었고, 그는 사악하게 활짝 웃으며 다시 한 조각 먹는 것으로 응수했다. 그의 눈이 그녀의 입술로 흘러갔다. 그는 집게손가락으로 그녀의 입가를 부드럽게 닦아주었다.

"이거 그리웠을걸." 그가 소곤거리며 크림이 묻은 손가락을 들어 올렸다. 장난기는 싹 사라지고 더 끈적하고 한껏 달아오른 표정이었다. 알레시아의 맥박이 더 빠르게 뛰었다. 샴페인의 작용인지, 아니면 그의 타는 듯한 시선 때문인지 그녀는 대담하게 그의 본능에 복종했다. 그의 눈을 똑바로 바라보면서 그의 손가락을 향해 몸을 내밀어 혀끝으로 크림을 핥아 먹었다. 맥심이 눈을 감았다. 감탄하는 낮은 목소리가 그의 목구멍 깊은 곳에서 흘러나왔다. 그녀는 그의 반응에 자극을 받아 다시 핥고 나서 손끝에 키스한 뒤 치아로 살짝 깨물었다. 맥심이 눈을 번쩍 떴을 때 그녀가 입술로 그의 손가락을 감싸고 빨았다. 세게.

음… 깨끗한 맛. 남자의 맛.

맥심의 입이 활짝 열렸다. 알레시아는 계속 빨아대면서 그녀의 입에 꽂힌 그의 시선과 확장되는 동공을 바라보았다. 그의 반응은 자극적이었다. 그를 뒤흔들 힘이 그녀에게 있을 줄 누가 알았을까? 그것은 계시였다. 그녀가 그의 손가락 바닥 쪽을 이로 긁자 그가 신음했다.

"파이는 개나 줘." 그가 혼잣말을 하듯 중얼거리고는 그녀의 입에서 손가락을 천천히 뺐다. 그리고 그녀의 머리를 감싸쥐고 그녀에게 키스했다. 그의 혀가 손가락이 거쳐간 길을 따라갔다. 촉촉하고 뜨거운 길을. 그녀를 탐험하고 요구했다. 알레시아가 즉시 반응했다. 그의 머리카락 속에서 손가락을 뒤틀며 그의 입술을 게걸스럽게 탐닉했다. 그에게서 배노피 파이와 맥심의 맛이 났다. 자극적인 맛이었다.

"침대? 체스?" 그가 그녀의 입술에 대고 속삭였다.

또? 좋아! 전율이 빛의 속도로 그녀의 몸을 훑었다.

"침대."

"정답." 그가 그녀의 뺨을 어루만지며 미소를 지었다. 그의 엄지손가락이 그녀의 아랫입술을 쓸었다. 그의 눈이 관능에 대한 기대감으로 타올랐다. 그들은 서로의 손을 잡고 위층으로 올라갔다. 그는 문간에서 벽의 스위치를 내려 침대 옆 램프 불빛만 은은히 방 안을 비추도록 했다. 그가 별안간 돌아서서 그녀에게 키스했다. 두 손으로 그녀의 얼굴을 감싸쥐고 그녀를 벽 쪽에 밀어붙였다. 그의 몸이 전신을 압박하자 그녀의 심장이 날뛰기 시작했다. 그는 그녀를 원했다. 그녀는 그를 느낄 수 있었다.

"날 만져." 그가 거친 호흡으로 말했다. "전부 다." 소유욕에 불타는 굶주린 그의 입술이 다시 그녀의 입술에 닿아 그녀의 목구멍 깊은 곳에서 신음을 끌어냈다. "그래, 네 목소리를 들려줘." 그의 두 손이 그녀의 허리로 미끄러져 내렸다. 그의 입술이 계속 그녀의 입을 탐닉하는 동안 그녀는 두 손을 펴서 그의 가슴에 댔다. 그가 그녀를 놓았을 때 둘 다 숨을 몰아쉬었다. 그가 이마를 그녀의 이마에 대자 두 사람의 숨이 뒤섞였다. 둘 다 헐떡거렸다.

"네가 날 이렇게 만들어." 그의 목소리는 봄철 산들바람처럼 보드라웠다. 그가 그녀를 내려다보았다. 그의 눈에 어린 갈망이 그녀의 영혼을 파고들었다. 그는 그녀의 상의 자락을 움켜쥐고 그녀의 머리 위로 끌어 올렸다. 아무것도 입지 않은 그녀의 몸이 드러났다. 그녀가 아까처럼 젖가슴을 가리려 했지만 그가 그녀의 두 손을 움켜잡았고 눈으로는 그녀의 시선을 붙잡았다. "너 눈부시게 아름다워. 숨지 마." 그가 다시 그녀에게 키스했다. 그동안 그의 손가락이 그녀의 손가락과 얽히면서 서로의 손바닥이 맞닿았다. 그는 그녀를 꼼짝 못 하게 붙잡고 계속 그녀의 입을 달콤하게 침략했다. 그녀가 공기를 빨아들이려 입을 뗐을 때 그는 그녀의 목과 턱에 키스한 뒤 이로 그녀의 턱선을 긁었다. 그러고는 맥박이 뛰는 목 부위에 거칠고 축축한 키스를 퍼부었다. 피가 난폭한 리듬으로 그녀의 온몸을 휘저었다. 그녀의 내부가 녹아내렸다. 온몸이. 그녀의 손가락이 움직거렸지만 그는 그것을 놓아주지 않았다.

"나 만지고 싶어?" 그가 그녀의 목에 대고 물었다.

그녀가 신음했다.

"말해."

"만지고 싶어." 그녀가 속삭였다. 그가 이로 그녀의 귓불을 살짝 물어 당겼다. 그녀는 그의 몸에 눌린 채 꿈틀거리며 신음하고 다시 손가락을 움직거렸다. 그가 그녀를 놓더니 두 손으로 그녀의 엉덩이를 움켜잡아 일어선 자신의 물건으로 그녀를 끌어당겼다.

"나를 느껴봐." 그가 중얼거렸다.

그녀는 그를 느꼈다. 그의 전부를.

그는 준비되어 있었다. 그녀를. 기다렸다.

그녀의 심장이 파닥거렸다. 숨이 가빴다.

그는 그녀를 원했다. 그녀도 그를 원했다.

"내 옷을 벗겨." 그가 유도하자 그녀의 손가락이 그의 티셔츠 자락을 찾았다. 그녀는 잠시 망설이다가 그것을 그의 머리 위로 끌어 올렸다. 그녀가 옷을 바닥에 떨구자 그가 두 손을 자기 머리에 댔다.

"자, 이제 날 어떡할 거야?" 그가 물었다. 그의 입꼬리가 말려 올라가며 만족한 미소, 섹시한 미소가 나타났다.

알레시아는 그의 대담한 초대에 압도당해 그의 몸을 훑어보며 숨을 들이켰다. 그녀의 손가락이 그를 만지고 싶어 움찔거렸다. 그의 피부를 만지고 싶었다.

"어서." 그가 유혹하고 도발하는 목소리로 속삭였다. 그녀는 그의 가슴을 만지고 싶었다. 그의 윗배도, 아랫배도. 그리고 거기에 키스하고 싶었다. 그 생각이 그녀의 몸속 깊은 곳을 단단히 조이고 묘하게 황홀한 느낌을 끌어냈다. 그녀는 멈칫멈칫 손을 들어 올려 집게손가락으로 그의 가슴에서 출발해 복근 사이를 지나 배꼽까지 선을 그었다. 그의 눈은 그녀를 한 번도 떠나지 않았고 숨은 가빴다. 그녀의 손가락이 그의 아랫배 털 속을 지나 청바지 윗단추로 향했다. 용기가 그녀를 떠나고 그녀는 망설였다.

맥심이 씩 웃더니 그녀의 손을 잡아 자기 입술로 가져가서 그녀의 손가락 끝에 키스했다. 그리고 그녀의 손을 뒤집어 그의 입술과 혀끝을 맥박이 고동치는 그녀의 손목 안쪽에 댔다. 그의 혀가 맥박 주변을 둥글게 움직이자 알레시아는 숨을 흡 들이켰다. 그가 미소를 띤 얼굴로 그녀의 손을 놓고 그녀의 얼굴을 쥐었다. 그의 입술이 다시 그녀의 입술을 찾았다. 그녀의 입을 탐험했다.

그가 그녀를 놓았을 때 그녀는 숨을 몰아쉬었다. "내 차례야." 그가 지극히 조심스럽고 깃털처럼 가벼운 손길을 집게손가락에 담아 그녀의 젖가슴 사이에서 출발해 윗배를 지나 배꼽으로 내려가서 배꼽의 주변을 두 번 맴돈 다음 파자마의 허릿단으로 향했다. 알레시아의 심장이 질주하기 시작했고 그 미친 리듬이 머릿속에 메아리쳤다.

그가 갑자기 그녀 앞에 무릎을 구부리고 앉았다.

뭐지?

400

그녀는 똑바로 서려고 그의 양어깨를 붙잡았다. 그의 두 손이 그녀의 엉덩이를 향해 움직였고 그의 입은 양쪽 젖가슴 아래쪽에 입을 맞춘 뒤 배꼽까지 보드랍고 달콤한 키스를 퍼부었다.

　　"아." 그의 혀가 배꼽 주변을 맴돌다가 배꼽 안으로 들어갔을 때 그녀가 신음했다. 그녀의 손가락이 그의 머리카락을 파고들었다. 그는 그녀를 올려다보며 사악한 미소를 짓고는 그녀의 엉덩이를 움켜쥔 채 바닥에 앉고 나서 그녀를 앞으로 끌어당겨 단단히 움켜쥐고 코를 그녀의 음부에 비볐다.

　　"아!" 알레시아는 기습을 당해 소리를 질렀다. 그녀의 손가락이 더 세게 그의 머리카락을 움켜쥐었을 때 그가 신음했다.

　　"냄새 좋다." 그가 속삭였고 그녀는 헐떡였다.

　　그의 두 손이 파자마 허리춤 속으로 들어가 벌거벗은 엉덩이를 감싸고 주물렀고 그의 코는 클리토리스 위를 문지르고 문질렀다.

　　뜻밖의 상황이었다. 그녀의 발치에 꿇어 앉은 그의 모습도, 그가 그녀에게 하고 있는 행동도 너무나 자극적이었다. 그녀는 눈을 감고 고개를 뒤로 젖히고 신음했다. 그의 두 손이 움직였고 파자마가 그녀의 다리 아래로 미끄러져 내렸다.

　　Zot(맙소사).

　　그의 코는 그녀의 두 다리 사이 정상에 머물렀다.

"맥심!" 그녀는 충격을 받아 소리치고는 그를 밀어내려 했다.

"쉿." 그가 속삭였다. "괜찮아." 그녀는 그를 말리려고 했지만 그는 그녀의 미약한 반항을 제압하고 코 대신 혀를 썼다.

"아." 멈추지 않는 그의 애무에 알레시아는 끙끙거렸다. 그의 혀가 돌고 돌고 돌았다. 그녀는 그와 싸우기를 포기하고 그의 접촉이 일으키는 느낌에 빠져들어 관능의 기쁨을 만끽했다. 그는 맛을 음미했다. 찝찌름하고 미끌거리는 그녀를 맛보고 있었다!

Operëndi(오, 하느님)!

그의 입이 그녀의 입을 찾았고 그의 손은 그녀의 몸을 유영했다. 엄지손가락이 젖꼭지를 쓸다가 허리선을 따라 내려와 허벅지 사이에 안착했다. 그의 손가락이 방금 전 혀가 머물던 곳을 괴롭혔다. 그가 한 손가락을 그녀 안으로 넣었다. 그녀는 전율과 본능에 굴복해 엉덩이를 그에게 밀어붙이며 그의 손에서 위안을 구했다.

"그래, 그거야." 그는 득의양양하게 외치며 손가락을 그녀 안에서 빙빙 돌리고 넣고 뺐다. 그녀가 고개를 뒤로 젖혔을 때 그는 손을 빼고 청바지 앞섶을 젖혔다. 지퍼가 순종했다. 그는 뒷주머니에서 콘돔을 꺼냈다. 그리고 재빨리 포장지를 뜯어 일어선 몸에 씌웠다. 그녀는 숨을 미친 듯이 몰아쉬었다… 그를 만지고 싶었다. 거기를. 하지만 용기가 나지 않았다. 아직은.

게다가 그들은 침대에 있지도 않았다… 어쩌려는 거지? 그는 다시 그녀에게 키스했고 두 손을 그녀의 허리에 댔다.

"꽉 잡아." 그가 속삭인 뒤 그녀를 들어 올렸다. "다리랑 팔을 내게 감아."

뭐? 또?

그녀는 시키는 대로 했다. 어디서 그런 민첩성이 나왔을까 놀라웠다. 그는 양손으로 그녀의 엉덩이를 받치고 그녀의 등을 벽에 붙였다.

그가 숨을 헐떡였다. "괜찮지?" 그가 물었다.

그녀가 커다래진 눈과 절실한 마음으로 고개를 끄덕였다. 그녀의 몸이 그를 갈구했다. 그를 원했다… 미치도록. 그는 그녀에게 키스하며 골반을 앞으로 천천히 밀어 그녀 안으로 들어갔다.

그의 몸이 그녀를 채웠을 때 그녀는 신음을 토하고 인상을 썼다.

그가 멈추었다 "힘들어?" 그가 물었다. 걱정하는 마음이 엿보였다. "말해." 그의 목소리가 다급했다. "멈추고 싶으면. 말해."

그녀의 허벅지가 전율했다. 괜찮다. 할 수 있다. 하고 싶었다. 그녀는 이마를 그의 몸에 기댔다. "계속해요."

그는 신음을 토해내고 움직이기 시작했다. 그의 엉덩이가 꿈틀거렸다. 처음에는 천천히 움직였지만 그녀가 헐떡이며 신음하는 순간 리듬이 빨라졌다. 그가 속도를 높이자 그녀는 그의 목을 단단히 감았다. 강렬한 느낌이 그녀의 온몸을 휘저었다. 그가 움직이고 움직이는 동안 그녀는 더욱더 흥분했다.

오. 안 돼. 못 버티겠어. 너무 힘들었다. 그녀는 손톱을 그의 어깨에 박았다.

"맥심, 맥심." 그녀가 흐느꼈다. "못 하겠어."

그가 즉시 동작을 멈추었다. 가쁜 숨을 몰아쉬다가 그녀에게 키스하고는 숨을 크게 들이마시고 나서 그녀와의 결합을 풀지 않고 그대로 돌아서서 침대로 갔다. 그는 침대에 앉은 뒤 그녀를 부드럽게 똑바로 눕히고 나서 봄의 숲을 닮은 눈으로 그녀를 바라보았다. 커진 동공이 그의 욕망을 폭로했다. 그녀는 손을 올려 그의 뺨을 어루만지며 그의 근력에 감탄했다.

"더 나아?" 그가 물으면서 그녀의 두 다리 사이에 자리를 잡고 팔뚝으로 몸을 지탱했다.

"네." 그녀의 손가락이 보드라운 그의 머리카락을 파고들었다. 그의 이가 그녀의 입술을 물었다. 그가 다시 움직이기 시작했다. 처음에는 천천히, 차츰 속도를 높여갔다.

이번에는 더 편안하고 너무 깊지도 않았다. 그녀가 아는 자세이기도 했다. 그녀의 몸이 자의식을 벗어던지고 맥심의 리듬과 속도를 따라 움직였고, 그는 나아가고 물러나가기를 반복했다. 그녀는 그에게 빠져들었다. 그와 함께 나아갔다… 갈수록 흥분이 고조되고 갈수록 뻣뻣해졌다.

"이거야." 맥심이 한 번 더 밀어붙인 뒤 별안간 거친 신음을 토해내며 동작을 멈추었다. 알레시아는 비명을 내지르고 폭발했다. 한 번, 두 번, 또다시 폭발하며 그의 긴장한 몸 밑에서 미친 듯이 회전했다.

그녀가 눈을 떴을 때 그는 이마를 그녀의 이마에 대고 눈을 감고 있었다.

"아, 알레시아." 그가 헐떡였다.

잠시 뒤 그는 눈을 떴고 그녀는 그의 뺨을 어루만졌다. 서로의 눈이 마주쳤다. 그는 너무나 사랑스러웠다. 너무나, 너무나 사랑스러웠다.

"Të dua(사랑해요)." 그녀가 속삭였다.

"무슨 뜻이야?"

그녀는 미소를 지었고 그도 미소로 반응했다. 그의 얼굴에 경이로움이 가득했다. 어쩌면… 숭배하는 마음마저도. 그는 몸을 굽혀 그녀의 입술에, 눈꺼풀에, 뺨에, 턱에 키스하고 나서 천천히 그녀의 몸에서 빠져나왔다. 알레시아는 그 상실감에 신음하고 나서 충만하지만 지친 상태로 축 늘어져 그의 품에서 잠이 들었다.

그녀는 퀼트 이불을 돌돌 감고 내 옆에 웅크리고 누워 있다.

작다. 가녀리다. 아름답다.

이 젊은 여인은 많은 일들을 겪고 지금은 여기 내 옆에, 내 보호 안에 있다. 나는 몸을 쭉 뻗고 그녀의 가슴이 오르내리는 것을 바라보았다. 숨을 쉴 때마다 입술이 벌어지고, 짙은 속눈썹은 뺨 위에 활짝 펼쳐져 있다. 피부는 투명하고 입술은 장밋빛이다. 근사하다. 보고 또 보아도 싫증나지 않을 것 같다. 나는 그녀에게 매혹되었다. 그녀의 마법에 걸렸다. 그녀는 여러 가지 면에서 마법을 부린다.

이제까지 헤아릴 수 없을 만큼 수없이 섹스를 했지만 이런 유대감은 처음이다. 이것은 생소하고 들뜬 감정, 마르지 않는 갈망이다.

나는 그녀를 만지고 싶어 괜히 그녀의 이마에 늘어진 머리카락을 넘겨주었다. 알레시아가 꿈틀거리며 알바니아어로 뭐라 중얼거렸고, 나는 그녀를 깨울까봐 꼼짝하지 않았다. 그녀는 다시 평화로운 잠으로 빠져들었다. 잠에서 깼을 때 깜깜하면 그녀는 겁을 먹을 것이다. 나는 그녀를 깨우지 않도록 조심하면서 침대를 빠져나와 사 온 야간등을 가지러 서둘러 아래층으로 내려갔다. 배터리를 끼우고 스위치를 켠 다음 야간등을 알레시아 쪽 탁자 위에 올려두었다. 이제 그녀는 잠에서 깨도 어둠 속에 있지 않을 것이다.

나는 이불 속으로 다시 살그머니 들어가서 그녀를 관찰했다. 그녀는 사랑스러웠다. 뺨과 턱의 곡선, 목 아래 움푹한 부위에 자리 잡은 작은 황금 십자가. 근사하다. 잠이 든 그녀는 젊고 평화로워 보였다. 나는 그녀의 머리카락을 한 줌 잡아 손가락에 돌돌 감았다. 그리고 그녀가 편히 쉬고 있기를 신께 기도했다. 어제 꿨던 그런 악몽은 꾸지 않기를. 그녀가 한숨을 푹 쉬었다. 그녀의 입술이 휘어지며 미소를 끌어냈다. 그녀의 표정을 보니 기분이 좋아졌다. 그렇게 바라보고 있으니 눈꺼풀이 무겁게 내려왔다. 나는 잠이 들기 전 그녀의 이름을 중얼거렸다.

알레시아.

《미스터》 2권으로 이어집니다.

옮긴이 **황소연**

글 노동자. 연세대학교를 졸업하고 출판 기획자를 거쳐 전문번역가로 활동하고 있다. 옮긴 책으로 《인생의 베일》《브루클린으로 가는 마지막 비상구》《사랑은 지옥에서 온 개》《망할 놈의 예술을 한답시고》《심연》《뷰티풀 보이》 등이 있다.

미스터 1

2019년 6월 19일 초판 1쇄 인쇄
2019년 6월 28일 초판 1쇄 발행

지은이 | E L 제임스
옮긴이 | 황소연
발행인 | 이원주
책임편집 | 박윤희
책임마케팅 | 정재영

발행처 | (주)시공사
출판등록 | 1989년 5월 10일(제3-248호)

주소 | 서울특별시 서초구 사임당로 82(우편번호 06641)
전화 | 편집 (02)2046-2852 · 영업 (02)2046-2883
팩스 | 편집 · 영업 (02)585-1755
홈페이지 | www.sigongsa.com

ISBN 978-89-527-9678-3 04840
ISBN 978-89-527-9677-6 (set)

이 도서의 국립중앙도서관 출판예정도서목록(CIP)은 서지정보유통지원시스템 홈페이지(http://seoji.nl.go.kr)와 국가자료종합목록 구축시스템(http://kolis-net.nl.go.kr)에서 이용하실 수 있습니다.(CIP제어번호: CIP2019022668)